四川师范大学大西南文学研究中心
四川民间文化艺术保护与传承协同创新中心 主办

大西南文學論壇

流沙河题

第八辑

刘敏 谭光辉·主编

巴蜀书社

学术委员会

学术顾问

白　烨　曹顺庆　李　怡　李明泉　吕　进

委员（按姓氏拼音排序）

陈思广　邓　利　胡沛萍　黄晓娟

蒋登科　李　骞　廖久明　刘永丽

秦林芳　孙德高　王本朝　王德强

王双龙　徐希平　徐新建　杨士宏

张全之　张永刚　赵亚宏　周仁政

目　录

大西南区域文化与文学

巴金研究

学人专栏 · 逄增玉

狮山文艺群落 · 骆平

新视野

Contents

Regional Culture and Literature in the Great Southwest

Ba Jin Research

Scholar Column-Pang Zengyu

Shizishan Literary Community-Luo Ping

New Horizons

大西南区域文化与文学

厚土高天：贵州少数民族女性作家乡土叙事分析

□龙潜

一

乡土叙事在中国文学史中有两个层面：狭义指以乡土生活为题材创作的具有泥土气息的文学作品，广义指一切书写乡村面貌的文学形态。乡土文学作为贵州主流文学延续了百年，每个时期都有自己的特质。从1930年代的蹇先艾到1980年代的何士光，贵州乡土文学以男性话语为主，表达主体性别身份单一。女性文学与乡土叙事两个现象在21世纪贵州小说创作潮流中构建了独特话语体系，以土家族、布依族、仡佬族、苗族等民族身份出现的郑欣、王华、肖勤、杨打铁和崔晓琳等一批女性作家前后出现，她们以独特的视角和表达方式为中国乡土叙事提供新的写作经验。就她们的作品形态而言大致可分为三类：一是主旋律的家国史。郑欣的长篇小说《百川东到海》出版后，《文艺报》发表了系列评论展开讨论。这是一个史诗性的作品，讲述北洋军阀覆灭之际，第一批研究马克思主义的年轻人对革命道路的摸索。作品以唐氏家族的兴衰折射时代的沧桑变化，诠释中国共产党是历史和人民正确选择的伟大主题。二是城乡关系的冲突与和解。王华在1990年代中期开始文学创作，曾两次获全国少数民族文学“骏马奖”，她始终关注乡村人物命运，关注生态环境变化，其作品不断见诸《人民文学》《当代》《中国作家》等。三是对陨落的民俗文化的复活。肖勤先后在《十月》《花城》《小说选刊》等刊物发表上百万字作品，其作品有着浓郁的生活气息和厚重的民族文化意蕴。

贵州少数民族女性作家乡土叙事丰富多元。首先，融合了中外文化，将中国传统叙事与西方现代叙事融合；其次，体现了文化体系的包容，作品呈现纷繁的象征世界；最后，人物形象展现了荒谬又具体、真实又怜悯、无奈又心酸、顺从与反抗的群体。特别要看到她们作品中的民间话语力量，这对于观察中国乡土社会的发展面貌和人们的心灵变迁，研究中国自改革开放以来城乡关系的波动与起伏有重要意义。这些作品，是以地域为特色的风俗志、人情志、地理志，是关于社会、人文、心灵的发展史。

贵州少数民族女性作家的乡土叙事，从不同情感基调出发，表现了传统乡土关系被一步步瓦解的无奈，呼唤着中国传统农耕文化的朴素记忆。从文本风格来说，贵州地域环境诗意特征的呈现体现着一种现实主义风格，故事的叙事特征展示了魔幻现实主义的风格。从文学精神来说，首先，察悟了乡土的地理空间与文化空间，它是荒诞与悲情的共融；其次，在地理空间的城乡差异中对人物心灵进行解构，揭示了乡村人际关系的淳朴以及乡土的现代化因素；最后，这些作品叙述的故事蕴含着悲剧的特质，展示了一种生存的痛苦。从空间叙事来说，这些作品的叙事空间分为社会空间、家宅空间和鬼神空间，三种空间共同组成了一个多元表达的乡村共同体美学概念，呈现一种多元文化视阈下的叙事特征。

二

乡土意识作为一种意识类型，首先属于心理学范畴，意识具有能动性，能帮助人们改造客观世界；其次才是社会性的心理结构。中国传统乡村社会，已经演变出一套完整的以宗族血缘维系的家族结构，这种结构的形成来源于农业文明，本质原因是生产力的落后。乡土意识作为一种意识类型，在前现代社会生活中是一种无意识，人们不自觉受它的支配。在城市文明中，乡土意识作为一种潜意识而存在，城市化以后生产活动逐渐系统化和工业化，带有浪漫主义色彩的乡土意识自然无法承受工业文明。在乡村与城市两种地域下，乡土意识存在的形式不同、作用不同、意义不同。

分析乡土意识的存在意义，也就是要找出作家是如何让人物拥有这种意识，进而影响情节和故事。文学文本层面，乡土意识百年来生成的一套故事体系和人物特征在当今依然被沿用，成为展现中国乡村的定律。首先，乡土意识塑造了坚持传统伦理的执着式的人物形象。肖勤的《暖》《霜晨月》等作品中的人物，用纯朴的、近乎理想的方式完成一件小事，他们的不幸命运与真善美的特质形成了鲜明对比，这样执着的人物向我们展现了乡土伦理的正义，他们为某种近乎苛刻的理想而生存。其次，乡土意识使叙述模式呈现生活流的气息。所谓生活流是以生活虚构情节，在一种流动的诗意中挖掘人物的美好，最终完成文学意义上的情感呼应。最后，乡土意识丰富了文学文本的意蕴，表达了中国特质的故事。文学总是表达着特定的意识形态，用富有象征意义的能指去表达一定意义的所指。传统的儒家文化一度成为古代中国的主流文化，在近现代的变革中，儒家文化依然深植于我们内心。王华的《在天上种玉米》讲述了一个城市的田园梦，那一片生机勃勃的玉米林是中国儒家文化的缩影。克己复礼，即克服自己的私欲以维持既定的伦理，“礼”是人的善，是一种高标准的道德自觉。

沈从文渴望建造一座供奉人性的希腊小庙，以实现其文学理想。在他的作品中，表现了湘西乡土社会的美好人性和原始图景。中国现代文学中，表现人性的善是一种深厚的母题传统。21 世纪贵州少数民族女性作家的作品如同现代作家流派中的京派小说，他们执着于对乡土世界的塑造，带有地域化的特征，并且始终追求人性的至善至美。乡土意识对当下文学的浸润是现代乡土文学的传承，是文学文本的形象接续。过去的乡土意识是落后的乡土社会中人们心中本质的善良，当今的乡土意识经过现代化的介入，是世俗且庸常的生活中人物的理想和悲剧，展现着真诚的人情，又揭露了复杂的人性。乡土意识与多元文化的融合，展现了物质现实的完整性，是乡土文学叙述的一种潮流。如果仅仅论述乡土意识作用的乡土文学，少了对比，就会显得虚假，我们只有把乡土意识放置于多元文化中，才能看到它的真实面目及发展的复杂形态。

文学研究的任何定义不过是文学形式的一种阐释。形式演变是艺术生产的必要过程，代表着特定时期的艺术精神，本质上是一种意识形态。贵州少数民族女性作家的作品继承了现实主义精神，致力于挖掘文学精神。首先，作品体现着一种现实主义的批判精神。这里的现实有两方面的含义：第一是事件的真实性，故事的发生有潜在的文本；第二是场景的真实性，文学空间的真实性来源于生活影像的放大，当一种生活细节被放大就成为潜在层面的话语形式，代表一种倾向。其次，作品的风格呈现一种自然主义倾向。自然主义倡导用理性客观的视角去剖析社会，以一种手术刀精神去剖析社会。最后，作品呈现一种形式与内容的辩证关系。形式与内容的辩证关系一直是创作者和研究者探讨的话题，当形式大于内容的时候，作品的能指大于所指，内容的丰富性降低；当内容大于形式的时候，作品的所指大于能指，形式成为桎梏。

形式和内容有三个方面的视角：第一是形式的创新。形式可能成为内容的一部分，因为内容完美契合了形式。肖勤《丹砂》里的“我”出生时，奶奶刚好离开人世，这让“我”的身份神秘，超现实故事已经是内容的一部分；王华的《傩赐》用乡土式的人物消解了传统题材的庄重与严肃，形式显得阔达，也成了内容的一部分。第二是内容的外延。形式的创新为内容提供了书写空间，也丰富了文学表达。肖勤在《你的名字》中一方面展现贵州农村的自然图景，另一方面展现乡民与城市的格格不入。内容承载着一定的精神，但同时也在颠覆一定的意义，内容的外延代表着文本的多元意义。第三是形式与内容的互动。形式和内容是连为一体的，没有脱离内容的形式，也没有失去形式的内容。形式上的缺陷，可以用内容来弥补；内容的不足，也可以用形式来补充。形式不仅仅是作品的衣服，内容也不仅仅是作品的身体，二者的配合满足了作品的表达，丰富了作品的意义。肖勤的《棉絮堆里的心事》《云上》的形式与内容的关系是一种套层结构，具有民族化的表达。

只有认识乡土意识存在的意义和价值，才能从不同范畴分别论述它的形成对文学有何种意义，以及这其中体现的多重关系。基于此，探讨乡土意识对作品的文本、精神、创作的作用，结合 21 世纪贵州少数民族女性作家作品，我们发现，乡土意识不仅仅作为一种独立的意识而存在，还作为一种社会心理、群体意识持久地作用于作家。当然，这是一种文化现象，是中国社会传统的积淀。

三

贵州少数民族女性作家乡土叙事特征体现在三个方面：第一是文化的拼贴。后现代文化背景下，文化被符号化，在多变的现实世界中，文化被分割为不同时期，有前现代，有现代，有后现代。作品的文化符号多元，空间建构多变，在作品中呈现着不同符号交融的现象。文化的拼贴是多元文化的交融，体现了文学的形式逻辑的解构。第二是空间元素的融合。从乡村空间到城市空间，不同的元素经过作家调度完成了呼应，从三轮到汽车、从瓦房到大厦，混乱的商业宣传和无处不在的小广告喷漆，不同文化元素穿行其中，都在暗示乡村的浮动。在这种剧烈变革中，人们似乎适应于此。第三是人物身份的异变。人物在城市空间生存，乡村身份难以融入城市文明。人物在城市复杂空间中希望自己获得意义，身份焦虑驱使事件的发展一步步走向复杂，这个过程中，生活的逻辑赋予了作品悲剧的内核。

周作人认为，“人总是地之子，不能离地而生活，把泥土气息的滋味透过他的脉搏，表现在文艺上，这才是真正的思想与文艺。”[①]新世纪贵州少数民族女性作家都倾向于以显现的空间悲剧来展现乡民生存的困境，赋予人物悲剧的命运是她们一直抒写的命题。悲剧的形式不同，也就导致了悲剧的结果不同。有的悲剧隐藏在人物的命运中，呈现着不可改变的特质，是一种命运悲剧。有的悲剧是环境悲剧，人物身处的环境险恶，命若琴弦。有的悲剧是性格悲剧，悲剧的生成是人物性格所致，代表边缘群体的苦闷与彷徨。

如果说“拼贴”意味着将不同的文化形式放置于同一空间，那么“错置”则是不同文化形式在同一空间发生互动与契合，最终形成悲剧的内质。作品的悲剧内质体现在人伦的没落和亲情的衰微。这些作品描述的事件是当代的，是共时性的。一方面，故事揭示人伦的没落，资本的介入异化了人的心灵，某种程度上也异化了传统的人伦关系。另一方面，作品的悲剧内质被生活中和，人物于绝望中蕴藏顺其自然的态度。对于贵州乡民来说，他们把悲剧看作人生的必经之路。在传统叙事中，人物的命运被绝境化，毫无生存空间。而这些作品不具有大悲大喜的特质，也不是西方文学所展现的人类复杂的精神世界，而是通过表现高原农民的风俗人情展现人物的善良本质，通过城乡的差异对比心灵的缺失，从而淡化悲剧的内质。事实上，这是乡土叙事表现生活的又一向度。悲剧内质实际上是文化错置的一种表现，一方面是城市文明浸润下的商业意识，另一方面是传统伦理体系下的乡土意识，文化在同一空间碰撞，体现着冲突的态势。

在现实主义的创作中，乡土文学凭借独一无二的地理景观唤醒人们心中的记忆，依靠密集的逻辑和整齐的剧情，完成审美需求。观察王华的《傩赐》、肖勤的《暖》、崔晓琳的《东一街》、幺京的《彩蝶飞舞》和聂洁的《我在老鸹林》，都取材于黔地人民的日常生活，一方面展现贵州独特的地域特点，另一方面关注环境中人的生存状况。故事的发生

① 周作人:《谈龙集》，河北教育出版社，2002 年，第 12 页。

地在高原，具有风格展现的地理条件。现实主义在这些作品中没有发生质的变化。这种现实主义是纪实的，是基于贫穷乡土的。表现生活苦难的悲剧其精神指向其实是乐观向上的，暗示乡民对美好生活的向往。这些作品沉重的主题和漫长的精神象征挖掘了民间精神。因此，也可以说，21 世纪贵州少数民族女性作家弘扬着现实主义的思想格调，复刻着经典中国文学遗风。

四

贵州少数民族女性作家的作品拥有诗意的叙事、语言和人物。文学诗意继承于意大利新现实主义、法国新浪潮、德国表现主义，以揭示人物的心理流动过程为主，戏剧性较弱，但艺术性较高，通常建构了一个宏大的意象世界，并且带有丰厚的哲学意义。乡土意识与诗意联系到一起，两种意识维度塑造了小说丰满的内涵。在乡土文学范畴下，那些表现田园风光的唯美主义文字就是具有诗意的，那些展现生活空间的文字就是具有诗意的，那些弱故事性的、用不明所以的内容表现幽深人物性格的作品就是诗意的。这些特质当然就是诗意作品的特征。故事上，没有夸张的紧张的情节，风格比较纪实；传达的思想中，作品像一位了解生活全部内容的大师，看透不说透，人物承载着象征意义的东西。诗意性质的小说脱离了传统的桎梏，是传统叙事的变体，代表着一种纪实美学的魅力。诗意作为小说语法的修辞手段，让故事生发出异样的美感和不可言说的气质。

乡土叙事的作品可以是戏剧性的，可以是商业的，也可以是诗意的。在诗意的坐标中，小说拥有的文化气质基于乡土。这些作品叙述的乡土气息来自高原，地域化特征唤醒了人们心中的诗意。这些作品中有许多象征物，在这些物件中，作家赋予他们完整且具象的含义，完成了文学诗意的表达。诗意的产生大致有三个来源。

第一是文化心理。中国传统文化里的诗是赋比兴的产物，代表着特定时期的社会心理，是社会意识的集合。刘勰认为，“在心为志，发言为诗”[①]。诗歌是思想与愿望的载体：当它们藏在心里，是志向；被表达出来，是诗歌。就是说，诗歌是志向的外化，是铺陈与记叙的手法。其中的诗意有两层意思：诗歌的意象和诗歌的意识。中国古代文学的发展进程中，诗歌一直是强劲的文学形式。诗歌呈现了文字的虚拟性、暗示性，以及与现实的交互性。理解“大漠孤烟直，长河落日圆”，人们很大程度上是依靠文字的想象力去理解画面。如果说诗歌产生的诗意是一种语言的暗示性，那么小说产生的诗意就是一种表现主义。这种表现主义常常以地域化特征为载体。人们之所以认为这样的小说是有诗意的，并不是小说本体产生的感知，而是一种源远流长、潜移默化的文化认同和心理认可。

第二是审美心理。小说的接受中，人们根据不同的作品形成不同的审美心理。人们通过经典叙事感受到淋漓尽致的叙述愉悦。接受诗意性质的小说时，尽管阅读过程并非刺激且有趣味，但能沉浸在艺术的享受中。除了文化层面的心理作用，最重要的是审美心理。人们判定一部作品是否有诗意，一方面看环境的搭建是否朦胧、模糊，另一方面看生活的细节是否清晰、可靠。最重要的是看作品的质感是否具有具象的诗意。如 21 世纪贵州少数民族女性作家的作品，乡土审美给观众一个预设的心理，生活细节的展现，作品中出现的元素和乡民的日常生活息息相关，空间的建构又暗示了人们的审美心理，使人陷入虚构的乡村影像中。审美心理还来源于人们对陌生化乡村的想象，由于想象，产生了幻觉性诗意。

第三是人物性格。贵州少数民族女性作家的作品的叙事策略是诗意的、现实的、浪漫的。人物不再成为情节的附庸，而是独立起来主导着故事的发展，一种充满道德高度的情怀表现了人物形象，这是乡土人物一贯的形象。事实上，正是这样具有浓厚乡土意识的人物，才让读者产

---

① 王志彬译注：《文心雕龙》，中华书局，2014 年，第 26 页。

生了某种诗意的感觉。人物的执着、善良、责任感，这些美好的人性特质让人物获得崇高的道德感，他们区别于现实生活，被赋予了诗意的特征。

这些作品常常不是单独展现诗意，伴随而来的还有“反诗意”的人物与情节。这些反衬物在某种程度上突出了乡土意识对人物的塑造，正是由于这些人物，小说的结构形成了一个稳定的比例。所谓“诗意人物”，是在乡土意识的浸润下拥有高度伦理自觉的人物；而“反诗意人物”相对于“诗意人物”而言，是情节阻碍的制造者，是人性深处的展现者。人性的真善美是永恒的乡土精神，诗意人物和非诗意人物共存于一个稳定的系统，他们在情节中反衬，在故事中斗争。

乡土意识所拥有的诗意特征使贵州少数民族女性作家的作品精神得到延伸。一方面，诗意的特质通过小说空间的建构变得意味深长，在时空的构造中，不同地域特征的景物融合在一起，空间的隐喻意义得到加强，实现了一种文学意义的延伸；另一方面，诗意的特质让这些人物找到了相应的位置，来自不同时空的人在虚拟的文学时空中被重构，身份变得扑朔迷离，认知变得相互矛盾，命运得以悲剧化地呈现，诗意的特质也强化了乡土意识。正因为文学的诗意，人物的乡土意识变得愈加浓厚，正因为诗意的人物，故事变得不再扣人心弦，而是平淡真诚，情节的所指意义大于能指功能，象征体系不断生成。

五

乡土小说首先是以乡村人物为基体，通过地域化的故事描绘独特的自然景观、社会民俗、民众心理和人物性格。这种定义中的乡土小说是人物主导，是从伦理秩序的角度去定义人与人的关系。《释名·释水》中对“沦”字有以下解释：“沦，伦也，水文相次有伦理也。”[①]也就

① 费孝通：《乡土中国》，北京大学出版社，2012年，第44页。

是说，伦理是水纹中的一层层涟漪，表示条理、类别、秩序。从乡村伦理的角度去定义人与社会的关系，从自然伦理的角度去定义乡村中人与物的关系，可以清晰地看出在乡土意识中伦理秩序如何生成。费孝通在《乡土中国》中提出中国传统社会的差序格局，他认为这种格局诞生于中国传统的乡民社会，区别于西方的团体格局。乡土的人际关系并不像一捆柴，而是如水面荡开的涟漪，涟漪的范围就是人际交往的范围，在乡土社会的视域下，这种范围极其有限。西方的团体社会中，人们的交往依赖于一个特定的组织，组织围拢了一些人，但也隔离了一些人。

贵州少数民族女性作家的作品为我们呈现了乡土景观下的伦理秩序。乡民在乡村伦理中按照约定俗成的规章制度行事，具有高度的自觉性和责任感，这种行事方式不受外在因素支配，而是依靠沿袭下来的群体无意识。乡土社会中人伦关系建立的基础是血缘，即宗族下的氏族社会。在乡土社会中，人们的联系就是无数条水纹的相互浮动，人们在错综复杂的人际关系中被连接起来，这种天然的亲密基于乡土意识的根深蒂固。这些小说中的人伦关系大致分为三个层面：首先是家族关系的外延性。这种特质让小说多了点人情的意味。马克思的“人是社会关系的总和”的观点说明了人伦的复杂与缠绕。其次，家族关系还有间离性。在传统的伦理观念中，家族关系无需赘述，人们保持这种亲密的缘由有两种：一种是乡土意识的作用，根深蒂固的传统意识很难改变；另一种是出于满足其维持利益对等的关系。最后，家族关系面临消解的趋势。由于中国城镇化进程高歌猛进，乡村生存空间被挤压，人们开拓城市的生存道路的同时，也在抛弃一部分家族伦理的内容，以血缘为主的家族关系慢慢转化为以团体为主的城市关系，人们的联系、亲密、互动减弱。

现代文明的进程不可阻挡，新旧伦理道德观念的冲突，以及在此基础上产生的伦理道德观念的突变，构成了中国当代极其突出的文化现象。所谓新旧伦理道德，在广义上暗指城乡两种体系。贵州少数民族女性作家的作品中的人物从乡村来到城市，从城市返回乡村，这种模式在当今是炙手可热的创作内容。从时间来说，乡村到城市的嬗变是一个持续的过程，具有历时性的特点。从空间来说，现实主义创作中，地理空间的建构不是乡村就是城市，客观的二元景观生成了基于乡村与城市的二元对立。这些作品中的人伦关系还表现为城市文明下的资本关系，其主要体现在三个方面：首先是活动范围的扩大。在城市中，人的活动范围加大，可交往对象增多，且人的流动性大，不具备家族关系的基本结构；在乡村，人们的活动范围小，交往对象固定，流动性小，人们可以长时间保持一种和谐稳定的关系。其次是人际关系的具体化。为了获取利益，人们的关系中蕴含着复杂的资本关系。在后现代的伦理视野中，人对生存的处境较为悲观，很大程度上就是金钱对人的异化。需要注意的是，在城市中生存的人们已经完全适应了金钱主导的人际关系，这种关系说明了人与人之间信任的缺失和道德的偏倚。最后，异化是一种荒诞。金钱对人的异化是荒诞的一种，这是小说的来源和小说的灵魂，这背后的无奈与辛酸，是一种底层视角的体现。

如果说城乡文明下的人伦关系左右着小说情节的发展，那么人与自然的关系则无时无刻不在隐喻现代化与自然的矛盾。贵州少数民族女性作家的作品中的生态意识根植于乡土意识，揭示了人与自然恒定的关系。生态伦理学的基本立场是主张将人与自然的关系纳入伦理思考的框架内。在自然伦理的视阈下，人与动植物是平等的，或者说，动植物也拥有生命意识，应该得到关注与保护。第一，动物的隐喻意义体现着人与自然的相互依存。生态思想可以认作乡土意识的一部分，乡土意识存在的基础是大地。第二，作物是乡土空间建构的重要因素，体现着人与土地的关系。不同地域的乡土养育了不同的作物，人与作物的关系体现着人与土地的关系。在空间的建构上，正是因为这些作物的特征，展现了不同的地域环境，带给人们不同的审美心理。第三，人与自然是共生互存的，小说在情节推进的过程中，这些自然的隐喻就像机器的润滑油，除了表达能指的含义之外，也暗示了人与自然和谐相处的所指。

六

贵州少数民族女性作家的作品中，有对社会的讨论与反思，比如王华的《雪豆》讲述几十户村民为谋生背井离乡；有对人道主义精神的表达和对弱势群体的关怀，比如肖勤的《暖》是对城乡流动后亟待解决的留守儿童、空巢老人等社会问题的回应；有对乡土人格的精神颂扬，比如肖勤的《棉絮堆里的心事》《霜晨月》《云上》，这些作品人物的精神气质被浪漫化，人物的抉择彰显着人性的善与美。认识这些作品就要认识其中的人物塑造。首先是淳朴的性格，这种性格是对某种价值观的坚守；其次是人物的价值观以道德为本位，在不伤害他人的前提下缩小个体的价值边际，从而实现心中的价值要求；最后是人物具有高度的象征意义，人物形象在艺术精神中实现了扩张。淳朴性格是否可以作为乡土人物性格的母本，这是学界正在探讨的一个话题。

崔晓琳的《东一街》把故事定格在一条充满人间烟火的小街。幺京的《彩蝶飞舞》讲述黔东独特的风俗文化。聂洁的《我在老鸹林》用“村落志”的文字记录乡村的地理空间与日常生活。王华的《回家》叙述了一群打工人从南方回到故乡，两种自然景观的撕裂叙说着诗意与世俗的并列关系。乡村的诗意是人的真善美所营造的社会心理氛围，乡村的世俗部分是人的本能与欲望所形成的人性部分。王华的《雪豆》、肖勤的《丹砂》创作手法都是对魔幻现实主义的借鉴。“魔幻”主要体现在故事背景的神秘与故事情节的荒诞。两部作品中的人物似乎无话可说，但又说了不少话。这是我们看到的另一种乡土人物性格，这种被神化的乡土性格在表达劣根性的同时，也说明了乡土社会的深源是一种强劲的无意识。两部作品的时空建构是完全乡土的，但艺术风格却是现代的。这正是我们需要的人物类型，即形态各异的现代小说人物类型。在总结乡土文学的创作得失中，人物的塑造不应该是完全意义的高尚人格，也不应该是利欲熏心的利己人格，而应该把复杂的社会现实与多变的人性交织辉映，把现代化的意义与乡土性的生存相提并论。不应过分强调传统乡土的劣根，也不应过度放大现代乡土的问题，而是辩证地看待人物的性格演变。

在乡土文学的创作中，乡土意识反复被提及。首先，它作为一种意识能够影响人物的行动和命运；其次，它作为社会心理的一种，对于乡土社会的人际关系是不可或缺的意识产物；最后，在它与现代化进行的抗争中，尽管结局的走向已成定势，但创作者还是怀有敬畏之心，对小人物的遭际怀有赤诚的怜悯。除此以外，乡土意识对创作的作用主要有三个方面。第一是作品的结构，乡土意识不再是简单的逻辑，而是充满情趣的感性生活；第二是作品的文化，任何意识都依附于一定的文化，乡土意识让作品深邃辽阔；第三是在文学的形式上进行创新，乡土意识使得文学的表达更加自由。当然，乡土意识总要通过合理的方式来表现。从叙事来说，文学具有诗意化的特征，这种诗意并不是某种感觉，也不是某种意味，而是基于文化心理、审美心理、人物认知的一种具象的体认。不能陷入一种误区，以为熠熠生辉的乡村空间就是诗意的基体。诗意的光辉是人性的颂歌，那些饱满生动的人物，才是产生诗意的必要条件。从伦理来说，乡土社会区别于城市社会的“任务型”聚合，它基于血缘，行于交际，终于熟悉，就是说，乡土意识是熟悉的产物，是人与人之间信任的产物，是当今社会愈来愈少的一种品格。把握好乡土意识与文学的关系，把握好农村与城市的关系，在复杂的社会演变中坚守文化的本质，在文化的嬗变中寻找文明的永恒，这是乡土文学创作的未竟之业。

如果从主题与精神这个维度出发，可以对乡土文学达到应有的反思。从主题与精神来说，无非是两种文明的精神阵地：一种是以前现代为代表的乡土社会，人们的物质欲望普遍较低，但有着纯洁的精神追求；另一种是以现代化为代表的城镇社会，人物提高了物质欲望，人伦关系被利益化。这种冲突造成的矛盾可以一概看作故事的母题，这种单调且恒定的表达已经成为乡土文学创作的不二法则。单调不是主题的单调，也不是精神的单调，而是意义的单调。王华的长篇小说《雪豆》和杨打铁获“骏马奖”的作品《碎麦草》，都讲述了关于寻找的故事，前者深远辽阔、意境苍茫，后者对白深刻，形象丰满，但意义空间显然不足。两部作品，一部是完全意义上的超现实刻画，另一部是执拗的寻找与启迪；一部是虚化的现实，虚构了另一种世界，另一部展现了人物真实的生存境况，形成了纪实风格。前者的寻找根源是农业文明的衰落，现代化已不可阻挡地进入乡村，改变人们的生存方式；后者的寻找本质是人伦关系的复苏，同样体现着一种乡土意识。悲剧性的命运正是这种二元对立的结局。作家都倾向于把人物放置在这种撕裂的背景下，讲述人物在其中的复杂经历，揭示永恒的母题。王华的《傩赐》《在天上种玉米》《回家》和肖勤的《暖》《霜晨月》等作品中反复出现“土地”这个意象。虽然取材于社会，但也表达着单调的意义指向，即乡村与城市互动多变的关系，讲述了人在道德沦落下的异化与罪恶。要避免意义指向的单调，就要在复杂的现实生活中从不同角度看待人物生存的意义，而不只从理想层面去追问。地理空间的描述中呈现意蕴丰满的象征世界，则可以瞥见更开阔的意义风景。

（作者单位：贵州民族大学西南文化研究院）

论何其芳 1930 年代的“青春书写”[①]

□林淑玉

在中国现代文学史上，“青春”作为一种话语象征，被冠以丰富的“单向”内涵，并逐渐在创作实践中立体起来的阶段是“五四”时期，但在此之前，梁启超的《少年中国说》已将青年群体直观放置于国家话语的关键位置，并为“青春”赋予了进化、更替、重生等指涉民族、历史的厚重含义。之后陈独秀在《敬告青年》中指出，“青年如初春，如朝日，如百卉之萌动，如利刃之新发于硎，人生最可宝贵之时期也。青年之于社会，犹新鲜活泼细胞之在人身。新陈代谢，陈腐朽败者无时不在天然淘汰之途，与新鲜活泼者以空间之位置及时间之生命”，因此，“予所欲涕泣陈词者，惟属望于新鲜活泼之青年，有以自觉而奋斗耳”，进而提出“自主的而非奴隶的；进步的而非保守的；进取的而非退隐的……”[②]等六项主张，以鲜明的“新青年”旗帜确立了“青春”蓬勃、进取、热情、奋斗之底色。1916 年，李大钊发表散文《青春》，在浓墨重彩地赞美青春的活力和美好之外，更是在哲学意义上确认了“青春”象征新生、未来和改变的现代意涵，并将其由个人扩至国族、人类和宇宙全体。至此，“青春”彻底超越了生物学上指代青春阶段活跃又敏感、热情却不成熟，为过渡时期的本源含义，成为蕴含着无限变革可能，具

---

① 本文系山东省哲学社会科学规划研究项目“新世纪散文理论与批评话语建构研究”（22DZWJ05）阶段性成果。

② 陈独秀：《敬告青年》，《青年杂志》1915 年第 1 卷第 1 号，第 13—15 页。

有强大话语倾向的文化符号。那些充满幻想的、不安定的、变化多端的青春形象，也由此在20世纪初的文化转型中，成为具有革命潜能、蕴含除旧布新之力和孕育理想愿景的现代形象①。

“五四”丰富的创作实践将“青春”具象为一个个鲜活的“人”，而这“人”因歌哭笑骂、有血有肉又成为激活青春语词的魔杖，在感性的激越和理念的引导中为“青春”的“真实”提供了坚固的支撑，但其实也造成了坚固的遮蔽。在郭沫若的《女神》中，“青春”是吞吐日月、与地球并立的大我；在郁达夫的《沉沦》里，“青春”是苦闷挣扎、疼痛鲜活的对于生的渴望、爱的渴望；在茅盾的“《蚀》三部曲”中，“青春”是幻想的幼稚与革命的情热。这些看似没有回避青春阶段特点，没有遮盖青春时期脆弱、苦闷、幼稚的形象，其实无不含有已成话语意象的“青春”的旨归。郭沫若的《女神》表达的是青春之力，更是反叛腐朽的自信与精神；郁达夫自叙传的苦闷是时代的苦闷，是弱小国族的苦闷，是青年群体的苦闷，是须以决绝之精神来打破的苦闷；茅盾的“《蚀》三部曲”则是幼稚与热情、浪漫与激烈、爱情与革命交织的“游戏”，但其中一系列青年女性形象却赋予了作家对未来的某种期望。所以无论是自信还是伤感，是苦闷还是惶惑，这些都内蕴着深刻的对于国家命运的思考，而这里的“青春”也早已超越了其应有之义，成为文化象征，成为“既定轨道”。

然而，20世纪二三十年代何其芳的创作或可提供“青春”的另一种面向。从《预言》到《画梦录》，何其芳以相对疏离的姿态站在“大风圈”外，专注侍奉艺术的缪斯，忠诚于内心的感受，在艺术探索的同时，也意外以相对独立的创作为文学史留下了一段“个人青春”的记忆，形成了一种以青春阶段的感受、幻想、认知、心理为主要表现对象的“青春书写”方式。

---

① 参见宋明炜：《五四时代・少年中国・与现代成长小说的诞生》，卢治译，《文汇报》2019年5月10日，第W02版。

翻开《画梦录》《还乡杂记》《刻意集》，扑面而来的是年少的烦忧、寂寞的情绪、爱情的隐痛、活跃的想象、童年的经验、成长的反思。那种青春阶段热情勃发又倏忽而逝的状态、哀伤突至却伴着灵魂独语的徘徊，将一个人的青春以极致的心灵面目呈现了出来，也留下了何其芳以青春敏锐触觉来独对生命的印痕。正如何其芳自己所说“我成天梦着一些美丽的温柔的东西。每一个夜晚我寂寞得与死接近，每一个早晨却又感到露珠一样的新鲜和生的欢欣。……我那时唯一可以骄矜的是青春”[①]。可见，青春是何其芳1930年代创作重要的心理基础，也由此形成了以青春的感受为基底的书写方式。那些含混羞怯又急需出口的情绪，偶遇了抒情、象征、表现的精致，成就了1930年代何其芳创作的灵感之花。此外，何其芳孤独的性格和对艺术渲染的执着，也使得他那时在一定程度上疏离了政治的“要求”，虽内心充满挣扎，但在文学创作上却更多以一种较为坦白的态度，诠释了一段紧密围绕个人体验的青春叙事，也形成了具有浓郁文化象征意涵的“五四青春”的补充。

一、“密语”的青春

“于是我很珍惜着我的梦。并且想把它们细细的描画出来。”[②]那是一些什么梦呢？大概是清晨良夜的圆窗上飘坠下的白色的花一样的叹息吧（《扇上的烟云（〈画梦录〉代序）》），或是荒芜的旷地上寂寞少年孤独的灵魂的独语（《给艾青先生的一封信》），又或是一片又凄清又艳丽的秋光里的青春的呼声（《〈刻意集〉序》），再或是伴着深思的情感拨动的纯粹的柔和与美丽（《〈还乡杂记〉代序》）。总之，“亡失了我的青春，剩下的就是一些残留在白纸上的过去情感的足印，一些杂乱的诗文。除去一部分自以为比较完整的诗被一位朋友编入《汉园集》，又一部分不长

① 何其芳：《何其芳文集》第二卷，人民文学出版社，1982年，第120页。
② 《何其芳文集》第二卷，第58页。

不短的文章姑且名之曰散文者另编为《画梦录》”[①]。这是何其芳在不同情境下对《画梦录》的描述。一个作品需要一再解释其创作的原因和作品的意旨，除去处境的需要之外，也可看出《画梦录》本身的隐晦与含混。然而这种含混并不只来源于其思想的复杂与摇摆，还来源于创作的起点多是青春捉摸不定的情绪，是孤独漫步时的幻想和内心自我对话的片段，而创作的手段又多是象征的、隐喻的、缺乏连贯的。这就使得《画梦录》超越了表面心理经验叙述的单纯，以一种“文字魔障”的多义形态构筑了一个具有多重意味的诗意空间。所以何其芳说：“分明一夜文君梦，只有青团扇子知。”可是拨开扇上的烟云，何其芳对《画梦录》最直观的指认是人生半途徘徊的足音，是并不应该责备的青春的夸张与残忍。因此，从青春的角度看《画梦录》，或许可窥见那文字技艺背后一颗真实心灵的跃动与挣扎。这颗年轻敏感的心灵因专注感受而放大了青春的感受，因专注幻想而捕捉了青春的幻想，因专注表现而留住了青春的“密语”。

“秋天带着落叶的声音来了。早晨像露珠一样新鲜；天空发出柔和的光辉，澄清又缥缈，使人想听见一阵高飞的云雀的歌唱，正如望着碧海想看见一片白帆；夕阳是时间的翅膀，当它飞遁时有一刹那极其绚烂地展开。于是薄暮。于是我忧郁又平静地享受着许多薄暮在臂椅里，在街上，或者在荒废的园子里。是的，现在我在荒废的园子里的一块石头上坐着，沐浴着蓝色的雾，渐渐的感到了老年的沉重。……我的思想飘散在无边际的水波一样浮动的幽暗里：一种记忆的真实与幻想与梦的糅合……当我正这样静静的想着而且阖上了眼睛”，却听到一对私语者，说着有关青春的爱情的话，在凄凉的欢欣和郁悒里看到了十九岁的两行诗“在你的眸子里我找到了童年的梦，如在秋天的园子里找到了迟暮的梦……”[②]这是何其芳创作于1936年的小说《浮世绘·迟暮的花》中的

---

① 《何其芳文集》第二卷，第120—121页。

② 《何其芳文集》第三卷，第227—228页。

一节，它不仅延续了《画梦录》的情调，还意外以直观的方式总结展示了《画梦录》的外在形态与内在精神。首先，它囊括了《画梦录》中常常出现的意象：秋日、黄昏、薄雾、荒原，也展示了《画梦录》里“表现的姿势”：独自一人在静的时间和静的环境中，任思想飘散入梦，恍惚中听到私语而陷入哀凉。同时，它还完整地呈现了《画梦录》的主题与情调：以爱情为浓墨的对于生命感受的耽溺，几乎是《画梦录》全部的主题，而那迟暮的感受、荒凉的静默、幽暗的格调，以及繁复婉丽的意象、通感曲折的表达则是《画梦录》恒常的主调。可跳开这些意象和情调，《迟暮的花》是一个幻想自己为老年的青年人，在一种自我营造的未老先衰的凄凉氛围里，想到自己一次失败的爱情经验而产生的对于生命悲观感受的文学表达。这是温柔多感的青春的表达，是青春才有的那种佯装历尽沧桑后的平静、成熟和伤感，是明明因幼稚的爱情而烦忧，却将这烦忧上升为生命的悲观，是沉醉于自己的演绎与幻想，而将这幻想当成人生实苦的“真实”的执拗。这是带着浪漫色彩的迟暮情调，是刻意的以静止的时间感来留住的“黄昏”，是少年不识愁滋味，为赋新词强说愁的明证。也因此，这里哀凉的黄昏之静是十分脆弱易逝的。它包含的思想竟那样少，以至于在何其芳离开古旧的北方之城，来到荒凉的海滨看到人生真正的痛苦后，就自然地失去了，再到他奔赴火热的延安，就常以解释和反思来对待这段青春之梦了。可《画梦录》却无可否认地成了“扇上烟云”里飘散的一段“青春密语”，在1930年代以“失落”“离散”为主调的生命合唱中贡献了一曲凄清悦耳的前奏。

《雨前》《黄昏》《独语》《梦后》都是以“思”或者“灵魂的独语”为主题的作品，没有显著的叙述，而《炉边夜话》《哀歌》《货郎》《楼》则是聆听或讲述一个个记忆里的故事。但无论是独语还是讲述都是同样幽深的氛围、同样哀婉的情调、同样辽远的想象、同样隐喻的情感，是失落生命之力后青春的孤单，是诗化情绪压抑时的反射。就像何其芳说的那样，感受暮色与暮年，想象一些辽远的东西，一些找不出名字的国土，然后在“在刹那间捉住了永恒”。《画梦录》对何其芳而言，就像是一个对黑暗世界虽有潜在知觉却宁愿沉醉于自我世界的青年，以孤独向内的丰富和艺术斑斓的画笔所捕捉的青春之梦。它以艺术的追求留住并深化了青春的感受，让读者在反复的吟味中心领神会，也让“五四”以来的“青春”真正穿上了个人的彩衣。

二、去除代言的青春

何其芳1930年代的创作无论是以奇异想象和私语感受为特征的《画梦录》，还是追忆童年、叙述经历为主的《还乡杂记》，亦或是对其创作进行解释和回答的《梦中道路》及诸多代序，都有一个显著的特征：去除代言的个人性。

在《画梦录》中，他将“我”的忧郁视作寂寞性格所致的忧郁，称那些纤弱的情感、思想和感觉来自孤独，“因为孤独的墙壁使我隔绝人世，我才‘哭泣着它的寒冷’”[①]。他用精致的语言以幻想的情境来放大青春的感受，但从未将这感受再次放大为青年群体的感受，也从未将自己的悲观归因于时代的苦难和民族的根性，他只是“拘谨”地记录并创造着自我生命“刹那的永恒”。在《哀歌》里，那些被父母之命、媒妁之言和荒漠一般的古宅束缚着逐渐枯萎的美丽姑姑们，当他想起她们时，“不能不对我们这古老的国家报一种轻微的怨恨了”[②]，可当叙述开启，何其芳又似乎忘记了这“轻微的怨恨”，而是带着幽远的怀想和一切都会消逝的惋惜叙述童年视角下荒园底色的故乡记忆了。这种“忘记”对何其芳而言，与其说是一种回避，不如说是一种选择。在他的艺术世界中，忠实地创造自我即获得了“我”的永恒性，因为这个“我”更接近生命，是超出情绪层次的生命表现。在他的作品中，通过抒情来达到内外生命之律动的统一，并以此超越具体生活的情境，来进入美的永恒，

---

① 《何其芳文集》第二卷，第129页。
② 《何其芳文集》第二卷，第35页。

而这也是何其芳唯美艺术观的体现。

在《还乡杂记》中，感情变粗了的何其芳开始"开眼看世界"，他写了荒凉的街、生活过的县城，回忆了自己读书的经历、遇见的同学，又讲了乡下、私塾师、几个"特别"的老人和记忆里的童年，甚至还在《树荫下的默想》中想起了"干旱的土地；枯焦得像被火烧过的稻禾；默默地弯着腰，流着汗，在田野里劳作的农夫农妇"①。这些丰富的内容预示着何其芳开始走出了封闭的幻想，观照外面的世界。但从其叙述的视角来看，他依然在叙述个人的乡土和个人的成长记忆，并未将这些凄凉的、失落了的故乡当作整个故乡的缩影，也没有以启蒙者的姿态去评判故乡的善恶，反而以相对单纯的态度，以追忆、同情和逝去时光的"一点感伤"来呈现那"记忆里的乡土"。在《街》《县城风光》《乡下》这些以具体场景为主线的散文中，乡土凄凉的景象混杂在此地触发的记忆里，娓娓道来的是乡土的景、人、事留给"我"的感受，以及"我"彼时的心境。在《私塾师》《老人》这些以具体人物为主线的散文中，乡土成了童年的幕布，"我"仿佛在看一部讲述自己童年的电影。那电影中的私塾师、几个特别的老人虽也鲜活清晰，但作者的目光总忍不住看着童年压抑又有些生趣的自己，幻想着"假若我有另外一个童年我准会快乐点"②。在何其芳的视野下，乡土是隔膜的，是记忆的现实，而非实际的存在，因此，这现实尽管可能成为"我"转变的动力，但使"我"感到人事的悲哀，并愿熄了旧梦而开始"严肃"工作的，却是"我"对这乡土的重新记忆与认识。所以，还乡不过是触发青春心灵成长的又一因素，"我"的转变更多是在追寻心灵的脚步，而非为了真正改变故乡或世界的样貌。所以，何其芳 1930 年代的创作无论是"狭促"的《画梦录》，还是逐渐开阔的《还乡杂记》，都是基于自我成长的书写，都带着鲜明的个人青春的印痕。

---

① 《何其芳文集》第二卷，第 136 页。

② 《何其芳文集》第二卷，第 112 页。

其实，这与“五四”时期对“我的青春”的认识很不同，“五四”时的“我”具有浓厚的代言的自觉，如郁达夫在《沉沦》里喊出的那样：“祖国呀，祖国，我的死是你害我的！你快富起来！强起来罢！你还有许多儿女在那受苦呢！”[①]“我”是这许多儿女的代表，“我”的苦闷是广大青年的苦闷。正是这种自觉的代言性使得“五四”具有了广泛启蒙的可能，也因此为“五四”的“青春”蒙上了一层阔大的启蒙色彩。而何其芳对于个人的自觉，却意外获得了一个小小的个人青春的文学样本，并因常常独对生命，唤醒了个人对自我生命觉知的敏锐，在抒情和表现中深化了个人青春的内涵。

“也许寂寞使我变坏了。但它教会我如何思索”[②]，“黑色的门紧闭着：一个永远期待的灵魂死在门内，一个永远找寻的灵魂死在门外。每一个灵魂是一个世界，没有窗户。而可爱的灵魂都是孤独的独语者”[③]。在何其芳看来，寂寞的独语或许是在万念灰灭之时又远远的有所神往的一种对生命沉潜的状态，它既可获得许多唯有独自才能领会的生命体验，又在孤独的苦涩中达到了寂寞的美感，是探寻生命真实处境与获得艺术哀凉之美的共通选择。所以“‘独语’深处是孤独的个体独自面对世界的心理体验。它拉开了与生存世界之间的距离，并在这种距离中确立了个体的生命存在”和艺术本质上对于“心灵的形式”的追寻[④]。正是这种对于“独自”的生命确认和艺术确认，深化了何其芳，深化了个人青春叙写的“单纯”，并在生命哲学层面提供了刹那间永恒的青春样本。

---

① 郁达夫：《沉沦》，《郁达夫全集》第一卷，浙江大学出版社，2007年，第75页。

② 《何其芳文集》第二卷，第17页。

③ 《何其芳文集》第二卷，第14页。

④ 参见吴晓东：《临水的纳蕤思——中国现代派诗歌的艺术母题》，北京大学出版社，2015年，第149页。

三、成长的青春

何其芳 1930 年代的创作经历了两个显著的转变：从沉醉于“心灵的形式”到开始关注现实人生的转变，再到为抗战开启“实际的工作”的转变。具体到作品中，就是从哀婉、私语的《画梦录》《刻意集》，到“感情粗起来”的《还乡杂记》，再到以杂文和报告文学为主的《星火集》，作品的风格也经历了从精致、晦涩到朴实、深沉，再到充实、昂扬的转变。1930 年代是何其芳思想和艺术互融蜕变的过程，也是青春成长的阶段，在这一过程中，思想的成熟和艺术的完美并未齐头并进，它们共生、拒斥、互融又妥协，在情感的掌控与调和下呈现出迥然的风貌。就艺术的完全而言，处于交叉路上的《还乡杂记》可看作其最成熟的散文作品。它不仅以思想的演进呈现了青春的成长，还逐步跳脱了文字的魔障，以自然、连贯的叙述和更贴近散文文体的手法，终将散文变作了“一种独立的创作，不是一段未完篇的小说，也不是一首短诗的放大”①。

记事和怀人是《还乡杂记》的两大主题。“言之有物”而非仅仅“言之有理”，是“还乡”与“画梦”显著的不同。在《街》中，“我”怀着荒凉的童年记忆回到凄凉的乡土，踯躅长街，想起十五岁那年的学校风波，悲愤于人类社会从未有一种合理的生活，进而感到梦的觉醒，但又同时感到自己的脆弱。此时的何其芳从“画梦”抽象的冥想开始进入实际的生活，虽然旅程中感到对故乡的知识少得可怜，但成长的记忆还是随着故地重游而自然显现。那些充满创伤的少时回忆如慢放的黑白电影缓缓展开，多年后不仅清晰，还以全景和纵深的形式显露了许多自己之外的实在。那是“他人”生活的实在场景，是社会存在的实在状态，也是人生路途上的实在景象，这些使得何其芳愤懑、疼痛，进而开始理性地反思自己的道路，并生发出一些反抗的热情来。用他自己的话说，那

① 《何其芳文集》第二卷，第 125 页。

是从一个版图日趋缩小的衰落时期的王国渐渐阔大起来的过程，也是青春由封闭的幼稚、向内的知觉走向阔大社会、完整人生的过程，而阔大的原因是现在的他不只是关心着自己了。在文本中的表现，就是何其芳开始以理性的观察和真切的反思来叙述一个阔大的实在整体，而不是如“画梦”时期一般，迷醉于虚幻的想象和细处的雕琢，开始“言之有物”“物中有思”了。在《乡下》中，何其芳以极细致的笔触来呈现并分析家乡的社会形态和人的活法，眼光冷静，关怀深沉，虽有悲观的情绪，却也内隐着行动的热情。通过他的叙述，一个具有阔大视野、悲悯情怀，且能精准把握农民心理与文化形成的何其芳缓缓而来，而这不仅构成了何其芳更完整的精神面貌，也使得其作品更充实有力、意味深长。

《树荫下的默想》是《还乡杂记》怀人散文的代表，它浓郁的抒情性不仅体现在与朋友交往的几个片段中，更在于和朋友于故乡相见的情境下，以及故乡、朋友给予“我”对人生的认识与转变里。它没有如《画梦录》般耽溺于某一灵感触发的忧思中，将忧戚的情绪沉浸在细致的描画和微妙的联想里，而是用电影镜头般的切换，清晰展现了与朋友从相见到怀想再回到此的过程，言之有物亦言之有情。但同时，它也没有将笔墨陷入简单的叙述，且叙述也并不为凸显朋友的形象或交往的详尽，而是在现实与回忆、归乡与离乡、讲述与独语的交错中，将“我”对朋友、故乡、前路的复杂情感呈现了出来。可见，以《树荫下的默想》为代表的《还乡杂记》虽体现了与“画梦”时期不同的思想与情味，但并未割断与“画梦”的联系，它不过是耽于幻想的心灵遭遇了最易触及内心的现实（童年、乡土、友情、人世），而突然开始的醒悟、挣扎、面对后得到的一丝安定，是“画梦”的青春逐渐成熟的表现，也是何其芳思想不断变化的过程。就如他后来认为的那样：虽已向人间发出我的怨言，并以正直、宽大和内蕴的热爱去回答人间的寒冷，但也不得不承认《还乡杂记》“仍然带着一种个人主义的沉郁的气息”[①]，是交叉路上的前瞻与回望，是生命过程中自觉的成长。

在艺术层面，《还乡杂记》叙述从容、言之有物，笔调沉静、论之有理，情思相融、发之有情。结构清晰甚至巧妙，语言精纯却自然，还具童年视角，有纯真之气，可看作何其芳散文艺术的成熟样本。它跳脱了“画梦”时期的细致雕琢，进入平实自然的状态，行文虽依然富含诗趣与诗味，但已融入散文创作的逻辑，不再是诗的灵性与跳跃，也不再是诗的表意与象征，或许可以算作真正“独立的创作”。

“首先出现在我记忆里的是外祖母家的一个老仆。我幼时常寄居在外祖母家里。那是一个巨大的古宅，在苍色的山岩的脚下。……我怯惧那僻静而又感到一种吸引，因为在那几乎没有人迹的草径间蝴蝶的彩翅翻飞着，而且有别处罕见的红色和绿色的蜻蜓。我自己也就和那些无人注意的草木一样静静生长。”“我在寨上。我生长在冰凉的石头间。大人们更向一个十岁的孩子要求着三十岁的成人的拘束。但一个老实规矩的孩子有时也会露出顽皮的倾向……我就在这种情形下间或捉弄寨上那个看门人。”“黄昏了。夜色象一朵花那样柔和地合拢来。我们坐在寨门外的石阶上。……我，我的祖父，和一个间或到我家来玩几天的老人。”“最后我看见自己是一个老人了，孤独地，平静地，象一棵冬天的树隐遁在乡间。”[②]

这是何其芳《老人》中“几个老人”的开篇。每个故事都以“我的心境”起始，每种心境又都浸润在同样心境的景色中，每个景色凝聚成一种气氛，每种气氛又弥漫成灌注文章的格调。寥寥数笔，文魂已现。再看那诗意点染的语言，旁观童年的视角，以情贯连的结构，忧郁又平静的情感，便可深深领会这还乡散文的魔力了。它带着青春成长的印记，又逐渐驱散了文字魔障的包围，终在一个短暂的时期获得了思想和

① 何其芳:《给艾青先生的一封信》,《何其芳散文选集》，百花文艺出版社，1985 年，第 214 页。

② 《何其芳文集》第二卷，第 113—117 页。

艺术上的平衡，收获了一朵正好季节里的寻常的花。

四、诗与真的青春

何其芳 1930 年代的创作，无论小说、散文、戏剧，均深受其诗歌艺术的影响，在主题的选择、意境的营造、情感的抒发和文字的组织上，都与其同时期的诗歌作品相似、相通，甚至可以说在某种程度上，这种不分行的写作，因可更直接地诠释更多、更复杂的思想，而成为其诗学理想构建的某种补充。“诗与真”可看作何其芳 1930 年代对青春呈现的主要形式，它以极高妙的文字艺术，呈现了青春倏忽而逝却令人难忘的极致心灵面目，也因此使得何其芳有能力作为“五四”青春另一面的代表，丰富了“青春”这一概念本应多彩的内涵。

“我企图用很少的文字制造出一种情调：有时叙述着一个可以引起许多想象的小故事，有时是一阵伴着深思的情感的波动。正如我以前写诗时一样入迷，我追求着纯粹的柔和，纯粹的美丽。”①

以很少的文字制造出一种情调，追求语言的锤炼和充实的表现力是何其芳 1930 年代创作最典型的特点。

“马蹄声，孤独又忧郁地自远而近，洒落在沉默的街上如白色的小花朵。我立住。一辆古旧的黑色马车，空无乘人，纡徐地从我身侧走过。疑惑是载着黄昏，沿途洒下它阴暗的影子，遂又自近至远地消失了。”②

这是《画梦录》中《黄昏》的开篇，以听觉起始，却呈现了一幅图画，以视觉收束，却已分不清是梦是真。马蹄声自远而近，衬托出街的静寂幽长，“我”独自沉默踟蹰，那声响如白色的小花朵洒落在“我”忧郁的心上。马蹄声如白色的小花朵，多妙的联想，一个孤独又忧郁已

---

① 《何其芳文集》第二卷，第 127—128 页。

② 《何其芳文集》第二卷，第 11 页。

将马蹄声纳入“我”的心境，却在沉闷之时，遥想那细碎清越的蹄声仿佛白色的小花自空中飘落。一个白一个小，干净机灵，瞬间将沉闷变作灵气，将忧郁淡化为清冷与落寞。可接着，“我”由听转为看，一辆古旧的黑色马车缓缓从“我”身旁走过，却空无乘人，黑色的孤独又一次袭来，那可能是专门载着黄昏的马车吧，“我”又由看转入想，它承担着黄昏的使命，沿途洒下阴暗的影子，可还未多想，它就在“我”的眼前自近至远地消失了。短短八十个字，何其芳由听到看，再到想，又回到看，情感由沉闷到清冷到孤独再到更深的孤独，最后进入一种情境，是否真的有马蹄声，还是这只是个辽远的梦？整个场景有静态的彩色图案，有动态的人物动作，有曲折的情绪感受，有高妙的情境塑造，每个字都有它的色彩、形状，每句话都有它丰富、幽深的内涵，每处停顿都是情绪的起伏，每个连接都是意义的延伸。像这样的段落在《画梦录》里随处可见，若将其错行，俯拾即是一首小诗，若探寻其成因，除去苦心的雕琢之外，更来自青春灵感的突发和诗艺自觉的营造。用何其芳自己的话说，就是“我倾听着一些飘忽的心灵的语言。我捕捉着一些在刹那间闪出金光的意象。我最大的快乐或辛酸在于一个崭新的文字建筑的完成或失败”[①]。

《还乡杂记》《刻意集》虽不如《画梦录》如此诗性，但在语言层面却延续了“锤炼”“曲折”“造境”“情调”等艺术追求。《刻意集》虽是小说、戏剧的集合，但却在文体上融合了浓郁的散文元素，冲突并不鲜明，但情随事显，随处可见这样的段落：

> 王子猷和童子篔青在一只船里。船是小小，然而清洁使它不觉窄促的船，没有一片帆，一半舱篷来遮蔽它向圆圆的蓝的天空仰视。幽閒的水是柔滑地抚摸过它身边，流着永远的静寂。

---

① 《何其芳文集》第二卷，第 62—63 页。

两岸银色的丛林夹着这低流的河，对这河里缓流着的小船，船里静坐着的角巾萧然的人，仿佛惊视。这正对着王子猷对四围惊视的眼睛。这使他继续一刹那完全的静。听着船尾轻匀地打起的一双桨声，携来准备对天地的开阔浮一大白的酒壶都似乎忘掉，忘掉它就在身旁的船板上。这时，除了纯净的空气，甚么都不必吸饮。这已够沉醉，一种清醒的沉醉。

"天地为甚么要使我们觉得太大，太大？"

"然而我们伸出婴孩时短短的手膀，就似乎完全拥抱着了它，如小时合着眼拥抱母亲的颈项。"①

这不足三百字的片段，不仅以极简的景色呈现了"天地苍茫一孤舟"的境界，还以拟人的生趣细致地描摹了天人之间的互动与融合，更以极简明的追问进入了辽远的冥想和生命的哲思。几处对视，"孤舟仰望蓝天""丛林惊视小船与船上人"，还有"船上人对于四周的惊视"，景与人都在"看与互看"的情景中，这"互看"又隐含在更高主体的"看"之下，三重观照，进入卞之琳《断章》一般的戏剧情境，而这情境更让人进入物我两忘的境界。再仰躺小舟，听到船尾那轻匀的打桨声，不觉沉浸于天地的宏阔而感到自我的渺小，如沧海一粟，任意漂流，可当你伸开手膀，却意外触到了天际，张开双臂就能全部拥抱了它。这时的"我"又变得这样大，这样伟岸，而天地又变得这样亲切，这样触手可及，一切都在静寂里，一切都沉醉中。何其芳的确是造境的大师，短短数语将古往今来人对天地的感知、对静的感受描画得深切动人、恰到好处，也将白话文的应用提到了一个新的高度。《王子猷》本是一篇托古抒怀的文章，里面诠释得是对古人佯装狷狂、"隐"而多忧的矛盾心态的理解，也体现了作者自己心无定处、敏而多感、易伤易折又内蕴热情与冲动的复杂心理，而些这正是青春深刻感受的来源。正是

---

① 《何其芳文集》第三卷，第 179—180 页。

这青春偶发的情思与这极富表现力的文字的相遇，才成就了何其芳如此动人的篇章。

结语

何其芳1930年代的创作从青春的感受出发，以极高妙的文字艺术呈现了青春极动人的心灵面目。它细致描摹了青春阶段飘忽的情绪、灵感、寂寞与烦忧，以独对生命的姿态和心灵成长的追寻深化了个人青春的内涵，也以文学的方式记录了一段“平凡”的青春叙事。它在“青春”成为一种蕴含革命潜能、孕育除旧布新之力的话语象征之后，以细腻的文字与心灵为青春提供了另一面向，也显露出年轻的何其芳试图以艺术为遮挡与保护，来面对自我、面对世界的选择。

其实，没有人可真正脱离时代而存在，何其芳的“疏离”中也时时可见内心的矛盾与挣扎，只是那时的他或许在时代之纬站得不高，但在生命之经却掘得很深。他将自己真实的感受交付于艺术的神笔，苦闷又无比珍视青春阶段的惶惑与灵感，并以全部的身心投入它、渲染它，才成就了这样一个精细、完整的青春样本。以文学安顿生命，以生命滋养文学，何其芳用他的文字诠释了文学与生命的交融，也印证了文学的生命意义。

（作者单位：山东师范大学音乐学院）

陈北鸥与抗战时期陪都刊物《国讯》《宪政》的史迹考[①]

□熊飞宇

陈北鸥（1912—1981），原名陈伯欧，笔名北鸥。福建闽侯人，生于北京。现代诗人、剧作家、文学翻译家。《中国文学家辞典》《中国翻译家词典》《二十世纪中国诗人辞典》等辞书均有其条目。20世纪30年代，中国新文学论坛曾有“碧野张天翼，胡风陈北鸥”的佳话。然而，有关陈北鸥的研究，于今却至为寥落。2011年9月，其女陈好（时供职于中国社会科学院）在中国社会科学出版社出版父女合著的诗集《心曲》，书前有《纪念我的父亲陈北鸥》。后陈好将其略作改写，在陈北鸥诞辰110周年之际，以同题发表于《新华书目报》，并从《心曲》选录三篇附后。除此之外，则尚未见专文研究。

陈北鸥早年加入北平左翼作家联盟，流亡日本期间，曾就学于东京帝国大学文学研究院。抗战时期，他参与发起中华全国文艺界抗敌协会，后转徙重庆，任民族革命通讯社重庆分社理事兼总编辑。1943年，其应黄炎培之邀，主编《国讯》，参与创办《宪政》。其间，亦颇多创作与翻译。现就其与《国讯》《宪政》有关的史迹详加梳理，以期能揭开陈北鸥研究的序幕。

---

① 本文系国家社科基金项目“《国讯》与抗战文学形态研究”（20BZW126）阶段性成果。

一、陈北鸥与《国讯》

《国讯》前身为《救国通讯》，在黄炎培积极倡导和主持下，1931 年 12 月 3 日创刊于上海。初为不定期发行的小册子，1933 年改名《国讯》，为半月刊的综合性杂志，主编张雪澄。1934 年 7 月改为旬刊，1937 年 12 月停刊[①]。后张雪澄到重庆，遵黄炎培嘱，于 1938 年 8 月 13 日复刊《国讯》，是为第 179 期。张雪澄、孙起孟参与编辑。编辑委员会成员包括：黄炎培、江恒源、杨卫玉、叶圣陶、孙起孟、孙几伊、柳叔堪、薛明剑、张雪澄。国讯社（初在重庆青年会 12 号，后迁张家花园 56 号）发行，发行人为施之铨。

1941 年 2 月 1 日，陈北鸥访黄炎培，因其“邀来参加工作”[②]，但未见下文。至 1943 年 5 月 12 日，黄炎培在日记中云：“陈北鸥来，商定十七日起担任《国讯》编辑。”[③]5 月 18 日，“国讯会议，北鸥初出席”[④]。6 月 15 日，“第 338 期《国讯》出版，陈北鸥始加入主编”[⑤]。

此后，陈北鸥即不时出现于黄炎培日记。1943 年 8 月 30 日“午后，卫玉、北鸥、寒筠会商国讯公言”[⑥]。此处的“公言”，应即《国讯》第 345 期以“本社”名义刊发的《以人力配合物力》。10 月 3 日，中华职业教育社在渝干部同人会议，由杨卫玉主席，陈北鸥参加[⑦]。11 月 29 日，“国讯书店店务会议，到者卫玉、佛如、雪澄、北鸥及经理祝公健，商

---

① 王绿萍编著：《四川报刊五十年集成（1897—1949）》，四川大学出版社，2011 年，第 447 页。

② 黄炎培著，中国社会科学近代史研究所整理：《黄炎培日记》第 7 卷，华文出版社，2008 年，第 62 页。

③ 《黄炎培日记》第 8 卷，第 107 页。

④ 《黄炎培日记》第 8 卷，第 109 页。

⑤ 《黄炎培日记》第 8 卷，第 119 页。

⑥ 《黄炎培日记》第 8 卷，第 149 页。

⑦ 《黄炎培日记》第 8 卷，第 161—162 页。

决种种”[①]。据此来看，陈北鸥在主持《国讯》编务的同时，也一并参与中华职业教育社、国讯书店的相关事宜。

1943 年 12 月 6 日，时值《国讯》十二周年纪念，黄炎培“邀出版界会餐，到者新华潘梓年，中央律鸿起，新蜀高临渡，商谈《国讯》改进问题”[②]。陈北鸥继黄炎培、杨卫玉之后补充发言，指出“《国讯》承读者以及作家的爱护，最近投稿相当的多”，从而使“编辑工作能顺利进行”；但因为“目前物质条件太困难，印刷方面终于难达到理想的境地”，“不过我们用最大的努力使刊物不脱期”[③]。

虽如此，《国讯》却持续亏损，“卅二年赔九万一千元”[④]，故 1944 年 4 月 11 日，黄炎培与杨卫玉、祝公健、林谷共商《国讯》“由社移店”[⑤]，即由国讯社移交国讯书店。同时决意对《国讯》“全力革新”，特于 6 月 6 日举行社务会议，“议定七月一日出版之第 371 号为示范号”[⑥]。9 月 1 日，黄炎培与“北鸥、卫玉三人商国讯重改为编辑委员会事”[⑦]。9 月 13 日午，又与“叶圣陶、傅彬然、俞励挺、孙几伊、张雪澄及公健、林谷、尚丁共餐紫竹林毕，借青年会开国讯编辑会议，各人发表意见，皆极精彩”[⑧]。9 月 20 日，“陈北鸥来谈”；同日，“国讯业务会议”[⑨]。

至 1944 年 10 月 1 日的《国讯》第 377 期，主编仅余杨卫玉一人，但陈北鸥与俞颂华、俞励挺、徐仲年、孙几伊、孙起孟、张志让、张雪澄、傅彬然、叶圣陶、杨卫玉一道，继续留任编辑委员。至 10 月 15 日的第 378 期，编辑委员新增夏孟辉。10 月 18 日十时半，在“滑翔俱乐

---

① 《黄炎培日记》第 8 卷，第 184 页。

② 《黄炎培日记》第 8 卷，第 186 页。

③ 记者：《本刊十二周年座谈会》，《国讯》1943 年 12 月 25 日第 356 期，第 9 页。

④ 《黄炎培日记》第 8 卷，第 247 页。

⑤ 《黄炎培日记》第 8 卷，第 247 页。

⑥ 《黄炎培日记》第 8 卷，第 273 页。

⑦ 《黄炎培日记》第 8 卷，第 307 页。

⑧ 《黄炎培日记》第 8 卷，第 310 页。

⑨ 《黄炎培日记》第 8 卷，第 313 页。

部开国讯会议，决聘俞颂华主编”[①]。至11月1日的第379期，编辑委员再新增王冶（沿）津，主编为俞颂华、杨卫玉。而陈北鸥担任《国讯》编辑委员，直至1946年4月1日第409、410期合刊出版（重庆出版的最后一期，此后即休刊）。

由上以观，陈北鸥担任《国讯》主编，起自第338期，止于第376期。其之所以去职，大概是由于刊物的亏损。

二、陈北鸥与《宪政》

1943年9月，国民党五届十一中全会宣布实行宪政，制颁宪法。随后，蒋介石又在国民参政会三届二次会议上，提出组织“宪政实施筹备会”。为此，国民党的国防最高委员会成立“宪政实施协进会”，准备实行宪政。在此背景下，大后方的第二次宪政运动再度掀起热潮。

1943年11月29日，钱新之、黄炎培、张志让、康心如、杜月笙、戴修瓒、陆鸿仪、陈时、卢作孚、刘攻芸、王志莘、潘仰山、吴羹梅、章剑慧、潘序伦、王芸生、何葆仁、浦心雅、祝世康、章友江、薛明剑、杨卫玉、向乃祺、章行严、刘航琛、连瀛洲，假座打铜街交通银行二楼召开发起人会议（名单中后三位未出席，后又增补江一平为发起人）[②]，决议“以民间地位，响应政府空前盛举，集合群力”，创办《宪政》，“以客观态度，研究宪法与有关宪政诸问题”[③]。会议公推黄炎培为发行人，张志让为总编辑。其编辑委员则包括戴修瓒、褚辅成、杨卫玉、黄炎培、傅斯年、章友江、章行严、陆鸿仪、陈北鸥、祝世康、江问渔、向乃祺、王芸生。

《宪政》月刊社曾多次召开筹备会议，陈北鸥亦大多参与，揆诸《黄炎培日记》，有下述记载：

---

① 《黄炎培日记》第8卷，第321页。

② 《本刊发起经过》，《宪政》1944年2月1日第2号，版权页。

③ 《宪政月刊志趣书》，《宪政》1944年1月1日创刊号，第1页。

1943 年 12 月 2 日，“张志让来，举行第一次宪政月刊联席会议，尚有卫玉、公健、北鸥，向建夏[①]借五百元”[②]。

12 月 7 日，“第二次宪政月刊会议”[③]。

12 月 11 日，“第三次宪政月刊会议，到者志让、卫玉、北鸥、公健及公健之新同事尚丁”[④]。

《宪政》创刊于1944年元旦，创刊号即发行万余份[⑤]。此后，陈北鸥亦不时参加该刊会议，如 1944 年 3 月 28 日，“宪刊会议，张志让、陈北鸥、祝公健、蔡？共谈”[⑥]。1945年6月1日,《宪政》出版第17号后，因经济原因而停刊。

三、参与宪政座谈会及其他座谈

国讯旬刊社与宪政月刊社是国统区各民主党派鼓吹宪政、争取宪政的一个主要活动基地，陈北鸥曾多次参与有关座谈。

（一）参与国讯旬刊社的宪政座谈会

1943 年 10 月 9 日，国讯旬刊社在张家花园本社，主办“实施宪政问题座谈会”，约请几位参政员参加。会议主要围绕五项议题，即：1. 中国宪政的过去；2. 怎样筹备实施宪政；3. 保障人民的自由权；4. 实施宪政的对象；5. 三民主义的宪政，“共谈了三小时”，并用不记名的方式予以记录[⑦]。《黄炎培日记》云：“夜，国讯会议，并举行宪政座谈。”[⑧]

---

① 指中华职业教育社经营的建夏企业公司。

② 《黄炎培日记》第 8 卷，第 185 页。

③ 《黄炎培日记》第 8 卷，第 186 页。

④ 《黄炎培日记》第 8 卷，第 188 页。

⑤ 王绿萍编著:《四川报刊五十年集成（1897—1949）》，四川大学出版社 2011 年，第 688 页。

⑥ 《黄炎培日记》第 8 卷，第 241 页。

⑦ 路易纪录:《实施宪政问题座谈会》,《国讯》1943 年 10 月 25 日第 350 期，第 6 页。

⑧ 《黄炎培日记》第 8 卷，第 164 页。

1944 年 1 月 13 日夜，黄炎培与杨卫玉、陈北鸥、陈乃昌“共商国讯社宪政座谈会办法”[①]。16日下午二时，国讯旬刊社和重庆青年会联合主办的“宪政讲谈会”举行。黄炎培、陈北鸥等四十余人参加。座谈围绕下述内容展开：讲谈会质比量重；宪法中的国民经济；宪政的精髓——地方自治；把权力交给人民[②]。《黄炎培日记》亦云：“午后，国讯社、青年会召集宪政讲谈会，在青年会总务部举行，余与黄次咸主席，向乃祺、瞿绍伊、刘伯昌、张澎（澍）霖、陈乃昌皆发言，定继续召集。”[③]

1944 年 1 月 25 日，《国讯》第 359 期又发布消息云：国讯旬刊社和宪政月刊社主办的“宪政讲谈会”将于“一月廿七日下午一时半”，在“重庆两路口社会服务处”举行，并“欢迎本刊读者参加”。

1944 年 1 月 27 日下午二时，国讯旬刊社、宪政月刊社、社会月刊社联合主办的宪政讲谈会举行。黄炎培、沈钧儒、陈北鸥等 66 人出席。讲谈会主要研讨“五五宪草”第一章“总纲”及第二章“人民之权利与义务”[④]。《黄炎培日记》云：“宪政月刊社、国讯旬刊社、社会月刊社共发起宪政讲谈会，余与王绍箕（克）、杨卫玉主席，指定宪草一二两章研讨，请张志让说明，向乃祺、瞿钺、刘伯昌提出意见，到者约六七十人，二时半始，五时止。”[⑤]

1944 年 3 月 4 日下午二时，国讯旬刊社、宪政月刊社、社会服务月刊社联合主办的宪政讲谈会仍在社会服务处举行。陈北鸥与许恪士、郜爽秋、杨卫玉等 37 人出席。讲谈会主要针对“五五宪草”教育章发表

---

① 《黄炎培日记》第 8 卷，第 202 页。

② 尚丁、蔡皓纪录：《宪政讲谈会》，《国讯》1944 年 2 月 15 日第 360 期，第 9—11 页。

③ 《黄炎培日记》第 8 卷，第 203 页。

④ 蔡皓、徐力行、何健民、尚丁纪录：《宪政讲谈会》1944 年 2 月 25 日第 361 期，第 9 页。

⑤ 《黄炎培日记》第 8 卷，第 207 页。

意见[①]。

1944年3月11日下午二时，国讯旬刊社、宪政月刊社、重庆青年会联合主办的宪政讲谈会在重庆公园路重庆青年会举行。陈北鸥与杨荫溥、章乃器、王沿津、黄次咸、杨卫玉、浦熙修等39人出席。讲谈会主要针对“五五宪草”经济章发表意见[②]。

（二）参与宪政月刊社的宪政座谈会

宪政月刊社曾先后举办宪政座谈13次，陈北鸥至少参与4次（其中第二次、第六次、第八次座谈，因所据刊物内页有缺失，详情不明），分别是：

1944年1月4日午后二时，第一次宪政座谈假座交通银行二楼举行。研讨的要点包括：1. 中国目前是否需要宪政，为什么需要宪政，需要何种宪政？ 2. 中国在抗战期间，未实施宪政以前，是否应在民治大道上有所设施？应有何种设施？ 3. 今日在推进宪政运动之时，各界对于现在政治法令及一般状况之改进有何建议？ 4. 各界对于其有关事项，认为在宪法上应有何种规定？ 5. 目前应怎样推进宪政运动？

座谈由黄炎培、张志让主席，出席者有向乃祺、陆鸿仪、刘攻芸、王芸生、吕复、陈北鸥、浦心雅、杜月笙、钱永铭、章剑慧、章友江、潘序伦、何葆仁、杨卫玉、吴羹梅、杨荫溥、罗绍伊（以上为应邀出席者）、戴健标、常任侠、陈平泰（以上为临时惠临参加者）；书面答覆者有：陈时、薛明剑[③]。《黄炎培日记》云：“午后，偕张志让假交通二楼发起宪政座谈会，到者四十余人，正入席时，瞿绍伊自上海到，特为绍介。余发言后先退，因奉蒋主席今晚召餐，特约被召同人集参政会写建议大纲，备面陈。”[④]常任侠日记亦有载：“下午二时访樊弘（止平）未

---

① 尚丁纪录：《宪政讲谈会》1944年3月25日第364期，第6页。

② 蔡皓、尚丁纪录：《宪政讲谈会》，《国讯》1944年4月5日第365期，第10页。

③ 《本刊第一次宪政座谈》，《宪政》1944年2月1日第2号，第34页。

④ 《黄炎培日记》第8卷，第199页。

遇。赴交通银行参加《宪政月刊》座谈会，到钱新之、黄炎培、张志让、陆鸿仪、戴健标等二十余人，研讨颇热烈。”[①]

陈北鸥在发言中，对钱新之、王芸生、黄炎培等人的观点作出回应，建议在座谈之后，“请求政府明令公布现阶段人民应享的最低限度的权利”，以作为研讨的五个题目“最基本的解答”[②]。

1944年2月7日下午，第二次宪政座谈会举行。黄炎培、张志让、杨卫玉、向乃祺、陆鸿仪、祝世康、陈北鸥、陈伯康、李叔明等十余人出席。会议针对中国在制定宪法时及实施宪政前，就政治、经济、教育方面应行改进之点，进行了研讨[③]。《黄炎培日记》云：“宪政月刊召集宪政座谈会（第二次），仍在交通二楼举行，到者五十余人。”[④]

1944年3月13日下午二时，第三次宪政座谈原地举行。座谈主要围绕“节制私人资本与保护私人企业”展开。张志让主席，出席者包括陈时、沈志远、罗吟圃、泠遹（泠御秋）、章乃器、祝世康、杨卫玉、陈北鸥、陈伯康、向乃祺、何葆仁、李炳焕、浦心雅、章友江、张志让[⑤]。座谈记录中未见陈北鸥发言。

1944年9月25日下午三时，第九次宪政座谈原地举行。黄炎培、张志让主席，出席者计有：达浦生、向乃祺、罗定兴、覃思玄、周公正、陈北鸥、祝世康、王泰、董时进、泠遹（泠御秋）、杨卫玉、李奎安、刘伯昌、胡西园、廖公诚、阚岳南、吴盛儒、王祖骥、杨学庸、黄炎培、赵冯远、张志让[⑥]。座谈记录中未见陈北鸥发言。《黄炎培日记》云：“午后，宪政座谈会第九次讲题：《建国最基本之地方政象刷新问

---

① 常任侠著，郭淑芬、沈宁整理：《战云纪事》，海天出版社，1999年，第460页。

② 《本刊第一次宪政座谈》，《宪政》1944年2月1日第2号，第37页。

③ 谢长法：《教育家黄炎培研究》，山东人民出版社，2016年，第263页。

④ 《黄炎培日记》第8卷，第212页。

⑤ 《本刊第三次宪政座谈》，《宪政》1944年4月1日第4号，第32页。

⑥ 《建国最基本之地方政象刷新问题——本刊第九次座谈》，《宪政》，1944年11月1日第11号第33页。其中李奎安未见于出席者名单，但见于发言者纪要。

题》，讨论如何消灭土劣，发言者：达浦生、李奎安、董时进、罗定兴牧师、冷御秋、祝世康、刘孟侯。”①

此间，《宪政》第 9 号与《国讯》第 375 期曾于 1944 年 9 月 1 日同时刊发《民主与胜利献言》。署名者共计 30 人，陈北鸥居其末。作者有感于“寇患深矣”，针对如何“争取全局胜利”，如何解决“千端万绪之战后问题”，提出九条意见，期待能“一新政象，激发人心，增进团结，以迎最后胜利”。

（三）主持或参与国讯旬刊社的其他座谈

1943 年 10 月 20 日，翻译问题座谈会在国讯社会议室举行。曹靖华、吴熙祖、梁纯夫、王语今、杨卫玉、陈北鸥出席，张友渔、刘尊棋虽受邀但未能到场。座谈计有九要项：1.“一个翻译的理想”；2.“翻译和加注”；3.“翻译是创造”；4.“生硬的翻译”；5.“翻译的基本条件”；6.“怎样学习翻译”；7.“直译与译义”；8.“创造新语言”；9.“拣自己最熟悉的译”。

值得注意的是，陈北鸥在开场白中介绍云：“最近国讯社举行过几次座谈会，在旬刊上发表的有诗歌座谈会，黄金物价座谈会，实施宪政座谈会，都很受读者的欢迎”②，其中的诗歌座谈会，以《诗的语言问题》为题，刊于《国讯》第 339 期，但原刊未能亲见。证诸黄炎培日记，时间为 1943 年 6 月 14 日，“诗歌座谈会，到者臧克家（山东，赈委会专员），《古树的花朵》《感情的野马》；臧云远（留日！军委员文化工作委员会），《苗月舞》《静静的雪沟》；柳倩（文工会），《镇喊大地的一夜》；王亚平，《红蔷薇》；任钧（筹债会宣传工作，本姓卢）。（柳）以口语化为原则，重创造，但有二条件：A. 勿太欧化；B. 勿僻冷，务使大多数人了解。（王）打开新的境地，用新的思想，新的生活，新的事物来介绍新的语言”③。

---

① 《黄炎培日记》第 8 卷，第 314 页。

② 记者：《翻译问题座谈会》，《国讯》1943 年 11 月 15 日第 352 期，第 7 页。

③ 《黄炎培日记》第 8 卷，第 119 页。

《诗的语言问题（座谈会）》后被南京《新东方》第9卷第1期（1944年1月15日出版）和北平《中国公论》第10卷第6期（1944年3月1日出版）转载，发言者有陈北鸥、臧克家、黄炎培、任钧、王亚平、柳倩、臧云远。座谈主要包括三个要点：1.“口语的利用”；2.“旧词藻的扬弃”；3.“新语言的创造”。出席者另有冷遹、杨卫玉和重愚。臧克家在《少见太阳多见雾》（完稿于1980年10月15日）中也有回忆：“黄炎培先生的‘中华职业教育社’也在张家花园。他老先生好诗，有时约我们几个写诗的朋友去座谈，社里办了个刊物，陈北鸥同志在负责。”[①]

至于黄金物价座谈会，是在1943年9月17日举行。座谈会记录发表于10月5日的《国讯》第348期，出席者有潘仰山、褚辅成、冀朝鼎、章乃器、顾敦夫、王寅生、黄炎培、戴铭礼、薛明剑，名单中未见陈北鸥。

1943年11月26日，国讯社主办、陈北鸥主持的被俘敌军官兵座谈会在重庆附近正义村[②]会议室举行。出席者有正义村村长邹任之，正义村村民：日本陆军上尉长谷川明、日本陆军上尉高桥、日本海军中尉井上新一、日本海军上士三井敏夫、日本空军中尉中野八东、日本空军少尉大高雄。座谈的主题是“日本的前线和后方”，展现了四个方面的内容：1.“自己想办法的给养”；2.“向日本寄的慰问袋”；3.“无衣无食的日本人民”；4.“被轰炸后的东京”。[③]

1943年12月31日，“午餐后人生座谈会，陈鹤琴、柯育甫、沈衡山、屈文六（引者注：屈映光）、杨扶青、徐维廉、冷御秋、卫玉、北鸥、万里，记录尚丁。凡谈四小时，极畅”[④]。座谈的要点包括：1.“不澈底中求澈底”；2.“为人的人生观”；3.“力行是革命”；4.“义务人

---

① 臧克家：《少见太阳多见雾》，《新文学史料》1981年第1期，第43—44页。

② 正义村，即“军政部第二俘虏收容所重庆分所”，设于重庆南郊南温泉公园附近二三公里地刘家湾地主周唐氏的庄园内。

③ 志光纪录：《本社主办被俘敌军官兵座谈会》，《国讯》1943年12月15日第355期，第7页。

④ 《黄炎培日记》第8卷，第195页。

生观”；5.“人生的苦与乐”；6.“现实人生观”；7.“先利他后利己”；8.“人生观和世界观”；9.“死的实验”；10.“怎么求得死的快乐”。陈北鸥在发言中指出：“所谓生、老、病、死的痛苦，如果生是苦，死一定是乐。如果死是苦的，那末生当然是乐的”；“将来的世界人与人的关系，一定更加密切，所以‘为他’的他字，应当是全人类。而做一个人，应当是为了全人类，为了全人类历史的进步”；“所谓人生观与世界观是不能分的”[①]。

四、《国讯》的栏目革新

《国讯》本是一种综合性的新闻刊物，但在陈北鸥担任主编期间，则更加偏重于文学作品的刊发，除单篇作品增多之外，栏目的设置方面，亦有变化，较为突出、显著的如：

（一）关于写作和学习方法等问题

1943 年 9 月 25 日，《国讯》第 347 期首辟“写作问题特辑”，发文两篇：一是老舍的演讲《怎样写文章》，二是陈北鸥的《怎样写剧本》。后者又被收入《文艺写作讲话》[②]，1945年6月出版。值得注意的是，此一时期，陈北鸥对戏剧的创作甚为关注，曾在《中央日报·扫荡报联合版》的副刊“艺林”连续发文予以阐释：一是《戏剧的人物性格》（载 1943 年 2 月 16 日第 5 版），二是《戏剧的主题》（载 1943 年 3 月 15 日第 6 版）。

1943年11月15日第352期，发表郭沫若的演讲《写作经验谈》，“石光纪录”。

1944 年 1 月 5 日第 357 期，发表谢冰心的演讲《写作漫谈》，“尚丁纪录”。

---

① 尚丁纪录：《人生问题座谈会》，《国讯》1944年1月15日第358期，第7页。

② 发行人：柴绍武，发行者：战时文化供应社（总社：福建南平昼锦坊）。

1944 年 3 月 15 日第 363 期，发表洪深的“学术讲座”《民间的戏剧艺术——地方戏剧的研究》。

1944 年 3 月 25 日第 364 期，发表夏衍的“作家经验谈”《论创作的感情》，并加编者按语，表示本来“约请夏衍先生给我们写《怎样写戏剧》的”，却“写来这么一封公开信式的稿件”，故“就文章的内容标题为《论创作的情感》”。虽然夏衍“终于答应”“再写一篇《怎样写戏剧》的大作”，但遗憾的是，最终未能见刊。

1944 年 4 月 5 日第 365 期，发表王亚平的《读诗感录：怎样完成诗歌的艺术》。

1944 年 4 月 15 日第 366 期，发表胡适的《关于学习的方法》，主要谈及两点：一是“学的为人与为己”，二是“勤谨和缓”。

1944 年 5 月 1 日第 367 期，发表邓初民的《提供一点学习历史的经验》。

1944 年 7 月 1 日第 371 期，发表臧云远的《新诗的主题和题材》。

1944 年 8 月 15 日第 374 期，发表老舍的《创作经验谈》。其编者按云：“本文系老舍先生在中华文艺界抗敌协会主办的晚会上之讲演，本社记者王成锋之记录。”

上述文章，既是应读者来信所请——“多多刊上一点对文学研究和怎样入门等诸文章”，通过作家对创作经验和学习方法的演讲与笔谈，进而“提携”“无法读书者”“能跨上真正的光明途径”①；同时，也为战时作家在重庆的文学活动，留下一份珍贵的文字记录。

（二）书评

1943 年 8 月 25 日，《国讯》第 344 期首辟“新书评介”，发文两篇：1. 书隐：《关于〈新理学〉》（冯友兰著，商务印书馆出版）；2. 余毅远：《介绍〈各国总动员概况〉》（张公辉著，大东书局出版）。

---

① 《读者的回声：多刊一些指导学习的文章》，《国讯》1944 年 3 月 15 日第 363 期，第 17 页。

至11月5日的第351期，“新书评介”改题为“新书介绍”，发文两篇：1.石光：《剧本〈安娜·卡列尼娜〉》（〔俄〕托尔斯泰原著，〔苏联〕沃兹尼生斯基编剧，北鸥译，五十年代出版社出版）；2.志光：《罗宾汉的故事》〔英〕特里著，孙琪译，国讯书店出版）。第354期（1943年12月5日）为刘念渠的《读〈飞花曲〉》（冼群著，五幕剧，国讯书店出版）。第356期（1943年12月25日）系陈北鸥的《评〈虹〉的艺术创造性》（〔苏联〕瓦希列夫斯卡著，曹靖华译，新知书店出版）。第357期（1944年1月5日）则是杨杰的《介绍〈世界大战透视〉》（〔德〕M.威尔纳原著，梁纯夫译，五十年代出版社出版）。

上述书评，兼涉诸多领域，既为读者推荐了上好的精神食粮，同时，也通过评论和分析，为读者指示阅读的门径。

五、主编“国讯丛书”

1944年1月15日，《国讯》第358期刊出“国讯丛书”的广告云：“本年度起本刊每月出丛书一种”。丛书推出的第一种是黄炎培的《中华复兴十讲》（月内发）。

至1月25日的第359期，丛书广告新增广告词：“国讯丛书是时代国民不可不读的丛书，进步青年热烈欢迎的书籍”，其四大特色为“内容充实，文字精炼，印刷优美，定价低廉”。2月15日，第360期的丛书广告又新增“主编：陈北鸥”。2月25日，第361期的丛书广告，题作“本年度本刊新供献——每月出版国讯丛书一册”。至于“二月份新书”，则是陈北鸥的《宪政基础知识》。其内容简介云：

> 这是一部想了解宪政，研究宪政，必须读的基本书籍。全书深入浅出，立论公正，最合一般国民需要，在宪政运动热烈开展的今日，无论各界人士，都应当人手一册。内容分：（一）宪政与宪法，（二）宪法的概念：1.宪法的内容，2.宪法的产

生，3. 宪法的沿革，（三）英美苏宪法的比较：1. 特点，2. 最高议会，3. 最高行政机关，（四）人民基本权利和义务：1. 人民的基本权利，2. 人民的基本义务，（五）国父的宪政观：1. 国父和宪政，2. 国父宪法观的思想基础，3. 五权宪法的精义，（六）宪法的基础：1. 民主精神，2. 法治精神，（七）中国宪政运动史。

其中第三章“英美苏宪法的比较”又曾单独发表于《宪政》创刊号。

对于此书，“寒”在书评《关于宪政与民主的读物》中指出：相较于韩幽桐所著《走向民主》及其所编《法典宪法》、张申府编著的《民主与宪政》、张友渔著的《中国宪政论》、张仲实编译的《苏联新宪法研究》、上官清编译的《战时美国的民主》，“陈北鸥著的是一种比较更通俗的读物”[①]。

1944 年 8 月，《宪政基础知识》“再版出书”之际，《国讯》亦发布广告，称其为“一个现代青年毫无问题应该熟读”，“不但帮助考试，而且是国民不可少的知识”[②]。

陈北鸥主编的“国讯丛书”仅此两种，此后则未见续出。不过“国讯丛书”此前曾出版两种，主编为国讯旬刊社。第一种为黄炎培的《蜀南三种》，1941 年 10 月出版；第二种《抗战以来》，1942 年 5 月出版，亦为黄炎培所著。

关于“国讯丛书”，目前学界存有两说，但均有疑误。一是按尚丁《国讯书店史话》，“国讯丛书”系杨卫玉主编，共计五种，除上四种之外，另有《近代经济学说史大纲》（沈志远著）[③]。此说之误在于：丛书主编，不应径归于杨卫玉名下；而《近代经济学说史大纲》属于“国讯学

① 进修月刊社编：《进修文选》，进修教育出版社，1945 年，第 180 页。
② 《〈宪政基础知识〉再版出书》，《国讯》1944 年 7 月 15 日第 372 期，第 6 页。
③ 尚丁：《四十年编余忆往》，重庆出版社，1986 年，第 88—89 页。

术丛书”，并非“国讯丛书”，两者不可混同。

二是张泽贤所云：“‘国讯丛书’，是由陈北鸥主编，重庆国讯书店出版于 1941 年 10 月至 1944 年 8 月”，“所见版本 4 种，黄炎培占有 3 席：《蜀南三种》《抗战以来》和《中华复兴十讲》，另外一种是陈北鸥著《宪政基础知识》”①。此说之误，主要是对于丛书主编未作前后区分。

六、陈北鸥在《国讯》的著译

陈北鸥在《国讯》单独发表的作品当在 20 篇（其中的长篇连载视为一篇，因所据刊物缺期，此数为目前可检索得到的数据）之上。最早的一篇是《战地的皇军》（战地通讯），刊于《国讯》第 235 期，1940 年 5 月 15 日出版。最晚的一篇则是《永远生活在大众的心里——悼韬奋先生》，刊于《国讯》第 378 期，1944 年 10 月 15 日出版。此外，陈北鸥主编《国讯》期间的“编后随笔”、编者按语等，虽未署名，但也应是出自其手。

前述的长篇连载是指小说《追击》，署名“北鸥”。始自 1943 年 11 月 25 日的《国讯》第 353 期，止于 1944 年 8 月 15 日的第 374 期，共计 22 期。第 375 期（1944 年 9 月 1 日）、第 376 期（1944 年 9 月 15 日）均曾发布“北鸥著《追击》欢迎预约”云：“本刊连载之长篇小说《追击》即将出版单行本。本刊自本期起即不续登。为酬答本刊读者起见，特订预约优待办法。凡本刊读者预交百元者，出书时照实价八折计算，如有余款立即奉还，如有不足函请补交。”不过，《追击》后来并未见有单行本面世。

1944 年 3 月 5 日的第 362 期，又刊有书讯：“北鸥近著《万年青》（三幕剧）印刷中即出版，商务印书馆发行。”至 1944 年 7 月 15 日的第 372 期，再刊书讯：“北鸥近作《万年青》是综错复杂、紧张生动的三幕剧，

① 张泽贤：《五十浦东人的民国版本》，上海远东出版社，2018 年，第 224 页。

商务印书馆发行。”《万年青》于 1944 年 4 月初版，1945 年 5 月再版。

值得注意的是，第 362 期书讯之后附有“北鸥其他文艺译著”，计有七种：一、《文学概论》（理论）——北平立达书局出版；二、《心曲》（诗集）——北平著者书店出版；三、《作家论》（翻译）——上海光明书局出版；四、《苏联国防诗论》（翻译）——长沙中苏文协出版；五、《保卫华北的游击战》（报告）——汉口生活书店出版；六、《鄂北大胜》（报告）——香港前线出版社出版；七、《安娜·卡列尼娜》（翻译剧本）——重庆五十年代出版社出版。

最后一种《安娜·卡列尼娜》，《国讯》在“新书介绍”中曾向读者推荐，又曾植入再版广告。该书《前记》曾引发批评，《国讯》也曾刊发陈北鸥的答辩文章《关于剧本〈安娜·卡列尼娜〉的版本问题及其它》，因涉及内容较多，故拟另文评述。

陈北鸥“作为文艺界老战士，戏剧家、作家、翻译家，毕生为求索光明奋斗，努力为人民创作，留下厚重的文学遗作”[①]，其在国讯旬刊社和宪政月刊社的系列活动与创作，即是最好的例证。就创作而言，其长篇小说《追击》因最终未能单本梓行，至今仍落于小说史家的研究视野之外；而《万年青》虽曾收入董健主编的《中国现代戏剧总目提要》（剧情提要为彭建洪撰），但此外鲜见论及。20 世纪 30 年代，陈北鸥曾翻译高尔基的《文学论》《戏剧论》及恩格斯等人的《作家论》，是将马列主义文艺思想介绍到中国的早期译者之一；抗战时期，又曾翻译五幕剧《安娜·卡列尼娜》。这些有关戏剧的创作、评论、翻译，无不体现出陈北鸥深湛的理论素养及丰富的舞台经验，使之在新中国成立后，得以荣膺中国戏剧出版社编辑室主任、中国戏剧家协会研究室副主任等职。湮没已久的陈北鸥，理应得到学界更多的关注与研究。

（作者单位：重庆师范大学重庆市抗战文史研究基地）

---

① 陈好：《纪念我的父亲陈北鸥》，《新华书目报》2021 年 12 月 16 日第 7 版。

“摩罗精神”的余音与抗战时期“文艺复兴”之梦①

——论1940年代于赓虞的西北之行及其文学理念的嬗变

□贾东方

1935年6月，“恶魔诗人”于赓虞到英国留学。抗战归来以后，于赓虞似乎在新诗坛上变得沉寂了不少，虽然依旧有断断续续的创作，但基本上没有结集出版，也几乎被人遗忘。事实上，1942年至1948年期间，于赓虞选择了远离故乡，辗转漂泊至西北的西安、城固、兰州等地，默默地燃烧着一份生命的光和热，为西北地区现代文学与文化的传播贡献了自己的力量。

学者王贺在辑校西北散佚文献的基础上，较为全面地对“恶魔诗人”于赓虞来到西北后的文学活动及其思想演变轨迹进行了系统性诠释②。然而，在1940年代于赓虞从诗人转为文学教育者及编辑的内在动因、在战争语境之中对于浪漫主义诗学理念的承继与扬弃、以文艺的方式融合古今中西以图民族精神的再造等层面，亦值得我们再次深究、审思。

---

① 本文系教育部人文社科基金项目“1940年代西北地区现代文学文献整理与研究”（20YJC751009）阶段性成果；受兰州理工大学“红柳优秀青年人才资助计划”资助。

② 参见王贺：《“恶魔诗人”之后——于赓虞的异域书写及边地言行》，《中国现代文学研究丛刊》2012年3期。

一、激昂时潮中的孤独行吟

抗战之初，于赓虞和当时的许多文化人一样，非常积极地投身于抗日的洪流中，和姚雪垠主编抗日刊物《风雨周刊》，发表了《以牙还牙主义》，抒发爱国热情，表达抗日决心。《以牙还牙主义》是于赓虞在抗战爆发之后发表的第一篇文章，在某种意义上是于赓虞在战时对于自身使命的思索与表达。与一般“投笔从戎”或“从事抗战宣传”的知识分子不同的是，于赓虞选择做一个“文化斗士”，不仅仅是为了现实中正在苦斗的中日战争，更是为了全人类的“由奴隶而成为人”战斗，“抛弃私欲与暴力以求真、求善、求美的真理”战斗[①]。

1942 年，应焦菊隐之邀，于赓虞来到西北大学任教，兼任西北师范学院的外文系、国文系教授。此后，西北师范学院从城固搬迁至兰州，于赓虞也于 1944 年 5 月随校来到兰州，直至 1946 年 12 月才离开兰州赴河南大学任教。在授课之余，于赓虞并未放弃自己的诗歌理想，不仅继续创作、发表诗歌，还参与学生的诗歌活动，并指导他们的诗歌创作。

1943 年入西北大学外文系读书的牛汉，谈及当年的情形时如是说：

> 我还参加过两回西北师范学院附中的“汉江诗社”的活动，一块儿活动的有“新月派”诗人于赓虞（河南人），还有张凤珍（笔名马兰），是西北大学“星社”主编。
>
> ……西北大学老师写诗的不多，只有老诗人于赓虞例外。他过去写十四行诗，很严谨规范的。我旁听过他的“英诗选”。他的英文发音不好，有口音，但讲得好，有自己的见解。他在城固办《西北文化报》，有自己的印刷厂。他觉得我这个人感

---

① 于赓虞：《以牙还牙主义》，《于赓虞诗文辑存》（下），河南大学出版社，2004 年，第 681—682 页。

> 情充沛，但诗的形式松散。他对我挺好，在办公室给我讲了几回十四行诗。但我写不好十四行诗，他看我写的几首所谓十四行诗，说“看来很难规范你”。他说不想写就算了，但写自由诗也要注意形式不要太松散。我跟他到师大附中（抗战的时候迁到城固，成为西北联合大学的一部分），走着去，听中学生朗诵自己的诗。①

可以看出，诗人于赓虞在1940年代依然执着于诗歌的理想，除了在诗艺上的继续探索之外（如十四行诗的新形式），还期待培育出新一代的优秀青年诗人（如牛汉及西北师院附中的中学生），在边远之地擎起诗歌的火把，延续新文学的火种。无论如何，《晨曦之前》里那个渴望着个人新生，向往着社会革命的“五四之子”于赓虞似乎又重新回归，一洗之前“恶魔时期”的“阴冷”“恐怖”“颓废”之感。然而耐人寻味的是，同在大后方，同是高等院校的教师，同是成名已久的诗人，于赓虞却并没有像西南联大的冯至等诗人那样，引起更多诗坛后辈的共鸣。

众所周知，抗战初期的新诗坛，多是为抗战而呐喊、宣传的作品，中国的诗人们在民族危亡关头实现了难得的团结。然而，到了1940年，抗战形势相对缓和之后，国共矛盾又陡然升温，政治压力笼罩在大后方文化人的心头。许多诗人为了避祸，躲到相对安全的地方，大后方的诗歌界在短时期呈现出一片荒凉萧条的景象，正如牛汉所言：“抗战初期响彻诗坛的高昂的声调消失了，二三十年代已经成名的诗人大多数沉默无声，少数诗坛宿将的诗作显得空乏无力，失去了感人的力量。”②

得益于昆明“大后方”的地理优势，以及西南联大“象牙塔”式的宁静氛围，一批更为年轻的新生代诗人群开始在校园中逐渐成长。在冯

---

① 牛汉口述，何启治、李晋西编撰：《我仍在苦苦跋涉——牛汉自述》，生活·读书·新知三联书店，2008年，第64—65页。

② 《我仍在苦苦跋涉——牛汉自述》，第57页。

至、燕卜逊、奥登等诗人的影响之下，“西南联大诗人群”如穆旦、杜运燮、郑敏、袁可嘉，有意识地从里尔克、叶芝、艾略特等西方现代主义诗人那里汲取营养，创造出更趋于生命之思的作品。诗中凝练而内敛的情感及闪烁的智慧光芒，几乎完全迥异于抗战时期更注重宣传性与鼓动性的诗歌主潮。

与此同时，在同为大后方的西安、城固、兰州等西北之地，西北联大（后拆分为西北大学、西北工学院及西北师范学院）也逐渐形成了自己的诗人群体，当时的一批青年学子如唐祈、牛汉、李满红等，都是后来在中国现代诗歌史中留下自己印迹的新生代诗人。

然而，这批青年诗人与诗坛前辈于赓虞之间，似乎并没有太多的共鸣。“七月派”诗人牛汉还算是和于赓虞有交集的青年，他曾在《探求梦境的历程——我与外国文学》中说：“有一年我还旁听蓄着油腻腻的长发、满面悲戚的诗人于赓虞讲《神曲》和莎士比亚诗选的课。”[①] 在西北联大读书期间，牛汉对于赓虞从心底里很敬重，也很赞赏于赓虞在“英诗选”的课堂上所抒发的自己的见解，甚至在于赓虞的指导下，牛汉也尝试着来写形式严谨、整齐的十四行诗。当然，于赓虞也很赏识牛汉——不仅在办公室里给牛汉讲“十四行诗”，还带牛汉一起步行到西北师院附中听中学生朗诵诗歌，参加“汉江诗社”的活动。

然而，青年牛汉是抱着“抛头颅洒热血”的心态来写诗的，所结识的诗友也都是像安汭、蒲之津等一直心心念念想去延安的进步青年。牛汉所钟爱的是俄罗斯的文学，更心仪的中国现代诗人是艾青、田间、胡风，甚至还有绿原、阿垅、冀汸等“人生与诗的新生代”：“1942 年之后，对我影响最直接最有魅力的诗，多半不是名家的作品，而是那些年轻的虎虎有生气并不圆熟的诗。对那些精细的典雅的诗几乎读不下去，我也不想学他们的‘技巧’。”[②] 英国浪漫主义诗歌的自由、高远之诗境及

---

① 牛汉：《散生漫笔》，北岳文艺出版社 1999 年，第 47 页。

② 牛汉：《回顾与思考》，《牛汉诗文集》（3），人民文学出版社，2010 年，第 216 页。

十四行诗的严谨规范显然并不适合牛汉。两位隔代的优秀诗人之间，因对诗歌艺术的理解与诗歌精神血脉的巨大差异，最终没能擦出精神的火花，只能各行其道。

“西北联大”的另一位青年诗人唐祈，其诗风忧郁而美丽，富于现代主义语言技巧，后来成为“《中国新诗》派”的代表诗人之一。然而，唐祈在初到西北时，受到民族抗战思潮的影响，公开发表的多是《我们的七月》《逝水章》《送征引》之类的抗战诗歌：

> 在南边 / 一个明媚故居 / 你的家里人卜起课，挂念你 / 风雨流年，流年风雨 / ‘祝国士战地来去一路平稳，’/ 然而在天外 / 一个新坟草还青 / 一个岁月 / 一个幽魂。/ 素月照你的墓 / 江水唱谁 / 为国殇的歌 ①
>
> 我们的七月 / 来了啊！ / 祖国东方，北方，南方的大野，/ 更有多少为争自由的勇士 / 用成河的血流 / 用壮烈的死 /……/ 来雕刻这纪念七月的碑石 / 来完成这一部颂赞七月的史诗 ②

这一类诗歌是“不成熟的、幼稚的，不过是一点激情的火花。但它有一个新的起点，那就是从现实出发，要求有战斗性和鼓动性” ③，它们所表达的主题是在西北飘零之人对民族灾难的痛心和江南故园的思恋，既有对悲惨现实的凝思，也有对民族抗战的颂赞，显然和于赓虞的浪漫主义诗歌理念并不契合。

至于另一类同时发表的《游牧人》《蒙海》等“‘五四’以来的新诗中首创的新边塞诗” ④，它们是唐祈在汲取了少数民族文学经典如藏族格

---

① 唐祈：《逝水章》，《现代评坛》1940 年第 5 卷第 20—21 期。

② 唐祈：《我们的七月》，《现代评坛》1940 年第 5 卷第 20—21 期。

③ 唐祈：《诗歌回忆片断》，张天佑、李唐、高芳编：《唐祈诗全编》，人民文学出版社，2018 年，第 349 页。

④ 唐湜：《九叶诗人：“中国新诗”的中兴》，上海教育出版社，2003 年，第 155 页。

言诗《水树格言》和萨班·贡噶坚参《萨迦格言》中的哲理诗的滋养之后，进而“把熟悉的西方十四行诗的形式、格局、构思和民歌、牧歌经过嫁接，或者说经过渗透、溶解、化合提炼成一种中国式的移植、改造过的十四行诗”的全新之作[①]。这些清新俊逸而又浪漫谛克的边疆情韵的新边塞诗，单纯隽永而又美丽深沉，“有一种primitive的清新风格”[②]，是中国新诗在抗战时期的西北所构建完成的新的艺术形式，显然和更具欧式异域色彩的于赓虞式诗歌有着天壤之别。

除了诗歌风格、诗学理念的迥异，青年唐祈跟诗人于赓虞之间的个性气质，以及所接受的现代诗歌传统也不尽相同。唐祈最初在中学开始学习写诗时，是“沿着闻一多、戴望舒、卞之琳、何其芳、艾青的诗歌道路走下来的，酷爱诗的美和艺术性，注重意象和象征性抒情”[③]；来到西北联大之后，唐祈受到杨晦、盛澄华等教授的指导，渐渐趋向于从纪德、艾吕雅、阿拉贡等法国现代诗人寻求灵感，逐步形成自己的现代主义诗歌风格。因而，青睐于英国浪漫主义诗歌传统但“满面悲戚”“蓄着油腻腻长发”、在学校里略显另类的于赓虞，显然并不是“有着清俊风度”“大学生里的风流人物”唐祈所效仿追随的诗歌偶像[④]。

至于西北联大过早陨落的诗星李满红，由于是流亡关内的东北作家，他在诗作中更多抒发了对故园山河的关切和眷恋，表达对日本侵略暴行的强烈控诉之情，明显具有浓厚的时代色彩和激越的战斗精神。于赓虞虽然是李满红在西北大学外文系的老师，但是两人并没有过多的交集，且于赓虞1942年春入职后不久，同年夏李满红就因酷热中步行办事而生病离世。

在西北联大时期，于赓虞发表的诗歌作品不多，他主要的精力在于

---

① 《诗歌回忆片断》,《唐祈诗全编》，第350页。

② 《九叶诗人：“中国新诗”的中兴》，第155页。

③ 《诗歌回忆片断》,《唐祈诗全编》，第349页。

④ 据诗人牛汉回忆，于赓虞很有个性，头发长，长袍，不洗，住在校外，跟谁都不打招呼。唐祈则是“九叶派”中有成就的一员。他会演戏，长得帅。

英诗翻译课的课程教学及指导学生社团的诗歌活动。仅就笔者所见的现存文献而言，于赓虞仅于 1942 年在城固的《建进月刊》翻译发表了彼特拉克的《斐塔克诗四章》，在西安的《文艺月报》发表了雪莱的《西风歌》，此后又在 1944 年的《文艺先锋》发表译诗《春之歌》，在《时与潮文艺》发表译作《神曲》。

可以说，1940 年代的诗歌主潮之外，于赓虞“我行我素”地坚守着心中的诗歌理想，依然崇奉拜伦、雪莱、济慈等浪漫主义诗歌英雄，与抗战时期的诗坛是如此的格格不入，他再一次疏离于“主流风潮”，很难获得与年轻诗人的精神共鸣，只能在时间的河流中渐渐被淡忘，直到 20 世纪 80 年代末才被重新提及。于此情形，我们似乎又看到了那个与“缺乏生命底蕴的轻飘诗风”的“新月诗人”分道扬镳，与“以诗歌的社会功利性为骨髓”的“普罗诗人”倔强疏远的孤独身影。

二、“摩罗精神”的余音与异域文明的书写

1944 年来兰州的西北师范学院任教期间，于赓虞的创作及编译活动都比之前更为活跃了一些。1944 年至 1947 年间，于赓虞翻译了不少雪莱的诗歌，而雪莱在鲁迅的笔下是如此的形象：“时既艰危，性复狷介，世不彼爱，而彼亦不爱世，人不容彼，而彼亦不容人。”① 此亦可与牛汉印象中的于赓虞相比较：“于赓虞很有个性，头发长，长袍，不洗。住在校外，跟谁都不打招呼。”②

1947 年，于赓虞在《谈人论书》中论及拜伦之时，话语中难掩仰慕之意。“拜伦夫妇恋情不睦，其夫人归宁不返，遂引起社会的猜疑与攻击。拜伦愤而去国，临行时有言曰：‘倘人们说我的坏话是对的，我就

① 鲁迅：《摩罗诗力说》，《鲁迅全集》第 1 卷，人民文学出版社，2005 年，第 85 页。

② 《我仍在苦苦跋涉——牛汉自述》，第 64 页。

不配居住英国；否则，英国不配我居住！’”[①] 这不禁让人想起于赓虞所推崇的“五四”先躯者鲁迅在《摩罗诗力说》中对于拜伦的描绘：“已而裴伦去其妇，世虽不知去之之故，然争难之……顾裴伦由遂不能居英，自曰，使世之评骘诚，吾在英为无值，若评骘谬，则英于我为无值矣。”[②]

在西北地区孤独行吟的于赓虞，仰慕雪莱、拜伦，在精神气质上，依然属于那个“五四”时期的“摩罗诗人”。当年，鲁迅所呼吁的雪莱、拜伦等“摩罗诗人”，亦是“力足以振人，且语之较有深趣者……今则举一切诗人中，凡立意在反抗，指归在动作，而为世所不甚愉悦者悉入之，为传其言行思维，流派影响，始宗主裴伦，终以摩迦文士。……要其大归，则趣于一：大都不为顺世和乐之音，动吭一呼，闻者兴起，争天拒俗，而精神复深感后世人心，绵延至于无已。”[③]

1947 年 1 月，于赓虞用波西的笔名，在《和平日报》（兰州版）的副刊《艺风》上发表了《谈人论书》一文，将心慕的西方作家之言行与读者分享，文章分为四部分：《拜伦的气概》《济慈论作诗三味》《蒙旦的自白》《贺拉西的比喻》，既有对作诗的具体技艺的阐发，也有借彼人之行状以自我砥砺之意。

在于赓虞看来，贺拉斯关于具体作诗技巧的论述，如《诗艺》所阐发的“画既如是，诗艺亦然”及“当习用的字不能表现新感思，诗人有权创新字”的见解，都很新颖，引人深思。济慈说的“诗是美的超越而非单纯的惊异”；“诗人不仅是一个热爱者，更是一个创造者”的见解，也引起了诗人的共鸣。

诗艺的探讨固然值得肯定，但于赓虞更为青睐的还是这些诗人面对诗与生命时的选择态度——拜伦“睥睨天下”的“气概”，以及独战庸众的勇气，济慈“将生命交给诗艺，与时间的冷酷作斗争”的“生命诗

① 于赓虞：《谈人论书》，《和平日报》（兰州版）1947 年 1 月 27 日。

② 《摩罗诗力说》，《鲁迅全集》第 1 卷，第 78—79 页。

③ 《摩罗诗力说》，《鲁迅全集》第 1 卷，第 68 页。

观”，以及蒙田“唯有‘我’始有书”的“哲学诗论”。1940年代的于赓虞，虽然经历了战时流亡西北的生命历程，但他所信奉的，依然是“浪漫主义诗学”的“天才观”“创造观”“个性观”。

在1944年至1947年间，于赓虞翻译的英国诗人及其诗作有：雪莱诗3首《西风歌》《奥西曼狄亚》《云》，济慈诗1首《夜莺歌》，华兹华斯诗1首《云雀曲》，理查德·拉夫罗斯诗1首《给绿克丝》，罗伯特·海瑞克诗1首《给荻亚奈》。牛汉曾经提及，留学归来在西北联大任教的于赓虞，开设的课程之一就是“英诗选”，“讲得很好，有自己的见解”[①]。西北联大分开之后，另外一位授业弟子李新章回忆：“我听了他的英诗翻译课，有理论，讲透诗的意境；有实际，着重讲误译，似是而非等问题，举出各种类型的病句，分析它错在哪里，为什么错，然后再讲正确的，即如何修改。”[②]

英国诗歌的精神源泉一直在滋养着于赓虞，英伦诗人及英国诗歌的浪漫、自由、高远的格调，深深地影响着于赓虞的诗作。譬如他于1947年发表的《海鸥》：

海天空明处 / 是朝霞与夕阳 / 海鸥飞翔浮沉——/ 到处是家乡 / 有时啄着海月 / 有时骑条彩虹 / 在这大千世界里 / 来去无影踪 / 年月无意义 / 宇宙深藏海底，/ 不需天堂之桥，/ 无视地狱的网 / 自由，愉快 / 歌声追逐海风 / 为那万里月色 / 洒上美丽的梦[③]

此外，1946年发表的《迎日出》也是如此：

屹立河畔读熟了 / 东方自然的景色——/ 怒云下的石山 / 餍足的微笑在 / 那一道血色的霞彩 / 默默幻想着海鸟 / 正自由

---

① 《我仍在苦苦跋涉——牛汉自述》，第64页。
② 阎东超：《诗人于赓虞在讲台上》，《河南文史资料》1993年第1辑。
③ 波西：《海鸥》，《和平日报》（兰州版）1947年1月10日。

凭翅歌唱——/ 永恒又给心峰 / 涂上了那朝阳 / 炫耀似帝之金冕[①]

如此美丽的自然图景，明亮、欢快的诗歌风格，自在、惬意的心灵境界，几乎让人无法想象它是出自一个痴迷于“荒冢”“骷髅”“鬼劫”这样的“恐怖之美”的诗人之手。可以说，1940 年代的于赓虞，在诗艺的追求方面，他完成了波德莱尔般“浪漫的颓废”的自我突破，向着创作《晨曦之前》时心慕的“摩罗诗人”拜伦、雪莱等人再次汲取营养。更有意味的是，他不再沉迷于个人的生活体验不能自拔，而是像自在飞翔的“海鸥”一样，超越了地域的限制（“到处是家乡”），超越了时间的约束（“年月无意义”），甚至历史、天堂、地狱都只是短暂之物，他唯一的目的地只有那永恒的美的王国。

当然，有关 1940 年代于赓虞诗风的转变，也是有迹可循的。1935 年，于赓虞在弟弟于佑虞的支持下，留学英国。攻读之余，于赓虞也在欧洲各地漫游，领略自然风光与都市风景之外，也在亲身感悟着欧洲的文明，并诉诸诗笔。由于种种原因，于赓虞的漫游诗作，迟至在兰州期间，才在自己主编的副刊《笔阵》及其他报刊上零散发表。

据兰州报刊原始文献的情况来看，于赓虞在此间发表的欧游诗作有《迎日出》《海鸥》《塞纳河桥上》《问石》《巴黎雨夜》《寻金者》六篇。其中，《问石》《迎日出》《海鸥》的风格相似，带有沉思、自由的意味；《塞纳河桥上》《巴黎雨夜》《寻金者》属于一类，依然保留着“恐怖”的基调：巴黎的雨夜，交织着天堂的愉悦与地狱的烈焰、冰河，“人与人的闪眼 / 从头发到足趾一种 / 似饥饿的追求燃烧着火焰——/ 是恐怖之美的玲珑”；塞纳河桥上，诗人所见的是人们迷醉于梦的波浪中烦恼、愉悦，无法自拔，全然领悟不到“白骨一样的死亡之谜”就在身畔[②]。宗教、罪恶、爱情充斥其中，“文明的野蛮”让一个漫游的青年为

---

① 波西：《迎日出》，《和平日报》（兰州版）1946 年 11 月 12 日。
② 波西：《塞纳河桥上》，《和平日报》（兰州版）1946 年 11 月 15 日。

之“哀伤”。

面对如此“令人发狂的红的炼狱”，值得注意的是，诗人并没有颓废、绝望，而是像个“寻金者”一样，默然静思、缓缓而行。“夜半，蛆虫咀嚼人们荒唐的大梦”的人世悲惨景象，已然引不起诗人太多兴趣，诗人更倾心的是“宇宙的万物，各色梦幻如孔雀一般飞舞”的魅力，“铜的荷马”与“被蛇所困的拉奥孔”，以其“诗”与“艺术”的永恒，呈现出一片美丽的宁静。诗人“悠然高歌 / 向着黎明 / 披盾握矛在辽阔 / 重新迈开了永恒的脚步”①。

可以推想，欧游期间的于赓虞，在诗艺追求上，经由波德莱尔，又重新皈依拜伦、雪莱的怀抱，甚至还极有可能和古希腊文学产生共鸣，正如《巴黎雨夜》的结尾：“在无尽之街缓缓步行 / 雨水及灯光在心间 / 溶成一片银湖，一颗星 / 庄严得尤如古的皇冕”②。

于赓虞对于异域文明的体验与书写，无疑使得抗战时期的现代新诗深化着本已有之的唯美、颓废诗风，丰富着现代文学的“现代性”表达方式。然而更为重要的是，于赓虞漫游欧西异域之后，逐渐从灰暗、颓唐的精神状态中走了出来，在民族危亡的历史关头，再次从英国的“摩罗诗人”拜伦、雪莱处汲取精神力量，重新认知并深刻认同着浪漫主义的文学传统与价值理念。在中国现代文学的发展史上，于赓虞继鲁迅的《摩罗诗力说》之后，再次鸣响了“摩罗精神”的最强音，正如他借雪莱之诗所云：“你那强悍的精灵即我之精灵 / 驱赶我败灭的思想飞跃苍空 / 似凋残之树叶促起一个新生”③

---

① 波西：《塞纳河桥上》，《和平日报》（兰州版）1946 年 11 月 15 日。

② 于赓虞：《巴黎雨夜》，《甘肃民国日报》1947 年 5 月 28 日。

③ 于赓虞：《西风歌》，《文艺月报》（西安）1943 年 2 卷第 1 期。

三、“诗教人生”的使命与战时“文艺复兴”之梦

自英伦留学归来之后，于赓虞的诗歌创作较以前减少了许多，他把大量的时间投入编辑刊物和教育事业。来西北之前，于赓虞就已经在河南大学任教，还出任过河南印书馆总编辑，主持编写中小学教科书和编辑《新教育》《新儿童》等刊物。1940 年于赓虞在故乡西平养病期间，有感于家乡教育的落后，还曾联合当地的乡绅一起筹资创办出塞寨中学，并为之费心劳力。抗战时期于赓虞虽远在西北，还特意从兰州返回西平去整顿学校的相关事务。1942 年在陕西城固西北大学任教期间，于赓虞所作的最重要的事情就是授课、指导学生的诗歌写作，以及编辑《西北文化报》。

于赓虞如此重视“教育”，以启来者，又何尝不是对自我的“解脱”与“超越”？从“独善其身”的“诗歌创作”到“兼济天下”的“教育关怀”，于赓虞在寻求着自我价值实现的另一种可能性。这是作为一位“文学教育者”的“诗教”使命，其道不孤。1944 年在兰州的西北师范学院担任英文系主任期间，于赓虞还延请了好友焦菊隐、魏荒弩等人来此，共同推动这项事业。

作为一个文学教育者，于赓虞除了对拜伦、雪莱、波德莱尔等诗人倍感兴趣之外，也曾批评过中国古代哲人孔子的“诗教观”，并多次将之与亚里士多德的诗学观念加以比较。于赓虞发现，孔子“将诗当作一种政教的工具”与亚里士多德“把诗当成模仿的实际艺术”的理念认知，都存在强调“诗歌”的“教化”功能的倾向，影响到了后世文学“载道”的传统[①]。借着比较分析的发现，于赓虞不仅在反思着孔子及其历时的思想观念，也在隐含地批判“左翼文学”所大力宣讲的“文艺就

---

① 《孔丘与亚里士多德论诗的比较》，《于赓虞诗文辑存》（下），第 631—633 页。

是宣传”理论观念。

值得注意的是，于赓虞对于孔子及其诗学观念的认知评判，在他流亡西北时期有了很大的改观。1947 年，于赓虞曾在其主编的《笔阵》副刊上刊载了《孔子的诗文观及其影响》一文，将孔子的诗学观念剖析为哲学与文学两大部分，并批评后世之人重视哲学之“道”而忽视文学之“艺”，致使文学沦为道学之附庸；在辨析清楚并将二者加以适当甄别以后，于赓虞还就“诗与乐”“诗之意义”“诗与人生”“文与道”等相关问题展开了细致的讨论，结论正确与否且无须赘言，更有意味的还是这些论述内容所反映的于赓虞诗学理念的变化。

“诗与乐，就作用言，则同给人以快感，以精神的陶冶”，“孔子对于乐，并不完全止于感官的欣赏……而主以含有向善之感为目标。……然欣赏与判断有先后之序，绝不似后世那些载道论者的偏激与误解艺术”。诗之意义，“有所感而发为诗歌，在复杂的人生中，就有各色情感的流露”，思无邪，即纯属自然情感的流露，并非“假道学之眼所放的淫光”。孔子对于诗的重视，不仅由于艺术的关心，亦由于诗打开了自然与人生之窗，“将情的教育与知的教育熔在一炉”，以“诗教”形成“温柔敦厚”的人生；“中国文学史就‘道’说是太沉重，就博大的人生说是太肤浅，这就是对于孔子的一个传统的误解的结果，将诗的独立，人的独立与自由的精神，都葬埋在‘道’‘刺’的结果！”①

这些论证孔子诗文观念的问题，明显都带着于赓虞的诠释角度，特点十分鲜明，也与之前的于赓虞诗文观有着差异性。曾醉心于象牙塔诗艺的于赓虞，在 1940 年代也开始将“文艺”与“人生”结合起来，并心仪通过“诗教”而完成的“温柔敦厚”的人生形态；对现实中文艺“宣讲载道”现象极为不满的于赓虞，强烈批判那些“假道学们”忽视、误解诗与艺术的观念，造成诗的沦落，人的独立自由精神匮乏。

---

① 本段所引文字，皆转引自王贺《于赓虞集外诗文辑录》一文，载《中国现代文学研究丛刊》2012 年第 3 期，第 69—76 页，不一一赘述。

1945 年抗战胜利前夕，于赓虞加入到张治中所创办的“西北文化建设协会”中来，并与西北师范学院的校长李蒸等人积极地探讨着“西北文化建设问题”，还就“新的一代大学生”所存在的问题，在西北师院作了公开演讲。在演讲中，于赓虞针对大学教育中的“个性发展的忽视”及“功利性专业选择”的弊病，直指中国大学教育的失败，认为“大学教育应培养能转移社会风气，而不为社会风气所转移之人才，但现在大学生毕业后，往往为社会潜移默化”①，进而谈到进入社会后自我教育的重要性：第一，如苏格拉底所说“你要了解你自己”，从自知到自觉；第二，自知自觉后依然会面对感情与理智的冲突及常识与幻想的两种矛盾；第三，用“我”的思想、人格的独立，来解决这两种矛盾。

这篇演讲的核心问题是“人”的问题，归结点是“独立精神”“独立人格”的自我坚守。有意思的是，于赓虞在为杨朱辩解“我走我自己的路”的合理性之后，紧接着又反思这种思想易走入极端，变得“自私”，进而提倡“解脱自我”，从“自我境界”达到“忘我境界”，以“善”的观念，为人类造福。

这些讨论显然都是对现实的针砭，但更重要的是它们所包含的于赓虞的终极理想——以诗或艺术的方式，完成人生的启迪，并仰赖中国传统文化（孔子）的“文艺复兴”，教育培养新的一代年青人，进而实现“国家民族的重造”也未可知。在这个意义上，或许我们能更加明晰于赓虞 1940 年代之所以选择从事教育与编辑事业的真正动机。

1944 年 5 月于赓虞抵达兰州后，《甘肃民国日报》《西北日报》《文艺报》等甘肃的三大报刊在 18 日联合举办作者、读者联谊会，特意欢迎于赓虞的到来，规模几乎可以媲美名作家茅盾、老舍来兰州的情景，可见文艺界对于赓虞的重视与期待。于赓虞的模样有点儿“风尘仆仆”，不修边幅，但或许为甘肃文化界的热情所感动，他态度诚恳而质朴地说了一段话：“他说对于自己一向爱好着的文艺，仍然在继续努力，绝不

---

① 于赓虞：《自我教育》，《西北日报》1945 年 11 月 2 日。

会放弃，现在是如此，将来也是如此。”[1] 此次联谊会之后，于赓虞开始参与到甘肃文艺界的活动中来，不仅与沙蕾、陈敬容、朱维基等人成立了艺文社，而且还在《甘肃民国日报》上合办了《文艺》副刊。

1946年，于赓虞还主编了《和平日报》（兰州版）的文艺副刊《笔阵》，和甘肃地区的文艺人士一起携手合作，推动着西北地区的文艺事业繁荣起来。他在《笔阵》的《创刊辞》如是说：

> 文艺是人类精神的表现，也就是人类真正的历史。中国是富于“诗教”的，文艺在国内各角落，应该开着各色美丽的花朵。但在大西北，我们感到寂寞、窒闷。这里绝不是没有精神生活，也绝不是没有适当宣泄的机会，而是大家不曾意识的互相携手，来灌溉、培植、发扬。现在，我们读《笔阵》深入各民族，作精神的冒险，但愿能激起浪花来，又使这浪花充实《笔阵》。《笔阵》就是心与心的桥梁。我们希望各地的作者，来共同建设这座桥梁。[2]

《笔阵》虽然只出版了20期，园地也容纳有限，但从于赓虞的编辑理想及策略可以看出，他将西北、西南诸地的诗人作家吸纳到撰稿群体之中，尽可能地刊载比较有内涵、深度的文章，覆盖的文体范围也很宽泛，既有散文、诗歌，也有外国文学翻译及文艺评论文章。可以说，《笔阵》承载着于赓虞的文艺理想，即不拘泥于一时一地一民族，作家们用文艺的方式，去探索人类的精神奥秘。于赓虞以编辑文艺副刊的方式，参与了西北地区新文化格局的构建，为新文学、新思想在西北地区的传播和发展作出了贡献。

这或许也是抗战时期一种知识分子的“文艺复兴之梦”及其价值实现的方式，正如有位学者所言，1940年代的于赓虞，“一面担负起传道

---

① 田明凡：《寄给本市文艺工作者》，《甘肃民国日报》1944年6月14日。

② 于赓虞：《创刊辞》，《和平日报》（兰州版）1946年11月12日。

授业解惑之责，一面埋首于专业的学术研究和文学编译工作，参与了一时代一区域之新文化的建构，为新文学在西北地区的传播和发展做出了自己的贡献”[①]，着实令人敬佩和赞叹。

（作者单位：兰州理工大学文学院）

① 王贺：《“恶魔诗人”之后——于赓虞的异域书写及边地言行》，《中国现代文学研究丛刊》2012 年第 3 期。

鸥外鸥桂林时期诗歌的“肉感”与“姿态”[①]

□高博涵

随着现代文学研究的不断深入，一些超逸于主流文学史外的作家得到了更多关注，鸥外鸥即是其中一位。从北塔写发问文章《“鸥外鸥”不是刘呐鸥，到底是谁？》[②]，到解志熙论述其“反抒情”特征[③]，再到张凌远[④]、陈国球[⑤]、张倩[⑥]、张静轩[⑦]、李朝平[⑧]等论者的多角度论述，这位文学史中的失踪者逐渐被研究者关注，而研究的关注点多集中于其诗歌的特出表达形式及其诗歌的再关注价值上。鸥外鸥民国时期的整体诗歌创

---

① 本文系国家社科西部项目“‘十字街头’体验与现代派诗歌研究”（20XZW019）阶段性成果。

② 北塔：《“鸥外鸥”不是刘呐鸥，到底是谁？》，《新文学史料》2005年第1期。

③ 解志熙：《现代及“现代派诗”的双重超克——鸥外鸥与“反抒情”诗派的另类现代性》，《文学与文化》2011年第4期。

④ 张凌远：《禾杆盖住的珍珠——现代性视阈下的鸥外鸥诗歌》，《阴山学刊》2014年8月第27卷第4期。

⑤ 陈国球：《左翼诗学与感官世界：重读“失踪诗人”鸥外鸥的三四十年代诗作》，《汉语言文学研究》2018年第1期。

⑥ 张倩：《桂林文化城中“失踪”的诗人——重读鸥外鸥四十年代初的诗歌》，《桂林师范高等专科学校学报》2019年第4期。

⑦ 张静轩：《另类的“现代”与另类的“左翼”——鸥外鸥〈诗的制造〉所关涉的诗学论争》，《中国现代文学研究丛刊》2021年第3期；张静轩：《中国现代诗歌中的未来主义视觉表达——以鸥外鸥为例》，《文艺争鸣》2021年第6期。

⑧ 李朝平：《“中国的马里内蒂”——鸥外鸥1930年代的未来主义诗歌实践》，《中国现代文学研究丛刊》2022年第3期。

作均表现出突出的形式特色，但就本文来看，抗战年间客居桂林时期的诗歌创作，包蕴着重要的艺术迭变，体现出鸥外鸥诗歌重要的闪光与碰撞点。鸥外鸥也自言：“桂林呵桂林，我四十年代诗的源泉，青春活力最焕发时期的熔炉。正像它的离奇怪诞的群山那样离奇怪诞，潜移默化了我的诗风。”[①] 因此，本文将从鸥外鸥桂林时期的诗歌创作入手，尝试剖析鸥外鸥诗歌的肌理，并尝试引出鸥外鸥整体诗歌的文学评价议题。

一、桂林：陌生体验中的“肉感”

1930 年代，鸥外鸥已开始写诗，彼时他常年生活于原生地粤港地区（广州、香港）。但 1940 年代，由于抗战爆发，鸥外鸥曾客居桂林。据 1980 年代鸥外鸥诗集《鸥外鸥之诗》后记所述：“一九四一年太平洋战争，日寇占领了香港。我与妻儿又得冒险偷渡离开香港去桂林”，“在湘桂大撤退桂林沦陷前两个月我提前离开到防城”[②]。可知鸥外鸥客居桂林的时间段为 1941 年大平洋战争爆发后至 1944 年湘桂大撤退前，前后时间两年有余。桂林以山水闻名天下，而此时期的桂林，更是 1938—1944 的“文化城”时期，各地文化人士汇聚于此，书店、出版社林立[③]。山水甲天下的“文化城”桂林，将带给诗人鸥外鸥怎样的人生体验？在抗战整体的大西南迁徙中，不同于回归原乡区域的何其芳、方敬，不同于曾辗转多地的袁水拍、冯至、卞之琳，常年居于原生区域的鸥外鸥，更能切肤地体验到由粤港到桂林的地理与文化变更[④]。尽管广州、香港和桂林均属于两广地区，但一西一东，差异仍不可谓不大。在鸥外鸥《被开

---

① 鸥外鸥：《郁郁群山玉桂香》，广西社会科学院主编：《桂林文化城纪事》，漓江出版社，1984 年，第 556 页。

② 鸥外鸥：《鸥外鸥之诗》，花城出版社，1985 年，第 210 页。

③ 有关“文化城”桂林的详细内容，参见魏华龄《抗战时期桂林文化城的形成》，丘振声等编：《桂林抗战文化研究文集》，漓江出版社，1992 年，第 9—17 页。

④ 尽管此前，鸥外鸥亦有游历，如到访上海等，但旅行的心态与客居心态还是具备很大差异性。

垦的处女地》一诗中，桂林城的地理与文化特性即被进行了非常醒目的抒写：

> 山 / 山 / 山 / 东面望一望 / 东面一带 / 山 / 山 / 山 / 西面望一望 / 西面一带 / 山山山 / 南面望一望 / 北面望一望 / 都是山 / 又是山
>
> 这自然的墙 / 展开了环形之阵 / 缠住了未开垦的处女地 / 原始的城[①]

这首诗写于鸥外鸥初抵桂林的 1942 年。抒情主人公对东西南北的山进行了展望和观察，这种观察非常具体仔细，仿佛一个长镜头，依次摄出桂林城的每个角度，镜头下的画面感十分明显。读者可以感到，抒情主人公是一个外来者视角，对一切充满好奇，且试图对身处的环境进行审慎的评价。外来者视角是一种突入视角：初体验某地时刹那的陌生感，带来省察和认知。这一视角的好处是勾勒出本地人习焉不察之感，并在陌生中抓取到由"肉感"体验带来的地域及文化特征，即身体被山包围的真实，身体所在的城池的"原始"。

而进一步看，《被开垦的处女地》为人所关注的特出形式，亦与陌生地域带来的"肉感"体验直接相关。此诗初版为竖排版，山字多次以不同字号参差排列，其余诗行也在排列上出其不意。鸥外鸥在 1980 年曾有自述："在这首主题诗里，一开头就是'山山山……'这样惊呼着欢呼着，它用了大大小小不同型号的字体排列着许许多多的山字，很形象化的句子，也显示作者感情非常激动的句子。"[②] 这提示读者注意到，诗人并非以形式为噱头，相反，他想在形式中传递他的"感情非常激动"。这的确是诗人桂林初体验的真实情感感受："我从粤北入桂林时，桂林给我的第一印象就是山，桂林的群山给我以非常深刻的好感美

---

① 本文所选取鸥外鸥诗歌，若无其他注释，皆来自鸥外鸥：《鸥外诗集》，新大地出版社，1944 年。

② 《郁郁群山玉桂香》，《桂林文化城纪事》，第 555 页。

感。”[①]在诗人的描述中，特出的形式与情感体验密不可分，亦有研究者持相同观点，如颜同林所论：“他之所以在排列、字号上如此下功夫，卖力地突出峰峦叠嶂的自然状貌，与他在抗日烽火中逃难到山区后安全地喘气活命的人生经历是分不开的，与他深处山城举目四望而皆山的视觉体验也是分不开的。”[②]

这种陌生体验的“肉感”从对桂林城的整体感知开始，在客居的时光中也保持了一种延宕。据鸥外鸥回忆，到达桂林后，“我们无家可归，在朋友们哪里，东家住住西家住住，无衣无食的过日子”[③]。客居体验的切肤使得鸥外鸥笔下的世界充满了生活的“肉感”。“雨雀又鸣了 / 纸窗外 / 雨无声的下着了吧”，《知觉》一诗进入了对感觉层面的感知与抒写，某日的雨，某日的纸窗，现场感十分强烈。《都市的悒郁》更是将自己的居所直抒笔端：“我的住宅 / 一座小木屋的楼上 / 一个面积有限的房间 / 全部木板 / 使我无限感慨 / 没有一寸过剩的土地 / 播种在地板上吗 / 俯视纸窗的下面 / 邻家的竹篱内 / 却广植着郁金香，夹竹桃，与蔷薇 / 抒情的植物呵”，贫富差距不是一种概念，而是非常具体的住宅描述与对比。《胃肠消化原理》一诗主要的题旨是讽刺桂林物价上涨、通货膨胀等问题，在诗歌开首处即写：“米二元四一斤 / 菜一元五一斤 / 油十元一斤 / 盐六元一斤 / 猪肉十一元六一斤 / 牛肉六元一斤 / 水果六元一斤 / 咖啡五块钱一杯/糖九元六一斤/红茶二元一杯”[④]，直接记录了物价的现状，体现出生活感的具体，但此诗之妙更在于，诗人采用了“肉感”体验的方式来呈现物价问题给生存带来的困境：

我蹲伏在厕所上竟日
一无所出

---

① 《郁郁群山玉桂香》,《桂林文化城纪事》，第 554 页。

② 颜同林：《现代新诗与文化研究论集》，巴蜀书社，2008 年，第 176 页。

③ 《郁郁群山玉桂香》,《桂林文化城纪事》，第 554 页。

④ 林木茂（鸥外鸥化名）:《胃肠消化原理》,《诗》1942 年第 3 卷 4 期。

大便闭结，小便不流通

我消化不良了

医生也诊断为“消化不良”要我服泻盐三十瓦

物价上涨，无力购买食物，肠胃内一无所有，医生却诊断为消化不良，要求服泻盐三十瓦，这“消化不良”、药不对症的描述带给人很强的画面与故事感，而这种画面与故事感很显然来源于真实的“肉感”体验，且是身体官能的扎实的“肉感”体验，这种“肉感”是人人皆能感同身受的。我们当然可以认为，这种与常见诗意抒写反差很大的描写大小便的写作是“知性的反抒情诗风”[①]，但能够“让人读了别有一番滋味在心头”[②]，依然源于人人可感的身体感受与“肉感”表达。鸥外鸥客居桂林的体验很强烈地调动起了这种“肉感”描写，将情绪化、意志化的立场表达巧妙地融化为身体层面的感知，使得他桂林时期的创作展现出感知体验的一面。

“肉感”的表达并非鸥外鸥一以贯之的诗歌表达，相反，在客居桂林之前的创作中，情绪的直接宣泄和意志的口号式传达比比皆是：

无人岛先占论：/ 无人岛。/ 无人岛的无人岛。/ 为无人的无人岛。// 无人岛。/ 明快的土地！（《无人岛先占论》）

WAR ！ /WAR ！ /WAR ！ /WAR ！ /WAR ！ /WAR ！ WAR ！（《第 2 回世界讣闻》）

达达达达达达——达，——达——达达达达达达——达，达达达达 / 扫射它吧，扫射它吧，用机关枪！（《欧罗巴的狼鼠祸》）

---

① 解志熙：《现代及“现代派诗”的双重超克——鸥外鸥与“反抒情”诗派的另类现代性》，《文学与文化》2011 年第 4 期。

② 解志熙：《现代及“现代派诗”的双重超克——鸥外鸥与“反抒情”诗派的另类现代性》，《文学与文化》2011 年第 4 期。

重复性的词语，夸张的连缀组接，语序的倒错，读者读到的皆是由形式视觉传递的意义。同时期一篇评论鸥外鸥诗歌的文章《诗人，你们往哪里去》里说道：

> 虽然，少壮诗人派的诗人们的宣言里也说到："政治的新机构，法西斯的祸害，国家的艰危"，但是我恐怕这些名词对于他们也仅只是"摩登的"感觉和"力学性"的认识而已。①

"摩登"的感觉和"力学性"的认识十分传神地概括了彼时鸥外鸥的创作特征。形式的试验并无不可，但若在此表达中失落了作为诗的主体体验，则难免流于形式本身。无论抒写无人岛、欧罗巴还是第三帝国，在形式的加持之外，仅有意志的口号式传达，读者看不到更多的内容。鸥外鸥进入桂林时期后，《被开垦的处女地》从形式上贯彻了以往的风格，但"山山山"的特出抒写是以具体的抒情者体验作为基点的，这一基点延宕出鸥外鸥诗歌中的"肉感"，使得诗歌的特出形式落于感受，诗歌的立体感也就显现而出。从这个角度看，鸥外鸥的桂林体验是值得被更多关注的，如若诗人可以沿此方向尝试呈现，或许会抵达一个崭新的境界。

二、上帝视角：一种空疏的"姿态"

在 1944 年出版的《鸥外诗集》中，鸥外鸥对他的诗歌进行了多种分类，这其中就包括以地理抒写位置进行的分类："香港的照相册""被开垦的处女地"。《被开垦的处女地》正是客居桂林期间的诗歌创作。这一辑诗有很强的地理感，"桂林城"经常作为一个主体出现在诗歌中，诗歌的情感也时常围绕对城市的感喟、市民生活的描写和与之相关的批判来展开，让读者时时刻刻感到诗人生活于桂林、思考于桂林、抒情于

① 黎嘉：《诗人，你们往哪里去》，《新华日报》1938 年 2 月 20 日。

桂林。1985 年，当诗人再次汇总自己的作品出版诗集时，桂林时期的诗歌更是有许多被冠以“桂林的裸体画”这一副标题，时刻提醒着这些诗歌的写作地域和写作对象。这是饶有趣味的话题：并不是生活在哪座城市，就一定要把哪座城市，以及生发于这座城市的整体现象多次放诸笔端抒写，即便是客居，达到如此高的抒写与关注度，仍是值得追问。在鸥外鸥诗歌中，其桂林主题的一再延宕究竟意味着什么？

即便是客居一城，如若逐渐沉浸其间，总会生发出一种不觉的融入感。倘若不能全然融入，便必然坚守一种外视角的“姿态”，这种“姿态”将引领诗人刻画桂林、审视桂林、评判桂林，无论其审视和评判的具体是什么。更重要的是，这种外视角会形成一种整体的视域，始终让桂林被看作一座整体的城来抒写：

从香港到桂林 / 你们无以为生吗（《乘人之危的拍卖》）

重重叠叠 / 包围住了四十万人的桂林（《被开垦的处女地》）

于是全个城市 / 所有的街巷 / 家家户户 / 一涌而入 / 遍布了风气传染病的病菌了（《传染病乘了急列车》）

在桂林 / 我们的领土 / 你们是否我国民（《精神混血儿》）

在鸥外鸥的抒写中，大后方迁徙使大量的外来人口涌入桂林，改变了桂林的原始样貌，香港的不良风气被带入桂林，产生了精神污染，一些崇洋媚外者居住桂林，被诗人嘲讽批判。陷入被改变、被污染境遇的桂林城，在诗人的笔下始终是一个无辜受损的整体形象，是被千万只山包裹着的固像城池。这些批判、忧虑、深省正是以一个深刻而睿智的抒情者“姿态”抒发的，进一步探究，这种“姿态”正是一种全知的高蹈的且是外来的上帝视角。当鸥外鸥以“山山山”的样貌审视桂林时，这种体验本身已呈现出上帝体验，这并非身在庐山的盲人摸象的感受，而很显然是俯视苍生的预知一切的上帝忧虑。这一视角以外来者身份切入，但重点落于省察一切的上帝“姿态”。

初抵桂林时，鸥外鸥写有一首《不降的兵》：

我来了 / 从封锁线的隙通过 / 紧握住 / 盛满了 Quink 的枪 // 我来了 / 唱着“不愿做奴隶的人们”的歌 / 不降不叛 / 从沉殁了的岛屿 / 踏上争自由争独立而存在的大陆 // 我来了 / 我是诗的战斗兵 / 举着为正义而战的 PARKER 牌的枪 / 归回竖着正义的旗的阵营 // 未被俘虏 / 未受伤 / 未死亡 / 我，我，我，我要战争

这是一首以“我”的强烈情绪为中心的诗歌，通过“我来了”这一基础性的重复旋律，表达了“我”从香港迁徙大后方桂林时的心情。这是一首沉浸于自我抒情的诗歌，读者读不到现实中的迁徙，通篇呈现的是一个充满斗志和激情的“要战争”的战斗者，表现着充盈的爱国信念和“未被俘虏 / 未受伤 / 未死亡”的自我胜利感。读者很容易便能在其间感受到一种高蹈的“姿态”，这种“姿态”显然是脱离现实体验的上帝视角，是表达着胜利的绝对寓言。此时此刻，桂林城甚至在整体意义上被虚掷了，成了“争自由争独立而存在的大陆”。论者林焕平曾如是评价：《不降的兵》并不是一首怎么了不起的好诗，带着一支盛满“派克”墨水的“派克”水笔，“未被俘虏，未受伤，未死亡”，从香港走回来，充满了知识分子的自我表现主义的气氛，空疏得很，贫弱得很。

这种带着自我崇高化的“自我表现主义”，必然引领诗歌抒写出一种充满着情绪而实则无法落地的“空疏”。尽管并不难寻觅此种“空疏”在 1930 年代鸥外鸥诗歌中的创作源头，值得追问的却是：上帝视角的俯视，一方面形成了鸥外鸥诗歌中的批判，另一方面却形成了自我的崇高抒情：

注意呵 / 看彼等埋下来的是现代文明的善抑或恶吧（《被开垦的处女地》）

他们吸收着纸币的维他命 ABCD/ 把纸币吞到肚子里消化（《食纸币而肥的人》）

从沉殁了的岛屿 / 踏上争自由争独立而存在的大陆（《不

降的兵》)

今代的人类对于铁 / 有着难分舍的感情的 / 我们举起祝出征的手 / 向他高呼着“二十世纪文明的再会”(《铁的兵役》)

站在左翼诗人的批判立场上，面对现代文明侵入桂林，诗人鸥外鸥可以理直气壮地高呼“注意”，面对资本主义经济的侵入，鸥外鸥依然可以痛斥在桂林城中“食纸币而肥的人”。但站在抗战的爱国立场上，进入桂林非但不是文明的侵入，反倒是正义的呐喊，“未开垦的处女地 / 原始的城”被视为“争自由争独立而存在的大陆”，而铁的兵役则被赞誉为“二十世纪文明”。这是饶有趣味的写作指向：视角的空疏带来两种不同的价值导向，但又在自己的逻辑中毫无违和地被抒写，甚至形成极强的抒情效果。这种空疏的写作“姿态”破坏了诗歌中的原生肌理，即便在抵达桂林时，陌生的地域带给诗人真实的“肉感”，在这一写作“姿态”下，“肉感”也只能本能性地突显，而无法助益鸥外鸥诗歌的整体流向。从这一角度看，不得不说是十分遗憾的。

三、文学性的缺失：“姿态”对体验的覆盖

自 1930 年代始，鸥外鸥的诗歌便充满了诸多尖锐多棱且宏大的要素：强烈情绪、批判意识、昂扬斗志、国际视野、爱情解构、性爱元素，其诗歌形式亦特出多变：字号放大叠变、中英文夹杂、要求读者以号外的声音朗读。并且鸥外鸥的诗歌并非纯诗式文本，而是鲜明地粘连着新闻、时效、政治等多重非文学要素，表达时夹叙夹议，甚至抛弃掉了传统的抒情方式。

这样的诗歌抒写，在当时一时尚无法被大众接受，如 1930 年代骆方在《杂谈作诗和读诗》中说：“还有一些不知道什么派的诗人以堆砌文字为游戏，真可说是新诗的罪人！”并举鸥外鸥《爱情乘了 BUS》一

诗评价："这也算是诗？这些字句传达的是什么？"[①] 又如警吾在《再介绍鸥外鸥的新诗》中说："这位大诗人的新诗，不但诗的内容奇妙，就是诗的题目也奇妙得有点莫名其妙。"[②] 更甚如焕然直接骂其为"小瘪三诗人"[③]。据鸥外鸥自述，1940 年代，艾青曾给出鸥外鸥正向性的评价，说其诗歌"有创造性、有战斗性、有革命性"[④]。但这三个正向性评价均回避了直接的文学性评价[⑤]。无论鸥外鸥的诗歌具备怎样特出的外在性征，无论他的诗歌抒写如何横空出世，唯一的评价标准仍是：这样的作品最终抵达了怎样的文学性？ 1940 年代，当鸥外鸥完成了 1930 年代新异的文学抒写，并以激昂的情绪空降至桂林，我们又应如何评价这一时期诗歌的文学性？

鸥外鸥对自己的诗歌抒写有着强烈的安排和规划意识。在《立志做一个诗人》一文中，他回忆小学时先生认为其诗歌"不合形式，声韵不对"。日后便"决心要做诗人！""我决心写我的诗！""写我和别人，和其他各人都不同的诗。""我的诗，就是我的诗，由于：我就是我！"[⑥] 因不被赏识，将"做诗人"当作志向，同情感自然生发而写诗，自不属于同一种类型。而在写诗的思路上，鸥外鸥的规划感也十分明显，在其诗集中，哪些是政治诗、哪些是地理诗、哪些是社会诗，划分得格外明

---

① 骆方：《杂谈作诗和读诗》，李公朴等著：《读书和写作》，读书生活社，1936 年，第 184—185 页。

② 警吾：《再介绍鸥外鸥的诗》，《新磊》1934 年第 3 卷第 2—3 期。

③ 焕然：《瘪三诗人鸥外鸥》，《新磊》1934 年第 3 卷第 5 期。

④ 转引自《鸥外鸥之诗》，第 1 页。

⑤ 笔者未找到艾青该评价的原始文献，但在艾青《书简》一文中，有对鸥外鸥诗"革命性"的评价。原文如下："《诗》我已看到三期，觉得还好。很多人对鸥外兄及林木茂的诗非难，我曾给以冷静的解释。我的意见是：这些诗的内容有它们的革命性（当然还是不够的）形式上的炫奇是'次要的'。《诗》出刊会与《诗创作》有些不和谐，这是我意料中的事，但愿能把这种不和谐赶忙消除，大家都为民族解放战争尽最好的力量。"（《诗》1943 年第 4 卷 1 期）从这段话看，并未显现出艾青对鸥外鸥诗歌的充分肯定，且肯定处仅为"还是不够的"革命性，形式上则仅为"次要"。

⑥ 详见鸥外鸥：《立志做一个诗人》，《新儿童》1947 年 16 卷 4 期。

确。在《诗的制造》一文中，鸥外鸥认为："诗是工业的制成品，诗人即机器"[①]。这样强规划、强生产性的创作理念，的确与灵感碰撞从而产生诗性的写作存在很大不同：强规划的创作必然要求诗歌服从于创作者的主观意志，诗歌的写作要有明确的主题、走向甚至套路。那么，在这样的写作中，写作者比作品本身更重要，作品必然被作者的"姿态"所笼罩。阅读鸥外鸥的诗歌，给人最深刻的印象并不是他的左翼诗人立场[②]，而是他标新立异的诗歌抒写。有意思的是，这种标新立异也正是鸥外鸥本人最关心之事。1944 年出版的《鸥外诗集》，其前言《感想》为鸥外鸥自写，这篇文章通篇都在围绕自己诗歌的独特性及这种独特的合理性来展开。诗人将自己定位成一位探索沙漠之路的孤独勇士：

> 作为一个诗人的人，我意为应该抱住了"前无古人，后无来者"的气概。既不必依循前人的脚步，亦不必望后人跟随自己。[③]

这种敢为人先的勇敢带着不被理解的悲壮奋力前行，而不理解他诗歌的读者皆被认作只敢行有名之路，面对无名之路便"望而却步"者[④]。当然，在《搬戴望舒们进殓房》[⑤]这样的文章中，鸥外鸥的攻击性就更为强烈了。就文本看来，这样的立场和态度颇带有一种吸睛的"姿态"。这种"姿态"，可以说与前文论及诗歌文本的空疏"姿态"，实际上有着重要的连接关系。1938 年，蒲风批判鸥外鸥、柳木下等"少壮诗人会"诗人"徒慕名词的新颖动辄以标新立异为鹄"[⑥]，同年，残云毕曾如是描述和评价鸥外鸥及其诗歌：

---

① 鸥外鸥：《诗的制造》，《诗》1942 年第 3 卷第 4 期。

② 尽管鸥外鸥的左翼立场和其诗歌的批判立场并不朦胧，反而十分强烈。

③《鸥外诗集》，第 2 页。

④《鸥外诗集》，第 4 页。

⑤ 鸥外鸥：《搬戴望舒们进殓房》，《广州诗坛》1937 年第 3 期。

⑥ 蒲风：《"少壮"精神——谈〈诗群众〉创刊号》，《前夜》1938 年第 1 卷第 3 期。

兴致时滔滔不绝，谈政治经历，谈哲学，谈诗，也谈女人，而且谈得相当技巧。

从前染有法兰西未来主义的倾向，写《爱情乘了Bus》，《论不受污而怀孕》，技巧倒不错，却给人相当的攻击。现在，鸥外鸥克服这种坏倾向了，写政治讽刺诗是充份的成功……[①]

“相当技巧”和“攻击”是十分值得关注的关键词，这与前文述及的“姿态”和“空疏”亦完全可以连接起来。进一步说，鸥外鸥诗歌内容中的左翼、批判、讽刺、性，形式中的标新立异，诗人自谓的敢为人先，表述中的对立，抒情者的自我崇高与上帝视角，实际都可归结于“姿态”二字，而在诗歌创作中，如若将“姿态”目为一切，则必然“空疏”。

1940年代，鸥外鸥因抗战撤退至大后方桂林。鸥外鸥的桂林体验给他的诗歌创作提供了一次很好的“肉感”契机，使得他诗歌的“姿态”感有所削弱。在鸥外鸥抵达桂林后，他的诗歌中实际上游动着两个桂林，一个是“肉感”体验中的桂林，一个是“姿态”中的桂林。“肉感”中的延伸出一个真实的生活，姿态中的则是对城市现象的集中批判，是诗人的“忧心忡忡”[②]。两个桂林也在一定程度上有过自然的结合，使得“肉感”与讽刺批判兼具，这个时候形成的诗歌，显然具备了珍贵的饱满性。如《被开垦的处女地》，上帝视角的俯视正好对接了出入桂林的整体“肉感”体验，在对陌生化的山的蒙太奇呈现中，恍然感受到现代文明对原始生态的侵入。当诗人抒发出“看彼等埋下来的是现代文明的善抑或恶”时，这种态度性的评判与“肉感”的体验有了很好的对接，读者可以自然地生发出诗歌引领的情绪，并形成了相对自然的情感

① 残云毕：《诗人印象记：八、鸥外鸥》，《中国诗坛（广州）》1938年第1卷第6期。

② 这一词来自1985年诗集《鸥外鸥之诗》中诗人对某诗的自注：鸥外鸥：《传染病乘了急列车》，见《鸥外鸥之诗》，花城出版社，1985年，第56页。

冲击，这个时候，诗歌作为诗本身，也就有了诗性的基础。

但当“姿态”感超越了“肉感”，甚至成为主宰，鸥外鸥诗歌中的自我崇高与上帝视角便覆盖了一切，这是令读者十分熟悉的鸥外鸥诗风。这种覆盖首先是题材层面的覆盖，大后方时期，桂林被称为“文化城”，其间的文化生活与现象十分丰富，但在鸥外鸥涉及桂林的诗歌中，诗歌的题材十分集中，因现代文明入侵引发的批判成为不变的母题。更重要的是，从艺术特征上看，这种抒写将桂林的城市生活变成了一个漫画群像式的脸谱，不再有切肤感。如《鼓手的城》：“但，这一个师团的鼓手 / 有共同的目标 / 有一致的脚步 / 金鼓齐鸣的 / 大声疾呼着战斗”，鼓手不是一个具体的人，而是概念式群像。又如《男人身上的虱子》：“而你却是虱子，男人身上的虱子 / 专咬男性的虱子”，“你”也不是具体的你，而是糜烂奢侈生活中的一类“你”，并被虚化。对比袁水拍同时期的政治讽刺诗，袁诗源头中现实感、具体感显然更强烈，而鸥外鸥的诗歌一开始就进入高度的虚化和类型化。再来看《与自然无关》一诗：

> 太多了 / 太多了 / 太多了 / 太多了 / 我的形容辞“太多了”用得太多了一样 / 雨降下得太多了 / 雨降下来 / 米价也跟住降下来了 / 但雨降下来太多了 / 太多了 / 太多了 / 太多了 / 河水上涨 / 河水上涨，米价也上涨了

相对于前面的两首，这首诗的现实具体感其实较好，但它表现出了较为强烈的一个特性：整个诗歌的流向和节奏被抒情主人公牢牢控制，诗歌的情绪没有自然流泻的可能，完全印在诗人情感“姿态”引领的模子里。分析该诗，我们更容易被它标新立异的抒写方式吸引，但在本文看来，这种“太多了”的表述，尚无法涉及反抒情层面的讨论，不仅因为诗歌的抒情主人公情绪流异常明显，更因为姿态感淹没了诗性，使其没有呈现和被讨论的可能。

结语

扩展而言，“姿态”感破坏了鸥外鸥桂林时期诗歌萌生的体验，使他的诗歌被这一流向裹挟。如果没有“肉感”体验做基础，形式上的特异也就仅只是噱头，是唯一的“目的”，而不是抒情的方式。尽管鸥外鸥的诗歌在形式上具备反抒情的某种特征，也的确带来了别样的抒写，为现代文学研究留下了更多思考①。但“反抒情”也应是一种抒情，如果最后没有抵达文学的内核，所谓的“反抒情”也就没有了更多讨论的空间。1930 年代，鸥外鸥即被论者称作“中国的马里内蒂”，而当这一观点得到重新关注及研究后②，未来主义包裹下的诗性基础或将成为进一步的讨论话题。与之相对，在讨论鸥外鸥诗歌“现代性”之时，鸥外鸥诗歌形式的特征的确会引发有关“另一种现代主义诗歌”③的思考，但在“将其纳入现代主义诗歌研究视野”④、或是关注到左翼诗歌“多样性”及“左翼现代主义”⑤之后，有关鸥外鸥诗歌诗性特征的讨论也将随之浮出水面，成为进一步研究中无法规避的论题。有意思的是，在 1980 年的一篇文章中，鸥外鸥如下总结了自己的创作态度：

> 其实，我当然不是形式主义者，写了半个世纪的诗，我没有一首诗的形式是相同相类的，每首诗根据内容情感来写，因而形式都不相同，各有各的形态。也不是什么未来派，未来派

---

① 如解志熙即提出鸥外鸥诗歌的反抒情特征，参见解志熙：《现代及“现代派诗”的双重超克——鸥外鸥与“反抒情”诗派的另类现代性》，《文学与文化》2011 年第 4 期。

② 详见李朝平：《“中国的马里内蒂”——鸥外鸥 1930 年代的未来主义诗歌实践》，《中国现代文学研究丛刊》2022 年 3 期。

③ 张林杰：《另一种类型的中国现代主义诗歌》，《天津社会科学》2018 年 3 期。

④ 张林杰：《另一种类型的中国现代主义诗歌》，《天津社会科学》2018 年 3 期。

⑤ 张静轩：《另类的“现代”与另类的“左翼”——鸥外鸥〈诗的制造〉所关涉的诗学论争》，《中国现代文学研究丛刊》2021 年第 3 期。

只是讴歌机械文明的、欧洲诗坛上一个已趋没落的流派。马耶可夫斯基的诗，也用大字小字，而且排成梯级形的诗句，倒可以说是个形式主义者，但他不是未来派嘛。光凭大字小字论定未来派，不问实质不问内容不求甚解，这岂非不是形式主义者的评论家吗？①

近百年来，鸥外鸥的诗歌因形式被关注、被非议、被遗忘、被重新关注、被纳入某流派主义或某现象。但其本人并不认可自己为形式主义者，也不认同流派归属，反而强调了“内容”“情感”“实质”“甚解”等关键词。这不禁使人反观《被开垦的处女地》一诗的抒写，鸥外鸥所言“桂林的群山给我以非常深刻的好感美感”，正是诗歌抒写最本质的“肉感”体验，也归属于诗人所追求的“内容”“情感”。无论“内容”“情感”是否真正得以表达和实现，的确都是诗人对诗性的最终认同点，是内心的最终渴望。鸥外鸥的这段自述，无疑加深了鸥外鸥诗歌的复杂性，使其变得意味深长，也促使研究者进一步纵深“实质”与“甚解”。

（作者单位：重庆师范大学初等教育学院、
重庆师范大学区域文化与文学研究中心）

---

① 《郁郁群山玉桂香》,《桂林文化城纪事》，第 555 页。

插图漫画与国族认同①

——以抗战时期儿童报刊为中心的考察

□张雨童

所谓国族认同，指的是个体对于自身所属民族国家（nation-state）的情感认可与政治效忠②。正如费孝通先生所指出的："中华民族作为一个自觉的民族实体，是近百年来中国和西方列强对抗中出现的。"③如何塑造国民的国族认同也成为近代中国所面临的一项重要挑战。自新文化运动以来，中国社会主张"儿童本位"的儿童观，提倡儿童免受政治影响，这也直接影响了儿童的国族认同构建④。日本侵华改变了这一局面，社会转而要求儿童承担起自己的政治角色。儿童与民族存亡紧密联系，儿童被比作"全民族生命的幼苗"⑤，"国家之盛衰视乎民族，民族之强弱视乎儿童"⑥。因此，展开对儿童的抗战动员、提升儿童的国族认同，

① 本文系重庆市教育委员会人文社科重点研究基地项目"抗战大后方儿童报刊与爱国教育研究"（20JD045）阶段性研究成果。

② 宋黎明：《中华民族认同与全民抗战》，《华中科技大学学报（社会科学版）》2005年第5期。

③ 费孝通：《中华民族多元一体格局》，《北京大学学报》1989年第4期。

④ 何茜曦、孙津：《近代以来中国儿童观的政治因素及嬗变历程》，《当代青年研究》2019年第3期。

⑤ 全国儿童年实施委员会：《儿童年宣言：儿童年开始了》，《现代父母》1935年第7期。

⑥ 孔祥熙：《儿童年之意义：国家之盛衰视乎民族，民族之强弱视乎儿童》，《现代父母》1934年第10期。

逐渐成为此时中国社会的一项共识。中国的精英知识分子也借助媒介力量，以儿童报刊为阵地，以儿童喜爱的图像为手段，试图通过“植入文化意象实现价值认同”[①]。

在对儿童的抗战动员中，图像被证明是一种相当有效的手段。正因为图像一目了然且兼具生动趣味，人人都喜看图，而儿童尤甚。有关政治教育的内容则被认为先图后文、图文结合就能事半功倍：“儿童喜于读画，少时所识之画，即将来所读之书也。其事先了然于胸，则读书时更为有味。而况忠孝节义之事，激其志气，正其心术，不尤为启蒙之要哉。”[②]当时的知名儿童报刊如《我的画报》《儿童画报》《小小画报》《儿童世界》《小学生》《小朋友》《儿童杂志》等在抗战时期都曾连续刊载精美的插图漫画，配以文字介绍，从多角度对儿童进行系统性的国族教育。这些刊物都办在儿童刊物最发达的上海，由儿童书局、商务印书馆、中华书局、北新书局等知名出版社出版，由儿童文学作家和儿童教育专家黎锦晖、陈伯吹、潘汉年、赵景深、李小峰、沈志坚等人主编，聘请著名装帧艺术家郑慎斋等绘制插图。其对于图画题材和类型的选择，对于历史故事的讲述和阐释方式，以及在文本中所植入的情感、观念等，都反映了当时的知识分子对抗战时期儿童的期待和塑造，也真正促进了儿童自身国族身份认同的普遍增强，实现了对儿童“普遍和深入的政治动员”[③]。

对于图像在抗战动员中所发挥的作用，学界已有不少研究，但目前

---

① 武晓梅:《基于视觉修辞的抗战图像国家认同建构及价值研究》,《编辑之友》2020 年第 3 期。

② 《论画报可以启蒙》,《申报》1895 年 8 月 29 日。

③ 毛泽东:《毛泽东选集（第 2 卷）》，人民出版社，1966 年，第 448 页。

的研究主要集中于针对成人的抗战宣传[①]。关注图像与儿童抗战动员的研究还非常少，笔者目力所及，仅见一篇《抗战时期〈儿童日报〉中的漫画内涵》[②]，该文借助符号学理论对相关文本进行解读，但占有材料量较为有限，分析也局限于文本本身，对于漫画的抗战动员和国族认同等深刻问题并未探究。有鉴于此，本文尝试聚焦于抗战时期儿童报刊中的插图漫画，考察它如何从民族英雄、地图疆域和国耻纪念三方面向儿童植入集体记忆，并最终达到提升儿童国族认同的目的。

一、“民族英雄”与“爱国故事”

战时儿童报刊选登的“民族英雄”的共同特点有：他们都是中国历朝历代为祖国抗敌、复兴而努力奋斗的英雄人物，知识分子们以大幅图像展示这些民族英雄的威仪身姿或伟大事迹，并配以文字详细介绍其事迹，以期激励读者“发扬民族精神，恢复民族自信心，从事中华民族复兴的伟大工作”[③]。

1934年间，《我的画报》刊登了一系列民族英雄的多格漫画故事，如班超、霍去病、祖逖、谢玄、花木兰、岳飞等。杂志通过漫画讲述了

---

① 代表研究有：曹欣欣：《论抗战漫画》，《抗日战争研究》2005年第4期；刘椿：《抗战时期的漫画宣传活动》，《湖南师范大学社会科学学报》2005年第6期；吴继金：《八路军的抗战美术宣传活动》，《军事历史研究》2012年第4期；凌承纬，张怀玲：《抗战漫画运动的演进及其社会功用》，《重庆社会科学》2012年第12期；周成璐：《抗战时期的漫画传播》，《上海大学学报（社会科学版）》2015年第5期；胡正强：《论抗战时期国家认同及其建构的具象表达——以漫画新闻为例》，《学术交流》2015年第11期；朱媛媛，李刚：《论抗战漫画中的视觉动员、观看控制与国家认同建构》，《编辑之友》2018年第7期；肖燕雄，林雅心，魏圣兰：《全面抗战时期图像动员的视觉修辞与意义建构》，《新闻春秋》2022年第3期；黄碧赫：《从“第一届全国漫画展览会”看全面抗战前漫画界的联合与分歧》，《美术》2023年第9期。

② 赵鹏：《抗战时期〈儿童日报〉中的漫画内涵》，《青年记者》2020年第27期。

③ 束荣松：《怎样编辑中华民族英雄传记？：对于中华民族爱国魂及中华民族英雄故事集之批评和意见》，《天风》1937年第1期。

班超投笔从戎①，祖逖闻鸡起舞②，花木兰替父从军③等历史故事。1935年间，《小学生》也以一系列民族英雄作为杂志封面④，有苏武、马援、郭子仪、岳飞、文天祥、戚继光、史可法、郑成功、林则徐、冯子材、邓世昌、左宝贵等。杂志每期都还专门撰写配套文章《封面故事》，介绍封面画中民族英雄对应的爱国故事。这些画都为七色画，用色十分鲜艳明亮，画面恢弘大气，英雄人物在画面中占满画框，身形顶天立地，表情生动威武，服饰衣冠细节考究，动作栩栩如生，展现了人物的英雄气概。它们都是当时红极一时的装帧艺术家郑慎斋的杰作。郑慎斋师从大画家刘海粟，曾为许多著名文学作品设计书籍封面。上海北新书局《小学生》（1931—1936）从发行到停刊的6年中，郑氏一直承担其封面画创作者，而这一组“民族英雄封面画”也是其中最有代表性的一组作品。

值得注意的是，为适应抗战需求，儿童报刊还对“民族英雄”概念进行了延伸，民族英雄不再只限于代表本民族与异族作战的英雄人物，还囊括了为复兴国家而奔走努力的爱国人物，如《我的画报》刊登了春秋时期楚国大臣申包胥“哭秦庭”救楚的故事⑤，战国时期齐国名将田单复齐的故事⑥，《小学生》刊载了春秋越国君主勾践“卧薪尝胆图”⑦和秦末汉初张良“博浪沙刺秦王图”⑧的故事，这种典范甚至进一步扩展到为报国恨家仇而放下一己荣辱的历史人物，如《小学生》在封面画中还刊载了“廉蔺交欢图”⑨，讲述战国末期廉颇和蔺相如为维护赵国利益而化

---

① 《班超的故事》，《我的画报》1934年第3卷第6期。

② 《祖生的故事》，《我的画报》1934年第2卷第9期。

③ 《木兰的故事》，《我的画报》1934年第2卷第7期。

④ 这组封面画从《小学生》1935年第5卷第6期一直刊载到1935年第5卷第19期。

⑤ 《申包胥》，《我的画报》1935年第4卷第2期。

⑥ 《田单（爱国故事）》，《我的画报》1935年第4卷第3期。

⑦ 郑慎斋：《勾践卧薪尝胆图》，《小学生》1935年第5卷第3期。

⑧ 郑慎斋：《张良博浪沙刺秦王图》，《小学生》1935年第5卷第5期。

⑨ 郑慎斋：《廉蔺交欢图》，《小学生》1935年第5卷第4期。

干戈为玉帛的故事。

事实上，这些民族英雄故事在其他儿童刊物中也以各种形式频繁出现，如此时期发行量最大的儿童杂志《儿童世界》于 1933 年刊载了一系列“爱国故事”，要求读者将历史故事和当下中国进行联系，如《田单复齐》和《为祖国廉蔺交欢》，意在讽刺当局“攘外必先安内”的不团结政策：“一般勇于对内而怯于对外的不抵抗人们，和田单比较起来，不知将怎样惭愧啊！”[①]“一个国家里，如果朝野上下，都能相让为国，又能一致对外，国家是没有不强盛的。”[②]《岳武穆尽忠报国》是要阐释“坚决主战不能主和”的道理：“主战与主和，究竟那方面有利于民族和国家？”“试问苟安是否可以持久？金人是否可以不得寸进尺呢？”[③]《文天祥杀身成仁》则是借文天祥舍生取义的故事来讽刺当下做汉奸的现象：“为什么不可投降异族人？我们可以帮助外国人压迫本国的同胞吗？有许多人为什么肯做汉奸？”[④]另有鼓励儿童上战场杀敌的小英雄汪踦[⑤]，鼓励商人为国输财的卜式的故事等[⑥]。《小朋友》和《田家半月报·儿童副刊》等也都刊载了此类爱国故事，其目的都是以古讽今，即从历史中汲取当下需要的民族精神：“他们义勇的精神，正是在我们抵抗暴日时所需要的呢！”[⑦]

儿童从民族英雄故事中所接收的国族教育，体现在儿童参加的广播

① 赵复：《田单复齐》，《儿童世界》1933 年第 31 卷第 5 期。

② 赵复：《为祖国廉蔺交欢》，《儿童世界》1933 年第 31 卷第 6 期。

③ 赵复：《岳武穆尽忠报国》，《儿童世界》1933 年第 31 卷第 10 期。

④ 赵复：《文天祥杀身成仁》，《儿童世界》1933 年第 31 卷第 11 期。

⑤ 《儿童世界》以剧本、故事、歌曲等多种形式多次刊载了汪踦的事迹，参见孙学渊：《汪踦杀敌》，《儿童世界》1934 年第 33 卷第 4 期；李恂：《汪踦救国》，《儿童世界》1933 年第 30 卷第 8 期；沈秉廉：《汪踦出战歌》，《儿童世界》1934 年第 32 卷第 9 期。

⑥ 马敬宾：《卜式输财》，《儿童世界》1933 年第 30 卷第 9 期。

⑦ 平常人：《木兰代父从军》，《新民众》1932 年第 2 卷第 6 期。

节目，儿童节大会发言，平日的演说和儿童投稿的读后感中①，一篇1936年的“学校生活速写”记录了某小学举办的爱国故事演说比赛，学生们所讲述的有弦高犒师、汪踦杀敌、木兰从军、左宝贵抗日、卜式毁家助军、文天祥杀身成仁、史可法守扬州、戚继光抗倭寇等儿童杂志上常见的英雄故事，而儿童们不仅“都讲得慷慨激昂，爱国的情绪，表现得十足”，对每个历史人物的精神对当下的启示也领会得十分清晰，如分享弦高故事的儿童就呼吁同学们回家宣传义商行为：“诸位有许多是从商家来的，我希望诸位回到家里，跪倒在自己爸爸哥哥的面前，恳求他们都做一个现代的弦高，都做一个爱国的商人！”②

民族英雄故事成为针对儿童国族教育的重点有两方面的原因，一方面，“九一八”“一·二八”国难以后，国人对于民族存亡的紧张和焦虑，使得研究民族精神的史籍和文艺盛行，但悲观的谣言也由此流行，一些人认为中国“社会上，充满了自私自利，怯懦、虚伪、颓废、散漫、悲观、奸诈的现象，便认为中华民族是一个衰老的民族，甚至倡言‘中国必亡论’的怪论”，此种怪论对于判断力还相当薄弱的青少年来说无疑会产生极为负面的影响。因此，追根溯源，整理和传扬中国传统民族精神的工作亟须开展。知识分子们通过搜罗史料，整理阐释，让儿童们详细地了解到那些历史上为民族国家奋斗的人物及其所代表的中华民族精神就是中华民族绝对不会灭亡的根本，“外患和祸乱并不足惧，最可惧的就是民族精神的丧失”③。另一方面，抗战中的中国已到生死存亡关头，

① 儿童广播节目：参见《儿童节目：爱国故事：冯将军杀敌》，《广播周报》1935年第16期；儿童节大会发言：参见方宏钰：《三届儿童节各地小朋友言论》，《开封实验教育》1934年新1第7期；儿童演说：参见蒋连川：《演说竞赛讲稿汇录：一位背亲救国的民族英雄郑成功》，《丹阳教育》1935年第1卷第3—4期；儿童投稿读后感：参见李广第：《看了爱国故事后的感想》，《海王》1935年第7卷第11期。

② 晓白：《学校生活速写：爱国故事演说竞赛》，《儿童文艺》1936年第2卷第2期。

③ 束荣松：《怎样编辑中华民族英雄传记？：对于中华民族爱国魂及中华民族英雄故事集之批评和意见》，《天风》1937年第1期。

历史上的民族英雄拯救国家于危亡之中的事迹，对于处于亡国灭种威胁下的中国人来说是十分必要的历史定心丸和源动力。国难当头而国民却缺乏国家观念，只有小我而不顾国家利益的问题，需要召唤民族精神的复兴来解决，“目前要谈复兴中国，当以全民一致效法民族英雄的精神为第一要义，我人虽非崇拜偶像者，但于中国固有的民族美德，却有提倡重振的必要”[①]。“九一八”事变之后，为了应对民族危机，宣扬抗击外敌的英雄事迹成为最大现实需要，历史成为可堪利用的思想资源。符合这种需要的历史英雄人物被拣选出来，他们抵御异族侵略英雄事迹被编纂、改写，读者在阅读相关故事的同时，也受到他们精神感染与鼓舞。民族英雄因此服务于时代政治，成为构建国族认同、展开社会动员的重要政治符号[②]。

二、“疆域物产”与“风景名胜”

战时儿童刊物还充分发挥《画报》和美术编辑的优势，以满幅图画这种直观生动的方式，从地图形状、疆域物产、风景名胜三方面梳理了我国地理知识，对抗战时期儿童的地理教学和国族认同起到了相当重要的作用。

此时的儿童刊物中常见一种颇具创意的地图画，将我国各省的地图幻化为某种动物、人物或事物，两图罗列对比，极为生动有趣。1934年，《儿童画报》先后5期分别刊载了华中华南、东北四省、西南四省、华北四省、华东四省形状的地图画[③]，把江苏地图的形状幻化成“书生舞剑”，安徽则为“小狗”，河北是“豹子”，河南是“桃子”，山东像一匹

① 《重振民族英雄精神》，《勇进》1934年第2卷第4期。

② 参见郭辉，李百胜：《历史记忆与社会动员：抗战动员中的“文天祥”记忆》，《福建论坛（人文社会科学版）》2018年第6期。

③ 《地图的形状》这一同名漫画，分别见于《儿童画报》1933年新27期；1934年新36期，1934年新38期，1934年新43期，1934年新45期。

“骆驼”，贵州是一尊“石狮子”，广西是“玳瑁龟”，辽宁则像“老鹰”。两年后的1936年，著名儿童刊物《小朋友》又分17期连续刊载了34幅地图画，囊括我国全部省份。这些地图画和《儿童画报》如出一辙，但更包罗万象，想象力丰富，如四川是“猴骑绵阳”，甘肃地图是两只正在相争的“雁和雄鸡”，辽阔的新疆地图则是硕大的“坦克车”，广东是“鱼和蚌”，贵州是一株“白菜”，江西是戴着特殊帽子的“救火员”，热河则是“和尚头”①。动物、人物化记忆地图形状其实是对儿童的国土疆域教育，用这种形式一方面能让儿童觉得有趣，贴近儿童的想象，另一方面也能让儿童于不知不觉间熟记国土形状，产生对国家的归属感和守土的责任感。

另一种地图漫画则是借各地地图来介绍当地特色的物产，这种漫画通常在各省地图旁标注出盛产的物产，并旁附小诗以文字进行介绍。如《我的画报》1935年间刊载了浙江、安徽等省份的物产地图，其标注的浙江特产有：“鱼、丝、茶、桐油、松、火腿、木、竹”，图旁小诗云：“浙江省，地在江苏南，出产多丝茶，还有油漆和木材。”②安徽省地图上则标注其特产：“煤、麦、高粱、茶、稻、纸、墨”，图旁小诗云：“安徽省，地在江苏西，出产多煤铁，更有纸墨和茶米。”③这些画图配上小诗，意境悠远，读之让人心生向往，物产景观的罗列会唤起国人的守护欲望和对祖国地大物博的自豪感。

而在东北被日本侵略后，儿童报刊特别关注东北地图和物产以唤起儿童的失地之情。《儿童杂志：高级》1934年刊载了插图文章《东三省的物产》，从矿产、水产、畜产三个方面介绍了东三省的丰富资源，并提醒读者：“小朋友，请问这富饶的物产，现在是掌握在谁的手中呢？

---

① 《地图形状：你看像不像？》同名漫画，作者皆为蒋鸿，载于《小朋友》1936年第711期，第713期，第714期，第716期，第718期，第719期，第720期，第723期，第727期，第729期，第730期，第732期，第733期，第734期，第736期，第737期。

② 《浙江省，地在江苏南》，《我的画报》1935年第4卷第8期。

③ 《安徽省，地在江苏西》，《我的画报》1935年第4卷第9期。

想想看，我们应该怎样努力，使‘物归原主’呢？”[①]1935年《常识画报：高级儿童》也刊载了《东北四省的出产》，详细罗列了东北特产大豆、石油、煤、铁、森林、金矿、盐、牲畜等的每年产量和全国占比，并同样问读者：“东北出产这么多，我们应该怎样收回？”[②]1936年《小小画报》刊登地图画《我们的热河省》，以地图介绍热河各地特产，附小诗普及日军侵占热河的罪行：“还记得吗？四年前的三月三日，忘记了吗？四年前的三月三日，敌人强占热河！”[③]第二年该刊又刊登地图画《我们的失地》，以吉林省地图介绍其丰富物产，一旁小诗为著名儿童文学作家陈伯吹所写，呼唤失地归来，其情十分感人：“归来！我们的失地！我们一刻也不会忘记你！有一天，我们在你那里，再把国旗扬起！”[④]在此种漫画中，诗和图片形成强烈对照，触目惊心地展示我国物产丰富的宝藏土地已经被日本夺去，让人睹图伤怀，唤起爱国雪耻之心。对认知能力相对薄弱的儿童来说，图像的意义在于将东北抽象的地理空间变得可以辨认，对从未踏足过东北的小读者来说，“森林煤矿”“大豆高粱”这些景观符号使东北变得熟悉起来[⑤]。更重要的是，民族土地上的资源应当“专属于它的人民；它不是供‘外人’（alien）使用和开发的”[⑥]，这就使东北的沦陷更加令人痛心。

不仅如此，儿童报刊还将整个中国地图比作一张秋海棠叶[⑦]，而被踏

① 王修和：《东三省的物产》，《儿童杂志：高级》1934年第42期。

② 《东北四省的出产》，《常识画报：高级儿童》1935年第2期。

③ 萧子桐：《我们的热河省》，《小小画报》1936年第13期。

④ 伯吹：《我们的失地》，《小小画报》1937年第15期。

⑤ 刘洁：《景观、疆域与民族认同：以《松花江上》等抗战歌曲为中心的分析》，《抗日战争研究》2023年第2期。

⑥ 〔英〕安东尼·D.史密斯：《民族认同》，译林出版社，2018年，第16页。

⑦ 《我国的地图》，《我的画报》1934年第3卷第3期。蒋鸿：《你看像不像（地图形状）》，《小朋友》1936年第710期。

于帝国主义铁蹄之下的中国地图也因此被称为“被虫蚀的秋海棠叶”[①]。列强被喻为虫儿，被侵略的省市被喻为“叶上被虫损害的地方”，著名儿童歌舞音乐作家黎锦辉还在《小朋友》上发表了名为《秋海棠叶咬破了》的歌曲[②]，曲调铿锵有力，号召儿童快快起来捉除害虫，修补“地图”的残缺。

此外，儿童报刊还常常刊载精美的大幅彩色图画，介绍我国各地的风景名胜，以此唤起儿童的爱国之心。如《我的画报》于 1933 至 1935 年间连续刊载了 11 幅我国的风景名胜工笔画[③]，有苏州的虎丘，雄壮的万里长城，华山的风景，浙江的普陀山，雁荡山，天目山，北平的三海，山东的孔林，泰山等。这些图画构图恢弘大气，色彩明艳饱满，工笔精美写实，让人燃起对祖国大好河山的自豪感。另一本著名儿童杂志《儿童世界》1933 年间也以照片形式连续 15 期在扉页刊载“国内名胜”，介绍遍布祖国大江南北的名胜，从恒山、昆仑山到长江三峡、泰山、天台山不一而足。《小朋友》也于 1934 年 621 期至 625 期连续刊载了《本国地理知识：我国重要城市》栏目，附地图插图介绍了大连、沈阳、张

---

① 这一说法从 1916 年就可以见于报端，参见《少年画历：有人谓我国地形颇似秋海棠叶，可惜叶边已被虫蚀》《少年杂志》1916 年第 6 卷第 8 期，此后整个抗战时期也不少见，参见秋声：《秋海棠叶上的寄生虫：国内租界的形形色色》，《艺园》1931 年第 1 卷第 23 期；黄礼凤：《秋海棠叶的伤痕》，《皖二女中校刊》1932 年第 2 期；陈国玙：《秋海棠叶的虫伤》，《石南青年》1938 年第 2 期。

② 歌词如下：请翻中国的地图，地图，地图，像秋海棠叶儿似的国土，国土，国土，现在一部分已被侵蚀了，这样子是破碎得可怖！喝！国民呀！国民呀！快快起来吧！去把那害虫从速捉除，去把那残缺从速修补！

③ 参见：《看！苏州的虎丘是这样的》，《我的画报》1935 年第 3 卷第 16 期；《万里长城》，《我的画报》1935 年第 3 卷第 14 期；《这是在华山上一个亭子》，《我的画报》1934 年第 3 卷第 2 期；《这就是浙江的普陀山》，《我的画报》1935 年第 3 卷第 19 期；《这里是浙江雁荡山的和尚峰》，《我的画报》1935 年第 3 卷第 21 期；《看！这是天目山的钟楼》，《我的画报》1934 年第 3 卷第 7 期；《这是北平的三海》，《我的画报》1934 年第 2 卷第 15 期；《这是山东的孔林，孔子的坟就在这里》，《我的画报》1934 年第 3 卷第 4 期；《这是泰山，风景多可爱》，《我的画报》1933 年第 2 卷第 2 期。

家口、西安、成都、重庆等 11 座城市[①]。对中国名胜风景和城市风光的展示，为读者提供了具有美学价值的文化体验，使得原本对于小读者来说抽象与遥远的国家，变得“可亲近与可掌握”，由此形成“虽不能至、心向往之”的心理，进而认同其蕴含的价值理念。

失地地图还常见于其他儿童活动和课程中，如儿童家庭生活、学校活动、儿童夏令营、儿童节纪念大会等[②]。《儿童杂志：高级》就刊登过名为《东北地图片》的劳作课，要求学生将东北四省地图按图例放大画在铅画纸上，并写明面积、人口，主要山脉、河流、物产等，这样做的目的是了解东北，研究东北，收回东北[③]。而从儿童作品中，我们也能窥见此种失地教育的显著作用，儿童在家中望见地图上的东北四省，会主动联想起东北疆域之辽阔、物产之丰富，进而感到日本之可恨，并发出夺回失地的誓言[④]。

对我国疆域、地图、物产和景观的教育在此时期被称作以“地理意识”唤起“民族心理”的行动。诚如当时知识分子所说，我国过去在地理教育上往往重视不足，导致学生“有以云南为东北四省之一，有以新疆为外国属地”。而不清楚我国的地理气候、物产景观，以及华夏民族在这片土地上的奋斗史和发扬史，国家民族概念非常淡漠：“盖彼等既不知所失为何地，安可望其收复失地耶？彼等既不知何者为我领土，安可望其守未失之土也？”而以分省讲授代替自然区域，则不仅可以让学

---

① “国内名胜”栏目从《儿童世界》1933 年第 31 卷第 12 期起一直到 1933 年第 34 卷第 2 期止。

② 儿童家庭活动参见杨慰堂：《地图》,《小朋友》1935 年第 641 期，该文系儿童作品，记录其父亲在晚饭后指导子女看中国地图，讲述东四省被侵略的历史，鼓励孩子收复失地。儿童学校活动参见《爱国志士江民声最近由沪赴京携有东北富源图书地图等将分送各机关学校法团参阅》,《世界画报》1936 年第 537 期。儿童夏令营活动参见《第四届夏令儿童健康营：看中华现势地图》,《主妇之友》1937 年第 1 卷第 5 期。儿童节纪念活动参见谭正曦摄：《右图为中山纪念堂儿童节主席台及参加儿童之一部分，旁县地图系指我失去东北四省区》,《图画周刊》1935 年复活 294 期。

③ 参见吴鼎：《东北地图片》,《儿童杂志：高级》1934 年第 42 期。

④ 参见蔡墉：《看了东北四省大地图后的感想》,《小朋友》1933 年第 574 期。

生知道各省份独特的地貌、经济和民族特色，还可让学生加深各省在经济、政治上互利互助的印象，使学生懂得“各省区合则可成，分则必亡之意义，如此可尽扫以往封建之思想，奠国家统一之心理基础”[①]。现代民族国家与其他社会现象不同，它“明确要求特定的领土，这块领土是民族认同的组成部分，是其强调所谓特殊性、例外性和历史性的根据……从这个意义上说，‘民族领土’观念，是一切民族主义的根基”[②]。正因如此，儿童刊物借由地理教育对中国的自然和人文地理加以描述，对于已丧失领土表现出特殊的关注和焦虑，领土观念由此渗透到读者的国家想象之中，成为国族认同的重要组成部分。

三、“国耻纪念”与“扫除国耻”

儿童报刊上对“国耻纪念”的讨论并不限于“国耻日”和“国耻月”，在每年的国庆节和儿童节纪念日中，编辑们也不断提醒读者“庆祝”的同时勿忘“纪念”，他们编选的国耻纪念漫画中，成人创作和儿童作品平分秋色，借漫画这种特殊题材，以讽刺和铭记的形式唤起读者对民族国家的深刻认同和反思。

国耻漫画中最常见的是对某一国耻纪念日的普及和铭记。如1933年《我的画报》刊载了《九一八纪念》，画着气势汹汹的日本军队扛着长枪赤刀，开着坦克大炮攻进沈阳城，旁附文字呼吁读者牢记国耻历史：“小朋友，莫忘莫忘，莫忘两年前，九月十八的晚上，日本军攻占我们的沈阳！”[③]1934年，《儿童画报》也刊载了《九一八国难纪念》，画中城墙内燃起了熊熊烈火，暗示日军突然开火侵略中国，旁附文字向小

---

① 萧廷奎：《民族复兴声中的几个地理教学问题》，《文化与教育》1934年第39期。

② 〔西〕胡安·诺格：《民族主义与领土》，中央民族大学出版社，2009年，第22页。

③ 《九一八纪念》，《我的画报》1933年第2卷第3期。

读者介绍“九一八”的历史：“民国二十年九月十八日晚上日本攻占了我国的沈阳城，以后陆续占据了辽宁，吉林，黑龙江和热河四省，我们把这个日子叫做‘九一八国难纪念’。”[①]1932年“一·二八”事变以后，“一·二八淞沪国难”纪念也常以漫画形式出现，1932年，《儿童画报》刊载了描绘一二八事变的画图，并附文普及该段历史：“民国十一年一月二十八日晚，日本海军陆战队攻打我国上海的闸北，我国十九路军极力抵抗！”[②]1933年，《小学生》也刊载了儿童创作的《一·二八之惨案》，该图画描绘一·二八国难的第二天，日本军队蓄意炸毁了我国东方图书馆和商务印书馆，并以文字直斥日人的狠毒心肠和国人的麻木[③]。“国耻纪念日”的历史还被儿童报刊不断往前梳理，“五九国耻”“五卅惨案”“五三惨案”等国耻均被以图画和文字形式纪念[④]。5月也因为国耻纪念日集中而被称为“国耻月”“沉痛的五月”。

国耻漫画中，儿童的创作也是重要组成部分，体现了儿童对国耻纪念的认知。1933年《儿童杂志：中级》刊登了题为《炮火声中的娱乐》的讽刺画，画面背景中炮火硝烟弥漫，正中却有一大群人正围在戏院的门前准备看戏。这幅儿童漫画的下方有编者题词：“倭奴的炮火连天，我们的榆关被占；东北同胞逃难忙，南方过快乐新年。你看，一个大戏院的门前，有多少人要去观看！唉！新年不像新年，还把新年当新年！”[⑤]其时正值国难当头，后方民众的“娱乐照旧”一直是抗战时期报刊声讨的现象，每逢“国庆”“新年”“国耻纪念日”等本该纪念国耻的公假，人们更是看戏跳舞，乐此不疲，所谓“将军不知亡国恨，深夜

---

① 《九一八国难纪念》，《儿童画报》1934年新47期。

② 《民国二十一年一月二十八日晚，日本海军陆战队攻打我国上海的闸北，我国十九路军极力抵抗！》，《儿童画报》1932年新1期。

③ 王稚秋：《一·二八之惨案》，《小学生》1933年第51期。

④ 参见《五月里的国耻纪念日（连环图画）》，《田家半月报》1937年第4卷第9期。

⑤ 傅震：《炮火声中的娱乐》，《儿童杂志：中级》1933年第11期。

犹跳狐步舞”[①]，“环顾全国内地，尚有不少醉生梦死之徒，毫无警惕自强之念，吴歌楚舜，纸醉金迷，终日追逐娱乐，一若国事与彼漠不相关者”[②]。成人报刊中也常见以讽刺漫画形式讨论这一议题的，如《五月纪念多休假多》讽刺公务员们数着盼着“五一”“五三”“五四”“五五”“五九”“五卅”，因为都是休假日[③]，或讽刺学生们早知国耻纪念日学校一定放假，打算去跳舞庆祝[④]。而从《炮火声中的娱乐》这幅儿童漫画可知，“国难声中应否欢畅娱乐，停止娱乐是否可以救国”[⑤]这一复杂的议题已经进入了小学生的抗战教育，而编者对该图的编选和按语也正说明了其态度。因此，另有不少儿童自由画以扫帚扫除垃圾的动作来暗喻扫除国耻[⑥]，或者以美术字和书法的形式来激励大家“为国雪耻”“勿忘国耻”[⑦]。

此时的国耻漫画还走下杂志，在儿童其他抗战活动中扮演着相当重要的宣传角色。如在国耻教学周，国耻教材，国难报告会，国耻纪念会，国耻演讲比赛等活动中，国耻漫画都是宣传利器，对儿童的教育效果极佳[⑧]。绥远一名六年级的小学生记录了教育厅组织他们参观国难画展览的过程，他用真诚的笔触描绘了和同伴们一起参观的场景：“一幅

---

① 怀凤:《国难声中从春节说到娱乐问题》,《长寿》1933 年第 36 期。

② 《国难期间全国应停止娱乐》,《长沙民报》1933 年第 10 期。

③ 同光:《五月纪念多休假多》,《十日谈》1934 年第 28 期。

④ 陈惠龄:《甲：今天是 ×× 国耻纪念日校里一定放假，乙：那末我们跳舞去吧》,《十日杂志》1936 年第 22 期。

⑤ 怀凤:《国难声中从春节说到娱乐问题》,《长寿》1933 年第 36 期。

⑥ 参见黄家俊:《儿童自由画：扫除国耻》,《儿童杂志：中级》1933 年第 11 期。葛晋卿:《儿童画室：扫除国耻》,《常识画报：中级儿童》1937 年第 47 期。

⑦ 参见李性仁:《美术字：卧薪尝胆、勿忘国耻》,《儿童杂志：高级》1932 年第 2 期；沈乃钟:《儿童书法：为国雪耻》,《儿童杂志：中级》1933 年第 11 期。

⑧ 参见龚理天:《五月国耻纪念中心教学实施纲要》,《江西地方教育》1938 年第 114、115 期。孙士枚、陈志和:《低年级实验儿童中心教育实例：“九一八国难二周纪念会”做学教报告》,《通中实小校刊》1933 年第 6、7 期。陈铸华:《儿童作品：五九国耻纪念》,《飞虹月刊》1937 年第 6 期。《本校学生参加国耻讲演比赛结果》,《湖南省立衡阳中学校务汇报》1936 年第 10 期。

挨一幅的一面观看，一面听老师的解释，有的同学只是低头发恨，有的竟要流出泪来，还有的都握紧了拳，瞪大了眼，愤愤地，好似想一下子把日本打倒的样儿。有一个商人，竟用手指按着一个日兵的头，咬着牙关，像真的见了日兵的愤怒。虽说这样是没一点用的，但也可以表现他的爱国心，愤恨日奴的思想啊！”[①]甚至在参观完解散后，同学们都还不约而同地喊叫着“打倒日奴”“救中国”的呼声，回到家中也还久久不能平静，脑中不断回放着悲惨的国难画，这一纪录也侧面证明了国耻漫画强烈的刺激作用。

如果说“民族英雄”和“疆域物产”是正向树立儿童的国族意识，那么国耻纪念则是反向促进儿童对“国族”的反思和认同。儿童报刊梳理了自晚清以来的27个国耻纪念日[②]，并追问中国何以屡次丧师失地、割地求和？中华民族何以被别的民族欺凌至此？“国耻纪念”的背后是对民族问题的反思，知识分子们也不断开具民族劣根性的清单，如“愚、贫、私、弱、乱、道德堕落、文化衰落、民德浇漓、民智浅陋、物质遗乏、国防力薄弱、政治效能低下、社会组织凌乱”[③]等。为此，先进的知识分子们提出，中国要一扫前耻谋求民族复兴，须一扫民族的衰老疲态，找回中华民族在历史上迭受挫折却能攘臂复兴、挺然再起的生存弹性；须“扩大个人主义为民族主义”，牢记“国家民族能够生存，个人才能生存”[④]的原则，把国家和民族放在个人之前；须整顿民族的“萎靡懦弱、贪鄙、偷堕、浮妄”，改造社会上的“颓唐、散漫、营私、苟且”[⑤]，严肃民族精神，重建社会秩序。在这套话语逻辑中，“国耻”和

① 吴炳光:《小学生创作：参观上海国难宣传团国难画展览会记》,《小学生（上海1931）》1934年第4卷第9期。

② 周炎:《中国国耻纪念日一览表》,《江苏儿童》1936年第6期。

③ 参见雪禅:《我们民族病的疗养：从复兴民族说到湔雪国耻》,《新民》1935年第1卷第39期。

④ 陈大榕:《如何挽救中国》,《中山周报》1935年第55期。

⑤ 传甲:《纪念国耻中谈谈训练民众》,《民众旬刊》1934年第4卷第19、20、21期。

“民族”“国家”是紧紧联系在一起的，实际行动的雪耻才能让国耻纪念不再流于形式：“只有达到复兴中国民族的目的，这才算是纪念国难中认识了‘多难兴邦’的意义。”[①]正如彭南生所言：“光荣史固然能够增强民族认同感和自豪感，提升民族自信心，但在民族有难的危机时代，屈辱史更容易唤起民族紧迫感，增强民族命运共同体意识，凝聚力量为摆脱民族危机而共同奋斗。”[②]

结语

集体记忆这一概念的创造者，哈布瓦赫将它定义为“一个特定社会群体之成员共享往事的过程和结果”。集体记忆并非自发形成，而是社会建构的结果[③]。出于抗战这一历史环境的需求，儿童报刊之插图漫画的主题选择呈现出强烈的民族主义（爱国主义）取向，民族英雄、地图疆域、风景名胜、国耻纪念等图像被筛选、讲述和诠释，作为国族的象征性符号被植入读者脑中，最终实现了集体记忆的建构。一方面，大量被挑选的爱国历史人物、民族英雄，能帮助读者意识到自己和身处异地的同胞们同宗共祖，共享华夏民族精神，有助于打破地方观念，将在空间上分立的儿童经由时间的维度联系起来，建立情感连接，构造出对“群体起源”的共同信念[④]。另一方面，地理版图与风景名胜又呈现出民族家园的概念。长城、泰山、孔林、虎丘，这景物本身只是客观存在，但借由作者和编辑创作、加工后，被赋予了浓烈的的情感和意义，成为民族得以存续的必要基础。同时关于物产等自然资源的介绍，表明这既是我国富国强兵、追赶西方列强的基础，也是中国区别于世界的特殊符号，

---

① 陈大榕：《如何挽救中国》，《中山周报》1935年第55期。

② 彭南生：《屈辱的记忆：以“廿一条”国耻纪念为讨论中心》，《江苏社会科学》2010年第5期。

③〔法〕莫里斯·哈布瓦赫：《论集体记忆》，上海人民出版社，2002年，第39页。

④ 王明柯：《历史事实、历史记忆与历史心性》，《历史研究》2001年第5期。

这些讲述，成为形容中国“地大物博”的最佳注脚[①]。最后，国耻纪念图像则从另一个角度强化了读者的民族主体意识。对于国家构建来说，这种创伤记忆和“苦难叙事”尤其重要[②]。自清际民初以来，中国的国耻记忆构建未曾断绝[③]。无论是将被列强瓜分的中国地图比喻为“被虫蚀的秋海棠叶”，抑或是“国难地图”，都营造出一种举国同伤的共同命运感。追究国难的根源，上升到对民族文化糟粕的反思，而“共洗陈污，合力同心，复兴华夏”的口号[④]，则将对“过去”和“现在”的描述扩展到了对“未来”的畅想，在唤起旧的集体记忆同时，和读者共同构建起新的集体记忆，使儿童深刻体察到自身与民族命运的同一性和使命感。综上，历史人物、地理疆域和国耻纪念三位一体，构成了中国作为一个文化共同体的核心要素，有助于理解和回答“我们是谁”“何为中国”“如何存续”这样的根本性问题，这种集体记忆具有极强的政治属性，最终促成了小读者们对这一文化共同体的情感依附与归属。

此外，“国族认同”也是在民族危机的时代背景下知识精英与社会大众的一种“双向奔赴”。对任何社会来说，国族认同的建构，都不是单向而是双向的行动，既有赖于社会上层对普通民众的建构，也需要民众对此种建构的认可与接纳[⑤]。作为生活在抗战时代的特殊青少年，在日本侵略者文化殖民的侵略攻击下，他们更需要追问和确证：“我们是谁”“我们从哪儿来”“要向哪儿去”，国族认同正是他们最需要的回答。事实上，这些抗战时期儿童刊物的插图漫画的作用也不仅仅限于过去，它不仅促使当时的青少年将自身的命运编织进民族独立、国家解放的宏

---

① 何思源：《地理书写与国家认同：清末地理教科书中的民族主义话语》，《安徽史学》2016 年第 2 期。

② 殷冬水：《论国家认同的四个维度》，《南京社会科学》2016 年第 5 期。

③ 马建标：《历史记忆与国家认同：一战前后中国国耻记忆的形成与演变》，《近代史研究》2017 年第 2 期。

④ 冯廉先：《国难时期人人应备的地图》，《中国新书月报》1932 年第 2 卷第 2、3 期

⑤ 林尚立：《现代国家认同建构的政治逻辑》，《中国社会科学》2013 年第 8 期。

大叙事之中，使其自愿投身抗战，抗击日本侵略者，且在全球化时代的当今中国，其对于如何对历史进行再现和叙事，引导公共记忆，实现国家认同，亦有借鉴价值。

（作者单位：重庆师范大学初等教育学院）

城乡互观中的“地方性知识”与抗战时期沈从文的创作调适

□向宇新　李永东

抗战时期，“由于战争的原因而造成了中国东部人口大规模地向西迁移”，“重要的后果即是推动了西南城市的发展”[①]，城市“下江人”与“上江人”发生现实碰面，如闻一多率领湘黔滇旅行团步行赴滇一样，大部分知识分子都在经历“由城入乡”的地理迁移，城与乡的互动、城市人与乡下人的身份遭遇是此时重要的文化现象，并呈现在其文学书写之中。

1937年，沈从文“和一批北大，清华的教授乔装改扮后，结伴逃出北平”[②]，之后，沈从文在大哥沅陵“芸庐”中住了3个多月，在云南期间又在呈贡乡下常住，居住空间的城乡变位使其目睹“‘现代’二字已到了湘西”，“湘西在战争发展中的种种变迁”[③]。虽然在之前《夭夭》《三三》《丈夫》等作品中，城与乡不再是一个互相封闭的空间，城乡呈现出一定的话语碰撞，但在抗战前，湘西依然是乡土性的湘西，借“牧

---

① 何一民：《抗战时期人口“西进运动”与西南城市的发展》，《社会科学研究》1996年第3期。

② 吴世勇：《沈从文年谱》，天津人民出版社，2006年，第194页。

③ 沈从文：《长河·题记》，《沈从文全集》第十卷，北岳文艺出版社，2002年，第3、5页。

歌湘西”对抗都市的话语构型，“为高等人造一面镜子”[①] 依然是沈从文乡土作品的主要色彩。抗战爆发后，沈从文开始重新打量乡村与城市的关系。从《长河》开始，“城市知识”与“乡土知识”不仅发生了正面交锋，其审视乡村和城市的眼光也不再单一，其叙事模式由于作者回乡的乡土经验和城市经验的叠加，出现了城市和乡村相互观看、相互审视的双向视点，并且创作者本身也在战时对这两种视角同时进行反省，并生发出自己独特的互观视角。乡村不再是与城市文明对抗的“神化地方”，也不再是刻意疏离中心的“边缘地方”，而是与同样作为地方的城市双向审视、互观互看，并在同样作为“地方性知识”的城市知识与乡村知识的碰撞中得以呈现。由此，发掘沈从文创作中的“城乡互观”思维，可以发现战时沈从文乡土书写已经出现新的方向，在叙事空间不断被打开的过程中，其乡土书写也成了沈从文思考“城与乡”“民族与国家”“上江人”与“下江人”等重要战时问题的场域。

一、作为“地方”的城市与乡土：“地方性知识”的双向视角引入

“乡土文学”与“地方”的意义关联，在20世纪二三十年代乡土文学理论形成之初，就已经形成重要参考坐标。1923年，周作人基于对文学泛化的普遍主义的不满，发表了《地方与文艺》一文，其虽认为“新文艺渐见发达”，但却“太抽象化了”[②]，并表明：“各国文学各有特色，就是一国之中也可以因了地域显示出一种不同的风格。”[③] 这之后，虽对于乡土文学的阐释出现分歧，但茅盾与鲁迅也同样把“地方色彩”[④] 和

① 《绅士的太太》,《沈从文全集》第六卷，第213页。

② 周作人：《地方与文艺》，钟叔河编订：《周作人散文全集》第三卷，广西师范大学出版社，2009年，第102页。

③ 《地方与文艺》,《周作人散文全集》第三卷，第101页。

④ 蔡元培等著，陈平原导读：《中国新文学大系导言集》，贵州出版集团，贵州教育出版社，2014年，第119页。

"写出他的胸臆"[①]作为农村小说/乡土文学重要的价值结构。可以看出，摆脱文学的普遍主义，写出乡土的地方感、地方经验、地方与创作主体的独特交互体验，至今仍是乡土文学"寻根"的所在。

同样基于对哲学中的普遍主义不满出发，克利福德·吉尔兹立足于"文化持有者的内部视界"，提出"地方性知识"概念。通过深入考察"爪哇人的内部的/外部的，光滑的/粗糙的现象学对现实的分类方式，以及巴厘人的无条件的命名系统，摩洛哥人用这种附设定名物法去界定人的身份"[②]，吉尔兹发现这些边远地区的"地方性知识"独立于西方世界之外，并与现代知识、西方知识等普遍性知识形成鲜明对照。吉尔兹对地方性知识的考察角度其实和早期乡土文学对于普遍性的疏远殊途同归。鲁迅等人之所以把"地方"作为衡量乡土文学的一个重要坐标，无疑是力图挖掘被近代城市视野遮蔽的乡土知识与乡村经验。

但是，近代以降，"乡村是被城市唤醒的对象"[③]，吉尔兹试图以"他者"的视角研究"他者"的知识的思路，可以成为一个方法参照，但无法完全贴合本土语境。我们更应该考察少数的"他者"如何看待所谓的"中心"，"中心"又如何审视"他者"，即在乡土文学的阐释中应该具有城市与乡村相互观看、相互审视的思维。因此，应该摆脱把地方与乡土相互替换、地方与中心相互对置的惯性思维，即地方不可能只与乡土发生关联，城市在乡村视角看来也应成为"地方"，"如果把所有的地域和城市（包括'中心城市'），都看作"地方"，"中心—边缘"的先见就被暂时搁置"[④]了，城乡互观的双向视点提醒我们，既可以从城市眼光来审视乡村中的"地方性知识"，也可以以乡土眼光审视城市中的"地方性知识"。劳斯在"地方性知识"的概念发展中就认为：不存在所谓的普

① 《中国新文学大系导言集》，第131页。

② 〔美〕克利福德·吉尔兹：《地方性知识——阐释人类学论文集》，王海龙，张家瑄译，中央编译出版社，2000年，第87页。

③ 李永东：《民国城市的文学想象与民族国家观念》，人民文学出版社，2021年，第17页。

④ 李永东：《中国现代文学研究的地方路径》，《当代文坛》2020年第5期。

遍性知识，知识本身就是具有“地方性”，不仅产生于非西方视域中的知识具有地方性，科学知识这种看似具有普遍性的知识都具有地方性，依赖着“处于地方性、物质性和社会性情境中的技能和实践”①，如果把城市语境和乡土语境纳入知识产生的特定情境，城市与乡村就可以看成两套不同的地方性知识体系。

在中国的农业时代，“城乡间是所谓的无差别的统一”②，城乡共享一套价值体系和知识系统，但在近代中国，由于殖民程度与现代化程度的时空差异，“广大内地农村与城市，尤其是与沿海城市之间存在现代化发展中的巨大差距，发展中的脱节达到了惊人的程度”③，城乡知识体系的差异开始变得泾渭分明。近代大多乡民从未拥有进入大城市的权利，也无法接触那些在中国都市发育生长的现代知识，对乡下人来说，城市也许是他从未去过的“另一个地方”，虽然城市“生产并传播一切现代观念和现代之物”④，但那些经过中国近代城市系统生产与加工的知识，可能成为乡民永远无法切身体悟的“地方性知识”。那些近代遭受殖民，较早接触西方文明的大都市，如天津、上海、南京等，其政治、经济、法律、艺术率先进入现代化旅程，并在知识高地享受权威地位，那些城里的市民常常理所当然地把经由城市系统生产与传播的知识当作普遍性知识。但对于从未去过上海这种大都市的乡下人，则完全无法理解遥远都市中的“摩天大楼”，同样可能把自身知识当作普遍性知识，把城市知识当作从未被发现的“地方性知识”。在《子夜》中，都市的按键在吴老太爷乡土性的知识体系中失灵，进入都市之前，“《太上感应篇》这

① 〔美〕约瑟夫·劳斯：《知识与权力》，盛晓明、邱慧、孟强译，北京大学出版社，2004 年，第 77 页。

② 何一民：《近代中国城市发展与社会变迁（1840—1949 年）》，科学出版社，2004 年，第 415 页。

③ 《近代中国城市发展与社会变迁（1840—1949 年）》，第 443 页。

④ 《民国城市的文学想象与民族国家观念》，第 1 页。

护身法宝在他手上”①，可以看成乡下的“地方性知识”及其知识系统的象征物，但在进入都市上海后，《太上感应篇》失效了。茅盾以初入大城的乡民视角，对吴老太爷的都市感受进行了精彩描绘：

> 天哪！几百个亮着灯光的窗洞像几百只怪眼睛，高耸碧霄的摩天建筑，排山倒海般地扑到吴老太爷眼前，忽地又没有了；光秃秃的平地拔立的路灯杆，无穷无尽地，一杆接一杆地，向吴老太爷脸前打来，忽地又没有了；长蛇阵似的一串黑怪物，头上都有一对大眼睛放射出叫人目炫的强光，啵——啵——地吼着，闪电似的冲将过来，准对着吴老太爷坐的小箱子冲将过来！近了！近了！吴老太爷闭了眼睛，全身都抖了。

在这里，第一次来到上海的吴老太爷对都市的节律、景观、声音完全没有任何经验知识或感官预习，“窗洞”“怪眼睛”“长蛇阵似的黑怪物”“一对大眼睛”“小箱子”是吴老太爷由于缺乏都市知识，策略性以自己的乡土“地方性知识”进行名词称谓替换的应对，而“扑倒”“平地拔立”“忽地没有”“目炫”“冲将”则是吴老太爷面临自身经验世界之外“地方性知识”时惊骇的“动词动作”遭遇。茅盾这段描写可以看成近代以来“以乡观城”视角中，乡民在面对经验世界之外的“地方性知识”时失语，并被都市的地方性知识强行入侵的经典叙写②。

现代性在近代中国的降临并不均衡，城市发展的时空差异是近代中国社会的重要特征：近代以来，西南地区的乡村与沿海都市在同一时间、不同空间中完全呈现出两幅面影。沈从文作为进到大都市的“湘西乡下人”，在其创作前中期，已经觉察到城市知识和乡村知识的巨大差异，不过，此时的沈从文呈现出的差异却有制造对立的意味，都市与乡土的位置被放置到“中心与边缘”的话语想象机制中，乡土作为边缘的

---

① 茅盾：《子夜》，《茅盾全集第三卷 · 小说三集》，黄山书社，2014 年，第 11 页。

② 《子夜》，《茅盾全集第三卷 · 小说三集》，第 11、12 页。

“地方”一直试图对抗、消解作为中心的“都市”。创作于1934年的《知识》是一篇以“知识”为主题，以城里人下乡为叙述视角的作品。哲学硕士张六吉辗转国内外的的知名大学，“凡是好的‘知识’，他差不多都知道了一点”[①]，带着“人生哲学”的论文题目，决定回到“我那个野蛮家乡去看看”[②]，但下乡后却见到乡下人家里死了人，一家人却不为所动的哲学景观，张六吉发出了如吴老太爷初入都市的惊骇，但在深入了解后，竟被乡下人对待生命和人生的态度收编，写信给那博学多闻的导师先生，骂其为“老骗子”，进而烧掉自己的所有书籍。在沈从文的叙事策略中，都市视角在观看乡土的过程中遭遇了乡土视角的“被看”，来自都市的哲学硕士张六吉甚至被乡下人的“地方哲学知识”折服，城里人观看乡下的权利在自身知识资本失效的过程中被消解。刻意放大作为乡村的地方，以此抵抗隐喻中心的都市，是这篇文本背后隐含的话语机制。同时，沈从文也写过一些以乡下人视角观看、打量或想象都市文明的作品，比如：《三三》中在湘西乡下想象城里人生活，但从不试图进入城市的三三；《灯》中作为都市中的“多余人”的乡下老兵；《虎雏》中进入都市后依然保持乡下人“蛮性”，并失手打死人的虎雏。这里作为“边缘地方”的给乡民，其想象都市的过程不再是一种建构的过程，更多了几分在对抗中试图颠覆的意义。

可以发现，在这两类不同视角呈现的作品中，视角的呈现是为了构造冲突的城乡叙事而刻意建构的，并隐含叙事者彰显乡村的优越感的意图。然而，沈从文虽然极力想冲破都市的话语包围，但似乎摆脱不了把乡土放置到边缘地方，把都市放置到中心的对抗性的城乡二元结构。都市体验刺激了他的乡村话语的生产，但乡下人去到都市的“失根感”与“心理状态逐渐绅士化”[③]也造成了他笔下的都市似乎即将“堕入地狱”，

---

① 《知识》,《沈从文全集》第八卷，第319页。

② 《知识》,《沈从文全集》第八卷，第320页。

③ 王晓明：《潜流与漩涡——论二十世纪中国小说家的创作心理障碍》，中国社会科学出版社，1991年，第130页。

而乡土结构却一直封闭而单一，随时有堕入神话世界的危险。但可以明显察觉到，这种对抗在抗战时期减弱了，抗战时期具体的回乡经验与战时湘西现代进程的加快，提醒沈从文不得不思考，是一味地制造矛盾，还是为 1937 年以后他亲眼所见的乡土做忠实的作家记录。在以《长河》为中心的一大批的文本中，沈从文有意创设出城乡互观的视角勾连，以城观乡，以乡看城，不仅呈现出互观互看的交融向度，以中心对抗边缘的叙事模式也被置换为“两个地方”互相对话的叙事模式，城市与乡村的地方性知识的碰撞也被放到文本的前台。在此过程中，两个视角本身的意义、偏狭与裂隙，也借这个过程得以体现。

二、“看乡村”的知识视角与城市知识权力

抗战时期的西南地区，“城里人下乡”即是一个被动迁移过程，也是一个主动进行的文化建设现象。无数城市“下江人”为躲避战火，来到四川、重庆、贵州、云南等地避难求生，并由此带来了城乡语境下的身份冲突、文化碰撞、空间互嵌。李永东就曾论述到战时重庆郊区产生了一种“‘乡村里的都市’的文化奇观”[①]。同时，战争时期，下乡也是一种积极主动的战时文化建设风潮，文协就主动提出“文章下乡，文化入伍”的口号，政府和高校等相关机构也把“下乡”宣传视作激发全民抗战意识的重要途径，并由此形成城乡交互的现实语境。由此，大范围下乡的空间移位带来了“看乡村”的目光聚焦，并形成一种特殊的战时文学书写视角。

沈从文作为战时“下乡”的一员，亲眼目睹战时湘地城乡共融的混杂空间，在其文本书写中，构设了大量的城里人“看乡村”的视角，并对城里人观看乡土的“观看逻辑”作出了深刻的演绎推理。沈从文在其

---

① 李永东：《乡村里的都市——城乡互嵌的战时国都与文学书写》，《中南大学学报》2019 年第 6 期

特意为抗战创作的散文《湘西》中，便形构了一组战时“外来者”形象，并反复强调其城市知识分子的身份，沈从文在《题记》就提醒读者，可能来到湘西或者应该了解湘西的人应该是“一个行政长官、一个史学者、一个社会问题专家”①，或是城市中来的“专家、新闻记者”②，之后沈从文在开篇《引子》中为文本虚构出一个游览湘西的游客视角，而这个游客的身份则是“一个北方人，一个长江下游人，一个广东人（假定他是读书的）”，下江来的读书人身份，则将外来者的身份归纳给了城市知识分子。这便形成了《湘西》中的两组视角：外来的城市知识分子视角是文本的显性视角，城市知识分子会根据城市知识想象、虚构、模拟出乡土湘西的地方性知识，或在观看湘西的过程中歪曲、误读湘西的地方性知识；本地人视角则为隐性视角，沈从文依据着乡下人身份，架构出完整的乡土地方性知识系统，并对城里人视角中的乡土知识加以瓦解、重构。其中，显性视角勾连其文本结构，隐性视角凸显文本指意。按顺序形成的《常德的船》《沅陵的人》《白河流域的几个码头》《泸溪・浦市・箱子岩》《辰溪的煤》《沅水上游几个县份》《凤凰》等文本标题，作为复合名词极具形式意味。复合名词的前部分的方位名词，就是外省人沿着西南公路乘坐汽车，一路观光湘西的空间变位，其中叙述者通过外来者视角，叙述了被外来者想象出来的“地方性知识”；而复合名词的后部分，叙述者一边解构外来者的经验视角，一边以本地人的视角叙述出不被外地人所知、但为本地人所知的地方性知识，其中涉及了各种地方政治经济、交通风貌，农业、手工业、物产、特殊习俗等地方性知识，其中，外地人以显性视角观看、误解、想象湘西地方性知识的过程被完整复现，沈从文特意构设的本地人隐形视角，则暗含了作者本人强烈的为地方祛魅的旨意。

这样的视角同样呈现于战时其他小说创作中，城里人对乡土知识的

---

① 《湘西》,《沈从文全集》第十一卷，第 328 页。

② 《湘西》,《沈从文全集》第十一卷，第 329 页。

想象、误读、置换则在小说文体中得到了纪实性书写。《长河》中，叙事者铺陈了“橘子”等大量的农产品知识，但由于城里人的视角错位构想，带来了商品价值的涨跌，甚至牵连到乡村的经济问题。“城里人把橘子当补药，价钱贵得和燕窝高丽参差不多”，“橘子上印有洋字，用白纸包了”，“若买回来依照方法挤水吃，就补人。不依照方法，不算数”[①]，“但吊诡之处在于，这并没有带来农村橘子的价值提升，因为中国教科书或别的什么研究报告书，照例就不大提起中国南几省，有多少地方出产橘子，品质颜色都很好，远胜过外国橘子园标准出品”[②]。城里人只吃美国橘子并且按照西方知识把橘子当补药，即按西方方法吃橘子，但作为城市知识生产与传播系统的教科书，却从来不提中国农村的橘子，显然是城市眼光中“西方知识”的升值带来橘子超出价值的“溢价”，乡土中的地方性知识的贬值带来的则是橘子低于价值的“跌价”。沈从文不仅批判了城市视角对乡村农业知识的歪曲、遮蔽，还批判了城市知识本身的被殖民色彩，西方也在借知识殖民实现经济殖民的转化，而乡村知识自身的价值则在一轮又一轮的知识的被遮蔽过程中被不断消解。

由此，可以看出，沈从文不但对城里人观看乡下的视角进行了书写、批判，且触及了生成这种视角的“地方性知识维度”。作为地方性知识的“城市知识”成了城里人观看乡村的一种认知装置，型构或触发了其“看乡村”的视角生成，而这种视角的观看逻辑，则在城与乡这两种不同的地方性知识的差异与等级关系中，得到了逻辑演绎与解读。《虹桥》中创作者在文中插入了一段主观议论，可以视作对观看逻辑的解码过程，他认为“现代政治观和社会观培养出来的知识分子，研究农村，认识农村，所知道的就只是农村生活贫苦的一面”，“只知道用城市中人幸或不幸的心情尺度，去测量农民心情”，城里人对“农民生命自足性，

① 《长河》,《沈从文全集》第十卷，第 20 页。
② 《长河》,《沈从文全集》第十卷，第 10 页。

以及属于心物平衡的需要，永远缺少认识”[①]。这是一种以城市知识为优势知识，并以此为知识标尺，测量、推导和评价乡土知识的视角逻辑。由于乡土知识与城市知识本身就难以兼容，在这种单向度的评价逻辑中，立体的乡土便很容易在这个过程中被折叠、窄化和遮蔽。

由于城市率先消除了两套地方性知识被平向审视的可能，在凝视或俯视的过程中，城乡知识系统暗含的权力关系与等级结构凸显了。“知识社会中，知识自身正悄悄的发生变化，它日益向权力靠拢，力图持续的获取权力。”[②]近代中国城市率先进入知识社会，占据知识权力，以自身的“大传统社会”压迫乡村所代表的“小传统社会”[③]，正如埃里希·弗洛姆认为：“教育系统致力于把知识作为财产分配给人们，使之与他们未来可能拥有的财产相配”[④]，城里人率先“占有知识”并设置知识专利，或忽视乡土知识作为知识的可能性，或直接消除乡土知识产生意义的可能。但需要指出，并不是所有城里人都具有俯视、评价乡土知识的权力。在文本中，沈从文常常将那些下乡的城里人身份设置为读书人、学生、中产阶级、教授等，“具有知识的城里人”是沈从文给战时下乡者附加的身份标识。因为只有城市知识分子才具有生产、使用或占有知识资本，并对乡土知识进行解读、规训的资格。由此，对城市知识权力的思考在此转化，形成了对城市知识分子群体的批判。发表于1934年的《边城》题记中，沈从文便说明《边城》“对于都市中生长教育的

---

① 《虹桥》，《沈从文全集》第十卷，第391页。

② 姚国宏：《权力知识研究——一种后知识话语的理解》，上海三联书店，2017年，第26页。

③ 人类学家罗伯特·芮德费尔德曾提出“大传统“与“小传统”概念，其认为大传统指代以城市为中心，社会中士绅、知识分子所代表的文化，实际指涉国家权力，小传统则指代村落中农民所代表的生活文化，实质代指乡村。其理论强调大、小两个传统的差异性，及其对立的文化层面，并且认为小传统处于被动地位。具体参见〔美〕罗伯特·芮德费尔德：《农民社会与文化：人类学对文明的一种诠释》，王莹译，中国社会科学出版社，2013年。

④ 〔美〕埃里希·弗洛姆：《占有还是存在》，李穆等译，世界图书出版公司，2019年，第47页。

读书人，似乎相去太远了。他们的需要应当是另一种作品”[①]，进一步讽刺了城市知识分子对待城乡知识的傲慢态度，认为“大凡念了三五本关于文学理论文学批评问题的洋装书籍，或同时还念过一大堆古典与近代世界名作的人，他们生活的经验，却常常不许可他们在‘博学’之外，还知道一点点中国另外一个地方另外一种事情”[②]，后面其更直接把都市文学理论评价系统与都市知识分子的《边城》阅读权利抹除。沈从文为这部乡土小说虚构了理想读者，将其设置为“本身已离开学校，或始终就无从接近学校”，“真知道当前农村是什么，过去农村有什么”[③]的读者群体。在为《边城》注解的过程中，抹除掉了城市知识分子进入《边城》及其中乡土世界的权利，暗示当时沈从文对知识分子不解乡村知识的不满。战争时期，《题记》中批判的城市知识分子走到了“正文”之中，成了乡土中国的现实“观看者”。这些进驻乡村的城市知识分子和葛兰西在《狱中札记》所言的“有机知识分子”具有一定的意义重叠，他们是新的阶级“创造出来并在自身发展过程中进一步加以完善的‘有机’的知识分子”，“是上层建筑体系中的‘公务员’”[④]，这些知识分子与阶级、政府、团体联合，往往把持着文化领导权和知识权力。他们面对乡村时，无疑把乡村视作需要规范、整合和收编入其自身利益共同体的对象。

城市知识分子确实把乡村视作重要的“资源”和“筹码”，20 世纪 30 年代，“农村破产”成了城市知识界的既有判定，以梁漱溟、晏阳初、黄炎培等为代表的城市知识分子，掀起了轰轰烈烈的乡村建设运动。梁漱溟认为要培育民国新政治，“天然须从乡村小范围去作”[⑤]，晏阳初认

---

① 《边城·题记》,《沈从文全集》第八卷，第 57 页。

② 《边城·题记》,《沈从文全集》第八卷，第 58 页。

③ 《边城·题记》,《沈从文全集》第八卷，第 59 页。

④ 〔意〕安东尼奥·葛兰西:《狱中札记》，曹雷雨等译，中国社会科学出版社，2000 年，第 7 页。

⑤ 梁漱溟:《我的一段心事》, 中国文化书院学术委员会编:《梁漱溟全集》第五卷 , 山东人民出版，1995 年 , 第 535 页。

为“中国人——尤其是大多数的农民——的衰老、腐朽、钝滞、麻木和种种的退化现象，更叫中国整个社会的问题严重到不可收拾”[①]。梁漱溟等“乡建派”将“中国问题”替换为“乡村问题”，把乡村修辞为其民族国家话语、人权观念、阶级意识和文化理念赖以实现的“通道”，乡村在这里与其说是问题，不如说是解决城市问题的工具、路径和方法，其自身主体性在城市知识分子眼光中并不重要，所以晏阳初依照城市现代知识的标尺，由城乡两个地方性知识的差异，得出乡土“愚、穷、弱、私”的结论，然后托出改造以教育改造乡村、建设现代化中国合理逻辑，这种粗暴的知识压迫也受到了同时代知识分子的批判。费孝通在《乡土中国》中就以“乡村知识”的维度，批判了城里人把乡下人不识字定义为“愚”的荒谬逻辑，费孝通认为“乡下人没有见过城里的世面，因之而不明白怎样应付汽车，那是知识问题，不是智力问题，正等于城里人到了乡下，连狗都不会赶一般”[②]。费孝通无疑站在乡土知识及其产生的特定地方情境中讨论问题，他认为乡下人属于面对面社群，根本不需要文字，并直接推翻了乡建派的知识预设，认为“如果中国社会乡土性的基层发生了变化，也只有发生了变化之后，文字才能下乡”[③]。在城市知识分子的知识话语中，时间的地位举足轻重，成了其权力戏码的关键装置。在时间知识序列里，西方、现代处于时间上的优势位置，而与“现代”“新”“先进”“西方”相关的知识率先降临城市，这些知识被城市知识分子掌握后，形成了优势的知识心理，借此把在时间上落后的乡土中国转喻为疾病中国，再把疾病中国的病源指向知识问题，即农民的知识、素质、能力问题，是城市知识分子惯用的逻辑，正如赵旭东指出：“在1930年秋就已经坚信中国乡村的问题在于‘愚、穷、弱、私’这四大疾病的晏阳初博士不大可能会有兴趣思考经济崩溃的社会与

---

① 晏阳初，〔美〕赛珍珠著，宋恩荣编：《告语人民》，广西师范大学出版社2003年，第66页。

② 费孝通：《乡土中国》，生活·读书·新知·三联书店，2013年，第9页。

③ 《乡土中国》，第24页。

政治原因。”[①]

但沈从文显然已经走过了“只问病源，不开药方”的阶段，抗战时期，针对城市知识分子这种“看乡村”的行径，沈从文将中期《边城》中被拒绝的城市知识分子重新邀请进其读者群体，呈现一种期待城市知识分子阅读的创作期待。虽然沈从文乡土文本的实际读者大部分可能都是城市人群，但创作者的主观的读者设置一定意义上暗示了文本寓意走向。沈从文大量的战时创作文本的意义内涵，都潜藏了呼吁城市知识分子对乡土重读、平视与接纳的创作期待。抗战时期张治中主政湘西时，结束了湘西内斗或外斗之局面，大力发展乡村教育，发动民训工作，让大量学生下村进行宣传。沈从文直接针对这次民训，阐明希望《长河》“能给外来者一种比较近实的印象，更希望的还是可以燃起行将下乡的学生一种比较近实的印象”[②]，《湘西》直接针对下江来的读书人对乡土湘西的误读，希望写作可以带来“安全和快乐应当需要的常识”[③]，《乡城》书写下乡宣传之乱象，希望“可作许多下乡的朋友参考”[④]，《笨人》中，读懂乡下人的“笨”，知识分子则“一定会有一些成就”[⑤]，在《乡居》中，沈从文通过在仙人掌中发现神性和自然，寻到与乡下人对话的正确方法，即尊重生命自身独特的价值，顺天体道。战争时期，在沈从文的视角中，对知识份子不再是单向度批判，而呈现出接纳、对话、沟通的向度，隐含着沈从文力图在战时重新整合农村资源，把乡土的湘西引入抗战的湘西的意图。此时对于乡土地方性知识的“还原性书写”，一方面为那些行将下乡的城里人作了“祛魅”工作，另一方面也一定程度上解构其前中期时的牧歌湘西，在《芸芦纪事》中，那几个中央政治学校的学生用手中的《湘行散记》打人，可以看成其对旧有乡土文本的解构

① 赵旭东：《乡村成为问题与成为问题的中国乡村研究——围绕“晏阳初模式”的知识社会学反思》，《中国社会科学》2008年第3期。

② 《长河》，《沈从文全集》第十卷，第6页。

③ 《湘西》，《沈从文全集》第十一卷，第329页。

④ 《乡城》，《沈从文全集》第十卷，第294页。

⑤ 《笨人》，《沈从文全集》第十卷，第295页。

象征。

但是，沈从文与其自身建构的乡土地方性知识似乎并不容易割断联系。在《湘西》中就出现了一种“自引现象”，即沈从文直接大量引用了来自抗战前的乡土题材的文本，1944 年的开明书店出版的《湘西》版本里，可以发现在《白河流域几个码头》《泸溪 · 浦市 · 箱子岩》《辰溪的煤》《凤凰》等几章中，作者直接引用、摘录来自《边城》《湘西散记》《从文自传》等早期乡土书写文本，战时语境与《湘西》的文本旨归已经发生极大变化，但沈从文依然把前中期的乡土书写直接插入《湘西》，这中“新与旧”的穿插并不协调，新旧嵌套让《湘西》的文本时间暗含了结构性偏好，即沈从文虽指明写出湘西的“‘过去’和‘当前’”，但实际的时间设置却偏向着“过去”的湘西，即多写乡土的、传统的湘西及其相关地方性知识。在《长河》中，他依然要“特意加上一点牧歌的谐趣”[①],《长河》的乡村风景书写比《边城》占比更高，这导致长河中的乡土知识常常隐蔽在大片的乡村风景中，知识的地方性在田园风景的大量铺排中很容易被消解。沈从文一方面力图生产“真实”，另一方面又难以割舍过去自己建构的“失真”的知识，各种关于乡土知识的声音在沈从文的文本中嘈杂地叫嚷。姜涛曾论及沈从文“大概是‘发议论’的冲动过于强烈,《芸庐纪事》的写作不小心一下子溢出了‘讲故事’的轨范”[②]，进而产生了文体内爆的现象。而笔者认为，沈从文与城市文化场域中的知识分子保持着若即若离、暧昧复杂的关系，其自身知识体系的越趋驳杂，导致其战时文本知识的色彩，不能用单一的窗口透视。叽叽喳喳叫嚷的地方性知识，能否带来城市知识分子视角的升降，进而接通城市与乡土的联结通道，把和谐的地方呈现给其战时政治想象，是一个纠缠着、被悬置起来的问题。这也显示了其战时转向民族国家话语中的抵牾、裂隙与症候。

---

① 《长河》,《沈从文全集》第十卷，第 7 页。

② 姜涛:《“重写湘西”与沈从文 40 年代的文学困境——以〈芸庐纪事〉为中心的讨论》,《文学评论》2018 年第 4 期。

三、水码头、聊天与听说：乡土传播空间中的城市知识想象

除了呈现城里人“看乡村”的知识视角，沈从文在战时也从知识角度，构设了乡下人“看城市”的视角样态。由于战争时期的创作语境已经发生变化，沈从文的乡土书写由“居城怀乡”的模式转换为“在乡写乡”模式，创作者的空间视角也多聚留在乡土空间，乡下人对城市的阅读、对话、观看也多在乡土中进行。“看城市”的视角，在战争时期离不开乡土空间，也产生了与以往“乡下人进城”书写模式不同的意义结构。由于乡下人并未真正进入都市、认知都市，或与都市知识发生密切互动，沈从文在文本中通过构造特定的知识传播空间与知识传播方式，呈现了那些“居乡想城”的乡民如何接受城市中的地方性知识，以及由此生成的对于城市知识和城市形象的认知、建构和想象。

在沈从文的战时文本书写中，构设了“水码头”这一知识传播的空间。不同于近代以来被开发成通商口岸，并混杂殖民性和现代性的城市码头，在湘西地区，水码头是自然内生的乡土空间，带有乡土中国的气性，是乡土湘西的农业交易、交通运输、民俗娱乐、日常生活等重要的活动场所。周红认为，自明清西南大开发以来，“该流域地区古代的文化交流和经济发展无一不是以‘船来船往，舟揖络绎’的古镇及其码头为中心节点展开”①。这种独特的水流地貌让水码头成了湘西独特的乡村空间标码。沈从文前中期的乡土书写多将码头空间形塑成密闭、不受时空惊扰的“真空形态”，码头具备人性、风俗、文化的意义生产功能，颇具牧歌情调与田园风味。但在抗战时期，沈从文对码头空间的塑造开始脱离单纯的文化风俗范畴，湘西水码头作为一个半开放、流动的空

① 周红：《湖南沅水流域古镇形态及建筑特征研究》，武汉理工大学博士学论文，2011年，第1页。

间，具有包含各类战时事件、生产消费、人物交汇、信息知识聚散与传播等核心空间功能，是最先接触现代性的空间。其中，对于城市知识的聚合、流散与转化，乡土中的水码头空间也是关键节点，并且成为城市知识抵达乡土的第一站。在码头空间，接触过城市的水手、商人、下乡的城里人、知识分子多在码头空间中汇集，他们携带从城市中获取的知识，成了城市知识的“二道贩子”，在水码头进行城市知识与信息的传播，乡民也在他们的转述中了解了城市知识与讯息。

沈从文战时码头书写，具有明显的空间次序。在《长河》中，作为上河“码头市镇”的吕家坪，是文本的“中间空间”，其向下连接了乡土空间的“萝卜溪”和“枫木坳”，向上则连接下河更大的“码头城市”，由此形成了“城—镇—村”的知识与信息传播层级。“镇—村”是乡土中国的两种空间形态，而依照码头空间，可把乡民划分划分为三种类型，即“住在码头上的人”“经常去码头上的人”“很少去码头上的人”等三种人物类型序列。这三类乡民与水码头呈现不同的连接样态，并且由此产生对待城市知识的不同态度与知识想象。

《长河》中的商会会长、保安队长、吃水上饭的水手，《芸庐纪事》中的大先生则是“住在码头上的人”，他们一般属于地方士绅，或者不从事农业劳动的商人、手工业人群体，他们大多去过城市，也因长期背靠码头的空间优势，对于知识与讯息的了解拥有更多渠道。这些乡下人“亦城亦乡”，拥有丰厚的乡土知识，也接触过城市知识，对城市知识的认知和想象更能贴合城市语境。《长河》中商会会长经常读老《申报》《大公报》，知晓报纸传媒功效，并从中了解到城市中的“国家观念”“政治革命”“现代机器”“战争变化”等一切城市观念；保安队长则接受过“城市新教育”，懂得些时髦精神；水手们更是去过五湖四海，亲眼见识过“新生活”的人群；《芸庐纪事》中的大先生去过上海、北京等大都市，时刻奔走在河边税关、渡船码头空间，甚至还试图调解战时下乡的学生与乡下人的矛盾。这部分人是首批接触城市、想象城市，以及能够理解和认识现代、民族国家观念的人群，他们已经脱离了对城市知识的“猜想阶段”，对城市知识及城市并不十分排斥。他们是码头空间中知识传播功能的具体承担人群，是乡土空间中传播城市知识的权威，他们能通过对城市知识的学习，利用城市生产的现代传媒、交通工具，一定程度上走进城市，并愿意接受其中的国家观念和现代政治。吴晓东认为《长河》中的现代传媒构建了湘西的公共空间，形塑着这些士绅阶层的现代想象和国家现象[①]。而笔者认为，对于乡土的公共空间的论述应该“脱虚向实”，即使是现代传媒，其传播的场域也离不开“水码头”这种特定的实体空间。根据刘鹤的论述，在湘西的城市化、现代化进程中，现代工厂、金融、邮局、交通都率先在那些水路发达的码头间降临[②]。可以这样说，基于城乡知识的联结以及传统知识与现代知识的对话，沈从文对这群“住在码头上的人”寄予了厚望，希望这群人能够减少大部分乡下人对于现代知识的恐惧，进而打通城市与乡土知识体系互相封闭的通道，是沈从文重点刻画此类形象的意义所在。

可是，如果文本中的农民形象一旦脱离类似水码头这样的开放性、流动性的空间，城市知识便在乡下人之间形成了一种“现代性的魅想”，乡土与乡民的知识封闭便展露无疑。那些很少去过类似码头这种开放性空间、更没有去过城市的农民，构成了第二种乡民形象类型，这些人活动在“田野”“山村”等封闭、传统、古老的乡土空间，而不在具有一定现代意义的水码头空间，其身份也是从事具体农业生产的农民，“‘土’是他们的命根”[③]，也是其生命意义构成的空间与场所，但土地、田野空间具有封闭性、不流动性，由此造成了知识与讯息由“听说”而来，由“聊天”而加码传播的传播方式，这是一种传统的原始的口头经验的知识生产与传播方式，也是玛格丽特·米德论述的前喻文化社会中，晚辈

① 吴晓东:《长河中的传媒符码——沈从文的国家想象和现代想象》,《视界》2003 年第 12 期。

② 刘鹤在《抗战时期湘西现代化进程研究》中论述了早期湘西的城市化、现代化进程，其中主要论述了湘西的码头市镇。具体参见刘鹤:《抗战时期湘西现代化进程研究》，湖南师范大学博士学位论文，2009 年。

③ 《乡土中国》，第 2 页。

从长辈那里接受知识与文化的文化模式[①]，沉淀了很强的集体无意识与随意性。在《长河》中，“新生活运动”是出现最频繁的文本符号，这场由蒋介石在 1934 年于城市中发起的“城市文艺复兴运动”，很快就波及到湘西，成了乡下人无法挥去的梦魇。但是，新生活运动第一次出现在乡下人的口中，便是从那个背着小猪的妇人，她舅娘的大老表口中“听说”，然后在枫木坳中乡民的一次“聊天”活动中显影，在这之后，“新生活运动”在还没来到乡土中时，就经过了一轮又一轮的“听说”与“聊天”的传播赋魅，最后被乡民指认为“不可能事件”。聊天与听说在长河中甚至成了叙事方法，一轮又一轮的聊天与听说活动，构成了一轮又一轮的事件转换与叙事推动，由此构成了多声喧哗、流言丛生、荒诞不经并具有民间说书气质的长河文体。知识信息在“听说”与“聊天”的过程中被随意指涉与编码。新生活是城市中颁布的“政策”，其中包含产生于城市情境中的政治、国家、礼仪、卫生等一系列在城市中流转的知识，固守土地的乡下人无法用自身的知识体系对其进行解码，反而在民间话语狂欢中对其进行再形塑、再生产。在《长河》的乡土空间中，聊天与听说加工了一切城市来的知识，乡民时刻挥舞着乡土知识的盾牌改换城市知识，“那乡下人”把委员的科学实验修辞为“法术”，长工认为“委员的话信不得，他什么都不知道”[②]，对于榨桐油的机器，“乡下人无知识，还以为这油业公司一成立，定是机器黄牛来作事”[③]，这群生长在土地空间中的乡下人对于城市知识的体悟，不能说是“认知”，只能定义为一种猜测性的“现代性魅想”，以新生活为代表的现代知识，几乎就不可能下沉到湘西最基层的乡土空间。这似乎也触及沈从文战时一直思考的“常与变”“动与静”“传统与现代”“城与乡”等重要思想

① 人类学家玛格丽特·米德在《文化与承诺》一书中阐释了前喻文化、并喻文化、后喻文化三种文化基本形式，前喻文化主要在农业社会及以前，是口口相传的文化传输模式。参见〔美〕玛格丽特·米德:《文化与承诺：一项有关代沟问题的研究》，周晓虹、周怡译，河北人民出版社 1987 年。

② 《长河》,《沈从文全集》第十卷，第 83 页。

③ 《长河》,《沈从文全集》第十卷，第 88 页。

命题，新生活在湘西注定失败的悲剧隐喻，阐明了城市与乡村背后，乡土空间中现代知识与传统知识的较量，城里人引以为傲的现代知识，在还未到真正进入乡土中国的血肉之中时，就被乡村“小传统”瓦解，失去了征信。叙事者进而反复在文中申述“城里人，城里事情，总之和乡下人隔太远了”[①]，之所以产生“远”，站在乡土空间思考，极大可能是乡土空间的封闭、停滞性拉长了城乡距离，脱离了水码头那样的开放空间，乡民观看城市的视角具有极强的固定思维，时间在这个停滞的空间无法流动，城市知识为代表的一切现代物也自然被阻隔在外。《长河》中那个不在乎“新生活运动”，只关心自己小猪的妇人；《乡城》中不在乎下乡学生演唱“文明戏”，只顾自己笋壳色母鸡的王老太太；《王嫂》中不关心日本飞机轰炸，只喂狗、喂鸡的乡下佣人王嫂。他们无疑是沈从文特意创设的一组战时人物形象，这些生活在乡土空间并且掌握农业畜牧知识的乡下人，与家畜发生着密切的心灵联系，任启蒙、革命、救亡、民族、国家等一切现代知识声势浩大地行驶，依然固守乡土中的知识与事物来度过乱世中国，这是一个外不可进、里不会出的封闭世界，其中乡民的知识体系也具有很强的“在地性”。

沈从文还构设了一个独特人物组成的人物形象序列，即虽然住在传统的田野空间，但“经常去到码头空间”的乡民，他们在这里接受知识并形成知识想象，然后带回乡下。在《长河》中，沈从文重点书写了“老水手”这个充满主体间性的人物。他具有农民与水手的双重身份，即使返回土地再次成为农民，依然是对水手身份有所眷念的农民，他并未“扎在田野”从事生产劳动，而是在田野空间（枫木坳和萝卜溪）与码头空间（吕家坪）时刻奔走，土地在其身份构成要素中其实被悬置，水码头的流动、开放性质是其身份生产的必要条件。因此，他与文本中的长顺、夭夭、三黑子等对土地产生依赖的农民群像，不能划分为同一形象类型，他如农民群体的异类，《长河》中的农民对“乡土牧歌”大

① 《长河》,《沈从文全集》第十卷，第25页。

都抱有幻想，但只有老水手“以为世界还要大变”，“在本地真算是对‘新生活’第一个抱有幻想的人物”[①]，也因为不用从事农业生产。他有多余时间四处奔走，是文本中最关心城市知识的人，因此也成了乡土中的城市知识接收与传播的机器。他知道“可从那些船老板水手方面，打听出一些下河新闻”[②]，这些船老板和水手即是本雅明所说的见多识广，且能带回远方传说的水手。他驻足在码头空间，眺望想象中的城市，与那些水手、商人和知识分子热切交流，接受关于城市的政治、官僚、器物、政策等一切城市知识，形成了一个乡下人对于城市中传播的时代、国家、民族、战争的知识想象。最后，对于“新生活”的知识，老水手竟超过了长顺和商会会长，“比吕家坪镇上人知道的都多了”[③]。在这里，老水手与那些“住在码头上的人”“很少去码头上的人”形成了一种镜像对照，他虽然只能是“申报的间接读者”，但不会只满足于原始的乡土舆论空间对于知识的加工和误读，在这种对于现代知识呈现负向、消极的传播的乡土空间中，老水手属于少有的正向知识接受者，其象征着乡土空间中，渴望了解城市的乡民形象类型。

以码头为核心空间，通过构设三种不同人物类型，沈从文勾画了三类乡民对于城市知识想象的不同样态。对于城市与城市知识在乡土空间的传播，沈从文显然脱离了前期的书写范畴，不再替乡下人把城市知识注解为现代的罪恶邪物。对于前喻文化社会自身知识生产传播体系的封闭和局限，沈从文隐约透露了一些批判态度，并对那些“住在码头上”的商会会长、大先生们给予了深切的厚望。这类地方的精英和士绅占据了得天独厚的空间优势和阶层优势，率先使用一切城市之物，对于城市知识和乡土知识都能了解一些，其似乎成了沈从文连接地方与中央、乡土与城市、传统与现代等一切的桥梁索道。沈从文在《长河》借中学教师之口呈现了其对前地方精英陈渠真的暧昧态度，似乎力图拔高这些地

---

① 《长河》,《沈从文全集》第十卷，第 50 页。

② 《长河》,《沈从文全集》第十卷，第 94 页。

③ 《长河》,《沈从文全集》第十卷，第 100 页。

方精英的“地方功绩”，可是，联系湘西真实历史，陈渠真治理湘西时，湘西的乡村治理和底层群众的困苦仍然成了越来越严重的问题，陈渠真为了自身利益也并没有顾及乡土上的底层，那些在地方占据类似水码头这样开放空间的地方精英，能否真正成为城市与田野空间的纽带，并没有明确的答案。沈从文本来就出生凤凰大家族，与陈渠真、熊希龄这样一些地方精英有着千丝万缕的联系，也已然在城市中成为精英阶层，对于这类地方精英过于乐观与片面的态度，似乎显示了其城乡双重精英身份对底层乡民的脱离。金介甫认为“一部完整的长河不但可能成为引人入胜的写乡土区域主义的小说，还能是一部写抗日战争的文艺作品”①，但正如前文所说，《长河》中聊天与听说的充溢，不仅造成小说中的众声喧哗，似乎也透露出沈从文此时面临精英身份与乡下人身份失和的焦虑心态，“牧歌乡土文化”毕竟是其前期在文学场域中积累的象征资本，但继续在乡村空间中谱写牧歌情调，以“有情”加工历史和真实，但也使“残酷的乡土”和“真实的农民”被乡土的牧歌情调遮蔽，农民的主体性和其乡土知识很容易成为“抽象的抒情”的背景。沈从文却又试图实现其精英身份对于地方家国的担当和责任，文本中的“政治声音”不绝如缕，甚至让夭夭这样的乡村小女孩，随时和老水手探讨家国大事、生命伦理，实在不符合乡下人的知识体系和聊天习惯。这里就很容易理解沈从文为何构设老水手这样一个“乡土异类”形象，一定程度上这代表了沈从文本人的声音与幻想，乡下人要是都能主动脱离封闭空间，走向开放空间，迎接城市知识和乡土之变，那么多数的湘西人便注定能摆脱“负气与自弃”②的结果。但这终结是文学想象，乡下人如何摆脱传统、走向现代，在沈从文自身的知识体系中依然是一片嘈杂。

---

① 金介甫：《他从凤凰来：沈从文传》，新星出版社，2018 年，第 337 页。

② 《湘西》，《沈从文全集》第十一卷，第 330 页。

结语

沈从文的战时创作确实受到了统一的民族国家或者救亡话语的规范与约束，其地方书写也不再限制在单一的人类学或者民族学的意义框架内，在成为“国家”和“地方”的双重精英知识分子后，沈从文似乎力图在“向内”和“向外”的维度中，在“乡土书写”这一场域上，承接作为“湘西人”和作为“大学教授”的历史责任，并向内拓展自己的主体话语建构与批判。在这个意义上也能理解这种对于城市和乡土的双向知识审视，作者一方面力图为宏大“抗战”提供自己作为“家边人”的地方经验，另一方面试图引领那些还在做“小传统”美梦的“家边人”。但在一系列创作的调适中可以发现，沈从文的“撕裂感”是明显的，牧歌乡土能否对接战时中国，抽象的抒情能否在紧张激烈的战时文化场域降落，依然是沈从文此时面临的主要困惑。

（作者单位：西南大学文学院）

莫怀戚、虹影重庆小说的区域文化建构路径及其限度

□傅华　唐开金

当今世界已进入吉登斯所说的“快速飞逝”的现代世界，人类迈入现代世界的依据，便是“全球化”。必须承认，当下我们每个人都在主动或被动地“全球化”，但我们无须苦苦追问什么是全球化，政治、经济、文化全球化之间有着怎样的关联，因为全球化本身就是多义、矛盾、混杂的现象的总称，对于全球化的争论或许并不比全球化现象本身更为清晰。正如皮特尔斯所说：“全球化就像是一个三棱镜，绝大部分有关人类共同处境的争论都在其中折射出来，包括资本主义的各种问题、不平等、权力、发展、生态、文化、性别、身份、认同、人口等等，所有这一切都可以退回到‘全球化使之然’的风景中。”[①] 但可以肯定的是，当今的文学文化实践已在全球化和现代性语境中被重新阐释和叙述。

皮特尔斯在《全球化与文化》中提到当今文化全球化正在形成三种观点：文化差异主义或称“永远的差异”、文化融合或趋同、文化杂交或混合[②]。文化差异论指出，全球化无法消弭各个民族地区的文化差异

① 〔美〕简 · 尼德文 · 皮特尔斯：《全球化与文化：全球混融》，王瑜琨译，中国传媒大学出版社，2016 年，第 8 页。

② 《全球化与文化：全球混融》，第 39 页。

而真正实现文化一体化或文化“共同体”，甚至“文明的冲突”将会成为未来全球的主导问题；文化融合论指出，全球化中世界的相互联系正在加强，从而导致文化的标准化和同质化。历史证明，民族间的文化融合和冲突是并存的，但很难做到完全融合，因为主动放弃自己的文化传统也就意味着丢失了存在的依恃。南帆对此有过评论：所谓的“世界文化”或者“世界文学”仅仅是一个虚幻的称号，这种称号的实际内容往往被某些发达的民族国家所劫持，成为它们的代言者，推销它们的标准和型号……没有哪一个民族国家会天真地放弃自己的文化传统，相反，未来的世界甚至不惜为此开战①。在后殖民主义者看来，文化全球化背后隐含着西方世界的话语霸权，一定程度上阻碍着世界民族文化的多元发展，处于弱势的文化必然受到强势文化的渗透和压制。因而，以同一化为原则的全球化，同时也在其相反的方向上激发起了另一种刻意寻求特殊性、地域性和差异性文化现象的出现②。在异域文化与本土文化相互融合与对抗的过程中，各民族应该以何种姿态面对全球化，保持本民族、地区的主体性，建构自己的民族地区的文化认同，成了必须回答的问题。

区域文化认同问题与全球化冲击以及现代性危机密不可分。随着资本主义社会工业革命完成，世界经济市场与资本市场建立，以大生产为标志的现代社会改变了传统社会原有的结构和运作方式，引发了现代作家的文化焦虑和书写自觉。他们认识到本民族的精神历史文化作为可辨认的、传统的、连续的资源和符号象征正不可逆地受到异质的他者文化的入侵、冲击和消解，继而激起他们追问自身的存在性命题。虽然 20 世纪 80 年代以来“寻根文学”“区域文学”“方言写作”的兴起，一方面表征了这一历史语境中的当代文学对全球化语境中的

---

① 参见南帆：《文学理论：全球化时代的民族性》，《文学理论研究》2017 年第 3 期，第 9 页。

② 黄云霞：《全球化语境下文学的文化身份认同》，《集美大学学报（哲学社会科学版）》2006 年第 4 期，第 85 页。

西方现代主义和后现代主义文学思潮的追随或者迎合，另一方面也说明在“冲击－回应”中的中国作家曾不断回应着这种焦虑，试图以本土化的叙事努力对抗全球化浪潮。在这一书写风潮中，山东、陕西、东北、湖南等地区接连亮相，而居于西南地区的重庆在文学版图中似乎并不那么耀眼。

重庆曾在抗战时期经历过短暂的文学繁荣，但随着中华人民共和国成立、众多作家外迁，重庆文学再次陷入沉寂，直到 20 世纪 90 年代末重庆直辖后才迎来转机。1997 年重庆脱离四川行政管辖成为独立的行政区划，政治战略地位的提升要求区域文化的自足，原本极具辨识度的“巴蜀文化”无法让重庆在西南地区保持相对“突出”和“独立”的文化地位，一种新的区域文化亟待建立。“巴渝文化”①遂成为继“巴蜀文化”之后最能概括重庆区域性特征的本籍文化。“巴渝文化”作为重庆地区的“母质文化”，其内涵主要有以下三方面：从地理空间维度看，重庆位于长江上游与中游的连接地带，地跨东经 105°11′~110°11′、北纬 28°10′~32°13′，巴渝文化便指生活在这一地区的人发展演变出的相对独立的文化形态，但其文化空间辐射显然比行政区划要远得多；从内涵和构成元素看，它主要包含了该区域形成的富有纪念、教育、发展意义的文化类型即巴文化、三峡文化、乌江文化、三国文化、现代革命文化，以及民间文化等；从时间阶段划分看，巴渝文化时间跨度大、包容性强，它实质上包含了前巴渝文化（原始时期）、早期（古代）巴渝文化、现代（乃至未来）巴渝文化。

莫怀戚和虹影都在重庆生活过相当长的时间，重庆是他们的精神原乡。本籍文化深刻影响着两人的性格气质、审美情趣及文化心理。一方面，重庆战略地位的提升强调着区域文化认同的必要性；另一方面，全

① 重庆直辖以来，巴蜀文化与巴渝文化的争论便已凸显。主要观点：一是承认巴渝文化是一个相对独立的文化区；二是认为巴渝文化属于巴蜀文化，是巴蜀文化的分支；三是不承认巴渝文化的独立属性，应以巴蜀文化这个更具说服力的概念统摄之。大多数学者认为，巴蜀文化与巴渝文化既有联系也有区别。

球化冲击与城市现代化进程的加快，呼唤着重庆文学尽快建立自身文化资源，以确立其“本土特性”。在这一语境下，莫怀戚和虹影的重庆小说似乎有力回应了重庆文学的现实吁求。

一、空间建构与区域形象的形成

巴渝文化资源的丰富多样为莫怀戚和虹影绘制区域形象、建构区域文化认同提供了书写的可能性。书写区域首先要确定“区域”，即强调我们身处何地。蒂里希说：“存在着，就意味着拥有空间。”[①]人之存在的焦虑源于“无空间性”，空间的存在证明了我们的存在，空间丧失也就意味着存在之丧失。作家作为书写的主体，其笔下的空间总是因为生活经历、时代背景、介入视角等差异而呈现出不同的面孔。换言之，文学空间与现实空间之间存在着“既合又离”的状态。“文学空间不再是对某种固定空间之中时间演绎的模仿、再现或表现，文学与空间的关系不再是前者模仿（再现或表现）后者……文学空间固然来自于现实空间，但同时，更重要的是文学本身就成为社会现实空间建构的重要组成。”[②]莫、虹两人的空间书写策略都把重庆的现实空间作为一种个体演绎的依托，并在此基础上进行变化、延伸和想象。

作为依山傍水之地，重庆地势高低起伏，地形错落有致、梯坎纵横，山在城中、城在山上，故言山城；又因其位于四川盆地边缘，周围群山环抱，两江交汇，水汽氤氲不易扩散，故言雾都。地貌成就了这座城市的立体感、层次感及基本的生存发展模式：一是依靠山地丘陵为主的农林业模式，二是以长江嘉陵江两大河流为依托的渔业、航运业模式，而重庆开埠后至陪都时期形成的工商业则加快了重庆城市化的发

① 〔美〕保罗·蒂里希著，何光沪选编《蒂里希选集·下》，上海三联书店，1999年，第1119页。

② 刘进：《20世纪中后期以来的西方空间理论与文学观念》，《文艺理论研究》2007年第6期。

展。特殊的地理位置、历史际遇决定了它的多重“秉性”，既是山城，也是江城；既乡土，也现代；既“晦暗”，又“蓬勃”。总之，它如此矛盾而活力地存在着。

在莫怀戚的小说中，乡土重庆最值得称道。所谓乡土性，它既是地理自然所赋予，也是人们长期在社会空间中习得和形成的，是对区域地理环境、结群关系、伦理精神特征的概括。在小说中，莫怀戚对重庆的山川风物、建筑景观，连同那种原有的社会关系、生存方式怀有强烈的迷恋情结。他认为重庆虽不可避免地步入现代化，然而真正使这座城市韵味犹存的是它的“乡土气质”，而“乡土气质”的由来则与这座城市本身的空间结构分不开，山脉、森林、江水、航船、礁石、码头、崖壁、梯坎……莫怀戚以粗粝写意的笔调绘制重庆的乡土底色。

说到重庆地形地貌，莫怀戚形容它是“动静”板块的结合体，“重庆因地貌的原因，有许多闹中取静的天地。说重庆是若干极闹版块与极静版块的拼凑，恐不为过”（《经典关系》）；也是“高山大河”的结合体，他比喻这里是“两江夹一个大山包”“三根油条夹两块烧饼”（《白沙码头》），“高山大河，结构粗糙”（《透支时代》）。说到重庆的四季气象，他直言这里是“暴冷暴热的山地”，“什么‘春风又绿江南岸’之类，在此最好免开尊口，以免贻笑大方”（《经典关系》）；景物也别有风情，江水“如飘逸的黄绸绕城而过，从天边来，往天边去”（《帽上蓝鹰》），“正是嘉陵江水瘦时。河滩很开阔，青草一片片到处铺开，嫩绿湿润，让人想吃”（《花样年月》）；写崖壁“回头望望石壁，黄桷树粗大苍劲的根龙飞凤舞，整个一幅大写意泼墨。粗糙的家乡其实也有工整的京都不敢来比的地方”（《花样年月》）；太阳则妩媚朦胧，“它朦胧在山城常有的雾霭里，给人软乎乎的感觉”（《母亲的心思》），有时“高悬山间，浓荫薄雾历历在目，墨染一般”（《廿年天合》），“太阳很大，能见度却不高，看什么都像刷了一层米汤。让人无端想起‘糊涂’这两个字；重庆人不以精明清醒见长，恐怕就是这个原因”（《山水回旋曲》）。地理空间造就了“乡土重庆”，而这种乡土性又直接反映在重庆人的生存方式、思维情感、品格之中，也就是说重庆的人文“秉性”包含着一种自然“秉性”，使得这座城市似乎永远葆有“民间”的生机和“乡土”的韵致。

莫怀戚浪漫化地处理了人与区域之间的关系，其小说也在“乡土气质”的总体价值诉求中展开。他写码头、写袍哥、写都市男女、写三教九流……总是竭尽所能地彰显人物个性的潇洒与故事的跌宕，其目的是配合这座城市的“浪漫”与“传奇”；写男女野合、舞蹈歌唱、亲友集会，反映了朴素、自然的乡土伦理。不仅如此，莫怀戚还让这股气息飘荡至异乡，《花样年月》中的北京，《南下奏鸣曲》的深圳，《白沙码头》中的云南，身处异乡的重庆人始终葆有一份特殊的魅力，他们气质不凡，爽朗幽默，坚韧乐观，面对生活和情感保持洒脱。至此，莫怀戚已将重庆的本土经验凝练为一种表述经验，使“地方”变为一种特定的审美倾向，并借此实现地域文化的“突围”与“扩张”。

对于重庆的现代性，莫怀戚则表现出更为复杂的情感。他赞叹现代化，那是人类伟力的一种象征，也厌恶它挤压乡土空间，产出高度同质化的东西，更反感都市崇奉的生存法则及对自由人性伦理的压抑。在《经典关系》中，茅草根赞美重庆夜景的绚丽：“这样他清楚地看到了山城之夜——从高处的南坪向长江大桥俯冲的他看到了酷似一艘巡洋舰的市中区，被两江夹成半岛的市中区。滨江路连好之后，滨江路灯忠实而炫耀地勾勒出了这个半岛的战舰性质。这驶向大海的战舰！”[①]与“他厌恶都市的喧嚣和肮脏，最受不了汽车尾气和卡拉 OK”无疑构成了两种悖反情绪。莫怀戚理想中的重庆处于乡土性和现代性并存而不相害的状态，它应该拥有双重面貌和双重属性，但乡土性及其所代表的那种质朴、浪漫、粗犷应该成为它的主色调。

反观虹影，她似乎有意要卸下莫怀戚赋予山城的“人文滤镜”，唤起人们另外一种文化空间的认同。由于幼年生活经历的曲折，虹影无

---

① 莫怀戚：《经典关系》，人民文学出版社，2002 年，第 227 页。

法摆脱那个时代的山城带给她的沉重记忆，于是她游走于山城的街头巷尾，用一种在场的姿态体验和观察着时代大潮之下个体的曲折摆渡。1949 年前后的重庆现代化进程是缓慢且不均衡的。在小说中，虹影把她所生活的重庆南岸称为堆放各种杂烂物的后院，城市的“贫民窟”，它破烂、肮脏、拥挤、幽暗，与城市繁华的市中心并峙：

> 南岸的山坡上，满满地拥挤着简易木穿斗结构的小板房、草盖席油毛毡和瓦楞石棉板搭的棚子，朽烂发黑，全都是鬼鬼祟祟。稀奇古怪的小巷，扭歪深延的院子，一走进去就暗乎乎见不着来路，这里挤着上百万依然在干苦力的人。整个漫长的南岸地区，几乎没有任何排水和排污设置：污水依着边小水沟，顺山路往下流。垃圾随处乱倒，堆积在路边，等着大雨冲进长江，或是在炎热中腐烂成泥。①
>
> 只消走出门来，倚着潮湿湿的墙，侧着耳朵听：打更棒棒一声声敲着黑夜，没准儿一个蜘蛛网罩住的房门，会神秘地露出一只旧时代的红平绒绣花鞋；那匆匆消失在街转角的男人，黑毡帽压低，腿上藏着尖刀。阴雨天暗时，走在脏水漫流窄坡上的每个人，都是一副特务嘴脸。②

在《饥饿的女儿》中，六六经历着物质与精神的双重饥饿，生存环境的逼仄、身世谜团，以及生理欲求的无法满足，令她对这座城市产生了本能的反感。可以说，“贫民窟”形象勾连着现实环境的“晦暗”、历史的“晦暗”与人生的“晦暗”——一种现实空间与精神空间的叠加效应的结果。同样的在《孔雀的叫喊》中，柳璀为了解开自己“身世的故事”选择回到三峡库区的良县，首先映入她眼帘的并非雄奇壮阔的三峡景色，而是旧城的不堪，它同浩大的三峡移民工程相比是落后的代表，

---

① 〔英〕虹影：《饥饿的女儿》，四川文艺出版社，2013 年，第 4 页。

② 《饥饿的女儿》，第 5 页。

注定要被这座象征着人类理性工具的大坝所淹没：

> 柳璀顺石梯而上。码头工人在卸货，尘土飞扬。而且到处乱堆垃圾，马路边，滩岸上，甚至一些低矮的房屋顶上全是垃圾，臭味在太阳下蒸腾。[①]

可见，虹影笔下的山城空间是一种实在景观与内心景观的融合想象，南岸的贫民窟“鬼鬼祟祟”，街道“危机四伏”，江上巨轮如“丧妇般长长的嘶叫”，三峡腹地老城区落寞衰朽……空间的修辞已注入强烈的个人化色彩，并通过历史的发酵散发出“沉重的气味”。1949年前夕的罹难、饥饿年代的挣扎、“文化大革命”的动荡、浩大的三峡移民历史在这个空间演绎直至消逝。与莫怀戚“不愿写她的缺点”[②]不同，虹影将历史清掘出来，直面时代的阵痛。到《月光武士》，虹影似乎才愿意拂去笼罩在山城和自我头顶上的阴翳，发现它的厚重与独特：

> 他喜欢山城质朴的门面，很多古老的石阶围绕，朝天门航运公司堡垒般的调度室，那儿喇叭传出调度员亲切的重庆话，经常带脏话与进港口的船只交流，听上去，像邻居们互相调侃骂架一样。要是这个调度室没了，这个依山傍水的重庆还是重庆吗？会像切掉身上的一块肉一样疼。[③]

随着历史空间的转换，虹影已不再着力渲染空间的“晦暗”与人物命运的悲剧性，而用一种更为客观的声音讲述着城与人之间的依存关系。作者写作态度的转变与小说人物个体生命演绎的差异使得作家建构的文学空间在不断发生“位移”和“置换”。虹影借窦小明之口阐释了一个事实，空间的历史也是人的历史、社会的历史，空间形态的转变反

---

① 〔英〕虹影：《前世今生：孔雀的叫喊》，四川文艺出版社，2017年，第19页。

② 参见莫怀戚：《写作让我愉快》，《涪陵师专学报》2000年第4期。

③ 〔英〕虹影：《月光武士》，花城出版社，2021年，第195页。

映了社会的转型，而个体的生命演绎与空间的呈现有着复杂而微妙的关系。

总之，无论是乡土重庆、现代都市重庆还是“贫民窟”重庆，无论是真实还是虚构，浪漫还是纪实，历史还是当下，莫怀戚和虹影都在试图建立重庆独特的“区域形象”。构建空间正是指认区域文化身份的方式，正如迈克·克朗所说，人们总是通过一种地区的意识来定义自己[①]。重庆人的身份认同来自自然空间，也来自历史人文空间，只有在此空间中，我们才能证明自身的存在，也只有在此空间中演化出的文化形态，才能成为我们的独特身份“标识”。莫怀戚和虹影明白，地理空间和历史空间是区域文化的培养皿，要唤起更深层的区域文化认同，还需深入地方，呈现地方的日常生存状态。

二、重庆方言对日常生活的开掘

怀特说：“人类和文化的开端，在语词之中。”[②]此言铮铮，作为人类物质和精神的双重载体，语言以其固定的符号系统最大程度保留和传递着一个民族的集体经验和文化形态，而民族、地域、阶层、身份等差异又影响着语言的表现形式与演进方式。现代语言学认为，在很大程度上，语言不仅仅是工具，更是思想、思维、世界观、文化之本体。语言的过程即是思维的过程，这就意味着语言不仅仅是外在于人的东西，它就是人的属性或者说人的本质。

文学是一种叙事和“言说”，而作家作为叙事和“言说”的主体，其表述的内容经过有意选择和处理后才被作家吸收和征用，并以集体记忆的形式被“言说”出来。换言之，叙事和“言说”是一种客观实在与

① 〔英〕迈克·克朗：《文化地理学》，杨淑华、宋慧敏译，南京大学出版社，2003年，第103页。

② 〔美〕莱斯利·怀特：《文化科学——人和文明的研究》，曹锦清等译，浙江人民出版社，1988年，第21页。

主观裁决的结果，历史也就以“被叙述”“被记忆”的方式呈现。与其说作家在叙述历史，毋宁说作家在揭示想要激活的历史“记忆”。如果说莫怀戚和虹影的空间叙事还仅仅是把语言作为直观描述地理与历史的引线而缺少内在活力的话，那么他们对山城人民历史与日常生活的刻绘则突出了方言在文化认同中起到的重要意义。莫怀戚早在20世纪80年代中期就已进行小说的语言创新，他曾以“一直在和语言私奔”[①]来概括他本人的语体实验状态。所谓“私奔”，就是不循常规，打破以往的语言规范和逻辑，创造富有新鲜感和表现力的文学语言，“方言”便是主要手段。而对华裔作家虹影来说，用母语（普通话和方言）写作无疑缓解了她处于异国他者文化压抑的焦虑感，“你打开电脑，看见每一个中文字都非常亲切，好像在和你招手，老和你在一起，这种感觉特别强烈，在国内的时候时没有办法感受这一点的”[②]。在以普通话写作为主的主流文学中，方言的加入使得作家从固定的叙述框架中解放出来，有了更为广阔的表现空间。由于方言在造词、用词上的特殊性，它在呈现地域风土和人物性格时，无疑具有天然的优势，我们能够从方言的构词思维、产生环境、意义用途上解读地域特性，以方言为精神纽带，作家勾连起作品与这片土地深广的联系。

莫、虹二人以方言作为打开山城人的情感密匙，采用方言的词汇、俚语、谚语、詈骂语，配合故事的展开，自然流露人物的情绪、态度、性格，更为直观地反映出重庆人日常生活交往的行为言语逻辑。例如：重庆地区最常见的虚、金贵、活路、认账、讨嫌、对头、装怪、稳起、背时、歇气、梆硬、经佑、消夜、巴适、操扁担、打水漂、天棒、瘟丧、背篼、水凼、街檐、胡豆、包谷、偷油婆、堰塘、闹场合、敲沙罐、进鸡圈、白滋八滋、吊儿郎当等字词；以及“清明嫩水水，谷雨撇嘴嘴”“重庆城，十八梯，有个大嫂笑嘻嘻。别个问她笑啥子，路上捡

---

① 张育仁：《“在小说中我一直与语言在私奔”——莫怀戚小说叙事语言特征之一》，《红岩》2016年第2期。

② 张英：《虹影访谈录关于新作〈K〉及其他》，《作家》2000年第12期。

到老母鸡”“吃鱼要吃大河鱼”“北碚豆花土沱酒，好耍不过下溪口”“狗坐箢箕不识抬举”“闰七不闰八，闰八用刀杀”“黄金棍子出好人”“猫搬甑子，替狗干”“逑钱没得，爱看闹热”等俗语谚语。这些“前现代”的言语群落被当作集体无意识，被该地区的人所习得、沿用，成为表情达意的固定符号，揭示出人们生活习惯与行为特征的“同一性”。在《白沙码头》的“火锅”一章中，师兄弟酒酣唱起了码头人的“行话”：“那位大嫂身穿蓝，胯脚夹个泡菜坛。青菜海椒装不满，一根红萝卜抵翻沿。”“泡菜坛”“红萝卜”自然不是什么高雅的性暗示，但以“植物”词汇来比喻，恰好折射出重庆人朴素的自然经验，展现码头人粗野随性的生活情调。又如长辈对晚辈的训诫总是严厉中带着温和：“你看，我的话都打水漂了，你不听，居然又在翻筋倒怪！”①“好生点嘛，叫你做事，你就三神不挂二神！”②“不能叉开筷子，叉开了，你守不住钱，会一辈子穷。像这样，拿稳，大拇指和二指压在一块。看你，教都教不转，得了，你今天先吃饭，明天给妈改过来。”③“翻筋倒怪”指小孩天性活泼顽皮，“翻筋”也作“翻跟头”，“倒怪”即搞怪，做事不循常规，所以说“倒”而非顺从，只要晚辈顽皮时，都可以用“翻筋倒怪”形容。当与人产生纠纷摩擦时，詈骂语便捕捉了重庆人的火爆性格，在日常交流中，詈骂和赞美往往占据着同等的分量。“重庆人肝火旺，说话快猛，像放鞭炮，声音高，隔好几条巷子也能听见”④，“让重庆人说话温柔点，那是很难受的”⑤，他们总是不改变行事的洒脱、俗气和暴烈：“开啥子鬼车，四公里火葬场都不要你这瘟丧”⑥，“哪个杂皮、梭叶子、烂娼妇敢乱说！”⑦甚至在公开场合骂架：

---

① 《月光武士》，第 24 页。

② 《饥饿的女儿》，第 15 页。

③ 《饥饿的女儿》，第 126 页。

④ 《饥饿的女儿》，第 19 页。

⑤ 《月光武士》，第 93 页。

⑥ 《饥饿的女儿》，第 1 页。

⑦ 《饥饿的女儿》，第 84 页。

> “你龟儿尖嘴滑舌，夜壶提到老子头上来，耍假秤！也不去打听打听，老子是可以洗刷的么？你猫抓糍粑，脱得了爪爪喽？”
>
> “啰嗦啥子，把他洗白。”
>
> “我日你仙人，你装哪门子神。”
>
> “我日你万人，祖宗八辈。”①

为了营造某种情境氛围，两人小说的叙述语言有时也采用方言的语法逻辑，打破读者常规的阅读习惯，在制造书面语读者审美距离的同时，又为适应此言语系统的读者敞开大门。例如在《白沙码头》“火锅”一章，莫怀戚就采用了大量的语气助词如嘛、啊、哦、噢、耶、哎呀等使叙述语言口语化，这些虚词虽并没有改变句子的本意，但却抓住了重庆人日常交流习惯带语气词的特征，拉近了读者与小说人物之间的时空距离，营造出轻松的语境氛围。在描述饥荒年代食物的匮乏时，虹影则采用简短的语言，既符合重庆人说话简快的风格，也在文字的“干瘪”中增加了灵魂的“饥饿感”：

> 父亲是老实人，连仙人掌之类勉强能吃的植物也弄不到。棕树开花，花大，形状大如玉米，也是抢手货，轮不上他。偶尔运气好，得到点芭蕉头，煮过水，去了点涩味，切成片看上去像芋母子，难吃。②

除了日常词汇和俗语，莫怀戚和虹影还注意使用从山城人民日常生活中提炼的艺术语言——川江号子、山歌、民歌——以诗意化的方式表现了山城人民的情感表现。20世纪80年代以后，随着我国工商业的发展，山歌与川江号子这种在劳动中产生的歌谣也基本随着生活娱乐方式的改变而消逝，现代文明的登场也就意味着那些农业文明的生产形式及

① 《饥饿的女儿》，第19页。
② 《饥饿的女儿》，第40页。

其衍生的艺术活动的渐次落幕。在麻柳滩，众师兄弟选择摇船过江，远处的巨轮过江荡起的涟漪似乎要把他们掀翻，而众人却泰然处之，选择过回水拉纤时喊起了号子：

前面过的是观音滩啰
全体：嗨嗨
观音菩萨嘘，你不灵验啰
全体：嗨嗨
那么有钱人在家中坐
嗨，嗨
累杀我些个穷苦汉
嗨，嗨
…………[①]

面临险滩和急流猛浪，众人喊着整齐的调子，齐心协力共渡难关，指挥高声呼喊提醒着众人积蓄力量冲滩，这对纤夫来说无疑是艰难的，他们便试图转移注意力，将心中不满的情绪发泄到神灵与阶级上。在反差强烈的图景中，莫怀戚为川江号子涂抹上了浓重的挽歌色彩。休闲之余，人们也通过号子释放生活压力。小说写到当众人围坐吃火锅的场景时便唱起号子活跃气氛："——连手你清水洗来嘛米汤浆，哥子们穿起给你争光"[②]"青石板，板石青，千年踩来无脚印"[③]，体现着劳动人民坚韧的生存哲学。当面临沟通障碍时，歌谣则成为化解矛盾、修复心灵创痕、传递潜在思想的有效途径。《白沙码头》中，八师兄想要私下前往茶场探监，却不知怎样在人群中找到公主，于是计上心头，唱起电影

---

① 莫怀戚：《重庆性格之白沙码头》，人民文学出版社，2008 年，第 173 页。

② 《重庆性格之白沙码头》，第 64 页。此歌词还有另一版本："二四八月天气长，情妹下河洗衣裳。清水洗来米汤浆，情哥穿起好赶场。"参见金祥明主编：《巴渝民间文学荟萃》，四川文艺出版社，1992 年，第 393 页。

③ 《重庆性格之白沙码头》，第 64 页。

《刘三姐》中的山歌，隔着山头引起了公主的注意，又通过改换歌词传递信息让公主留下来；《月光武士》中，钢哥与龙哥两位黑帮头目因为利益冲突而火并，但又因龙哥《九九艳阳天》的美妙歌声而消除了彼此的敌意。由此可见，号子、山歌、民歌虽是日常生活的艺术化表达，却并没有脱离这种日常性，它本身就来自人们的生产生活，又在传唱的过程中激活并加深了人民对它的认同。

诚如吉登斯所说，所有人类经验都是传递性的，是通过社会化尤其是语言的获得来实现的[①]。经作者筛选和再现，被书写的记忆充当了重塑集体记忆的重要环节，继而得以保留并“通过一种连续的关系，我们的认同感得以终生长存”[②]，成为建构区域文化认同的重要环节。可以说，方言既是莫、虹呈现“民间”的一种叙述策略，也是反抗全球化叙事的话语本质。

三、重庆精神性格认同的形塑

尽管“环境决定论”是一种本质主义的思维，但地域环境与文化形态之间确实存在着难以割裂的关系，依托于地理环境，区域才得以建立起具体、独特、鲜明的文化形态，反之亦然，区域文化为该地区垒筑起相对稳定的文化场域，它在与其他文化场域融合、对峙的过程中找寻自己的坐标。而对于生活在该区域的人来说，在地理、历史、社会现实环境的多重影响下，在相似的生存方式的浸润下，他们能够表现出趋同的、普遍的、整体的精神结构与性格气质，并达成对这种文化性格的认同。

---

① 〔英〕安东尼·吉登斯：《现代性与自我认同》，生活·读书·新知三联书店，1998年，第25页。

② 〔法〕莫里斯·哈布瓦赫：《论集体记忆》，毕然、郭金华译，上海人民出版社，2002年，第82页。

“一个城市的遗传基因，就是这个城市的文化性格。”[①]每个区域都有独特的文化遗传。莫怀戚和虹影两人都注重“前现代”时期的重庆遗留下来的文化基因，他们对古老的巴文化、三峡文化、乌江文化，以及市民码头文化、袍哥文化的体认，显然大于经济全球化和城市现代化催生的城市文化和大众流行文化，认为前者才是构成他们身份认同的主要因素，也是对抗后者的主要支撑。值得深究的是，重庆的文化符号——“巴渝文化”作为整体性、概括性的文化范畴，要如何在人物主体的生命演绎中得到比较具体的诠释和彰显？莫怀戚和虹影选择把带有地方特性又普遍存在的区域文化内涵灌注在个体及群像人物的精神性格塑造中。这里以“山水一体”“侠匪一体”“生死一体”来概括。

“山水一体”是重庆地理特征的“人格化”，它是自然山水赋予人民的内在精神气质，其基本内涵是粗野强悍与沉静包容的互补共存。西南地区作为古代中原之外的边地，传统儒家伦理的约束力在这里被弱化，大山大河培养的是巴人尚实求真的精神，其所遵循的是未被完全规训的、与庙堂伦理相对的乡土伦理意识。就莫怀戚而言，乡土伦理意识首先表现为他笔下的人物怀有深厚的乡土情结，即热爱乡土，对自然乡土风物本能地亲近，其次进一步展示了风土对人的影响。莫怀戚笔下的重庆人尤其是男性人物大都行事风风火火、潇洒不羁，浑身充满莽劲又粗中有细，显示出山城人原本就粗野强劲的性格。如《白沙码头》描写的梁山夜猎中老不退火所展示的“猎人”后代的遗风；众师兄弟“野”性未脱的种种行迹（捍卫码头权益的“领地”意识等）都折射出山城人民“生来”的自然秉性。虹影则强调了重庆人骨子里的叛逆和野性。《月光武士》中，窦小明这个人物性格中的叛逆、勇毅仿佛是与生俱来的，他敢于向不公正提出挑战，试图定义自己的生活规则。不仅男性如此，女性也同样具备这种性格。《饥饿的女儿》中六六家里的女性在性格上有一定的相似之处，母亲、六六、大姐、二姐都充满了对生活、理想、爱

---

① 吕进:《重庆人文精神研究》，重庆出版社，2007 年，第 116 页。

情的野性反叛。她们或为了生存，或追求自己的人生，不怕被世俗框定的理念束缚，有时近乎陷入疯狂，野蛮是她们在艰苦的环境中保护自我，争取生存发展的必要手段。与山野相对，山城人也逐水而居，水泽万物，也赋予人们似水的沉静包容。莫怀戚建构了“白沙码头”这个乌托邦式的地方来表现山城人的包容沉稳，它“是一个收养之地。没有什么人安放不下来”，它从不嫌弃任何人，三教九流、落魄豪绅或者引车卖浆者，在这里都一视同仁。从小在码头长大的师兄弟们过着潇洒自由的快意生活，与人为善，包容互助。虹影也在小说中多次写到江水对山城人命运的塑造。《饥饿的女儿》《孔雀的叫喊》中女性人物的命运、情感、性格，始终与江水有着身体或精神上的联系，这种联系有时因作者的刻意强调而神秘化。

如果说山水一体的精神更多是地理环境所赋予的，那么“侠匪一体”则更多归因于社会环境。正如老谭所说：“现代重庆城，从人与自然的关系看是因山水而生，从人与社会的关系看却是因码头而兴。”[①] 作为长江中下游地区水运交通的枢纽，山城的码头多而杂。商业贸易的流动，人口结构的复杂，互助的需求，都使得袍哥这一社会组织能够在山城扎根。据 1949 年的资料统计，民国时期，重庆地区的袍哥公口、分社、支社共有五百多个，职业袍哥将近十万人[②]。而 1950 年登记过的袍哥，占到当时男性成年人的 70% 以上[③]，这几乎是难以想象的。尽管在中华人民共和国成立后，这种民间组织已经被取缔，但它的文化基因已经深深影响了重庆人并成为其精神基础之一。袍哥组织的复杂性表明其社会影响的两面性，它既不完全等同军阀乡绅，又并非以血缘或宗族关系结群的族群组织；它既为维系民间生活、组织社会活动起一定作用，又搅动时局；它既伸张正义、反对压迫，又官匪勾结，拉帮结派，杀人斗狠。他们集侠义和乖痞于一身，所以笔者用“侠匪一体”来解释袍哥

---

① 老谭：《后袍哥时代的袍哥咏叹调》，《红岩》2008 年第 6 期。

② 赵清：《袍哥与土匪》，天津人民出版社，1990 年，第 2 页。

③ 老谭：《后袍哥时代的袍哥咏叹调》，《红岩》2008 年第 6 期。

精神。

在《白沙码头》中，莫怀戚将码头作为故事背景地，显然在为袍哥文化追源溯流。众师兄弟的作风与性情俨然是袍哥精神的赓续，这群在白沙码头长大的孤儿以师兄弟互称，又奉大师兄为名义上的“大哥”，众人平时打成一片，遇事时群策群力，互相帮助，这可以看作袍哥伦理的延续。他们生来自由，玩世不恭，表现出“侠”之无所拘束的行事风格。为把白萝卜留在白沙码头，众师兄凑钱给白萝卜开了一间油蜡铺，让这位外来女子在白沙码头站稳了脚跟；云南赌玉的过程中八师兄对老木匠伸出援手；当公主入狱，八师兄想方设法前去解救。可见“赴士之困厄”的江湖道义没有在师兄弟们的心中泯灭，这一性格在莫怀戚其他小说主人公身上同样存留。但由于其自身的局限，这种道义有时显得太过激进，因而又时时显出“匪气”。例如：大师兄为捍卫白沙码头的“集体荣誉”，率领一干人去无视法律抢劫齿轮厂而命丧于此；为口角纷争，小提琴家八师兄上演了一出“哈姆雷特”式的决斗等等。袍哥使用暴力是彰显地方权威的方式，由于其特殊的生存环境和社会地位，以及与国家力量的搏斗，促使袍哥崇拜暴力，迷信通过暴力可以解决问题[①]。暴力既用来“伸张正义”，也是他们宰制地方、建立威信、争取利益的方式，这些复仇、自卫、争夺在旁人看来是不符道德的暴力对抗，但在重庆人眼里，仿佛是再正常不过的解决方式。值得一提的是，为丰富既定的袍哥形象，莫怀戚还塑造了一批兼具艺术家与袍哥、精英分子与市民百姓双重气质的形象，如《白沙码头》中的八师兄，《经典关系》中的茅草根，《六弦的大圣堂》中的杨维智等，这是作者对袍哥形象的个人化的“浪漫改造”。八师兄大胆风流地追求女性，从一开始与公主的恋爱，再因公主的背叛出走云南进而爱上麻风女金花，回到山城之后又与公主和好，后遭陷害入狱并与监狱女囚徒美人痣、玉石眼等纠缠，做了一回“皇帝”。茅草根也在同自己的姨妹、初恋、同事等人的三角关

① 王笛：《袍哥》，北京大学出版社，2018 年，第 140 页。

系中无法自拔。这些行为已超出了现代伦理道德的规范，显示出袍哥精神中的“乖痞”。再观虹影，她虽很少创造“袍哥”式的人物，但又无法忽视袍哥对于这座城市的意义。《月光武士》中的钢哥、龙哥，《饥饿的女儿》中母亲的第一任丈夫袍哥都给人留下了深刻的印象。和莫怀戚笔下的袍哥人物类似，他们也展示出袍哥形象的双面性，有时为了维护身边的人敢于斗狠拼命，有时满足自己的利益又施展阴鸷狠辣的手段。

以上两种精神的构成更多来自客观因素，而山城人生死一体的精神则是莫怀戚和虹影针对现代社会的嬗变所发出的哲思和追问。无论是山水地理还是码头袍哥，都作为“历史遗迹”渗透进山城人民的生活和心里，但城市的发展和变迁又会带给山城人民怎样的主观性的生存体验？面对全球化的冲击，他们将以何种生命姿态立于时代漩涡？莫怀戚和虹影在各自的文本中昭示了这样一种处境：个体在时代面前容易处在被动的位置，他们无法决定时代的走向，但也无法端坐其中静静等待审判，他们内心的躁动是一种想要获得生命意义的悸动，这种生命悸动超越了时空、个体甚至生死的维度。

在莫怀戚的小说中，山城人生命的悸动归结为一种“向死而生”的状态。本无需赴死的人还有什么赴“死”的理由和罪名？莫怀戚隐隐道出，是人性与现实性的根本矛盾。这一点早在《天狼星下》便已凸显，钟未鸣几经辗转想要为自己在“文化大革命”期间犯下的杀人罪名翻案，他想要的不过是一个清白的身份，他无意用这个清白的身份去追求现实回报，然而当历史的真相揭开，他不能承受用“一个好人去牺牲另一个好人”，用一个好人的释然换取另一好人灵魂的沉重。他成了一个“邬由景主义者”（“处理历史问题要对现实有利”），使个人道德服膺于人类道德，于是把那承载了“个体文革历史真相”的报告付之一炬。时代更迭，旧的矛盾尘埃落定，新的矛盾接踵而至，山城人再次面临同样的问题。在《白沙码头》中，师兄弟们是一群孤儿，生命对于他们好像一场偶然，他们对生命的处置便多了一种从容与随意。在生前他们从不避讳谈论死亡，甚至向往没有心灵负担的死亡。麻柳滩聚会，七师兄感叹“人生一世，最不自由的就是，生也由不得你，死也由不得你。如果能够自由地死去，那就自由了一半啊！”得到众人的赞同，使原本的聚会成为歌颂死亡的盛会。在众人看来，生死同一，人没有选择出生的权利，但应有选择自己死亡的权利。于是众师兄弟生前就开始约定死后把骨灰同葬在石壁[①]，大师兄为捍卫白沙码头的“地位”执意寻死，二师兄旧病复发选择自我了结，八师兄对金花送来毒药感动流泪，白萝卜最终投江。这些死亡情节看似离奇，实为莫怀戚早已将他们内心的苦闷矛盾横亘在众人眼前。码头的改造、运输工具的革新、川江号子的消隐、艺术地位的沉落、爱情神话的破灭、饮食方式的替换……昭示着现代社会对传统秩序体系的更新与优化。最典型的情节是《白沙码头》最后一章，众师兄弟相约于即将拆迁的白沙码头，众人感慨岁月流逝，一切变得陌生“白沙镇里的‘现住民’，人都不认识几个”，聚会时公主唱了三支歌，并且用了三种唱法：美声的、通俗的、民族的，隐喻着现代社会多元文化的激烈碰撞。小说末尾众人饮酒消忧，年轻一代却选择喝可乐，唏嘘中昭示出文化危机的必然。全球化时代，一切坚固的东西都烟消云散，原有的空间形态、社会结构及其交互关系、生活习惯都在急速嬗变，那些他们所认同的文化基础正被新的文化权力冲击且迅速瓦解。“理想的乌托邦”被推倒，里面的人陷入无所归依的精神漂泊，死亡恰逢其愿，成为他们为“自由道德”献祭的崇高仪式。可以说，生死一体是莫怀戚对于现代山城精神的最高礼赞。

而对于客居异乡的虹影来说，她虽与故乡产生了现实性的距离，但“想象的飞地”加重了她想要“寻根”的愿望。长久以来客居异国无疑让虹影产生了身份认同的焦虑。在陌生的文化环境中，个体融入异质文化受阻，就会产生对本土文化的强烈归属感，努力追溯自身究竟属于何种文化范式。在《饥饿的女儿》中，虹影常以“身体”和“血缘伦理”

---

① 崖葬是古代巴人丧葬的主要形式，莫怀戚有意将现代人的死亡归宿指向远古的丧葬形式，暗含了作者对于巴文化的留恋和执着。

隐喻身份认同焦虑。六六从小就觉得这个家庭有秘密，自己同家庭成员之间总有一道无形之墙的阻隔，令自己感到孤独与隔阂。长久缺乏亲情关怀与身世之惑困扰着“我”，化作了身体与精神双重的“饥饿”感。“饥饿是我的胎教”，它既来自饥荒时期所造成的身体上的营养不良，也源于特殊时代下女性情感需求的缺失与错位。这种双重“饥饿”触发了六六想要追寻爱与真相的心理机制。正因为得不到身边的人的认同，六六才如此强烈地想要获得情感的认同，因此她把希望寄托在历史老师身上，“要的是一种能医治我的抚爱”：“我在历史老师身上寻找的，实际上不是一个情人或一个丈夫，我是在寻找我生命中缺失的父亲，一个情人般的父亲。”[①]她所寻找的是一种既强大又温柔的完美式的道德模型。虹影借六六之口寻找“血缘之父”隐喻寻找文化之父，但无论是生父、养父，还是寄托希望的“情父”（老师），都没能拯救六六，在对他们都感到失望之后，六六选择了“逃离”那个地方，实质上也反映出虹影对文化认同上的“惶惑”与窘迫。

但虹影并未止步于此，在《孔雀的叫喊》中，虹影将这种认同焦虑转化为继续求索的动力。柳璀追问自己从何而来，于是溯江而上回到三峡腹地。她无法左右三峡水利枢纽工程的走向，以及它背后牵扯的各种利益，就像她不能左右自己出生前的历史一样，但她知道了自己如何在喧嚣与血腥中出生，父亲背负着怎样的罪名与冤屈；即使知道丈夫李路生前途无限，也不愿忽视他情感上的不忠，不愿做他政治的牺牲品；她知道三峡水利枢纽工程的意义，也质疑它改造自然生态环境、人居环境的“正当性”。所以她对月明的话深以为然：“有许多事，近期的利弊总是容易计算的，几百年后，一两千年后看到的，那时的利弊，我们总是拒绝去想。”[②]在现代与传统、利益与道德、宏大叙事与个体存在的绝对性冲突中，柳璀选择忠于自己，等待她和月明的必定是艰险难测，但他

① 《饥饿的女儿》，第274、275页。

② 《孔雀的叫喊》，第213页。

们在洞察历史与人性的过程中求得了生命的透彻和安宁，“一切羞辱，一切死亡，都变成再生的跳板”。柳璀明白，现代性的大坝已然高筑，即将淹没曾经生存的地方，淹没喧嚣的历史，掩埋无数的文化遗产。在这种宏大的正当性面前，人只是受某种目的驱动的零件，符合当下意义的内在规训，但这就是人类生存意义的全部了吗？虹影没有屈服，正像柳璀没有屈服一样，“在这个世界上，人总得不去理会一些东西，才能明白自己为什么生存”[①]。为什么而生存呢？为化作“两千年后美丽而无用的孔雀”而存。虹影想严肃地宣示，当下肉身的死亡并不是真正的死亡，一种认同感，文化基因的消逝才是真正的无所归依。

结语

从书写方式和策略上看，对地方的发现和演绎，对传统历史文化的追寻与反思，对个体命运和家族历程的观照，构成了区域文化书写的基本主题，而空间历史的还原和想象，地方方言的萃取，文化性格的铺张则搭建起进入区域的基本路径。通过这些路径，作家完成了文学世界与现实世界的互相指认，使区域形象呈现其自足性、历史性、多元性，最终确认“地方”的价值依存。萨义德指出，“文化身份的认同与建构离不开‘他者’，“没有他者也就没有必要进行自我认同”[②]。的确，在经济全球化与文化全球化语境下，所有构成当下的“我们”的“文化符号”正遭到无数“他者”文化的“殖民”和同化，个体的意义和身份正逐渐变得模糊。因而当我们真正需要确认自我的时候，我们只能从自身、从内部寻找资源[③]。自重庆直辖后，重庆作为独立的行政区域一定程度上

---

① 《孔雀的叫喊》，第 217 页。

② 〔美〕爱德华·萨义德：《东方学》，生活·读书·新知三联书店，1999 年，第 426 页。

③ 赵静蓉：《文化记忆与身份认同》，生活·读书·新知三联书店，2015 年，第 35 页。

要求其脱离原本整体的地域文化意义上的“巴蜀”，而着重凸显、发掘、创造属于区域内的本土内容，即便该地区不讲俗语方言（但他很难忘掉已习得的母语），不是如此性格的个体，在面对“他者”的扰攘时，也会有意识地认可先于个体存在的集体所认可的事实。如此，“地方”才不会在所谓“一体化”的世界哑然失声乃至消逝。

尽管作家运用地方文化资源来建构区域文化认同，但文化作为人类社会的集成，是后天形成的，所谓区域文化认同也不是固定不变的，它会随着某种观念和利益导向（政治、民族、意识形态）的变化而不断调整。首先，从政治角度对区域进行划定纵然明晰，但若从文化角度看，关系密切的几个区域间的文化“趋同性”又不能决然随着政治设计而分裂。譬如，大西南地区（云贵川）无论是地理形态还是文化风俗，都有着某种相似性，因此，在使用区域文化资源来建构文化认同时，我们常常看到一种文化资源争夺的紧张现状，导致我们在使用这些相似的文化符号来构建地域文化认同时容易陷入窘境。吕进就指出“大西南文学”包含的“蜀文学、巴文学、滇黔桂文学都是既有同，也有异，具有同中有异的文化性格。在应对文明的冲突与互动时，区域文化会显示自身基因的独特性”①。但当拥有相似文化符号的地域无法进行自我指认时，就必须寻找更多能够表征该地域的文化符号进行更精细的区分。

其次，当我们试图用一种整体的话语概念来建构区域形象时，不可避免地造成对该地区其他“地方”的忽视。换言之，作家构建地域时总是有选择性地表现他想要表现的，而那些不在作者叙述的框架、范围内但又客观存在的“地方”就会被边缘化和淡化处理。由此，区域文化与文学在寻求自身的本土意义和价值寄托时应尽可能做到既顾此又留彼，不要一味地筑起“圈子”，孤芳自赏。我们既要对那些具有代表性的区域内容给予应有的关注，将其视为揭示当代中国历史变迁与精神传统的

---

① 吕进:《漫说区域文化与区域文学——以重庆文学为例》,《大西南文学论坛》2016 年第 1 辑。

“镜子”，但也最好能“仰观宇宙之大，俯察品类之盛”，才不会自我隔离，成为排斥多元文化的“绝缘体”。书写地方不是抱守地方主义，更不应该迎合无差异的全球主义，回望地方是以一种深刻理性的视角审视我们脚下的这片土地，以及我们与“他者”的关系。

（作者单位：西华师范大学文学院）

流沙河在 1980 年代的细读解诗实践

□陈辉

在 1980 年代，如何解释一首具体的诗歌成为衡量新诗批评家是否有效进行诗歌批评工作的重要标准之一。诗歌解释是批评家们进行诗歌批评、诗歌理论研究的基础，将一首诗解释得明白易懂，既可获得读者的认同，又可以帮助读者窥见诗人技法的奥秘。自 1986 年以来，新诗解释的诗学风尚悄然兴起，吴开晋主编的《当代诗歌名篇赏析》（海峡文艺出版社 1986 年）、吴奔星主编的《中国新诗鉴赏大辞典》（江苏文艺出版社 1988 年）、陈敬容主编的《中外现代抒情名诗鉴赏辞典》（学苑出版社 1989 年）、唐祈主编的《中国新诗名篇鉴赏辞典》（四川辞书出版社 1990 年）、公木主编的《新诗鉴赏辞典》（上海辞书出版社 1991 年）、辛笛主编的《20 世纪中国新诗辞典》（汉语大字典出版社 1997 年）等一系列“诗歌鉴赏辞典”的陆续出版，展现了这股新诗解释的强劲热潮。

20 世纪 80 年代中期至 90 年代中期出现的这一新诗解释热潮被称为“解诗热”[①] 现象。诗人流沙河可谓开“解诗”风气之先，他于 1980 年代初就开始尝试解读各种类型的台湾现代主义诗歌。流沙河陆续在《星

---

① “解诗热”这一概念最早出自周瓒的著作《当代中国诗歌批评史》。参见周瓒：《当代中国诗歌批评史》，中国社会科学出版社，2020 年，第 368—371 页。

星》诗刊、《文谭》[①] 上开辟专栏，引介、解读、评析大量台湾现代诗作品，随后，他集结上述解读成果，先后出版了三部解诗著作：《台湾诗人十二家》（重庆出版社 1983 年）、《隔海说诗》（生活·读书·新知三联书店 1985 年）、《台湾中年诗人十二家》（重庆出版社 1988 年）。学界对这三部解诗著作的关注相对较少，也并未充分意识到这些著作中某些解读篇目体现出来的细读法解诗的实践意义。考察流沙河在 1980 年代的诗歌解读情况，挖掘流沙河在解诗方法方面的借鉴意义是本文的写作缘起。

一、流沙河解读台湾现代诗

流沙河，本名余勋坦，1931 年出生于四川省金堂县，2019 年因病辞世。流沙河引起世人关注的两大诗事，一是 1957 年创办《星星》，并任诗刊编委；二是 1957 年因诗作《草木篇》遭致错误批判。此外，包括新诗批评在内的其他文学写作情况则较少引起学者关注。流沙河的首要身份是一名诗人，并非专事批评的诗评家。由于一些特殊的契机，流沙河在 1980 年代早期从事过一段时期的诗话式的新诗批评。他曾在自述中表露过他写作诗评的初衷："我不想跨行去写评论文章，我是写诗的，前头还有许多灵感之鸟飞来飞去，引诱我去捕捉。我只想找一些新鲜的诗来读一读，充实充实自己的诗艺修养，取他人之长技，为我所用而已。"[②] 正是这一开放想法，使他成了"解诗热"时期较早运用细读法进行新诗解释实践的学者。

据流沙河文集《隔海说诗》的序文《我读台湾现代诗》介绍，1980 年初夏，香港《天天日报》副刊编辑刘济昆给流沙河寄来了三本于台湾出版的诗集，即余光中等人的《当代十大诗人选集》、郑愁予的《郑愁

---

① 《文谭》创刊于 1982 年 5 月，1984 年 1 月改名为《当代文坛》，目前由四川省作家协会主管、主办。

② 流沙河：《隔海说诗》，生活·读书·新知三联书店，1985 年，第 3 页。

予诗选集》、高准的《葵心集》，并建议流沙河写一些评论文章用于海峡两岸诗艺交流。起初，流沙河在《星星》诗刊上开辟解读专栏，栏目取名为“台湾诗人十二家”，自 1982 年开始每月一篇，通过每篇三千字左右的解读文字引介一位台湾现代诗人。连载一年后，流沙河一共引介解读了十二位台湾现代诗人，分别为纪弦、羊令野、余光中、洛夫、痖弦、白萩、杨牧、叶维廉、罗门、商禽、郑愁予、高准，此诗人名单皆来自上述三本台湾诗集。1983 年，流沙河集结上述解读成果，出版了《台湾诗人十二家》。本部著作的体例是，每篇引介文章先有一定篇幅的解读文字，其后附有该位诗人三至二十首不等的代表诗作。收录三首的是诗人羊令野，收录二十首的是诗人余光中与痖弦，不同收录篇数亦展现了流沙河对不同台湾诗人的喜爱偏好。每篇文章着重于把握每位诗人的整体风格，在论述过程中，有限度地解释一首或多首诗歌作品，且多为解读每首诗歌的选段，不在乎诗歌解读的整体性与全面性，以此论证该位诗人的某种诗歌风格与艺术特征。因此，此项工作不在于专注解诗，而在于介绍台湾诗人的风格特征，翻看每篇文章的题目亦可知晓，例如，纪弦篇为《独步的狼》、羊令野篇为《做梦的蝶》、余光中篇为《浴火的凤》、杨牧篇为《孤吟的虎》等。

1982 年春末，流沙河又应邀在《文谭》上开辟连载专栏，《文谭》1982 年第 1—8 期与 1983 年第 1—6 期，每期一篇解读台湾现代诗人的重要诗作，其后集结成册，于 1985 年出版了《隔海说诗》。本部著作的体例是，全书由十四篇解读短文构成，其中有七篇解读余光中的诗歌，这与流沙河喜爱余光中的诗歌有关。每篇解读文章主要是针对一位诗人的单一诗歌作品进行解读分析，既论述诗人的风格问题，又整体解释一首诗作，并在仔细的解读中透露出流沙河自己的某一诗学观念。学者古远清总结得十分准确：“‘十二家’是一种评介性的诗选，后者（《隔海说诗》）则是具有独立审美价值的诗话。它‘只说诗不说人；诗又只说好的和瑕瑜互见的，且着重对诗艺的探讨，而不深究其思想意识。”[①]每篇文章的题目与当下的新诗解释批评文章相差无二，例如，《不说凄凉更凄凉 杨牧：〈凄凉三犯〉》《情诗总要趣味高尚 郑愁予：〈小小的岛〉》《溶哀愁于物象 余光中：〈乡愁〉》《气氛是宾不是主 痖弦〈伞〉》等。

于1988年出版的《台湾中年诗人十二家》则是《台湾诗人十二家》的续作，选取了台湾十二位30—50岁中年诗人的八十首诗作。本部著作以诗人诗作为主，共有十二章，每章先对诗人作简要的生平介绍，接着编录三至十一首数量不等的诗作，最后在每首诗后附有流沙河对这首诗的短评。这种体例借鉴了1980年代中后期以来风行的“诗歌鉴赏辞典”的形式，以诗歌推介为主，兼有诗歌解评文字。

由于流沙河在1980年代陆续出版了三部评介台湾现代诗歌的著作，并且在文学期刊《现代作家》《当代文艺思潮》上发表了谈论台湾现代诗艺术的文章[②]。因此，许多学者都注意到流沙河在推介台湾现代诗方面所作出的贡献，但却极少注意到这一情况：流沙河在这些评介著作中展现出来的对新诗细致解释的重视，以及运用细读法解诗的尝试。这一断言并非空穴来风，流沙河对于细读法及其相关理论有一定的了解与借鉴。这一学习与借鉴源自他对台湾现代诗及台湾现代诗论的熟悉。台湾现代诗人大多接受过“新批评”细读理论的洗礼，其诗论著作往往展现出“新批评”的理论思想，其诗歌作品往往符合“细读”的文本要求。其中，对流沙河起到直接影响作用的是张汉良、萧萧编著的《现代诗导读》。1980年代初引入大陆的文晓村编著的《新诗评析一百首》、林明德等五人编的《中国新诗赏析》，也对流沙河的解诗实践存在着某种影响。

《现代诗导读》共有五册，分别为导读篇三册、理论史料篇、批评篇，导读篇采取了编录中外诗歌作品后附有少量解读批评文字的模式，这一模式亦成为当代解诗著作的常用模式。张汉良、萧萧在进行诗歌导

---

① 古远清：《中国当代文学理论批评史》，山东文艺出版社，2005年，第511页。

② 1984年《现代作家》第7—12期发表了流沙河的《隔海随笔》，1984年《当代文艺思潮》第5期发表了流沙河的《我读台湾现代诗》。

读时，有意识地运用包括细读法在内的多种不同的解诗方法、批评方法，“有作品本身语言的描述式分析；有心理学与传记式的投影；有散文的意述评论；有朝向文类理论建立的‘诗学’式阅读方法”[①]。据游唤介绍：“张汉良的批评文字多半以形式，以纯粹美学为主，讲客观的结构存在，因此，导读一书的诠释主要在诗的形式、技巧与语言方面，像句构、意象、反讽、叙述观点、张力、象征、隐喻、文义格式等等术语一再重复出现，基本上，它也是新批评的手法。”[②]流沙河借鉴了张著《现代诗导读》中的新诗解读批评模式，也在潜移默化中接受了此书所运用的“细读”思想。

流沙河在《台湾中年诗人十二家》一书中评价诗作时，多次引用张汉良在《现代诗导读》中的评价观点与诗学理论，可见两者在解诗方面的借鉴关系。流沙河曾在分析庞德诗歌《地铁站内》[③]的文章中，直接引用了张著《现代诗导读》对庞德这首诗张力分析的相关说法。流沙河在文章中先写道：“前一行是脸，后一行是花，不是用花去形容脸，也不是用花去象征脸，甚至——评论家说——不是从脸联想到花。到底该是什么？评论家说，这是‘意象并列’。”随后，他引用台湾诗人、诗评家李英豪的“对位手法”对这一说法加以佐证，“台湾李英豪说：‘庞德……用对位的手法，展示一种美丽的人性（花瓣）在地下隧道（时空）如雪纷如鱼跃如海潮如狂漩的群众中颤栗式的醒觉。’人脸看成花丛，便是人性醒觉，这样一说，更神秘了。李英豪接着说：‘仅仅两行，诗人已达到一种含有反射性的浓缩（不是散文式的推演），使读者也可

---

① 张汉良、萧萧编著：《现代诗导读·导读篇一》，故乡出版社，1979 年，第 6 页。

② 游唤：《〈现代诗导读〉导读些什么》，载北京大学中国新诗研究所、首都师范大学中国诗歌研究中心：《诗歌批评与细读学术研讨会论文集》，2012 年，第 406 页。

③ 据流沙河自译版本，庞德诗歌《地铁站内》：人群里这些脸忽然闪现；/花丛在一条湿黑的树枝。参见流沙河：《流沙河诗话》，新星出版社，2012 年，第 309 页。

能达到一种更深更密的内在醒觉，以求完成绝对中的相对，相对中的绝对。如从传统诗观观之，这两句诗并不美，尤其是后一句，更是指东忽西，莫知所云。但从现代诗观观之，则它的美却存诸相对的张力中。'（引自《现代诗导读·卷二》第 99 页）"[①]虽然流沙河对这种神乎其神的说法持有怀疑态度，他认为"意象并列"，或"对位手法"，抑或所谓的两行之间"存诸相对的张力"，在中国古典诗歌中早已有之，但以此足见他对这种张力理论亦有透彻的了解。

二、流沙河在细读解诗领域的先导作用

以上资料说明流沙河能够接触到"细读法"及其相关理论，并有意识地借鉴了这一方法，但仍需考察"细读法"在 1980 年代新诗解释领域的基本情况，才能充分说明流沙河在细读解诗早期实践中的先导作用。

作为解诗方法的"细读"呈现出"新批评"核心批评方法的形态，从 1930 年代开始至 1980 年代，在中国已经经历了大半个世纪的旅程。总的来说，关于"细读"及其相关理论在中国传播与实践的情况已经有相当丰富的研究成果了。在新诗解释领域，细读法大致从 1980 年代初开始被运用到批评实践当中，至 1990 年代经由诗人批评家的实践与推广变得相当风行。但 1980 年代细读解诗的基本情况仍然显得面目模糊。比如，周瓒在《当代中国诗歌批评史》一书中介绍细读法的解诗批评实践情况时写道："细读批评亦非纯粹的理论引入，虽然 close reading 在西方新批评理论中确实很有代表性，也在大学诗歌课程里得到普及，但是在中国，这种批评方法先是由诗人批评家的实践开始的。"[②]她在此处提到的"诗人批评家"主要是指 1990 年代特殊的批评现象与批评群体，

---

① 《流沙河诗话》，第 310 页。

② 《当代中国诗歌批评史》，第 359 页。

即以欧阳江河、王家新、萧开愚、钟鸣等为代表的诗人批评家。这一历史叙述忽略了 1980 年代流沙河等人在细读解诗实践领域做出的努力，如此叙述显得有失公允。

“细读”一般有两种不同的含义：其一可以理解为“细致的阅读态度”①，是指专注的、仔细的、贴近作品的阅读和解释活动，它实际是通识教育中教师对学生的一种普遍性要求，但这种阅读活动未必能通向对诗歌文本客观理性的系统化解释；其二是指“新批评”派一种核心的批评方法，它是一项专业化的、知识型的解释与批评活动，它致力于细致完整地剖析和解释诗歌文本的深层意义与形式特征。在部分学者看来，将“细读”理解为“细致的阅读”是“新批评”派细读法在中国接受过程中出现的一种混淆问题，“在很大程度上，细读的内在问题就产生于这第二种含义对第一种含义的偏离”②。可见，“细读”可以具有更加广泛的意思，也并非是“新批评派”的专利，任何文学批评、文学作品研究都离不开对文本阐释的关注，都应遵守对文本进行细致阅读的原则，新诗解释更离不开对新诗文本的解读，这是由解诗的基本目的决定的。在此基础上，细读解诗主要是指依赖于“新批评”理论知识，运用细读法进行新诗解释的一种专业方法。它将新诗文本大致看作一个独立而自足的个体，以解释新诗深层意义为主，兼顾分析诗歌的审美特征与艺术形式。

新时期以来，印象式鉴赏批评在解释现代主义诗歌方面日益乏力。新方法、新理论在 1980 年代中期受到了学界的热烈追捧，多部“新批评”理论的选译本和全译本陆续问世，这些都为细读法在 1980 年代的传播与细读解诗在“解诗热”中的全面展开做足了准备。与钱锺书、叶嘉莹等学者运用细读法分析中国古典诗词不同，流沙河是新时期较早运

① 文艺理论家王先霈认为，“细读”应被看作一种“阅读态度”，“休闲的阅读可以是随意浏览，研究的阅读应该是细读”。参见王先霈：《文学文本细读讲演录》，广西师范大学出版社，2006 年，第 1 页。

② 一行：《诗歌中的沉默与细读的使命》，《新诗评论》2015 年总第 19 辑。

用细读法进行新诗解释实践的学者。流沙河主要是对台湾现代诗进行解读，他的解读涉及诗人生平、文化背景及诗学观念，主要目的在于推介，而并非事无巨细的解释。因此，流沙河绝少对“新批评”理论、相关术语与细读方法作概念阐释，而是将细读法的理论知识融入对新诗的领悟感发当中。这便与后来热衷于运用西方文艺理论进行文学批评的学者不同，他们先在心中拟定了一套西方理论模型，再来找寻与之性质相近的文学作品。尽管流沙河也接受过细读解诗的方法熏陶，但在具体的解诗实践中，他没有先行阐释某一理论，或是打出一个理论旗帜，而是仍以自己的感悟判断为主，再在解诗实践中融入“细读”的理论思维。此后，陈超于 1987 年开始尝试运用细读法进行新诗批评实践，他将两年的细读解诗成果集结为《中国探索诗鉴赏辞典》。陈超具有很强的方法意识与实践意识，他有意运用细读法进行大规模的解诗实践，在“鉴赏辞典”中细致解读了 403 篇现当代时期的探索性诗歌，又在 1999 年再版的《20 世纪中国探索诗鉴赏》（上下）中添加解读了 423 篇新诗作品。陈氏鉴赏辞典以其扎实的解释风格与细致的解读观念，影响着后来的批评家们进行解诗时的分析方式与使用术语。

此外，1980 年代的解诗批评实践中还有一种现象：不少批评家运用细读法中某一理论概念对多篇诗歌作品进行解读。其中比较显著的特征是，“新批评的‘张力’一般用于诗歌分析”①。在这方面，比较有代表性的学者与文章有：苏丁的《空间张力的效果和运用方式—比较赏析中外两首诗》、康林的《〈雨巷〉：文本结构论析》、翟大炳的《诗歌张力之谜》、马立鞭的《表现“张力”》、赵勇的《新时期诗歌管窥》②等，他们解释分析的涉及面很广，既有现代著名诗人徐志摩、戴望舒、艾青等人

① 姜飞：《新批评在中国的实践》，《四川大学学报（哲学社会科学版）》1999 年 S1 期，第 122 页。

② 苏丁：《空间张力的效果和运用方式—比较赏析中外两首诗》，《名作欣赏》1985 年第 1 期；康林：《〈雨巷〉：文本结构论析》，《中国现代文学研究丛刊》1987 年第 4 期；翟大炳：《诗歌张力之谜》，《山花》1987 年第 5 期；马立鞭：《表现“张力”》，《山花》1989 年第 3 期；赵勇：《新时期诗歌管窥》，《批评家》1988 年第 2 期。

的诗作，又有1980年代以来北岛、舒婷、徐敬亚、昌耀、章德益、江河等人的诗作。这些细读解诗类文章都晚于《台湾诗人十二家》的写作时间，并且与流沙河细读解诗时绝少理论阐述不同，这些文章的作者“大多是以理论为本的，让作品就理论，而不是以作品为中心，让理论就作品”①。因此，严格来说，这部分文章不算是专门的新诗解释类文章，它们大多是通过对新诗作品的解释来验证某一“细读”理论术语的科学性与有效性。

在1980年代，细读解诗零散地出现在新诗批评与文艺理论研究领域，流沙河是最早一批该方法的实践者。正是由于流沙河及其他早期实践者的努力，作为形式主义主要批评方法的“细读”才能再次回到新诗批评家的视野当中。细读解诗从诗歌形式入手，充分挖掘诗歌内部的文学特征，解决了以往新诗批评过于看重印象鉴赏，不能深入文本细部的问题。细读法努力挖掘诗歌的形式要素，不仅将一首诗看成一个自足的整体，还能从诗歌文本的细节字句出发，细致阐释诗歌内部的复杂性与统一性。流沙河的解读实践反映出细读解诗的早期形态，该方法经过长期的实践与发展，已逐步成为新诗批评家的一项基础能力，成为新诗批评活动中的一项基本工作。

三、《两类反讽》与流沙河的细读实践

流沙河在细读解诗的早期实践推广中起到了重要作用。《两类反讽》是流沙河明确运用“细读”相关术语“反讽”来进行新诗解释的解读文章，它最初发表于《文谭》1983年第2期，后收录于《隔海说诗》一书。

流沙河在文中首先解释了“反讽”的诗学含义：“在西方，新批评

---

① 姜飞：《新批评在中国的实践》，《四川大学学报（哲学社会科学版）》1999年S1期，第123页。

家（The New Critic），这是一个文学流派的名称，把那些风凉话叫作反讽。反讽一词，原文是 irony。irony 的字根是 iron，其第一义是铁，其第二义是烙铁或熨斗（此二物冷不防烫伤手指）。引申为 irony，我们译成冷嘲或反话，海外译成反讽。在台湾，随着新批评家流派理论的引入，反讽一词遂至风行，自六十年代中期以来就是这样的了。”[①]“反讽”在“新批评”家布鲁克斯的意义上，是指语言的表面义与深层义或真实义相反。将“反讽”解释为“风凉话”，或许显得过于“川味”，但也算切中要义。在使用“反讽”术语进行解诗实践时，流沙河对于不同的解释对象，分别运用了词义分析与结构分析的方法。在文章《两类反讽》中，他对比解析了痖弦的诗歌《上校》与余光中的诗歌《长城谣》[②]。《上校》写的是一位退伍上校与他的妻子，上校在战争失去了一条腿，退伍后生活拮据，妻子缝衣挣钱。妻子踩缝纫机的声音使上校想起了抗日战争时期的情景，引起了一番今昔的感叹。《长城谣》写的是 1960 年代动荡时期，楼下打麻将的声音使梦中的“我”误以为是长城坍塌、砖块迸裂的声音，随后，“我”在这样的霹雳声响中惊醒。

为了便于细察文本，流沙河将诗歌《上校》[③]的每行都以英文字母标序，方便进行逐句分析。在分析到《上校》第一行“那纯粹是另一种玫瑰”时，流沙河写道：

> A：痖弦写诗，爱用洋典。这里的玫瑰可能有两义：一是

---

① 《隔海说诗》，第 126 页。

② 余光中《长城谣》：长城斜了，长城歪了 / 长城要倒下来了啊长城长城 / 堞影下，一整夜悲号 / 喉咙叫破血管 / 一腔热 / 嘉峪关直溅到山海关 / 喊人，人不见 / 喊鬼，鬼不见 / 旋天转地的晕眩，大风沙里 / 砖石一块接一块 / 一块接一块砖石在迸裂 / 摇撼比战国更大的黑影 / 压下来，压向我独撑的血臂 / 最后是楼上，众人推墙 / 霹霹雳雳的一阵洗牌声 / 拍我惊醒

③ 痖弦《上校》：那纯粹是另一种玫瑰 / 自火焰中诞生 / 在荞麦田里他们遇见最大的会战 / 而他的一条腿诀别于一九四三年 // 他曾经听到过历史和笑 // 什么是不朽呢 / 咳嗽药刮脸刀上月房租如此等等 / 而在妻的缝纫机的零星战斗下 / 他觉得唯一能俘虏他的 / 便是太阳

指十五世纪英国贵族两派之间争夺王位的玫瑰战争（一派用红玫瑰做军徽，另一派用白玫瑰做军徽，故名）；二是指西方社会用来表示爱情的玫瑰。按照第一义，这句说，那是中华民族抗击日寇的圣战，不是贵族两派争夺王位的内战。按照第二义，这句说，那一朵朵殷红在胸脯的不是表示爱情的玫瑰，而是带来死亡的玫瑰，血玫瑰！

这里对“玫瑰”一词进行了涉及历史典故与社会含义的细致辨析考察。流沙河在意识到一个词有多种意思解释的可能性基础上，还进行了符合文义的辨析，最后认定这里的“玫瑰”指的是带来死亡的“血玫瑰”。故而，代表浪漫的“玫瑰”与自火焰中诞生的“血玫瑰”形成了相反义，实质是对残酷战争的一种表现。

《上校》第六七行为“F：什么是不朽呢 /G：咳嗽药刮脸刀上月房租如此等等”，流沙河对此两行诗的分析写道：

F：从这一行起便说现在了。上校年轻时实在太天真，听上峰说“八年抗战不朽”“抗日将士不朽”，就以为自己也不朽了。现在终于明白——G：营养不良，气管发炎，咳嗽糖浆不朽！人穷志短，马瘦毛长，剃胡刀片不朽！物价高涨，入不敷出，拖欠房租不朽！（上校又苦笑了）对他说来，不朽的太多了！

此处，流沙河体会出这首诗中“不朽”的两种意义，并且通过分析，将“不朽”的两义进行对比，由此察觉出诗中讽刺的意味。关于这种词义结构的解析方法，流沙河在稍后总结道：

正看《上校》，从头到尾，吹一派凉风；倒转来看，吹的就是一派风凉（话）了。读这类反讽诗，你得反看，还得有一点幽默感。我们（首先是我本人）一贯崇尚浅白，深怕读者不懂，而在情感的处理上，尤喜宣泄，不爱聚潴。读我们的诗，只须一行一行地吞，不须一字一字地嚼，多年来就如此。一旦接触到这类反讽诗，仍旧大吞面条，不肯细嚼脆豆，当然会食之无味了。[①]

在这次解诗过程中，流沙河意识到两种不同的解诗方法：一种是“一行一行地”整体解析鉴赏；一种是“一字一字地”细致解剖。

流沙河在分析余光中的《长城谣》时，主要以结构分析方法为主。通读全诗后，流沙河敏锐地察觉到最末一行“醒”字与第三行“夜”字的内部关联。他的分析如下：

读完最末一行的最末一个‘醒’字，我们终于恍然大悟。原来那人既不疯又不病，是在做梦！

原来第一段全是写梦境。其实第三行内‘一整夜’三个字已经透露此中消息，我们粗心，未及留意罢了。

原来是楼上在打麻将，夜战！[②]

经由“醒”字倒推到“梦”字，解诗者才意识到：“原来梦见长城倾倒是那四位赌友一齐推倒自家砌的牌墙，遥感入楼下人之梦！”流沙河已注意到在结构上找寻不同要素，通过不同要素的互证互解，来实现对文本的彻底解读。

此外，流沙河对《长城谣》中“一腔热”的词义解释分析也显得细致且发人深省。流沙河的具体分析由一个联想展开：“‘一腔热’漏写了一个“血”字吧？”他充分信任诗人对于词语的特意安排，于是解释道：“‘一腔热’是写那人的感觉。人呕血的时刻，只觉得喉咙里有一股‘热’在冲在涌。呕出口腔，看见了才知道那是血。这就是为什么余光中只写‘一腔热’而不缀上一个‘血’字了。”[③]流沙河在这种词义的联

---

① 《隔海说诗》，第 128—131 页。
② 《隔海说诗》，第 133 页。
③ 《隔海说诗》，第 132—135 页。

想与辩驳中，一再确认或一再信任诗人可以完全把控词语的判断。

综上所述，流沙河以“反讽”对比剖析了《上校》与《长城谣》。他指出，“《上校》的反讽是在遣词造句方面狠下功夫”，是由语义分析可知的“语言反讽”；“《长城谣》的反讽是在构思布局方面狠下功夫”，是由结构分析可知的“结构反讽”①。流沙河对于两种“反讽”的理解，超越了将“反讽”仅作为一种语言现象的认识。同时，在《两类反讽》一文中，他已注意到对诗歌语言歧义性、多义性的理解分析。流沙河向来喜欢明朗通晓的诗歌，但并不妨碍他在解诗过程中认同欣赏“含混”的诗歌语言。在《不说凄凉更凄凉——杨牧:〈凄凉三犯〉》与《浪游的鱼》中，流沙河便指出现代诗歌语言“含混”的妙处：“文字上的有意含混，意思上的有意模糊，在诗中用得巧，便能产生微妙的效果”②，“故意造成含混的双关语，以增添趣味”③。在1980年代早期，流沙河这种有意进行细读解诗的细致工作实属难得，或许由于《两类反讽》这类具有闪光点的解诗文章湮没在了他三部台湾现代诗评介著作中的大量解读随笔之中，因此，学者们并没有充分注意到流沙河这一工作的贡献。

结语

总体上，流沙河解读性文字展现了他渊博扎实的知识储备与较为宽广的知识结构，他专吃“吾国古籍旧典，而以自然科学为佐食，兼食一点ABCD”④，故而古今中外皆为其解诗立论所用。流沙河对于台湾现代诗中的一些中外典故、暗语、原型皆有细致的察觉，在细致的解读文字中又拉杂地加入诗人的生平信息、写作背景、诗学倾向，使解读文字严谨扎实而又不失轻松趣味。

---

① 《隔海说诗》，第135页。
② 《隔海说诗》，第63页。
③ 流沙河:《台湾诗人十二家》，重庆出版社，1983年，第269页。
④ 流沙河:《我读台湾现代诗》，《当代文艺思潮》1984年第5期。

在细读解诗方面，流沙河并非专门以新诗解读来验证新近方法的有效，他有意深入文本，从音阶、韵脚、选词、叠句、意象到气氛、趣味，条分缕析地解释复杂的诗歌文本。从整体比例的角度考察，流沙河明确运用“细读”进行解诗的篇目较少，比例较低，原因在于他对于细读解诗尚秉持着尝试大于践行的心态，对这一方法还存有疑虑，正如他在评介台湾诗人杜国清的《仙人掌》一诗时，写道：“‘以诗论诗，不必知人论诗。’这是现今欧美新批评派所信奉的原则，据说非常科学。我们不好乱去落实，如古人析唐诗总受拖出一段‘本事’作为佐证一样。”[①]故而，其解读文字以主体感发为主，讲究对诗歌特征的整体把握，主要呈现为文人随笔的闲谈风格。尽管如此，流沙河的解读活动作为1980年代运用细读法进行解诗的早期案例，应得到后来者的重视。一方面，他的解读实践展现了新诗细读批评的早期形态，在解读中使批评家的知性与感性得到融合，避免了批评理论肢解批评对象的不良倾向；另一方面，他的解读实践促进了细读解诗在新诗批评领域的兴起与普及，细读解诗从文学期刊、解诗著作到高校学院，逐步成为21世纪以来最重要的诗歌批评方法之一。

（作者单位：四川师范大学文学院）

① 《台湾中年诗人十二家》，第6页。

论罗伟章乡土散文的价值与意义

□冯源

罗伟章在2013年和2017年分别先后出版了《把时光揭开》和《路边书》两部散文集。这两部文集随笔集，无论是内容还是写法都极具特点。本文主要对这两部散文集中的散文作深入解读、分析和阐释，尝试探寻作家在对乡村世界的审美书写过程中所传递出的对乡村世界热切注视、至诚关爱的深厚情感，尤其是对乡村世界的灵魂进行真诚守望和坚定维护的思想主旨，并对其散文艺术特点予以评析。

罗伟章为何对乡村世界，抑或说对故乡所在的乡村世界，充满如此难以忘怀的浓烈情感和心心念念的深沉眷顾？在中短篇小说集《白云青草间的痛》第一部分《创作与生活》这篇长文里，作家将答案告诉了我们："我出生在山里——老君山。老君山位于川东北宣汉县北部，属大巴山余脉。……史上著名的'湖广填川'，宣汉是必经之道。举家迁徙之众，分明再辛苦些日子，就能走到沃野千里的川西，至少能走到有'小成都'之称的邻县开江，但双脚起泡，两腿抽筋。对未来的没有把握，更让他们不敢茫然而持久地在路上奔波；毕竟，作为与土地打交道的农民，必须停下来，停下来才可能拥有一份产业，才有一个家。于是以族群为单位，在群山之中驻足……我们村叫罗家坡，除一户姓李，所有男丁都姓罗。"[①]在《饥荒年月》这篇短文里，作家又对发生于1975年

---

① 罗伟章：《白云青草间的痛》，昆仑出版社，2013年，第3页。

夏天的那场特大干旱进行了描述："老君山96天滴雨不下。干旱是从一声炸雷开始的，秧苗刚插下去，炸雷就劈空而来。田里正需要关水，炸雷来得正是时候。谁也想不到它不是带来雨水，而是一声警告。雷声过后，天清气朗。……但太阳天天出来，农家炊烟未起，红得发紫的圆球，就挂在对河杨侯山的松枝上。无人能说清楚哪个早晨开始没有了露珠，又是哪天的朝阳从升起那一刻就发白发烫，直到田里只剩巴掌大小的水花子……秧苗彻底干涸，牛粪、土地和水生物化合出的腥气，在火苗似的阳光里浮荡。"[①]在《母亲去世》这篇短文里，作家则为我们讲述了他母亲去世后不久家里所发生的惨剧："尽管母亲刚刚下葬，就有兄弟数人，举着斧子，来拆我们家的房，说这里原属他家的地基，让我们在露天坝里睡了多少个夜晚，淋了多少场秋雨；尽管还有人想把我们赶出罗家坡，但这些事，我从不往心里记——村里妇人撩衣喂我妹妹的情景，足以把我照亮。"[②]

从上面几段文字的描写和记述来看，是罗家坡沧桑而凝重的历史、饥荒年月留下的深刻记忆、母亲亡故后家里遭逢的惨剧，以及温暖人生的诸多细枝末节等，才使作家对乡村世界产生了如此浓重而深情的眷恋。这无疑是一种杂糅了痛苦和幸福的情感，是一份充满着苦涩而又甜美的眷恋。正是携带着这样的深情眷恋和思想灵魂，作家用他手中那支有力的笔，为我们建构出一个丰富多元、立体多姿的乡村世界。

乡村能否得以永存？曾经是中外学者争论不休的一个重要论题。有的学者认为，乡村能够永远存在，是因为人类社会诞生之日便是乡村存在之时，乡村有着数千年的文明发展历史，同时也因为生活在村庄里的人们表现出的对土地的深重而痴情的依附，更因为它还有着一个按照血统组织起来的庞大族群，这样的族群定会将乡村文化、乡村文明一代代传承下去。有学者则认为，随着人类社会形态由低到高的流变与转换，

---

① 《白云青草间的痛》，第28—29页。

② 《白云青草间的痛》，第16页。

尤其是在经济社会愈加繁荣的背景下，城乡之间的差距将会变得越来越小，乡村成为城市一体化的社会现实存在，即所谓的城市就是乡村、乡村也是城市。当然也有的学者认为，在城镇化历史进程的快速发展和不断推升中，在更发达、更繁荣、更现代的未来社会存在中，乡村会渐渐地消失，成为人类心灵深处的一种影像。无论上述的观点正确与否，而客观事实却是这样的：乡村一直存在于人类社会历史的发展之中，乡村世界也依然显示出了它强大的生命活力和进取的精神力量。

在《乡村永存》这篇散文里所表达的思想和灵魂，既可以看成是源于罗伟章内心深处的声音，也可以视为作家向整个世界发出的公开宣言。在作家看来，乡村能够永存，在于它不仅有着俊美飘逸的山峦和清澈秀丽的河流，有着醇厚诚实的土地和辛勤劳作的农民，更在于它有着无时无刻不在村庄里流淌的那一曲曲天籁。正是因为如此，作家才会信马由缰、富有深情地写道："听听清溪河这名字，就能想象出她的姿容，秀气、温婉、明澈，从遥远的地方流来，依山蜿蜒，一直延伸到苍茫的天尽头。水被自己的力量所鼓荡，跟水鸟一起发出欢乐的合唱，水光幽蓝，如婴儿的目光，并因纯净而宽阔、深远；举目远望，河水像悬浮的飘带，白得发亮，犹如另一面天空。终年四季，河沿鲜花盛开，浅草平铺……"① 与此同时，作家又对那座巍然耸立、远近闻名的老君山，进行了一番绘声绘色的描述："老君山海拔千余米，从山脚到山顶，除自然生长的植物，就是带状梯田里的庄稼。春天，大山苏醒，绿色自下而上，徐徐展开，仿佛绿色在长高；这种苏醒的过程很难说有什么时间概念，如盐溶于水，无声无息，却在不经意间浸透了大山的血脉。夏天，绿色便成为山里唯一的主题，庄稼和树木绿了，土地绿了，山羊的嘴绿了，连太阳照在叶片上的闪光、鸟的鸣唱和女人的笑声，也是绿色的。"② 接着，作家又对天籁般的乡间音乐予以了审美描绘，或者说是一

---

① 罗伟章：《路边书》，四川人民出版社，2017 年，第 119 页。
② 《路边书》，第 120 页。

种有着些许刻意痕迹的摹绘："乡间音乐只属于天籁，牛哞、羊叫、恶狗厮斗、飞禽启翅、走兽低嗥，包括小儿的哭叫、妇人的对骂，都属于天籁的范畴，当然更不必说风走林梢、枯叶委地、泥土叹息……"[①]在这篇散文的最后，作家无不饱含理性意味地指出："每个人都有自己精神层面的追求，对乡村的热爱，其实是对一种道德的忠诚。我相信，人类最美好的品德，是从土地里生长起来的。"[②]从上面的审美表述里我们不难看出，是巍峨的高山、清澈的河流和飞禽走兽、牛羊猪狗，是从土壤里生长出来的小麦、水稻、红薯、玉米，是人们沉静的劳动场景，是亲人的笑颜、温情、暖意，是伫立在村里的一座座老式房屋……渐渐成为一种深刻影像，沉入作家的灵魂深处，才令他对乡村世界生发出如此强烈的情感眷恋。

散文《一个山村的秘史》是从历史视角出发，通过对千河村蹁跹历史的追寻和探访，为我们讲述了这座村庄鲜为人知的历史往事。那是明朝洪武二年，一大批祖祖辈辈居住在湖湘一带的子民"奉旨入川"。这群人一路向西而来，他们渡过星罗棋布的湖泊，跨越波涛汹涌的江河，攀援了一座又一座崇山峻岭，终于来到了老君山的肚脐眼上。因为双腿滞重、步履艰难，身体又处于极度的疲惫，再兼前路苍苍、未来渺渺，他们决定在这里安营扎寨，重新筑造一个崭新的家园，于是便有了千河村的诞生。作为这群人的第二故乡的千河村，尽管只有屈指可数的三层院落，但却有翠竹掩映、花木相依，有小桥流水、左右环绕，有鸡鸣钟鼓、炊烟袅袅，再兼有远远近近、隐隐约约的峰峦相伴，有天上和煦的阳光照耀和云卷云舒的浪漫景致，可谓是一个有如仙境般的乡村世界。然而，这一切皆在清康熙二十五年时被打破，原因是老君山下来了另一群人。这群人逆水而上，在老君山的脚下登上河岸，先到的那批人纷纷抢占平坝和滩涂，后来的这批人则沿着老君山一路攀爬，他们插占为

① 《路边书》，第 121 页。

② 《路边书》，第 124 页。

业、指手为界，直接威胁到了千河村的存在。为了保卫自己的家园，千河村的村民们在村东大约二里的地方，用坚硬的石头构筑了一座大大的碉堡，碉堡的下面悬垂一条千余米长的羊肠小道，是来人的必经之路。一旦有人上来抢占地盘、劫掠粮食，村里的男女老少便纷纷躲进碉堡内，将手里的飞石、滚木、火铳，悉数向来人投掷或射击，令来人血肉模糊、一命呜呼。正是因为如此，那条羊肠小道被人们称为“泪潮弯”。然而，千河村最终还是被彻底攻破了。千河村何时被攻破的？是那一群人数众多的移民所为，还是政府军的直接进剿，史书上没有详细而准确的记载，不得而知。但有一个事实却至今无法改变：凡是住在千河村的村民，不管先前拥有多么高贵的姓氏，一律改姓罗。至此，千河村也更名为罗家坡村。其后的罗家坡村，虽然历经了改朝换代、旧貌新颜的历史风云，经历了由茅草房变成土墙房、木板房的岁月变迁，仍自始至终保持三层院落的陈旧格局。这篇散文正是通过这样的历史叙事，为我们揭开了一段隐藏于罗家坡村中的历史往事，抑或说是一段令人铭心刻骨、难以忘却的血泪史。这既是对这篇散文思想主旨的有力呈现，也是其独特审美价值的所在。

在《追寻三河》这篇散文里，作家有意识地把历史叙事与现实叙事进行融合，通过对三条河流的历史追忆和现实观照，较为详尽地描写了它们历史命名的缘由，以及隐于其中的沧桑而凝重的历史，这三条河流便是流经作家故土之上的前河、中河、后河。在这篇散文的开篇，作家首先为我们介绍了宣汉之名的由来和深含其中的文化内蕴：宣汉始建于古代社会的西汉之时，它之所以取这样的名字，目的是竭力宣扬汉朝的赫赫威名和良好德品。接着为我们概要式地叙写了在20世纪90年代的一个重大历史发现：在中河与后河交界处的罗家坝半岛，发掘出了古巴人的遗址，从出土的礼器、青铜器、刀钺等文物皆刻有相似的花纹看，这个地方很有可能曾是古巴国人生活的中心。这无疑是关于人类文明起源的一次重大历史发现，罗家坝也因此成为中国巴文化地理保护的第一标志。在此基础上，作家又纵笔书写前河、中河、后河之名得来的历史缘由和特定的文化内涵，以及围绕这三条河流所发生的过往事迹。据《山海经》记载："太皞生咸鸟，咸鸟生乘厘，乘厘生后照，后照是始为巴人。"[①] 这段文字表明：太皞伏羲是华夏民族的共同始祖，伏羲的第四代子孙后照则是巴人的始祖。作家由此推断，这三条河流不是以方位来定名，而是有其特殊的文化内涵。"中河是中原河的简称，它之得名，是巴人为纪念自己的根脉；后河本该叫后照河，它之得名，是巴人为纪念他们的世宗；前河，则是前进之河——敌势汹涌，巴人在罗家坝那片膏腴之地无法生存，被迫迁徙，但他们不改勇毅……"[②] 在后面的篇幅中，作家随即转入对现实存在的叙事。在这样的叙事里，既有对前河动静之态的生动描写，如"灵动之时白浪涛涛，安静之时蓝得发翠"，也有对生活在前河流域的民众所持有本真质朴的天道观的叙写。当然，更主要的是对女祭司赵昌平前往罗家坝进行现场解释这一情节，进行了细致入微的描绘。在听完这位女祭司的详细解释后，作家的心灵为之一动，发现北纬 30 度的地方，是令许多人类学家十分着迷的所在，因为在这条神奇的纬线上，诞生了华夏文明、印度文明、玛雅文明等璀璨文明，而宣汉县正处在这样的纬度上。由此看来，异常珍贵而又遗世独立的巴文化，无疑是华夏文明的重要组成部分之一。正是通过这样的叙事或描写，我们不难觅见，在作家情感和思想的内里，既有对山川河流的无限靠近，也有对历史文化的逐步深入。

如果说《一个山村的秘史》《追寻三河》是以历史的笔触，形象地描绘了作家对山村历史、河流历史的内心感受、思想认知、独特领悟，那么在《这个人》这篇散文里，则生动地讲述了一个具有传奇色彩的著名历史人物的故事，以及作家对这个著名历史人物的检视、梳理和富有深度的理性勘探。这个著名的历史人物，便是故土上历代的父老乡亲一直尊奉为"大人"的罗思举。乡亲们之所以尊称罗思举为"罗大人"，

---

① 参见《路边书》，第 215 页。

② 《路边书》，第 216 页。

主要源于三个方面：一是罗思举的人生经历非同一般，二是罗思举在清代中叶时做过朝廷大官，三是罗思举撰写过一部被文化名流大加赞许的自传。据故乡的老一辈人讲，罗思举出生在一个山洞里，当时正值夜晚，整个天地都被一片黑暗笼罩，使一个新生命的诞生显得极其艰难，然而，当罗思举脱离了母体后，山洞里顿时朗月当顶、有如白天。这令罗思举的父母甚为惊喜，其父亲直言道："莫不是一个天降的贵人呢。"其母亲则玩笑式地说："做啥子贵人啰，不当偷盗之人就该念佛了。"果然如其父母的封赐一样，罗思举的一生，先是为盗为匪，后做朝廷大官。据说，在罗思举为盗为匪期间，他的身体会发生明显的变化。偷马时如果被人发现，便会变成一只猫，越墙而去。然而，他终有被人逮住的时候，逮住罗思举的人，用绳子将他五花大绑，并横放于酷暑般的太阳底下，可是把他放在哪里，天上的云彩就飘向哪里，替他遮住火辣辣的烈日，于是罗思举便有了另一个美称：天佑奇人。罗思举人生的发迹，是他率军镇压白莲教起义之后，因为战功显赫，官至几个省份的提督，数次受到皇帝的接见。在晚年时得闲的罗思举，回忆起自己人生的点点滴滴和起起落落，撰写了一部颇具自传体意味的著述，取名为《罗壮勇公年谱》。在这部书里，罗思举秉笔直书他的人生过往，从不回避自己曾经行窃打劫的丑事，显露出极其老实、诚朴乃至天真的本性。在作家看来，正是因为罗思举的这种不回避思想，才有了这部自传的史料价值和文学价值，并得到了大文豪胡适先生的啧啧称赞和大力举荐，他说："中国过去的传记文学很是令人失望，偶然读到《罗壮勇公年谱》这部书时，便特别想推荐给诸位朋友。"[①]与此同时，作家还进一步指出，罗思举的这部自传，之所以会赢得广泛的民间认可，不仅仅是因为它使人们得以触摸到作者的思想肌理和精神骨骼，更在于其能够让人领略包蕴其中的历史的温度。

从上面的分析与阐释中可以见知，无论是在《一个山村的秘史》和

---

① 《路边书》，第 200 页。

《追寻三河》两文之中，还是在《这个人》这样的单篇散文里，作家皆是以历史叙事的艺术方法作为基点，或是生动展现一座山村的心灵秘史，或是形象描绘三条河流的历史缘起，或者是既形象又生动地讲述一个著名历史人物的故事，尽力表现出作家对历史的深刻认知。透过这样的认知，我们不难发现，隐藏在这种认知背后的其实是作家所具有的历史意识。正是在这种历史意识的引领下，作家才能够对历史事实、历史现象予以深层次的体验与感知、理解和领悟，并做出自己理当应有的智慧判断，或者说是一种审美判断。因而，无论是对于一座山村心灵秘史的探访，还是对于三条河流历史的描述，抑或是对于一个历史人物的叙写，都是这种历史意识在暗中作用的结果。从这个意义上讲，上述的散文作品无一不是这种历史意识的衍生之物。

在《让生命成长（代自序）》这篇文章里，作家曾这样写道："《把时光揭开》的第二部分，叫'我们的居所'，跟这本的'路边书'一样，都是散文，关注的东西各有侧重。居所里除了我们的家具，我们的肉身，还有我们的灵魂；行走在路上，前方所指，可能是远方，也可能是故地，而许多时候，故地和远方并不是两个地方，在我们的内在星空里，它们殊途同归。"[①] 文中明确地告知我们：故地即远方，远方亦如故地。面对这个情感纠缠、内心牵绊、灵魂寄望的故地，作家要么一头扎进自己童年和少年的记忆中，深情缅想那些平凡亦辛酸、安恬又苦难的生命时光，要么站在距离之外，用审视的目光和灵魂的触须细细辨识来自故土的各种亲切而温暖的声响，或者是以一个普普通通的人物作为观察对象，用简练的笔触描写其由生到死的平凡过程，或者是采取对比的艺术手法，竭力展现乡村之在与城市之象的明显差异，发现隐藏于其中的深层哲理，由此表现出多元而立体的思想内涵和审美意蕴。

散文《别人的果子》，为我们细腻描写了作家，即"我"，对于故乡土地上四棵杏树的缅怀之情。第一棵杏树是隔壁邻居的，树身高过房

① 《让生命成长（代自序）》，《路边书》，第 4 页。

顶，躯干笔直而硬朗，散状的树枝四向而立。这家房屋下面的数米深处是水田，每至农历的六七月间，成熟的杏子“噔”的一声掉进水里，那声音真是美妙极了。我们这些割猪草牛草的孩子，如果恰恰正从田埂上经过，且刚好听见这美妙的声音，神经便会绷直，将青葱的目光越过丛丛稻穗，痴情地盯住扩展开来的水纹。待四周没有人的时候，立即挽起裤腿，小心翼翼地下到水田里，捞起一个个被水淹没的杏子，在水里涮了涮就直接塞进嘴里，那酸甜酸甜的味道真是直透人的心肺。第二棵杏树是我们坡下面蒲姓人家的，由于其院坝十分狭窄，且只有一条弯弯曲曲的小路通达，更何况还有一位老太婆时时守着，要想吃到这家的杏子真是太难了。但我们照样有办法：由两三个小孩去引出那条凶猛的狗，想方设法故意惹出狗的斗性，另一拨人则潜到院坝边，迅疾地爬上杏树，一抓一个地往荷包里塞。令人遗憾的是，这样的诡计在用了两次后，就被老太婆发现了，气得她连声大骂我们这群小东西。我们无可奈何，只好天天去这家的屋外守候，眼睁睁地望着杏子由青变黄，再变成日渐枯萎的紫色。第三棵杏树是清溪河边铺着青石板的院子里的，这家主人姓甚名谁，因为时间太过久远，已然不记得了。那时的我快上小学了，陪我的哥哥去清溪河边拿回生产队分的绿豆，刚走进那座院落，一瞧见那棵挂满累累果实的杏树，便感到一阵阵的饥饿朝人袭来。我轻声地对哥哥说：想吃杏子。哥哥有些为难地蹭到一位中年妇人的身边，悄悄地告诉了她。令人没有想到的是，这位妇人很是慷慨，说想吃就去摘；令人更没有想到的是，哥哥一爬上那棵杏树，在场的二十余人也怀着攫取的心同时上树，不仅摘光了杏子，而且还折断了几根粗壮的树枝，这令那位妇人心痛不已。第四棵杏树则是我自己家的，它高不过两米，皮肤粗糙、面色凝重、枝杈纵横，季节一到，必定是红花盛开，结出硕大的银白如雪的杏果。然而，在 20 世纪 70 年代中叶那个炎炎烈日的夏季，或许是因为几十年不遇的特大旱情，滴雨不落，稻不出谷，花不结籽，我家的这棵杏树有着深深的心灵感应，第一次没有孕育，没有挂满白光闪闪的累累果实，这令人的记忆尤为深刻。作家为何要用如此细腻的笔调描绘这四棵杏树，是因为在这些杏树的身上镌刻着作家童年或少年时代的记忆。

《四季歌》这篇散文，同样表达出作家在童年或少年时代的快乐生活或愉悦心境。在故乡的大地上，每逢春天的如期降临，山上的栎树、白杨、松柏和山下的杨柳、桤木、桃树，以及那些叫不出名儿的灌木，历经一个冬天沉睡而显得干燥的皮肤，便一一展现出朗润的面容；紧接着，一株株的树上长出了有如花蕊一样的叶苞，随后又是一个个叶苞的绽放，伸展出细细嫩嫩的绿叶。深入到这样的春天里，即便是光着脚丫子，也能够分明地感知到土壤生长的力量和大地温情的润泽。如果放开人的听觉和嗅觉，春娘裙裾摇曳出的细碎声响，从泥土里吐出的微苦微甜的清香，便朝着人的耳鼻扑来。面对如画般的春天，作家的嘴里虽然说不出一个字，却与春天有了饱满的交流，在如此的交流中，既有关于太阳和农事方面的内容，也有关于风声、鸟鸣、水响的自然物象，还有关于劳者感恩和歌唱的思想表达。夏天来临的第一个早晨，作家便早已是心知肚明，这是树叶草梢的露水告知的，因为只有夏天的露水才如此顽皮，彻底弄湿人的裤腿。在这样的季节里，虽然有众多野兽出奇的繁忙，有一座座谦逊而高贵的山峦，有世代祖居的宁静村落，有村民们扬场晒谷的安然石坝，也有令人害怕的夜空和繁星，但作家最为钟情的，还是那一块接着一块的麦田。因为在作家的内心深处，麦子是土地上最优美最典雅和最令人情潮涌动的庄稼：麦田整整齐齐地摆在辽阔的大地上，麦浪把欢快的信息送到外面的世界，麦香悄然地连缀起人类的幸福生活。秋天是四季中最辉煌的季节，有似于交响乐中的高潮部分，金色翻滚的稻浪、成熟饱满的柑橘、肥美香醇的鱼肉，隐隐约约的远山、湛蓝澄明的天空、舒卷自如的白云，从村里慢慢升起的袅袅炊烟、从房屋闪烁出的亮光、小桥流水的轻吟浅唱，都有可能是这支交响乐中的一个曲部。但最令作家感佩的是农人们劳动的场景和细节。对于无痕无迹、悄然而至的冬天，作家则采取另一种方式来进行描写，他先是有意识地对贾平凹先生的一句话予以借用："冬天是流落民间的贵妇，寂寞是寂寞了，却并不沉沦，并不萧索。”作家认为贾平凹对于冬天的比喻，甚是贴切，随后又说出自己的理解和认知。在作家看来，“冬天是孕育的，土块的冻结，是提醒人们必须开采有度；单一的色彩，是让我们孤独，教我们沉思。……人类许多伟大的定律，许多光辉的思想，一定都是在冬天产生的”[①]。这真可谓是一语揭破了冬天沉静而又内敛的本质。

散文《响声》和《敲钟人》，则是从另一种角度切入乡村世界，表现出作家对人性与人文的精神观照。《响声》这篇散文，作家运用小说叙事的艺术笔法，用第一人称为我们描写了几位寻常小人物的故事，在这些小人物里面，既有命运多舛的中年妇女，又有莫名消失的毛头小子，既有守不住媳妇的一家男人，也有因疯病而亡的单个亲人。作家首先描绘了一位身患心理疾病的妇人的坎坷命运。这位妇人住在距离罗家坡十里外的山坳里，每每夜幕降临，无论裹着多么厚实的棉衣，也无论是丈夫在一旁悉心的守护，她总感觉有人在吃她的奶，而且吃得很厉害。天长日久，她的奶水渐渐被吸光，继之以吸血，仍然被吸得一干二净，最终成为一片枯叶，飘入茫茫尘土之中。西边也有类似的故事发生，只不过故事的主人公是一个名叫黑娃的男孩。只有十二岁的黑娃，专吃胡豆，其他任何食物都不吃，为了这个原因，黑娃的父亲借遍了村中的亲属和父老乡亲，在万般无奈之下，便带着黑娃来到我们村，向村里人一个个地诉说自己儿子的这种嗜好，说得汗水沸腾、泪眼婆娑。罗家坡的村民都具有同情心，将各自家里仅有的一点胡豆悉数给了黑娃的父亲。这种事情的发生，一直持续了三年。然而在三年之后，黑娃和他的父亲从此杳无音讯，仿佛在人间蒸发了一般。说完东边和西边的故事，作家又向我们讲述发生在北边和南边的故事。北边的故事发生在高耸的石嘴上。那里有一家人，生养了八个儿子，但这八个兄弟都留不住自己的老婆，他们的老婆，要么是早亡，要么是在三五年后跑掉。老五的老婆死于突发的急痧，办丧事那天，我与父亲一道去送人情，老五见

---

① 罗伟章：《把时光揭开》，四川文艺出版社，2013 年，第 163 页。

到我父亲，很是热情地递烟过来，又见其母亲依旧悲伤不已，便说：母亲大人，你莫要悲伤过度，过一阵我给你结个初中生进屋。众人便发出阵阵笑声，唯有其母在屋角伤心断肠的哭泣。发生在南边的故事中的主人公是我的舅舅。我的舅舅是一个疯子，他成天像一位将军一样，率领着一支由二十多条野狗组成的队伍，在河谷地带游走，靠吃死鱼和生螃蟹为生。因为野狗要咬人伤人，对方便把怨恨发泄在舅舅身上。我的舅舅表面上是病死的，其实是被人打死的。通篇散文，作家的叙事可以说是不动声色，显得冷静而客观，但透过这样的叙事，我们得以觅见隐于作家内心深处的那份对于人性和人文进行深度关怀的情感。

在《城里的狗和乡下的狗》与《乡下的树和城里的树》这两篇散文里，作家主要是运用两相对比的艺术手法，来叙写乡下的狗和树与城里的狗和树有着不同的生存情状及其命运，借以传递作家对乡村世界的真情和眷顾。散文《城里的狗和乡下的狗》的开篇作家就这样写道："现今乡下的狗越来越少了，狗们大多进了城，因为只有作为城里的一条狗，才能够享有幸福的生活。"[①] 在作家看来，这样的幸福生活主要表现在四个方面：一是比它们的主人吃得更为精细。城里狗的食物，通常以国际指标为准，蛋白质和维生素 E 是多少，钙、磷、钾是多少，一天需要吃多少顿，或者是几斤几两，都严格按照国标的规定来执行，城里还为此专门设立或创办了生产饲料的企业。二是城里狗都有各自的名字。有的叫乖乖，有的叫丑丑，有的叫欢欢喜喜，有的叫快快乐乐，还有的则叫时髦的外国名儿，无论它们姓甚名谁，皆有一个统一的符号——宠物。三是因为城里狗，大多生得小巧玲珑、性格乖巧、相貌可人，深得主人的宠爱。主人们不是紧紧地把狗搂在怀里，就是用温情脉脉的手抚摸它，甚至于给它几个或轻或重、亦淡亦浓的亲吻。四是城里狗都有衣穿。夏天著上轻盈的绸缎，冬天穿着厚实的棉装，一身红红绿绿、花花粉粉，其模样有如一个个新郎官或新娘子。正因为有着如此的幸福生

---

① 《把时光揭开》，第 133 页。

活，所以城里狗都显得很有教养，与陌生人突然遭遇，它们绝不乱喊乱叫，即使叫一两声，也很注意控制分贝。相与比较，乡下狗生活的境遇却大相径庭，它们要么吃主人剔尽米粒的粗粮，要么吃主人剩下的残羹冷炙，荤腥就更是一种奢望了。倘若一不小心，擦到了人的裤腿，甚至要被踢上一两脚，如果把屎拉在道路上，被主人踩着了，则要遭到一顿恶骂。尽管如此，城里狗也有不及乡下狗的地方：乡下人养狗，始于狗的幼年，直到终老故去；乡村里没有弃狗现象的发生，即便是再愚钝、蠢笨的狗，主人也舍不得抛弃；乡村里也没有市场交易，把狗买来卖去，不断更换新的主人，使其必然会为此改掉某些狗性。但最令作家心动的，则是乡下狗在发情季节来临之时上演的精彩故事：在辽阔的乡间土地上，狗一路狂奔，公狗追上了母狗，母狗也看上了公狗的雄健和风姿，便心甘情愿地接纳对方的爱情。这是乡下狗与城里狗的本质区别。

如果说《城里的狗和乡下的狗》是通过动物与动物的对比，来叙写彼此间存在的本质意义的区别，那么《乡下的树和城里的树》则是通过植物与植物的相互比照，展现出两者各不相同的命运存在和结局，而这样的命运结局，凸显出了乡下的树自由生长的精神风致。

从上述问题的分析与阐释中，我们不难看出，作家在这两部文集中的乡土散文创作，无疑是对四川当代文学乡土叙事传统的承继和发扬，或者说对地域文化叙事的一种深入表达。乡土叙事，可以说是中国文学最为重要和堪称经典的艺术创作经验之一，也是中国文学之于世界文学的突出优势所在。作为整个中国文学审美符号系统建构中的四川符号，也毋庸置疑地继承了这种典型的文学经验和美学精神的真髓，并进行了富有区域文学意义的极大扩展和有力深化，这不仅使它成为四川当代文学的主要叙事形态，同时也是它区别于其他区域文学的显著特征之一。在近二十年的四川当代散文创作中，过往那种纯激情式的写作方式，已然被乡土叙事所取代或覆盖，许多散文作家为了更好地承继和发扬四川文学的这种叙事经验和美学传统，主动将自己散文书写的题材投注于乡土或故乡，通过各自的乡土叙事传递他们之于乡土四川、乡土中国及其乡土精神的审美理解和艺术把握。从这个意义上讲，罗伟章散文创作中所表现出的乡土叙事，既是对当下文学研究中的地域问题的深度关涉，诸如地域叙事如何表达，地域文化如何呈现，地域精神如何凸显，以及地域文学与中国文学的关联怎样认知等，又莫不是对四川文学的这种典型经验和审美真髓的坚定承继和持续发扬，具有其特殊的文学意义和审美价值。这无疑也是罗伟章的散文创作之所以赢得好评的根由。

（作者单位：西南财经大学天府学院）

《太玄》的学术思想价值及其影响①

□吴龙灿　王之翔

扬雄（前53年—18年），字子云，西汉蜀郡成都（今成都市郫都区）人，西汉著名哲学家、经学家、辞赋家。扬雄论著的《太玄》《法言》和《方言》三部经学诠释著作确立了他在中国学术史上的重要地位，对当时和后世学术产生了重要影响。扬雄"以为经莫大于《易》，故作《太玄》"②。《太玄》拟《易》"要合五经"，建构了以"玄"为核心概念的哲学思想体系，具有独特的易学价值，在易学史上占有重要地位。

一、《太玄》成书背景及其学术史定位

《太玄》作为拟《易》而生的哲学著作，在易学哲学史上占据特殊地位。究其原因，与其成书背景密不可分。归纳而言，西汉学术的发展与巴蜀易学的传统对扬雄影响颇深。西汉今古文经学与易学的争辩、孟京学派的阴阳五行说法与西汉天文历数发展的突出成果，都影响了《太玄》的产生。而巴蜀易学的传统为扬雄提供了道家解易的方式。诸多作用下，《太玄》作为西汉易学在易学史上的综合呈现，成为巴蜀易学传承的奠基之作。

---

① 本文系国家社科基金后期资助重点项目"《法言》汇校集释"（23FZXA006）阶段性成果。

② 班固：《汉书·扬雄传》，中华书局，2007年，第872页。

（一）西汉学术背景下的《太玄》

汉武帝罢黜百家独尊儒术后，经学开始兴盛并逐渐繁荣起来。经学又分今文经学和古文经学两大流派，二者之争影响了扬雄创作《太玄》的学术取向。“歆亲近，欲建立《左氏春秋》及《毛诗》、逸《礼》《古文尚书》，皆列于学官。哀帝令歆与五经博士讲论其议，诸儒博士或不肯置对，歆因移书太常博士责让之。”[①]汉哀帝建平元年，古文经学家刘歆的上书开启了今古文经学的首次交锋。刘歆在《移让太常博士书》中对今文经学的辛辣批评，令今文经学的弊端暴露无遗：“往者缀学之士，不思废绝之阙，苟因陋就寡，分文析字，烦言碎辞，学者罢老，且不能究其一艺，信口说而背传记，是末师而非往古。至于国家将有大事，若立辟雍封禅巡狩之仪，则幽冥而莫知其原。犹欲保残守缺，挟恐见破之私意，而亡从善服义之公心。或怀疾妒，不考情实，雷同相从，随声是非。”[②]西汉今文经学受统治者扶持而兴盛，该派融合儒家与阴阳家之学说而创立“天人感应”的理论，直接为政治服务，其后则是同灾异图谶等迷信因素相关联，衍生成为庸俗琐屑的空洞学问，治学上更是“幼童而守一艺，白首而后能言”的狭隘闭塞。落入穷途的今文经学被“通训诂，明大义，不为章句”的古文经学所代替是必然的趋势。

西汉天文历法的发展不容小觑，其中天文学家落下闳的贡献重大，其主要成果在于研制浑仪和浑象、开创“浑天说”与制定《太初历》。扬雄在《法言·重黎》中提及落下闳研究浑天的事实：“或问浑天，曰落下闳营之。”[③]浑，立圆为浑。浑仪和浑象都是落下闳“浑天说”的物理模型。汉代天体形态的学说分为“盖天说”“宣夜说”和“浑天说”。落下闳所提出的“浑天说”认为天是一个完整的圆球，具象化了“宣夜说”且突破了“盖天说”半球体的设想。在“浑天说”的基础上，落下

① 严可均辑：《全上古三代秦汉三国六朝文·全汉文》卷四十，中华书局，1958年，第348页。

② 《全上古三代秦汉三国六朝文·全汉文》卷四十，第349页。

③ 汪荣宝撰，陈仲夫点校：《法言义疏》，中华书局，1987年，第309页。

闳根据浑仪和浑象模型推演计算，而提出了八十一分律令，制定《太初令》，较之汉初秦之颛顼历法更为准确。

汉代董仲舒首倡阴阳五行之说，提出“天人感应”体系：一方面，以阴阳五行之变化说明政权更变的合理性；另一方面，以天人感应强调灾异与政治存在关联而警醒统治者。今文经学家吸收天文历法等科学知识，将神秘思潮同儒家理论相结合，其后衍生为迷信谶纬，更同当时专言象数的孟京学派相联结，并成为汉代易学之主流。西汉易学可分为三种解易倾向：孟京学派、费直易学与黄老解易之流。其中象数派孟京易学表现出三个特点：以奇偶之数和八卦图式解说《周易》；以卦气阐发《周易》原理；解《易》为讲阴阳灾变。

正是在上述的西汉学术背景下，扬雄成书《太玄》有了综合的意味。今文学家以章句传承师法、家法，而古文经学家博通诸儒。正如班固作《汉书》：“综其行事，傍贯五经，上下洽通。”[①]古文经学家的学术取向深刻影响了扬雄“要合五经”的诠释方式。扬雄将“五经”视为一个整体，其《法言·吾子》曰：“舍五经而济乎道者，末矣！”[②]《太玄·玄挽》：“天地作函，日月固明，五行该丑，五岳宗山，四渎长川，五经括矩。”[③]扬雄认为五经将天地的道理都囊括其中，只有全面习得五经才能明白世间的道理。扬雄重视经典的整体性，这种博通的思想也注入了《太玄》的创作中。同时，《太玄》继承西汉天文历法的发展成果。“而大潭思浑天，参摹而四分之，极于八十一，旁则三摹九据，极之七百二十九赞，亦自然之道也。”[④]依照落下闳编制的八十一分律令，扬雄得其灵感，继之以基数“三”而构建全书体例。《太玄》更是在吸收西汉孟京“卦气说”“六爻五行说”的基础上丰富了自我形式：“子云《太玄》之作，其卦气起《中孚》，六日七分之说取京房；其分爻配卦之

① 范晔撰，李贤等注：《后汉书》卷四十上，中华书局，1965年，第1334页。
② 《法言义疏》，第45页。
③ 扬雄撰，郑万耕校释：《太玄校释》，中华书局，2014年，第336页。
④ 《汉书·扬雄传》，第870—871页。

法，取诸《周易》；其踦、赢之法取之于气盈朔虚，盖合三家之长，而自为一书，用以推步者也。”①因此，于西汉学术背景下成书的《太玄》是此阶段的综合呈现之作。

（二）巴蜀易学传统下的《太玄》

巴蜀地区易学传统深厚久远。商瞿是最早接触与研究《易经》的巴蜀易学家。“孔子授《易》于商瞿，《文言》诸传凡何谓也，皆以为商瞿问辞，子曰以下皆瞿录夫子之答辞。”②商瞿从孔子处接受《易经》的见解。而有文献记载可考的第一位巴蜀《易》学之师是胡安。据“汉初，胡安居临邛白鹤山传《易》，司马相如尝从之问学。”③可见，司马相如也参与了巴蜀易学的传承，在其作品《上林赋》中有“述易道”的文字。宣元时，成都《易》家还有严遵。在巴蜀易学流脉中，严遵与扬雄这对师徒是重要节点。“严遵以《易》传扬雄，雄传侯芭。自芭而下，世不绝传，至沛周郯。郯传乐安任奉古，奉古传广凯，凯传绘。所著《索蕴》，乃其学也。”④陈师道在《后山谈业》卷一中对巴蜀易学的流传渊源作了说明，其中得见扬雄的一席之地。程颐也有类似的评价：“自汉以来，惟有三人近儒者气象：大毛公、董仲舒、扬雄。”⑤《汉唐巴蜀易学研究》中对扬雄在巴蜀易学上的地位作了更进一步的说明，突出了扬雄“巴蜀易学之师”的重要地位。严遵为始祖，扬雄则为承上启下的重要枢纽。

汉初黄老道学兴盛，随着巴蜀地区与中原的关系日趋紧密，道家学说与方术之学传入巴蜀而与《易》之卜筮紧密关联，显现出巴蜀地区道家解易的独特风格。《华阳国志・先贤士女总赞上・蜀郡士女》曰：“严遵，字君平，成都人也。雅性澹泊，学业加妙，专精大《易》，耽于

① 胡煦：《周易函书约存》卷十，中华书局，2008年，第291页。

② 永瑢撰：《四库全书总目》卷七，中华书局，1965年，第54页。

③ 曹学佺：《蜀中广记》卷一三引陈寿《益部耆旧传》云：“胡安，临邛人。聚徒于白鹤山，司马相如从之受经。”又卷七四“白鹤山”云：“司马相如从胡安先生授《易》于此。”

④ 金生杨：《汉唐巴蜀易学研究》，巴蜀书社，2007年，第18页。

⑤ 程颢、程颐撰，王孝鱼点校：《二程集》，中华书局，1981年，第232页。

《老》《庄》。常卜筮于市。假蓍龟以教。……授《老》《庄》。著《指归》，为道书之宗。”[①]严遵是巴蜀士人中最早研习道家学说之人。其著作《老子指归》借老子道家章句而阐发新解，显示出儒道互补的倾向，是巴蜀《易》《老》之学汇融的经典之作。扬雄师承严遵，精通《易》《老》，创作《太玄》，树立了以黄老之学解《易》的典范，同时援道入儒，开糅合儒道二家之新。严遵《老子指归》中有多达十七处“为玄为默”的表述，这一核心概念是严遵开启道家黄老易学的关键：“玄玄默默，无容无式，以保其命。是以阴阳自起，变化自正。故能刚健运动以致其高，清明大通，皓白和正，纯粹真茂，不与物糅。确然《大易》，乾乾光耀，万物资始，云蒸雨施，品物流行，元首性命，玄玄苍苍，无不尽覆。”[②]将玄默所初创的世界和《易》的初始图式相提并论，隐约可见“玄”之本体意味。而扬雄则沿着这一思路，在《太玄》中确立并系统化“玄”。《太玄》一出，后世巴蜀易学家对其的效仿研究源源不绝：冯颢“作《易章句》及《刺奢说》，修黄老，恬然终日”[③]；两汉后亦有唐代李鼎祚，宋代苏轼、李杞以《道》说《易》；清代廖平尚引《庄子》《列子》论《易》。由此可见，《太玄》在巴蜀易学传承中的奠基之位。

（三）《太玄》在易学发展史中的定位

《周易》是我国现存一部充满奇异色彩的哲学专著。自孔子读《易》而“韦编三绝”后，历代学者从各种角度对《易》进行了解读。对《易经》的诠释伴随着时间的演进也形成了一部独特的易学史。《四库全书总目》共收录158部、存目317部易学著作，并为475部易学著作撰写提要，对这些易学著作的作者生平、版本流传、文本卷数及学术观点进行剖析考辨，并给予评价，俨然是一部简易的中国易学发展史。而“易类”小叙即易学史提纲：“《易》之为书，推天道以明人事者也。《左传》

---

① 常璩撰，刘琳校注：《华阳国志校注》，巴蜀书社，1984年，第701—702页。

② 严遵著，王德有点校：《老子指归·上德不德篇》，中华书局，1994年，第3页。

③《华阳国志校注》，第746页。

所记诸占，盖犹太卜之遗法。汉儒言象数，去古未远也。一变而为京、焦，入于禨祥，再变而为陈、邵，务穷造化，《易》遂不切于民用。王弼尽黜象数，说以老庄。一变而胡瑗、程子，始阐明儒理，再变而李光、杨万里，又参证史事，《易》遂日启其论端。此两派六宗，已互相攻驳。”①

《易类序》开篇便指明了作此书的目的：推天道以明人事。所谓“两派六宗”之说：两派，即义理派和象数派；六宗，指象数的占卜、禨祥、造化三宗和义理的括老庄、儒理、史事三宗。根据《总目》的记载，在《左传》中记载了诸占筮的筮例，大概还是采用太史占卜的传统方法；至于汉朝儒者经士则采用象数的方法，和古代的方法未相去甚远。象数派传承到京房、焦赣，称为禨祥宗，再至宋朝的陈抟、邵雍而称之为造化宗。三国时期魏国的王弼将象数派的一切全部扫除，而用老庄思想来解释《易经》，由此产生了义理派。义理派传承到北宋的胡瑗和程颐，才开始用儒家的思想来阐明易理；南宋李光与杨万里时，又运用历史事实来考证卦爻辞，由此开启了争端。以上象数与义理两派，派生出的象数、禨祥、图书、义理、儒理、考史六个宗系，互相攻击驳论。

从中国易学史的发展脉络来看，《太玄》成书于西汉象数派占据主流的时期，但分析其内容，不能将之简单地归入象数派。《太玄》自身包含着象数与义理两派的思想因素：以玄数配合天文历法、阴阳五行且用于卜筮的象数倾向和“天以不见为玄，地以不形为玄，人以心腹为玄”的玄虚义理倾向。在象数的范畴中，扬雄不喜灾异阴阳，而以自然科学为基础，吸收孟京学派的卦气说，结合历法玄数而创作《太玄》。在义理的维度上，扬雄将五经视为整体，通过拟《易》而作《太玄》的方式传达儒家理论，这是先于魏晋王弼义理派的义理因素。因此，《太玄》在中国易学史上的独特地位，应从象数和义理两个方面进行说明：突破象数固有范畴而开启义理先声。

---

① 《四库全书总目》卷一，第1页。

二、《太玄》的易学价值与学术史影响

扬雄作《太玄》是对《易》的全新诠释。文本上，拟《易》之经传；逻辑上，以“三”为基数构建三分法体例；内容上，拟卦爻辞而作新世界观。《太玄》尝试以“玄”为中心构建儒家形而上学思想，并从天人感应的儒家伦理辩证法与善恶相混的儒家心性论体系阐发儒家实践哲学。

（一）拟《易》的文本建构

《四库全书提要·术数类·太玄经》：“雄书本拟《易》而作，以家准卦，以首准彖，以赞准爻，以测准象，以文准文言，以摛、莹、挩、图、告准系辞，以数准说卦，以冲准序卦，以错准杂卦，全仿《周易》。”[①]在文本上，《太玄》拟《易经》与《易传》而作其书各部分。《易经》部分，《太玄》拟卦爻象与卦爻辞，作四重，共八十一首，每首几赞。《易传》部分，《玄首》仿《彖传》，《玄测》仿《象传》，《玄冲》仿《序卦》，《玄错》仿《杂卦》，《玄数》仿《说卦》，《玄文》仿《文言》，《玄摛》《玄莹》《玄挩》《玄图》《玄告》仿《系辞》。

在逻辑上，《太玄》也仿《易》之阴阳二分而以“三”为基数，吸收天文历法成果，构建全书三分法体例。《太玄》开篇的《玄首都序》便揭示该逻辑体例：“驯乎！玄，浑行无穷正象天。阴阳比参，以一阳乘一统，万物资形。方州部家，三位疏成。曰陈其九九，以为数生。赞上群纲，乃综乎名。八十一首，岁事咸贞。”[②]《太玄》以“三”为基础，以三三九、九九八十一的生数所支配。其中八十一恰配合了《太初历》的八十一分律令。《太玄》拟《易》而作，《太玄》的赞，相当于《易》的爻。《易》六爻为一卦，《太玄》四赞为一首。但倘若以四赞为基数，就脱离了三的生数这一规律，因此“玄首四重，而别为九

---

① 《四库全书总目》卷一〇八，第914页。

② 《太玄校释》，第1页。

赞以系其下”[①]。八十一首，每首九赞，共有七二九赞。以两赞为一昼夜，则有三百六十四日半，约等于一年的天数。但按照太初历历法，一年有三百六十五又四分之一日，于是扬雄另外增加“踦”“嬴”二赞补全天数。为何以“三”为基数？首先，在扬雄看来三分是事物发展的规律，《玄图》：“玄有二道：一以三起，一以三生。”在“玄”的宇宙生成图式中，“玄”含阴阳对立二道，但阴阳合才生万物，因此扬雄将阴、阳、和三种状态分别定为“—”“- -”“---”符号。倘若从“玄”所统领的“天地人”三道来看，同样是以“三”为基数。如果从承袭道家思想的角度看，老子“道生一,一生二,二生三,三生万物”也应有所影响。三三而九,九九八十一，这中间九是一个极点数。那么八十一首可以分为九个阶段，每九段谓之“一天”，共有“九天”。九天是一整年的大循环，每首九赞则是一个小循环。三九之数统治天地人：“玄生神象二，神象二生规，规生三摹，三摹生九据。玄一摹而得乎天，故谓之有（九）天；再摹而得乎地，故谓之有（九）地；三摹而得乎人，故谓之有（九）人。天三据而乃成，故谓之始中终；地三据而乃形，故谓之下中上；人三据而乃著，故谓之思福祸。上钦下欿，出入九虚，小索大索，周行九度。”[②]玄生天地，天地上下通而生天玄、地玄、人玄。三摹：天玄始中终，地玄下中上；人玄思福祸。三三而九,九据而九赞。九赞也三分为一组，分别对应天地人玄中的一摹：次一次二次三对应始、下、思；次四次五次六对应中、中、福；次七次八上九对应终、上、祸。综上，从天文历法而来的三分“玄”之体系皆已完备。

内容上,《太玄》仿《易》之卦爻辞而有所创新。扬雄的“罔直蒙酋冥”是拟《易》之“元亨利贞”而作。关于《易》之“元亨利贞”，在《易传》十翼之《文言传》中有解释：“元者，善之长也。亨者，嘉之会也。利者，义之和也。贞者，事之干也。君子体仁足以长人，嘉

---

① 扬雄撰，司马光集注，刘韶军点校：《太玄集注·说玄》，中华书局，1998年，第3页。

② 《太玄校释》，第367页。

会足以合礼，利物足以和义，贞固足以干事。君子行此四德者，故曰：'乾：元，亨，利，贞'。"[①]《文言传》认为"元亨利贞"是君子施行的四德：以仁心为本体，符合礼的要求，施利他物而做义，坚守节操以守正。"元亨利贞"被赋予道德规范的内涵，即"仁礼义正"。而扬雄则赋予"罔直蒙酋冥"宇宙观的意味。《太玄·玄文》："罔、直、蒙、酋、冥。罔，北方也，冬也，未有形也。直，东方也，春也，质而未有文也。蒙，南方也，夏也，物之修长也，皆可得而戴也。酋，西方也，秋也，物皆成象而就也。有形则复于无形，故曰冥。故万物罔乎北，直乎东，蒙乎南，酋乎西，冥平北。故罔者有之舍也，直者文之素也，蒙者亡之主也，酋者生之府也，冥者明之藏也。罔舍其气，直触其类，蒙极其修，酋考其就，冥反其奥。罔蒙相极，直酋相敕，出冥入冥，新故更代。阴阳迭循，清浊相废。将来者进，成功者退。已用者贱，当时则贵。天文地质，不易殿位。"[②]扬雄依据时间与空间两个维度构建宇宙。四时变化的规律是：春生、夏长、秋收、冬藏。由代表北方、喻指冬季的"罔"开始，阳气潜伏于地，正如《易》之复卦《象传》所言："雷在地中，复。"未有形却已有潜在的能量，万物将从此开始生发。阳气生长，遂来到代表东方、喻指春季的直，此刻万物始发但只是"有质未文"的状态；蒙时，即夏季，阳气极盛，枝条舒发"极其修"，事物到达顶峰亦是衰亡的开始，因此《玄文》称"蒙者亡之主也"。阳气消亡、阴气增长，宇宙来到了"酋"所代表的秋季，万物成熟结果而又掉落枯萎，完成从生到死的过程；同时，果实入地为下一个生发做准备，所以说酋是"生之府也"。一切又将归于平静，有形消解重回无形，这样的阶段是"冥"。"罔直蒙酋冥"构建了一个新故更迭、阴阳消息的循环世界。扬雄拟《易》之卦爻辞的创新还反哺了后代对"元亨利贞"的解释。南北朝周弘正解释"元亨利贞"，配以四季、五行。唐代孔颖达注《周易》

---

① 黄寿祺、张善文：《周易译注》，上海古籍出版社，2007 年，第 7 页。
② 《太玄校释》，第 322 页。

时，引用了周弘正与南北朝庄氏的解释，正式地将“元亨利贞”和“阳气生长万物”的过程挂钩。宋代理学家更是将《易》之四德总结深化，如朱熹言：“‘元亨利贞’无断处，贞了又元。”[①]可见，《太玄》“出冥入冥，新故更代”突破了“元亨利贞”原有的道德范畴，将其提升至世界观的层面。

（二）开创拟经拟圣的易学本体论诠释学传统

扬雄“要合五经”，拟《易》而作，实则拟圣阐经，传承仁义。在义理派的脉络中，《太玄》之于魏晋玄学与王弼义理学诠释有不可忽视的启发作用；并对宋明理学形而上的体系构建有着重要的桥梁意味。在象数派的发展中，《太玄》之于宋代易学图书学亦有一定的影响。

扬雄开创拟经先例，以模拟经典的方式来诠释经学：“实好古而乐道，其意欲求文章成名于后世，以为经莫大于《易》，故作《太玄》。”[②]郑樵《通志·艺文略》目录分类之拟经小类之“易类”将《太玄》排在首位，肯定其价值。在易学历史上，这一行为被后代易学家们竞相效仿。《授经图义例》《澹生堂藏书目》中有“拟易”目录。根据清代朱彝尊的《经义考》，在“拟经”大类中，扬雄《太玄》占据其首。晋朝王长文拟《易》著《通玄经》。王长文不但仿《太玄》拟《易》类著作，也学习了扬雄的拟经方法，仿《论语》而作二十篇《无名子》。北周的卫元嵩作《元包经》。隋末王通也通群经之要义而作《续六经》和《中说》。宋代文轸《信书》大抵祖《周易》而仿《太玄》。司马光作《太玄经注》且仿《太玄》而作《潜虚》。明代任翰参考《易》与《太玄》方洲部家的体例作《寿卦》，以及明代的李乾德撰《易易》。

形式拟《易》而实质拟圣，重新阐发古先贤之道。扬雄的这种创新，突破了以往“我注六经”与“六经注我”的诠释惯例。以本体诠释学的立场，系统性地从所构建的宇宙观出发，将宇宙观的人道与人文、

---

① 黎靖德编：《朱子语类·卷六八》，王星贤点校，中华书局，1986年，第71页。

② 《汉书·扬雄传》，第870 — 871页。

经验范畴与生命范畴都包揽其间，融合古人哲思与当下视域，传承圣人精神。在诠释的行为中，扬雄担负起圣人传递谱系的责任，即所谓“人能弘道，非道弘人”。究其原因，首先，与扬雄自身价值取向相关。他无意于靠训诂章句踏上利禄仕途，而是求以文章扬名后世永垂不朽。其次，扬雄看到了当时流行的今文经学诠释方式的弊病：“凡学者大义为先，物名为后，大义举而物名从之。鄙儒之博学也，务于物名，详于器械，考于诂训，摘其章句，而不能通其大义所极。故使学者劳思虑而不知道，费日月而无成功。”[①]因此扬雄另辟蹊径，“筵之以三策……拟之以道德仁义礼知”，将儒家人事哲理、纲常秩序、阴阳五行等思想全通过拟经体现而出。且在这一过程中他力求义理之纯粹：“或曰：‘《玄》何为？’曰：‘为仁义。’曰：‘熟不为仁？熟不为义？’曰：‘勿杂也而已矣。’”[②]他不再将自己作为单部儒家著作的诠释者，而是以要将儒家义理整体化系统化，对“经学”这一存在之本体进行诠释，从而“获得本体诠释学所要取得的消除二元对立、发掘宇宙真理的诠释目的”[③]。

（三）启导魏晋玄学核心哲学概念与王弼义理学诠释

《太玄》援道入儒，糅合儒道，建立了一个儒道调和的太玄理论体系，这对魏晋玄学的影响重大。《太玄》之于正始玄学的开宗意义，主要体现在《太玄》与“三玄”的关系上。扬雄是下启荆州学派的重要人物，而荆州学派是开启魏晋正始时期玄学理论的关键存在。荆州学派的宋衷对《太玄》详细作注，温公曾言“汉五业主事宋衷始为《玄》作《解诂》”[④]，这使得《太玄》在魏晋时期广泛传播，为“三玄”的形成创造了条件。“三玄”源于“玄圣”，“玄圣”又与“三皇”相关。《尚书大传》：“燧人以火纪，阳尊，故燧皇于天；伏羲以人事纪，故托羲皇于

① 徐干撰，孙启治解诂：《中论解诂》，中华书局，2014年，第14—15页。

② 《法言义疏》，第168页。

③ 成中英：《方法概念与本体诠释学——一个方法论的新建构》，《中国论坛》1996年总217期。

④ 《太玄集注·序》，第1页。

人；神农悉地力，种谷蔬，故托农皇于地。”[1]“三皇”与天地人“三才”正好相呼应。《太玄》也作“天玄、地玄和人玄”之说，《太玄·玄告》：“规生三摹”[2]“三摹，指天地人三玄。”[3]。天玄、地玄与人玄，即后来的天道、地理与人心。王弼易学“得之于心”并于其著作中提及“天道”“物理”，这三者是正始玄学的核心概念，与《太玄》有承袭关系。扬雄兼习《老》《庄》《易》，何晏王弼“祖述玄宗”融合三玄，也受到了《太玄》的影响。《太玄·玄告》：“天以不见为玄，地以不形为玄，人以心腹为玄”[4]，王弼在对乾坤二卦作注时，将天地解说为“形”，再解释“用形”的乾坤之理，这也与《太玄》“三玄”有相近之处。以上所言“玄”的关系传承，可见《太玄》启导了魏晋玄学核心哲学概念的建立。

扬雄兼采儒道、要合五经的诠释方式通过荆州学派而对王弼义理学诠释产生影响。“王弼之学，源于荆州”[5]，荆州学派重古文轻今文，该派在易学的兴盛之时且秉持着“删划浮辞，芟除烦重”[6]的诠释方法。荆州学派对《易传》，将其作为经文来解释，排除阴阳五行而专注内部逻辑，使得文本自洽为完整的循环。“王弼之家学，上溯荆州，出于宋氏。夫宋氏重性与天道，辅嗣好玄理，其中演变应有相当之连系也。”[7]宋衷注《周易》《太玄》已显示出“义理诠释”的倾向，即把握经典中的统一意义而代替解读文物典章制度等具体内容，至王弼发展成熟。王弼著有《周易注》《周易指略》，在继承扬雄、荆州学派的诠释方式后，他独创“得意忘言”，消解汉儒对象言的执着，而追求普遍性的哲理。

---

① 皮锡瑞撰，吴仰湘点校：《尚书大传疏证·略说》，中华书局，2022年，第305页。

② 《太玄校释》，第367页。

③ 《太玄校释》，第369页。

④ 《太玄校释》，第367页。

⑤ 钱穆：《庄老通辨》，九州出版社，2011年，第412页。

⑥ 《全上古三代秦汉三国六朝文·全三国文》卷五六，第1362页。

⑦ 汤用彤：《汤用彤全集》第四卷，河北人民出版社，2000年，第74—75页。

（四）深刻影响宋代象数学的新形态图书学

《周易》八卦取象，《说卦传》对每卦进行说明。《说卦传》内容上可分为：八卦原始之象“天乾、地坤、雷震、风巽、水坎、火离、山艮、泽兑”及对其特点的说明，与引申之象如“马乾、牛坤”或“首乾、腹坤”。以原始之象阐发宇宙生成，《周易》的叙述较为简略，未详细地说明八卦间相生相克的关系。汉儒注意到了《周易》这方面的缺陷，决定以相互作用的五行来解释八卦。其中，京房运用此法：震巽代表东方木，乾兑代表西方金，离代表南方火，坎代表北方水，坤与艮代表中土。《太玄》承袭这一思路，将宇宙图式与五行相连：“鸿本五行，九位施重。上下相因，丑在其中。”① 扬雄将每首中的九赞与五行分配，两两相和，按照“一与六共宗，二与七为朋，三与八成友，四与九同道，五与五相守”②的关系，结合当时流行的五行说法《汉书·五行志》：“天以一生水，地以二生火，天以三生木，地以四生金，天以五生土。”③ 最终可以得到这样的基础数象分配：三八为木、东方、春；四九为金、西方、秋；二七为火、南方、夏；一六为水、北方、冬；五五为土、中央、四维。如此，四时五行都能与数一一对应，《太玄》之数便具有了时间空间的意义。“数”作为表达普遍性的存在，是一种更有效的手段。《玄图》：“一与六共宗，二与七共朋，三与八成友，四与九同道，五与五相守。玄有一规一矩，一绳一准，以纵横天地之道，驯阴阳之数。拟诸其神明，阐诸其幽昏，则八方平正之道可得而察也。”④《太玄》通过“一六、二七、三八、四九、五五”这一数理体现而描摹天地阴阳。后代学者认为这就是《河图》之数。观“河图”，一六居南、二七居北、三八居西、四九居东、五五相对居中。数的配对、数所代表的方位与《太玄》所言相符。朱熹在《易学启蒙》中解释“天地之数五十有

---

① 《太玄校释》，第 275 页。
② 《太玄校释》，第 348 页。
③ 班固：《汉书》卷二七《五行志》，中华书局，1962 年，第 1328 页。
④ 《太玄校释》，第 348 页。

五”的文字与《太玄·玄图》所述大部分相似：“故河图之位，一与六共宗而居乎北，二与七为朋而居乎南，三与八同道而居乎东，四与九为友而居乎西，五与十相守而居乎中。”[①]北宋陈抟作《龙图易》即河图洛书前身，自此北宋象数学派开始发展。这一图式的具体来源不得而知，但通过比对《太玄》的数理体系与《河图》，结合宋代易学家们对《易》之象数的解读文字，两者间较多的相通性喻指《太玄》之于象数派的意义：其一，《太玄》为《河图》提供了基础的象数框架；其二，《太玄》为宋易学家们解读《易》之象数提供了思路指引。除此之外，邵雍作为宋图书易学的关键人物，与《太玄》关系紧密。他专研《太玄》而有专著《太玄准易图》与《正玄》。值得一提的是，邵雍模拟《太玄》作《皇极经世书》。《皇极经世书》的入数之法，与《太玄》一样均以一乘三而成，只不过《经世》遇二十七数时，减三为二十四，以应二十四气。二十四乘三，为七十二，以应七十二候，以二十四倍二，则为四十八,四十八乘三，为一百四十四，一百四十四乘三，为四百三十二，四百三十二乘三，为一千二百九十六。《皇极经世书》中的宇宙年谱主题框架“元会运世”也是模仿《太玄》的“元统会章”和“方州部家”。黄宗炎就指出了邵雍对《太玄》的模拟：“其所称元会运世，实效扬雄之方州部家也。扬以地言，邵以时言也。其所称元数一，会数十二，运数三百六十，世数四千三百二十，亦准《太玄》之三方、九州、二十七部、八十一家也。”[②]在图式上，邵雍“八八见方图”与《太玄》“九九见方图”相契，邵雍《先天图》以四进制安排六十四卦的思想，与扬雄三进制安排八十一首的原理相同。在数分上，《太玄》三分而司马光《潜虚》五分、邵雍《皇极经世书》四分。种种相关，表明《太玄》对宋代图书易学的影响深远。

---

① 郑万耕：《扬雄及其太玄》，北京师范大学出版社，2009 年，第 79 页。

② 黄宗炎：《周易寻门余论·卷上》，载黄宗羲撰，郑万耕点校：《易学象数论（外二种）》，中华书局，2010 年，第 378—379 页。

三、《太玄》的儒家哲学建构与学术史影响

（一）儒家形而上学思想建构

扬雄作《太玄》，构建了一个以“玄”概念为本原的形而上学体系。《太玄·玄图》：“夫玄也者，天道也，地道也，人道也。”① 关于“道”，《道德经》第一章：“道可道，非常道；名可名，非常名。无名，天地之始，有名，万物之母。故常无欲，以观其妙，常有欲，以观其徼。此两者同出而异名，同谓之玄，玄之又玄，众妙之门。”② 在老子的观点中，有无二者共同被称为“玄”，玄与道同物异名。“玄”与“道”究竟是什么？《道德经》阐释“道”包含两面：一是宇宙本原即“天地之始”“万物之母”；二是自然规律即“人法地，地法天，天法道，道法自然”。太玄之“玄”也包括以上两个方面。《太玄·玄图》：“夫玄也者，天道也，地道也，人道也，兼三道而天名之。”③ 按照扬雄在此的说法，玄与天等同。《玄摛》：“譬若天苍苍然，在于东面南面西面北面，仰而无不在焉，及其俯则不见也。天岂去人哉？人自取也。”④ 天即玄，是不以人的主观世界为转移的客观存在。“天”（玄）是类似于一种绝对的观念，而非物质性的存在。狭义之天，天道，同道家自然观中的天道一般，是无意志的自然；广义之天，即“玄”，是囊括三道的最高的“道”，是一种观念性的存在，是兼天地人三者的规律，是世界的总法则。

扬雄的“玄”拥有天道、地道和人道的内涵，这点上与老子的“道”不同。老子的“道”不包含“人道”。“天地不仁以万物为刍狗”⑤，自然之天道是绝对的主宰，不包含儒家所谓的“圣人之道”。扬雄的

---

① 《太玄校释》，第 349 页。

② 王弼注，楼宇烈校释：《老子道德经注校释》，中华书局，2008 年，第 1—2 页。

③ 《太玄校释》，第 349 页。

④ 《太玄校释》，第 255 页。

⑤ 《老子道德经注校释》，第 13 页。

“道”是糅合儒道二家之“道”，对于道家老子的“道”，扬雄曾在《法言·问道》中表明态度：“老子之言道德，吾有取焉耳；及槌提仁义，绝灭礼学，吾无取焉耳。”[①]可见他不满道家摒弃仁义礼学，脱离社会政治的理论。扬雄之“玄”还糅合了儒道二家之理论。一方面，扬雄借用道家之“道”的概念；另一方面，道家之道还不能够满足扬雄的理论设想，遂加之以儒道，二者相辅相成。

《太玄》认为，宇宙由包含阴阳二气的“玄”生成。《太玄·玄摛》：“玄者，幽摛万类而不见形者也。资陶虚无而生乎规，神明而定摹，通同古今以开类，摛措阴阳而发气。一判一合，天地备矣。天日回行，刚柔接矣。还复其所，终始定矣。一生一死，性命莹矣。”[②]本原之“玄”是虚无的，不见其形，但包含着阴阳二气。阴阳一分一合而分化出万物。万物虽异，但“气”一以贯之，这就是“通古今以开类”[③]。“天日回行”，指天体自始至终在一定的轨道上往复运动，有一定的度数；“刚柔接矣”，指昼夜交替；“一生一死”，指万物盛衰消长。由此，天体、昼夜、四时、万物如何而来又如何存在的宇宙图式就生成了。

在这段宇宙生成论中，“神明而定摹”具体阐述了“玄”如何生成宇宙的过程。《太玄·玄摛》：“夫天宙然示人神矣，夫地他然示人明矣。天地奠位，神明通气，有一有二有三。”[④]《太玄·玄告》：“玄一摹而得乎天，故谓之有天；再摹而得乎地，故谓之有地；三摹而得乎人，故谓之有人。”[⑤]神明，就是指阴阳二气的功能和作用。定摹，确定数量规模。玄配合“一二三”之数而产生了“天地人”的度数。

（二）天人感应与儒家伦理辩证法

玄的“人道”内涵首先表现在其本体论与人伦思想的关系上。扬雄

① 《法言义疏》，第 109 页。
② 《太玄校释》，第 255 页。
③ 《太玄校释》，第 255 页。
④ 《太玄校释》，第 257 页。
⑤ 《太玄校释》，第 367 页。

认为人伦秩序的根源在于天道变化、宇宙运行的规则。“夫天地设故贵贱序，四时行故父子继，律历陈故君臣理”[①]，“昼夜相丞，夫妇系也；终始相生，父子继也；日月合离，君臣义也；孟季有序，长幼际也；两两相阖，朋友会也”[②]。扬雄在《太玄·玄摛》中以天地相区别、四时相交替和规律历法的存在来说明儒教礼制“贵贱、父子、君臣”的合理性，将天道、地道与人道联系在一起。《太玄》包含一定的辩证思想。辩证法的前提是双方矛盾的存在，作为一切本原的“玄”本身就包含阴阳两个方面，“立天地之经曰阴与阳，形天地之纬曰纵与横，表人之行曰晦与明”[③]。“玄”有“阴阳消息之计”的内在规律，因此被“玄”统领的“天地人”皆遵循这共同的法则。

扬雄进一步提出矛盾双方的转换，即对立一方发展到极点后便会向另一面转化，所谓“盛则入衰，穷则更极”[④]。他将事物发展的过程细分为九段，自然变化称“九天”，而人事变化称“九事”。在九段中，“五”是中间的分水岭，五之前称“息”，五之后称“消”。不仅矛盾双方在变化，一切万物都在变化。《太玄·玄告》：“天浑而挥，故其运不已。地隤而静，故其生不迟。人驯乎天地，故其施行不穷。”[⑤]“变化”引申出“动与静”，他虽未区分“动与静”在“相对绝对”上的意义，但他将动静与事物发展的态势相联系：“其动也，日造其所无而好其所亲；其静也，日减其所有而损其所成。”[⑥]运动，意味着发展新生；静止，意味着消亡衰减。运动和静止又构成了事物的一对矛盾。在此基础上，扬雄继续提出了“因循革化”。“夫道有因有循，有革有化。因而循之，与道神之。革而化之，与时宜之。故因而能革，天道乃得；革而能因，天道乃驯。夫物不因不生，不革不成。故知因而不知革，物失其则；知革而不

① 《太玄集注》，第 187 页。
② 《太玄集注》，第 213 页。
③ 《太玄校释》，第 274 页。
④ 《太玄校释》，第 257 页。
⑤ 《太玄校释》，第 367 页。
⑥ 《太玄校释》，第 255 页。

知因，物失其均。革之匪时，物失其基。因之匪理，物丧其纪。”[①]因，根由，基础。循，沿袭。革，改变。化，变化。换言之，“因”代表事物继承固有基础的一面；“革”代表事物创新改变的一面。有革无因，事物就不能发生；有因无革，事物就不能形成；只讲因而不讲革，就违反了事物的法则；只讲革而不讲因，就会让事物失去存在的常态。因与革相辅相成，是统一的。此外，在“革”的方面，扬雄还强调了“时机”的问题：“革”非随时随地随意作用，要抓住恰当的时机，否则事物将失去发展的基础；在“因”的方面，强调“天理”，还要注意“物理”，即事物自身所拥有的规律与发展的秩序。

针对如何抓住时机促使双方转换，扬雄在人事福祸论中有现实意义的阐述。“福不丑不能生祸，祸不好不能成福。丑好乎丑好，君子所以亶表也。夫福乐终而祸忧始。天地所贵曰福，鬼神所佑曰福，人道所喜曰福，其所贱在恶皆曰祸。故恶福甚者其祸亢。”[②]丑，恶也。关于“福祸”，扬雄认为：不做恶事，福无法转化成祸事，不做善事，祸也不能变成福。因此，作恶作善是福祸转换的条件。“福乐终而祸忧始”点明了福祸向对方转化的规律。“恶福甚者其祸亢”，甚，谨慎，在福的时候不加节制、不知谨慎而肆无忌惮地从事，将会变福为祸。《太玄·玄文》曰：“君子在福则冲，在祸则反。小人在福则骄，在祸则穷。”[③]君子在富贵之位时行事谨慎谦虚，遇到祸难时自省而修德行进。小人富贵时则骄矜自满，低落时穷困潦倒。现实中，福祸得失在本质上同步进行。

（三）善恶相混的儒家心性论体系

在《太玄》中世间万物由“玄”而生，还要依“玄”而动。“资陶虚无而生乎规，攔神明而定摹，通古今以开类，摛措阴阳而发气。一判一合，天地备矣。”[④]人作为万物一员，同样受“玄”的支配。“立天之

---

① 《太玄校释》，第 276 页。

② 《太玄校释》，第 276—277 页。

③ 《太玄校释》，第 323 页。

④ 《太玄集注》，第 184 页。

经曰阴与阳，形地之纬曰纵与横，表人之行曰晦与明。”[①]人性晦明是因为天有阴阳、地有纵横，人承袭天之特性而表现出善恶之分。在扬雄看来，在道德上，人天生有善有恶；但他认为人性中更根本的是对善的向往。这种倾向首先基于善恶导致的不同后果。《从首》次七云：“拂其恶，从其淑，雄黄食肉。”[②]人倘若趋善舍恶，就能如雄黄去除烂肉而生出好肉。向善更是“玄”对人所提出的内在要求。《太玄·玄摛》：“故玄者用之至也。见而知之者，智也。视而爱之者，仁也。断而决之者，勇也。兼制而博用者，公也。能以偶物者，通也。无所系軗者，圣也。时与不时者，命也。阳知阳而不知阴，阴知阴而不知阳，知阴知阳，知止知行，知晦知明者，其唯玄乎!”[③]“玄”具有认识的功能，将此功能发挥到极致也就能达到“智”“仁”“勇”的美德境界，且“玄”能将三者兼用，使人达到“公”“通”“圣”的至境。值得注意的是，玄的认识功能并非局限的，而是超越的，所谓“阳知阳而不知阴，阴知阴而不知阳，知阴知阳，知止知行，知晦知明者，其唯玄乎!”[④]便揭示了“玄”的认知能区分阴阳晦明，因此人具有分别善恶的能力，具有行止的选择，具有发挥其主观能动的可能性。正是“玄”提供了这种可能性，人才能主动向善。

为了实现向善成圣的目标，《太玄》也给出了修养的办法。人性中善恶混杂，为了不被欲望邪念所蒙蔽，达到人身上的“玄”的“用之至”境界，《太玄·睟》认为人心要保持刚毅纯粹。“初一，睟于内，清无秽。次五，睟于幽黄，元贞无方。《测》曰：睟于幽黄，正地则也。”[⑤]睟，即乾，刚健。内心刚健毅然，则能无秽至清。守住这样的心灵，即使是在幽蒙之时也能持正守中。同时，扬雄在《太玄·割》中强调人在向内守心的同时也要和外界接触，如此才能完成认知与行动的转换：

① 《太玄集注》，第 191 页。
② 《太玄校释》，第 59 页。
③ 《太玄校释》，第 255 页。
④ 《太玄校释》，第 274 页。
⑤ 《太玄校释》，第 133 页。

“割其耳目，及其心腹，厉。《测》曰：割其耳目，中无外也。”[①]如果对外界不听不见，有内无外，人也将停滞不前，这样是危险的。扬雄在《法言》中也尝试构建儒家心性论体系。《太玄》《法言》协同阐发，一齐配合，使心性论体系完整圆融。如在“与外界接触才可将认知转换为行动”的方法上，《法言·学行》：“学者，所以修性也。视、听、言、貌、思，性所有也。”[②]强调了视听言貌思的重要性。在《太玄》之玄中隐约可见扬雄对“人的能动性”有所感受，这与儒家孟子的人性思想相近。孟子认为，人只要保持自己内心的善端，并加以扩充的话，就可以在精神上与天地并驾齐驱[③]。《穷首》次五赞曰：“羹无糁，其腹坎坎，不失其范。”[④]在人向善的过程中，即使在困苦的环境里也要保持节操，不放弃为人的修养，这与儒家孔颜之乐相近。扬雄也在《法言》中赞扬颜回不因贫富而心神浮动的品质，更可见扬雄试图把握儒理哲学的实践运用，且较之孟思学派的“性善论”更加辩证。

（四）深刻影响宋明理学形而上学体系建构

《太玄》所蕴含的“易庸之学”思想给予北宋周敦颐启发而铸理学之开端。扬雄接续《易经》的路数，以“太玄”为核心配以阴阳五行而生发宇宙。《太玄·玄数》：“三八为木，为东方，为春，日甲乙，辰寅卯……四九为金，为西方，为秋，日庚辛，辰申酉……二七为火，为南方，为夏，日丙丁，辰巳午……一六为水，为北方，为冬，日壬癸，辰子亥……五五为土，为中央，为四维，日戊己，辰辰戌丑未……”[⑤]《太玄》始合阴阳五行而言易的模式直接刺激了周敦颐《太极图说》的宇宙生成论。周敦颐《太极图说》：“五行一阴阳也，阴阳一太极也，太极本无极也，五行之生，各一其性。无极之真，二五之精，妙合而凝，乾道

① 《太玄校释》，第 204 页。
② 《法言义疏》，第 1 页。
③ 李沈阳：《扬雄人性论辨析》，《兰州学刊》2006 年第 8 期，第 39 页。
④ 《太玄校释》，第 201 页。
⑤ 《太玄校释》，第 287—289 页。

成男，坤道成女，二气交感，化生万物，万物生生而变化无穷矣”[①]天地万物秉五行之质以生。其次，《太玄》亦涉及人性修养的儒家伦理范畴。《太玄·睟》言：“初一，睟于内，清无秽。次五，睟于幽黄，元贞无方。《测》曰：睟于幽黄，正地则也。”[②]认为人心要保持刚毅纯粹才能至善。周敦颐亦有《通书》解释《周易》而重视个人修养，讲求“诚”，是谓：“诚者，圣人之本。‘大哉乾元，万物资始’，诚之源也。乾道变化，各正性命，诚斯立焉。纯粹至善者也。故曰：‘一阴一阳之谓道，继之者善也，成之者性也。’元、亨，诚之通；利、贞，诚之复。大哉《易》也，性命之源乎。”[③]《太玄》接续《易经》的体用关系二面，这为北宋理学在形而上学体系与工夫论的构建上提供了脉络桥梁。除此之外，《太玄》援道入儒的方法亦被周敦颐所使用。扬雄针对《周易》模糊处理“太极”与“气”的关系问题，提出了“太玄”并赋予其明确的定义：“通同古今以开类，摊措阴阳而发气。”[④]太玄不仅是世间万物的本源，也是气的来源，而且将《周易》的“气分阴阳”颠倒为太玄的“阴阳发气”。扬雄用“太玄”而非“太极”，名称上取自《道德经》“玄而又玄，众妙之门”[⑤]，实质上更是试图将儒、道二家的世界起源说加以糅合，提出崭新的儒家世界生成体系。“濂溪之《太极图说》，先论太极，后及人极，与横渠之先言天之太和，以太虚与气言道体，亦同为由知天以知人，亦皆有援道入儒之意。”[⑥]周敦颐、张载等理学先驱虽涉猎儒释道，但真正援道入儒且明确提出宇宙生成论的唯有扬雄，而《太玄》就是其鲜明的范例。

张载的气学体系亦深受扬雄《太玄》的影响。这首先体现在“气之交感而生万物”的逻辑上。《玄首都序》云：“驯乎！玄，浑行无穷正象天。

---

① 周敦颐著，梁绍辉，徐荪铭等校点：《周敦颐集》，岳麓书社，2007年，第6页。

② 《太玄校释》，第133页。

③ 《周敦颐集》，第64—65页。

④ 《太玄校释》，第255页。

⑤ 《老子道德经注校释》，第1页。

⑥ 唐君毅：《中国哲学原论》，九州出版社，2021年，第16页。

阴阳玭参,以一阳乘一统，万物资形。”[①]驯，顺。玄如天道浑圆，运行无滞，故谓“顺”。“玄”运动不息，是万物变化之根本。“万物资形”指玄是生发万物之根本。陈本礼云：“太极生阴阳，阳中有阴，阴中有阳，比而参之,故成三也。”[②]阴阳二气未分谓之玄，则“气”是玄的内容。关于“玄”和“气”的关系问题，学者多有争议，即认为“玄”是元气和认为“玄”是道即最高原理之间的争论。我们认为，“气”和“道”是“玄”的一体两面，气是就生成本源而言，道是就变化的最高原理而言，这两层含义是统一于“玄”的相关表述之中的[③]。北宋张载就物体如何运动的原因进行了探讨。“天人之动，神鼓之也。神则主乎动，故天下之动，皆神为也。”[④]张载认为是因为有“神”的存在和作用，导致气的阴阳交感而生万物。这一变化过程，与扬雄因为“玄”之存在导致阴阳二气交感而生万物有相通之处。虽然《易传·系辞》中提到“生生之谓易……阴阳不测之谓神”[⑤]，但没有提到“气”的相互作用，在这一点上《太玄》率先作出了的发展。其次,《太玄》为从《易传》“一道之阴阳”到张载“两一”学说提供了“矛盾双方辩证变化”的过渡。《易传·系辞》言“一阴一阳之谓道”，彼时“一道之阴阳”并未有矛盾双方对立的意味。《太玄》发展了“阴阳”，将之具象化为“天有阴阳、地有纵横、人有晦明”，而显现出“双方相异且构为矛盾”的概念。此外,《太玄》注意到“动静”问题而开始说明事物“因循革化”的规律。在《太玄》所蕴含的“矛盾对立”与“矛盾转化”的基础上，张载的“两一”学说更显顺理成章：“两不立则一不可见，一不可见则两之用息。”[⑥]在张载的气本论中，他进一

---

① 《太玄校释》，第1页。

② 陈本礼：《续修四库全书·太玄阐秘》，上海古籍出版社，2003年，第243页。

③ 田小中：《〈太玄〉易学思想研究》，山东大学博士学位论文，2009年，第72—73页。

④ 张载著，章锡琛点校：《张载集》，中华书局，1978年，第205页。

⑤ 《周易译注》，第381页。

⑥ 《张载集》，第9页。

步通过“两一”与“感合”的关系来描述对立双方的相互作用：“感即合也，咸也。以万物本一，故一能合异。以其能合异，故谓之感。若非有异，即无合。天性、乾坤、阴阳也，二端故有感，本一故能合。”①

《太玄》所蕴含的“反”哲学思想与程颐所讨论的“物极必反”间存在匪浅的联系。《太玄·玄摛》曰：“极盛不救，天道反也……盛则入衰，穷则更生，有实有虚，流止无常。”②“阳不极则阴不萌，阴不极则阳不牙。极寒而生热，极热生寒；信道致诎，诎道致信。”③扬雄继承了老子“反者道之动”的思想，明确提出矛盾双方的转换，即一方发展到一定限度后便会向对立面转化。宋代程颐也关注到事物的运动问题，将扬雄的“盛则入衰，穷则更生”发展为“物极必反”。《河南程氏遗书》曰：“物极必反，其理须如此。有生便有死，有始便有终。”④《周易程氏传》曰：“物极则反，事极则变，困既极矣，理当变也。”⑤程颐认为，任何事物都处在变化之中，任何运动都由“一来一往，一曲一伸”构成，“物极必反”是世界的基本法则：当事物运动到极点时必然会被其对立状态所取代。在这一思想下，程颐也提出了相应的方法论：“贤智之人，明辨物理，当其方盛，则知咎之将至，故能损抑，不至于满极也。”⑥“圣人为戒，必于方盛之时。方盛而虑衰，则可以防其满极，而图其永久。”⑦程颐认为，人在生活中也应当根据物极必反的规律指导自己的行为，在事物发展的关键时刻需要发挥人的主观能动性，以促进事物向良好的方向转换。扬雄《太玄·玄文》：“君子在福则冲，在祸则反。小人在福则骄，在祸则穷。”⑧

---

① 《张载集》，第 63 页。

② 《太玄校释》，第 257 页。

③ 《太玄校释》，第 257 页。

④ 《二程集》，第 167 页。

⑤ 程颐著，王鹤鸣，殷子和整理：《周易程氏传》，九州出版社，2011 年，第 193 页。

⑥ 《周易程氏传》，第 59。

⑦ 《周易程氏传》，第 77 页。

⑧ 《太玄校释》，第 323 页。

这与程颐所言“圣人于方盛时戒”同理，可见二者之间的匪浅联系。

由此可见，《太玄》发展了《易传》中形而上学体系，且对宋明理学开山之作的《太极图说》与《通书》、张载气学体系与宋明理学奠基者程颐的思想影响颇深，因此，可以说《太玄》深刻影响了宋代理学形而上学体系的构建。

结语

本文以《四库全书总目》“两派六宗”易学哲学史为首要宏观视域，以西汉学术史、巴蜀易学史为次要视域，对扬雄拟经之作《太玄》的地位、价值与意义进行说明。从成书背景来看，《太玄》综合了西汉古文经学的学术取向、孟京学派的阴阳五行说法与西汉天文历数发展的突出成果，继承了以老解易的方式，成为巴蜀易学传承的奠基之作，因而占据了中国易学史中一席特殊的地位：突破象数派固有范畴而开启义理学先声。从易学价值来看，《太玄》分别从文本形式、内在逻辑与具体文辞拟《易》而作并有所创新，扬雄以“玄”为核心概念尝试构建儒家形而上学哲学，并从天人感应的伦理辩证法与善恶相混的心性论出发把握儒家实践哲学。从史学意义来看，扬雄拟经开后代经学本体诠释学之先河。由于《太玄》所包含的象数义理二种倾向，在中国易学史上，既启导了魏晋玄学核心哲学概念与王弼义理学诠释，又深刻了影响宋代理学形而上学哲学的建立与宋代图书易学的发展。从古至今，《太玄》研究络绎不绝，但《太玄》解读总是历久弥新。通过本文探究的《太玄》易学价值和儒家哲学体系建构可知，《太玄》具有无可限量的重要研究价值和实践借鉴意义，值得后来者进一步学习和研究。

（作者单位：温州大学人文学院）

巴金研究

论巴金《发的故事》中跨东亚沟通的体现

——以倾听者和白发的象征性为中心

□〔韩〕张佑荣

引言

巴金（1904—2005）的短篇小说《发的故事》主要讲述的是日据时期朝鲜独立运动家“金”的一生。巴金在小说的序言中说过，创作这篇小说是为了纪念他的朋友，也就是“金”的原型——韩国独立运动家柳子明（1894—1985）。柳子明是一个具代表性的在中国活动过的韩国安那其主义者，他不仅加入过中国的“在中国朝鲜无政府主义者联盟”“东方无政府主义者联盟”“南华韩人青年联盟”等等组织，还在安那其主义者匡互生创办的上海立达学园担任过教职[①]。小说中，“金”后悔与中国女性“铭”结婚，因为仅靠着爱情是很难克服两国人之间存在的社会上、生活方式上的差异的，而这样的生活给“铭”的生活带来了许多困境。

《发的故事》相关的研究成果大部分将焦点放在了巴金和一些韩国人士之间的交流上。这些研究成果通过阐述与巴金生前结交的一些韩国

① 卢寿亨：《在华韩人安那其主义者与巴金》，《黑龙江史志》2009 年第 6 期，第 99 页。

人的故事，试图挖掘出《发的故事》中蕴含着的跨东亚乃至全球性价值。国内学术界值得参考的有石夏花的论文[①]、安全理惠·李官福的论文[②]；而韩国学术界研究成果中朴兰英的论文[③]和申正浩的论文[④]占据举足轻重的地位。

但是需要注意的是，"跨东亚"一词的意义并不局限于单纯的中外文化交流。只有在超越民族主义的真诚沟通得以实现的时候，真正的跨东亚方会实现。虽然不得不承认，以往丰硕的研究成果为如今的研究提供了许多宝贵的启示。不过，它们大部分都是从韩国人或者对韩国感兴趣的人的角度进行论述的。从这一点来看，如果说其结果是真正否符合跨东亚价值体系所追求的世界性目标，尚难以进行一个准确的定论。因此，本文在以往的研究的基础上，将深入探讨《发的故事》文本里的重要因素，试图阐明《发的故事》如何成功地体现出跨东亚沟通的可能性。

无论哪个国家，其历史叙事通常是带着民族主义色彩的，这样的历史叙事毫不掩饰地划分着我方（善）与敌方（恶）。但是《发的故事》与一般的历史叙事文本截然不同。它的情节虽然立在历史事实的基础上，却并不会明确地从特定国家的观点出发来叙述历史。这主要体现在《发的故事》文本里的两个重要因素：第一，作为"倾听者"的中国叙述人。文本中的"我"采取一种倾听者的身份，倾听朝鲜人"金"所处的历史困境。这种人物角色通过层出不穷的"倾听"行为，塑造了实践跨东亚沟通的理想人物形象。第二，白发的象征性。白发是贯穿整个小

---

① 石夏花：《巴金〈发的故事〉人物形象探析》，《北方文学》，2020年第30期，第14页。

② 安全理惠，李官福：《巴金小说中的朝鲜形象研究》，《名家名作》，2023年第7期，第59页。

③ 〔韩〕朴兰英：*Korean Figures Shown in Novels of Bajin: Focused on the Story of Hair*（发的故事）*and Fires*（火），《中国小说论丛》2011第34辑，第167页。

④ 〔韩〕申正浩：*Korean War in Chinese Literature*，《中国人文科学》2017年第66辑，第347页。

说的象征，是超越国境的象征。“我”与“金”的头发代表着两个人之间存在的不可打破的隔阂，这种隔阂归因于各国社会面临的社会状况和文化氛围的不同。尽管如此，小说中的叙述者“我”仍在小说末尾回忆起勇敢参与爱国革命事业的“金”。“我”将掉在地上的“金”的一根白发和自己的头发放在手里混合在一起，最后，“我”分不清到底哪个头发是自己的。这样的结尾隐隐约约地传达着不一样的意蕴，换言之，两个头发的结合模糊了两个人之间曾经不可逾越的那个隔阂。

综上所述，巴金的《发的故事》将“倾听”看作一种跨东亚交流方式的起步点。这样的倾听行为或许能挑战传统的民族主义历史叙事，帮我们迎来一种互相理解、互相交融的跨东亚历史叙事。

二、巴金的人生和文学生涯里发现“跨东亚”与安那其主义的结合点

巴金被誉为中国名副其实的安那其主义作家，而“跨东亚”的概念既跟巴金的安那其主义有连接点，还能帮我们更好的理解巴金的人生和文学生涯。在观察巴金的生活和文学中的跨东亚沟通的痕迹之前，不妨借此机会先了解一下何谓“跨东亚”。

“跨东亚”这个词汇乍一看可能会让人觉得类似于“命运共同体”，但它们事实上是不同的概念。这一点可以在韩国学者赵允京的论文《考察“trans”一词的人文含义》中发现。首先，赵允京的论文按照《巴恩哈特语源学词典》（*The Barnhart Dictionary of Etymology*）和法国代表性语言词典（*Le Robert*），介绍了“trans-”的意思，“跨－”的概念大概可分为以下三种：穿越、穿过：它主要与空间地理名词并用，也被用作“从一边穿越到另一边”的意思；另一边、超越：就像“transcend”一样，指的是这个世界的另一边或另一边的其他世界；变化：像

“transform”的意思一样，改变形态或属性的意思[①]。除此之外，黄旦的论文将“跨”视为“桥”，强调了“跨”的概念代表着两个主体之间的相互作用和影响关系[②]。从这两篇论文可以看出，“跨”意味着一种横向交流和相互作用，在这样的交流过程中，参与到其中的每个主体都不会摒弃自己固有的本质。不仅如此，这种“跨”性质交流会产生一种新的社会意义。那么，在“跨东亚”这一词汇里的“东亚”与其说是命运共同体，不如说是在共鸣和理解的基础上经历着不同命运的朋友般的关系体系。

在自称为安那其主义者的其巴金的生活和文学中，跨东亚式交流的痕迹是随处可见的，而这种跨东亚是和他的安那其主义是有所连接的。首先，巴金曾同来自朝鲜、日本、菲律宾、安南等的无政府主义者参与了“东方无政府主义者联盟”，并且通过各种方式练习并推广了世界语。巴金还曾在《世界语创作文坛概观》和《世界语文学论》等文章里将无政府主义提倡的世界大同的理想跟世界语连接在了一起[③]。不仅如此，他还以创作组组员的身份参加了抗美援朝志愿军，借此机会与朝鲜本地人交流，并亲身体验战争时期朝鲜人的生活。由此可见，巴金作为一名安那其主义者作家，其跨东亚交流的经历，也是建构他追求的无政府主义理想的一个环节。巴金曾主张的无政府主义“不是少数聪明人在研究室创造的观念”，他认为“无政府主义是实际民众运动的产物，与实际情况密不可分”[④]，并强调了无政府主义里实际行动的重要性。可以说，东亚，乃至世界成了巴金展开无政府主义信念的舞台，而巴金的文学世界也是

---

① 〔韩〕赵 允 京：*A Study on the Implications of Prefix “Trans-”: Focusing on Conceptual Consideration for Trans-Humanities*，《脱境界人文学》2010 年第 3 期，第 7 页。

② 黄旦：《文化之“跨”——关于“跨文化传播”的一点浅见》，《跨文化传播研究》2021 年第 6 期，第 30 页。

③ 贾蕾：《巴金与世界语文学》，《理论学刊》2007 年第 6 期，第 123 页。

④ 巴金：《无政府主义与实际问题》（1927），《巴金全集》第 18 卷，人民文學出版社，1986—1994 年，第 112 页，“巴金研究”系列所引巴金原文皆出自该全集。

这种信念的一种表达方式。

巴金文学作品当中的很多因素也蕴含着实现跨东亚交流的可能性，这具体现在两个方面。第一，巴金的一些小说描写着以无政府主义为基础的跨越国境的交流。比如，在小说《爱情三部曲》里，青年安那其革命家“雄”被国民党逮捕的时候悲情地唱了一首日本歌，这首歌叫《断头台上》。这首歌在小说里虽然是日本歌，但能够充分地传达“雄”对自己身边、甚至世界的无政府主义同胞们的感情。可以说，这首歌也代表着中日安那其主义者的精神交流；小说《火》里，无政府主义是朝鲜人“敏”与中国人发生深深的友谊的关键契机之一。第二，巴金小说基于无政府主义与反封建思想讲述的一些社会问题，对属于同样的亚洲文化背景、并一同面临着现代化问题的东亚读者引起了共鸣。比如《激流三部曲》，尤其是其第一部小说《家》，在 1954 年就在韩国有了韩译本。考虑到《爱情三部曲》《寒夜》等巴金的其他作品在 1980 年代才有韩译本，《家》的翻译是比较早的。金璟硕说，巴金在《家》描述的封建家庭意识和性别意识在 20 世纪韩国依然存在，自然，想要改变韩国家庭的旧体系的年轻的韩国读者对《家》的内容感慨比较难[①]。

在日本，服部隆造在《家》的 1941 年日译本序文中说，日本有必要观察中国社会的变化，关注中国废除封建观念的趋势[②]。

本文集中探讨的短篇小说《发的故事》则强烈地体现着跨东亚交流和跨东亚历史叙事意识。最重要的是，小说中的跨东亚交流并非抹杀每个主体之间存在着的差异与个性，而是通过“倾听”和“混合”的方法追求和而不同。这样的跨东亚交流的意义远远超越民族主义，而《发的故事》的文本意义也并非局限于对爱国主义烈士的敬意。本文将通过故事中的“倾听者”身份和“白发”的象征性进一步阐明以上观点。

---

① 参见金璟硕：《中国现代六大作家作品翻译及研究在韩国》，《中国比较文学》1999 年第 4 期，第 147 页。

② 参见近藤光雄：《巴金研究在日本》，《大连大学学报》2020 年第 2 期，第 34 页。

三、作为跨东亚价值观实践者的“倾听者”

“倾听者”人物设定是《发的故事》的独特之处。当然，作品中没有直接提过“倾听者”一词，更没有直接叙述倾听的重要性，但是叙述者“我”和“金”的妻子“铭”这两个中国人物是小说里具有倾听者的态度的重要人物。“金”因为朝鲜抗日人士的特殊身份放弃了稳定的生活，“铭”以她真挚的爱情始终默默陪伴和支持“金”。他们的力量或许微弱到让读者觉得微不足道，但他们其实是在背后推动整个故事发展的主角。小说的内容将焦点放在了“金”的抗战历程，而不是叙述者“我”的感想。我只是会耐心地听着。在这里，本文将先梳理“倾听”的含义，再以“我”和“铭”为切入点，分析文本中作为跨东亚价值观实践者的“倾听者”。

对话的流程当中，倾听行为与说话行为是相对应的，“倾听”比单纯的“听”具深层含义。从字面意义中可以看出，“倾听”一词呈现着倾注于对方、尊敬对方的态度，而“听”总被认为是被动、消极的交流方式。无论是在我们日常生活还是在学术界，“说”往往被视为更有意义、更积极的交流方式。不过，也有一些学者关注过“听”的重要性以及其道德意义。我们可以通过这些学者提供的一些观点来反省倾听的意义的同时，并探讨在巴金《发的故事》中，倾听是否可以作为一种跨东亚交流方法的体现。或许，倾听可以成为跨东亚对话和沟通的出发点。

关于“倾听”，古希腊的思想家普鲁塔克（Ploutarchos）在《演讲中的倾听》中地探讨了倾听的本质。现代哲学家当中，存在主义哲学家伽达默尔（Gadamer）也谈及过倾听的问题，还有法国哲学家列维纳斯（Levinas）通过他者理论来讨论了倾听作为一种有效沟通方式的效用[①]。

---

① 陈荣荣：《倾听教学的概念、价值及实现路径》，《杨凌职业技术学院学报》2019 年第 18 卷第 4 期，第 22 页。

首先，在古希腊人眼里，听觉是被动、感性，也是最容易靠近“逻各斯”（logos）的感官。之所以说它被动，是因为耳朵总是在毫无防备的状态下接受外来的各种刺激。尽管如此，它同时也是最容易接受真理的感觉器官。其实，按照古希腊的感官等级制，听觉同视觉是属于“高级”感官的。这是因为听觉和视觉是能够进行认知的理智感官，它们跟嗅觉和味觉那些“低级”的感官截然不同，能让事物停留在感官活动发生之前的状态[①]。现代学者列维纳斯的话，进一步从他者交流的角度，稽考了倾听的意义。按照列维纳斯的他者理论，“听”是通过接触他者的话与他者建立关系的被动行为，但倾听本身可以看作对话流程中的一种应答。回应性倾听是持续理解和回应的过程，也是通达他者的路径[②]。

那么，文本里的哪些因素反映着《发的故事》的叙述者不是单纯的听众，而是真诚的倾听者呢？如果仔细观察“我”与“金”的对话，不难发现他们的对话大部分是由“金”的长长的独白构成的，而“我”只会简单地用点头的方式和非常短的语句来应对“金”。虽然“我”的态度可以说是被动的，但事实上这种被动的沉默才是真正倾听的开始。普鲁塔克曾经说过，以正确的方式倾听别人的话比随便说话要难很多，若你想要从别人的话里学到一些东西和真理，沉默则是不可或缺的一门技术[③]。

小说中的“我”先是安静地听“金”的话，而不会对“金”的独白立刻做出反馈。“我”作为一名观察者，将“金”的行动和表情等因素一一分析，来猜测“金”的感受。这一点说明“我”投入在“金”的故事，而这种投入的观察是一个倾听者应当具备的修养。下面的一段话验证着“我”作为倾听者的基本资格。

---

① 刘连杰：《触觉文化还是听觉文化：也谈视觉文化之后》，《文艺理论研究》，2021 年第 3 期，第 174 页。

② 时艳芳：《回应性倾听：通达他者言说的教学伦理》，《当代教育科学》，2021 年第 7 期，第 33 页。

③ Purdy, Michael. “Listening and the Non-Technologized Self”, *Revista Cultura de Guatemala*, vol. 28. No.3, 2007, P.283.

他停了停，把眼镜掉开，看了一下天花板，又埋下头来。我注意地看他，他的脸颊的肌肉搐动得很厉害。过了一会儿，他依旧埋着头说下去。①

据列维纳斯的他者伦理，人的面容并非只是反映生物特征的身体部位，而是他者展现自己灵魂的窗口，它表现着他人不可侵犯的个性与神圣性。也就是说，面容能防止他者任意树立对某人的主题化和内含化的认知，并且邀请他者对某人的面容做出回应②。

引文中“我”对“金”的面容的观察，也是对“金”的一种不需要语言的的回应。可以说，面对愿意分享心中之苦闷的“金”，“我”做出了基于观察面容的、沉默的回复和肯定。

那么“我”的倾听者身份发挥的作用是什么呢？为了回答这个问题，我们不妨先思考一下在对话过程中“倾听”的作用是什么。“倾听”本质上就包含着用心听的意思。“倾听”与单纯的“听”相比，更能抬高正在说话的对方的地位，把对方当作讲台的主角，并关心他心里的感受。也就是说，倾听者会保留对说话人的价值判断，而只是专心地听着。通过倾听，倾听者会在他人的话语中发现逻各斯。

《发的故事》里的“我”也通过聚精会神地倾听“金”的独白，发现了一种超越自己以往的偏见的逻各斯。通过倾听，“我”更清楚地了解到了“我”和“金”之间的差异是多么的大，也明白了“金”和“我”只能过着不同的生活。以下部分强调了身为殖民地人民的“金”的情况与中国人的“我”的情况不同，也讲述着他们只能过着不同生活的原因。

虽然我也很愿意做一个和铭、和你们一样的人，不去做朴他们做的事，但是没有用。我和铭，和你们的感情是不同的。

---

① 《发的故事》，《巴金全集》第 18 卷，第 11 页。

② 时艳芳：《回应性倾听：通达他者言说的教学伦理》，《当代教育科学》2021 年第 7 期，第 33 页。

我们的思想，我们的感觉好像跟你们的完全两样。我们从小就被夹在钳子里，夹得那么紧，好像把我们身体的构造都给改变了。[①]

听到“金”的独白之后，“我”看见的不是以前的超越国境的理想主义，而是一个活生生的现实，那就是每个国家不同的生活环境和社会状况导致的差异。过去的“我”曾支持“金”和“铭”结婚，以为爱情是不分国界的，但面对现在的“金”，我恍然大悟，有些实际上的差异并不是能以理想的幻想避免的，也不是避免了就可以解决的。过去的“我”只以自己的标准和生活经验判断“金”所面临的处境，而这些判断最终只能是一个抽象的认识。通过倾听“金”的深情独白，“我”一直以来拥有的抽象的认识成了客观现实的认识，对我算是真正感受到了“金”的处境和遭遇。也就是说，这种认识的具体化使“我”更加了解“金”。

他们的思想，感情和我们的也有差别。说几种语言，带几种武器，跑几国的土地……这在他们都是很平常的事情。他以前虽说像是一个温和的人，但他究竟是那种人中间的一个，他当然会走上他们的路。[②]

他这个人果如他自己所说，他的感情跟我们的并不是一样的。这个思想突然照亮了我的心，使我明白一些新的事情。但是我的心却因此更痛苦了。[③]

有人可能会觉得“我”因为知道了一些新事实而变得更加痛苦是一种消极的反应。但是，我至少接受了“金”的真实面目。这时候的“我”不再是个做白日梦的理想主义者，“金”也不是一个万能的民族英

---

① 《发的故事》,《巴金全集》第 18 卷，第 10 页。
② 《发的故事》,《巴金全集》第 18 卷，第 8 页。
③ 《发的故事》,《巴金全集》第 18 卷，第 11 页。

雄，而是活在艰难时刻的、心怀苦难的朝鲜独立运动家。

接下来是关于“铭”的部分。“铭”并没有在故事里真正的出现，她只是存在于“金”的话语里，所以“铭”对“金”具体是如何表现的，到底能不能把她看作一名倾听者，是不容易做出判断的。而且，“金”描写的“铭”并没有真正理解“金”不能如普通人一样安稳生活的理由，所以身体变得渐渐虚弱。

因此，仅仅将“铭”是为没有倾听者素养的人，是基于结果论的判断。其实，关于“铭”的一些论述体现了“铭”的倾听者态度和精神。据“金”说，“铭”从来没有说过后悔选择与“金”在一起，或者埋怨“金”不照顾家庭。就算“铭”在那么艰辛的情形下选择离开“金”。或者要求“金”放弃爱国事业与她过普通人的日子，也并不奇怪。但是，“铭”到她生命的最后一刻都没有抛弃“金”，她甚至于牺牲了自己的生命，选择默默陪伴“金”。

就这样，“我”通过倾听的行为诚心诚意地投入“金”的故事，也接受了“金”与自己之间的差异。虽然“我”并没有为“金”提出摆脱痛苦的实际方法，也没有对“金”的独白做出语言上的反馈和安慰，但他的倾听和沉默也许才是最动人心弦的共鸣和认可。“铭”虽然不能断定是一位倾听者，但她始终默默陪伴“金”的态度与倾听者的基本素养是有共同点的，可以说，“铭”是具有倾听者态度的陪伴者。倾听的效用与小说中白发的象征连接在一起，进一步刻画了作品中跨东亚交流的意义。

四、白发在《发的故事》的象征意义

（一）历史悠久的跨东亚象征“发”与其意义在小说中的演变

韩国学者朴兰英曾经说，“我”的头发与“金”的头发缠绕在一起的瞬间，象征着超越国家的无政府主义者的联盟。但是，究竟是什么让头发获得了如此重要的象征性，还有必要从头发的本质和文本里呈现的头发来探讨。

一般来说，头发具有许多文化意义：根、身份认同、生命皆为其常见的寓意。“白发”则比黑发蕴含着更深沉的意义，比如：生活的无常、衰老、痛苦的历史等。在《发的故事》中，通过倾听行为诞生的跨东亚沟通的萌芽，以及头发的多重意义融为一体，形成了一种跨东亚乃至世界性连接的象征。白发是超越国界的象征，也是跨东亚精神的纪念碑。为了确认这一点，首先有待考察头发在中国乃至韩国、日本等东亚地区所具有的传统文化意义。

首先，我们来看一下中国的一些历史悠久的古典著作是中如何定义头发的。儒教经典《孝经》中有一个段落是“身体膚父之敢母，不毁傷始，孝之也”，强调着头发与身体、生命、父母、孝心、德性的关系。《说文解字》中说：“发，根也。”说明头发不仅是身体的一部分，也是灵魂和精神的根源。还有，在先秦时期，人们将头发看作连接灵魂和躯体的媒介，赋予了头发崇高又神秘的力量[①]。

这种定义在属于汉字文化圈的韩国和日本也是通用的。由此可见，在以汉字文化为基础的东亚文化圈里，传统意义上头发代表着一种根源。它是生命、孝心和认同感的象征。

那么，在《发的故事》里，头发会不会呈现新的意义呢？如果会，它将如何在头发悠久的东亚文化意义上赋予现代的跨东亚意义呢？在《发的故事》中，我们绝不能忽略“金”的头发是白发这一事实。如果说黑头发在东亚文化圈一般指年轻、健康、正常的状态，那么白发不仅暗示一个人的急剧变化，还象征着身体和精神上的衰老状态。接下来，我们来看看“我”对“金”突然发白的头发和似乎完全改变的性格是如何描述的。

头发的颜色是灰白的，而且在灰白色中间还露出几根青

① 白仁杰：《头发的隐喻——中国人头发象征意义研究综述》，《河北北方学院学报》2017 年第 33 卷第 4 期，第 46 页。

> 丝，不用说，这要经过仔细的注视才看得清楚。这一头白发使我想到一年前留在那个头上的表现青春与活力的颜色。的确一年前我跟他分别的时候，他还有那么浓密的黑发，脸上也充满了血气。想不到在这么短短的时间里他会有这么大的改变。①

从上面的段落可以看出来“金”青春的活力已经消失，曾经充满生气的精神也不见了。总之，白头发可以看作苦难和变化的象征，它也可以意味着一个人的人生曲折。

其次，白头发象征着生命和命运。故事中“金”被日本军队追赶，自己在一间破屋躲了好几天，那几天间茂盛的黑发全都变白了。

> ……我的头发并不是在她死的时候变白的。这是以后的事。……我整整躺了两天两夜。后来知道他们去远了，我才带爬带走地出来，慢慢地走到一个相熟的农家，在那里住了一天。我的头发就是在那两天里面变白的。我的脸，我的眼睛都是在那两天里改变的。好些人都不认识我了。这意外的改变救了我的性命。倘使没有它，我现在也不会活着到这里来了。②

突然发白的头发虽然让人难免想起“金”的悲剧经历，但“金”最终还是因为白发才没被日本军人认出来，并解救了生命。由此可见，“白发”意味着“金”的生命和命运。它是一个珍贵的存在，但同时也是“金”要担任起的责任。

还有一点我们不能忽略，那就是“金”的老婆“铭”的存在。虽然“金”说他的头发并不是因为“铭”去世才发白的，但是“铭”的死亡对“金”的头发的变化是有巨大影响的。与“铭”结婚之后生活上的种种挫折让“金”体会到了单纯的爱情是不足以克服一切现实的问题的，也让“金”明白了他与“铭”的生活上的不同。之后“铭”的死亡让

---

① 《发的故事》,《巴金全集》第 18 卷，第 5 页。

② 《发的故事》,《巴金全集》第 18 卷，第 12 页。

"金"深感懊悔，"铭"的死亡不单单让"金"为逝去的爱人伤心，也让他深深体会到无法改变现实的自己是多么的渺小。要言之，头发的意义在小说里经过"金"，从传统的头发的象征性延伸到了更多丰富的意义。

（二）无奈的"混合"与和而不同的价值观

如上所述，具有丰富的东亚文化象征意义的头发在《发的故事》中经过意义上的演变，成了构成小说内容及内涵的重要因素。不过，头发的象征意义在小说尾部方才完全地得以展现。可以说，小说末尾描述的头发传达着整个作品的主旨。具体来说，在小说的最后一个片段里，"我"理发回家发现自己长了很多白发，接着又拿起来曾夹在旧书里的"金"掉下的一根头发。我将两个人的头发放在手上，开始比较两个人的头发，并再一次想到两个人无可弥合的差异。

头发完全是一样的，连我自己也看不出两个人的头发的差别。然而我知道人却是完全不同的两个人。这种认识使我很苦恼。之后，一件意外的事情发生。"我"将自己的头发和"金"的头发合在一起。

> 我气愤地把两个人的头发合在一起，心里想：这样总分不出好歹了罢。[①]

"金"的头发跟"我"的头发交缠在一起之前，头发似乎只是意味着"金"的个人历史和悲剧。这样的个人生涯似乎是消极的、悲剧的，也代表着朝鲜人和中国人之间存在的不可逾越、不可和解的差异。不过，这样的头发最终会掺杂在一起，获得作为超越国界的象征的意义。但是，"我"冷静下来之后又后悔把头发合在一起的行为。

> 但是以后我的心宁静了一点，我又有些后悔。我又想把我的头发，跟金的头发分开，可是任我怎样努力也办不到了。[②]

① 《发的故事》,《巴金全集》第 18 卷，第 13 页。
② 《发的故事》,《巴金全集》第 18 卷，第 13 页。

在这里读者就会产生疑问:“我”怎么突然会想把两根头发再分开并开始后悔呢?为了解答这个问题,我们可以再思考一下“我”为什么当初要把两根头发合在一起。那是因为“我”不想承认“我”跟“金”是完全不同的两个人,也无法接受两个不同的人只能分开的事实。“我”混合二人的头发的时候是愤怒、冲动的。“我”通过混合的行为想要把两个人的差别当作从来不存在。但是我不久后又后悔,是因为感到每根头发或者每个人的个性是分开着的时候才能看见的。在这个短暂的瞬间,我或许明白了:重要的不是分不开,而是独立存在着却相互尊重和陪伴。混合便会分不清,分不清便找不到“金”的痕迹。“我”这样混合头发便又想把头发分开的过程,不仅是“我”审视“金”的过程,也是“我”进行自我审视的过程。正如郑培燕所说,巴金集中描述了朝鲜人与中国人之间的相异性,借助朝鲜人的形象完成了中国人对文化他者的集体想象[①],也通过这个流程进一步深化了对中国民族自我的思考。

正因为如此,《发的故事》虽然描绘了抵抗日本帝国主义的艰难的朝鲜人形象,但似乎并没有传达中国和朝鲜为了对抗日本而齐心协力的口号。反而,《发的故事》通过“我”将两根头发合二为一,接着又想把它们分开的结局,传达着超越国界的相互理与和而不可同的愿望。在这里,我们就能想到费孝通先生曾提过的十六字箴言:各美其美,美人之美,美美与共,天下大同[②]。这十六字箴言蕴含着不同文化间的相互包容和共同发展的愿望,《发的故事》里混合头发的行为也与此颇有共鸣之处。或许“我”因为分不出“金”的头发儿后悔的时候,渴望的是能“各美其美”的态度,因为从“各美其美”开始方能“天下大同”。

---

① 郑培燕:《形象学视野下中国现代小说中的朝鲜人——以巴金小说为例》,《汕头大学学报》2011 年第 27 卷第 4 期,第 58—59 页。

② 张志刚:《中华民族共同体与人类命运共同体哲理沉思——从费孝通先生“十六字箴言”说起》,《中华民族共同体研究》2022 年第 6 期,第 120 页。

结语

在当今的日常生活中，与他者的沟通被认为是非常重要的品德。在国际关系上也是如此，每个国家都具有不同的历史经验和价值观，而沟通则是这些国家共存的必要的条件。如果国家是一种扩大的人格，而国际社会扩大的则是日常社会，国家与国家间的矛盾便源于可以相互理解的不足，而这种理解的不足正是因为缺乏正确的沟通方式。

巴金的《发的故事》通过倾听接纳他人，向读者提出了理解他人和超越过境的沟通方式，这一点对生活在全球化时代的我们来说也是宝贵的建议。如前所述，巴金的《发的故事》虽然篇幅比较短，但它通过倾听者的身份和头发的象征性，让读者反省什么才是真正的沟通。《发的故事》不仅展现了中韩友谊，还体现了扩向东亚乃至世界的价值。这是理解巴金的无政府主义信念的重要线索之一，也是生活在全球化时代的我们每个人值得思考的问题。

最后，对于《发的故事》的研究还有待从多方面发展。比如说，可以拿巴金在抗美援朝期间从中国军人的角度叙写的《黄文元同志》和《发的故事》的比较研究作个例子。如果比较《黄文元同志》和《发的故事》中的叙述者视角，可以探讨故事的实际主人公是中国人或外国人的时候存在的差异。不止于此，无名氏的小说《北极风情画》和蒋光慈的小说《鸭绿江上》都刻画了生活在异域的朝鲜男子形象，不妨将这些作品里的朝鲜人形象和《发的故事》里的朝鲜人的再现方式作比较。

（作者单位：韩国高丽大学）

巴金的儿童文学与其民间故事改写研究[①]

□付华桥

高尔基曾指出："语言艺术的开端是在民间文学中。"[②]这一论断深刻揭示了民间文学在文学发展史上的重要地位。作为劳动人民集体性的口头创作，民间文学虽与儿童文学分属不同的文学门类，却始终是儿童文学创作的重要源头。在民间文学的诸多形式中，"最重要的文学形式是歌谣与民间故事"。[③]纵观世界文学史，爱听故事是古今中外读者共通的阅读趣味和历史传统，由此催生了阿拉伯民间故事集《一千零一夜》和德国民间故事集《格林童话》等经典文学作品。这些民间故事虽然并非专为儿童创作却深受儿童读者的喜爱，被儿童群体所占有，成为事实上"儿童"的文学作品。基于这一现象，改写民间故事成为各国儿童文学创作中一种常见且重要的写作方式。日本学者上笙一郎在《儿童文学引论》一书中写道：所谓"改编儿童文学"是英语 rewrite 的翻译语，它是指将民间文学、成人文学中具有童话和儿童文学因素的成人文学作品、所谓大众文学等，根据儿童文学的定义和条件改编而成的文学[④]。比较有

---

① 本文系重庆对外经贸学院科学研究一般项目"生态批评视域下的中国当代儿童成长小说研究"（项目编号：KYSK202318）的阶段性成果。

② 〔苏联〕高尔基语，转引自钟敬文主编：《民间文学概论》，上海文艺出版社，1980 年，第 82 页。

③ 蒋风编：《中国儿童文学史》，华东师范大学出版社，2018 年，第 3 页。

④ 〔日〕上笙一郎：《儿童文学引论》，郎樱、徐效民译，四川少年儿童出版社，1983 年，第 32 页。

代表性的是法国作家夏尔・贝洛（1628—1703），他在法国和欧洲其他国家及一些东方国家的传说故事基础上，通过文学化的改写使民间故事更适合儿童阅读，最终在17世纪末形成了民间故事集《鹅妈妈的故事》。该书被视为儿童文学发展史上的重要开端之一，对后世儿童文学的创作产生了深远影响。

中国现代意义上的儿童文学出现较晚，茅盾认为“儿童文学这名称，始于‘五四’时代”[①]。五四新文化运动倡导民主和科学，反对专制与迷信，带来了思想的解放与妇女、儿童社会地位的提高。1917年文学革命，胡适、陈独秀等人提倡白话文反对文言文，客观上降低了文学作品的阅读难度，同时，现代教育的逐渐普及，使儿童接受文学作品成为可能；域外儿童文学理论和文学作品的译介，刺激了本土儿童文学作品的创作和儿童观念的更新。五四时期，鲁迅、郭沫若、茅盾、郑振铎等人和文学研究会、创造社等社团均密切关注儿童文学的发展。比如：鲁迅（1881—1936）发表了《我们现在怎样做父亲》，探讨了以儿童为本位的新型亲子关系，塑造了闰土（《故乡》）、双喜（《社戏》）等少年儿童形象；茅盾（1896—1981）是中国现代文坛从事童话创作的开拓者，他和“中国编辑儿童读物的第一人”孙毓修（1871—1923）一起编辑《童话》，创作了《书呆子》《一段麻》《寻快乐》《风雪云》《学由瓜得》等五篇儿童文学作品；叶圣陶（1894—1988）的童话集《稻草人》和冰心（1900—1999）的散文集《寄小读者》等是这一时期的代表作；文学研究会积极翻译介绍了《安徒生童话》《爱的教育》等外国儿童文学作品。“几乎世界上所有著名的儿童文学作家，如安徒生、格林兄弟、王尔德、贝洛、科洛迪、亚米契斯、克雷洛夫、莱森、豪福、法布尔、梭罗古勃、陀罗雪维支、小川未明等，都经文学研究会介绍，来到了中国

---

① 茅盾：《关于“儿童文学”》，原载《文学》第4卷第2号，1935年2月1日，署名“江”。另见蒋风主编：《中国儿童文学大系・理论卷（一）》，希望出版社，1988年，第225页。

的孩子们中间。”[①]引进外国儿童文学资源、优秀的外国儿童文学作品，一方面为中国的现代儿童文学创作提供了良好范例，另一方面使中国的儿童文学发展由相对封闭状态汇入了世界儿童文学的现代化潮流，在保持民族化品格的同时逐渐走向世界。

20 世纪三四十年代，中国的儿童文学延续了“五四”的文学传统，进一步加强了与东西方儿童文学的交流互鉴，并保持了和民间文学的联系，其中比较有代表性的作家是巴金（1904—2005）。在半个多世纪繁忙的创作生涯中，巴金虽然把主要的精力放在了成人文学创作上，但他没有忘记为儿童们写作，始终关心着中国儿童文学事业的发展。当前学术界对鲁迅、叶圣陶、张天翼等现代文学作家的儿童文学研究比较深入，而对巴金的儿童文学相对关注较少，且主要集中在对童话集《长生塔》的解读和其对俄国文学的接受研究。此外，当前关于儿童文学中民间故事改写的研究偏向理论研究、文学史的梳理，以及经典故事的改编研究，如“白蛇传”和《格林童话》等，较少涉及巴金的儿童文学活动。基于此，本文以巴金的儿童文学创作为研究对象，重点分析其对民间故事的改写实践，旨在深化对巴金文学创作的理解，同时为儿童文学创作方式的多元化提供新的视角。

一、“缺失”的儿童文学作家：巴金与儿童文学

巴金在儿童文学领域做了大量工作。1934 年，巴金为了学习日文前往日本留学，在日本横滨生活期间创作了一部重要的童话《长生塔》。1935 年巴金回国后在上海担任文化生活出版社总编辑，至 1936 年期间先后创作了《塔的秘密》《隐身珠》和《能言树》等童话作品。这四部作品后来被收录在童话集《长生塔》中，1937 年由上海文化生活出版社出版。1941 年，巴金继续创作了名为《还魂草》的小说，通过引用“还

---

① 蒋风编：《中国儿童文学史》，华东师范大学出版社，2018 年，第 69 页。

魂草”的民间传说，赞美了两个年轻女孩之间的深厚情谊，强烈谴责了日本军国主义发动的侵略战争。1956 年，巴金在《人民文学》上发表了以抗美援朝为题材的短篇小说《活命草》和《明珠和玉姬》，其后在 1957 年将它们结集成《明珠与玉姬》，由中国少年儿童出版社发行。这一系列举措清晰地展示了巴金将儿童视为这些文学作品的潜在读者。

除了创作，巴金还翻译了英国著名童话作家王尔德的《快乐王子集》。奥斯卡・王尔德（1854—1900）是英语文学史上著名的童话作家、剧作家、诗人和小说家，他的童话作品数量不多，但因其华丽的辞藻和深刻的思想内涵备受瞩目。王尔德创作了两部经典童话集，分别是《快乐王子集》（1888）和《石榴之家》（1891）。20 世纪二三十年代，王尔德作品在中国的译介达到了顶峰，周作人、胡愈之等人都曾参与其中，其在中国文艺界产生了广泛的影响。1942 年，巴金动笔翻译王尔德的童话，1944 年湘桂战争中的一场大火致使翻译工作中断，直到 1946 年得以继续。1948 年，巴金翻译的《快乐王子集》由文化生活出版社出版，包括《快乐王子》《自私的巨人》《夜莺与蔷薇》等九篇经典童话，使中国读者对王尔德的童话有更加深入的认识和接受。

在长达六十多年的文学生涯中，巴金一直都关注着儿童的成长和教育问题。早在 1956 年，巴金因为一个六岁女孩被汽车辗死的悲剧事件，借用鲁迅“救救孩子”的呐喊写了一篇文章，呼吁社会各界共同努力，消除类似的交通事故，避免悲剧再次发生。在《随想录》中，巴金就他的小外孙端端的教育问题撰写了《小端端——随想录七十五》《再说端端——随想录一二八》《三说端端——随想录一四八》等三篇文章，提出了一些自己对于儿童培养问题的见解。巴金还一直关心宋庆龄同志亲自创办的《儿童时代》杂志。他曾两次担任该刊的儿童短篇小说征文的评委，并于 1956 年 1 月在该刊上发表了题为《向小朋友贺年》的文章，向全国的儿童表示新年的祝贺。1985 年是《儿童时代》创刊三十五周年，巴金受邀作了“作为一个五十年代的老读者，我祝愿《儿童时代》

办得好上加好，在开创新时期儿童文学中作出新的贡献”[①]的题词，表达了对全国性的少儿综合期刊《儿童时代》的良好祝愿。

目前，学界关于巴金的研究主要集中在成人文学领域，对其儿童文学方面的研究比较缺乏，只有少数教材和学者注意到了巴金在儿童文学方面的创作成就，且并没有得到很高的评价。以蒋风、韩进的《中国儿童文学史》（2018）为例，该书在“第三编 1927—1937 年间的中国儿童文学”的“第三章十年间儿童文学创作实绩”的“第二节茅盾、巴金、老舍、叶圣陶与儿童文学”中，主要介绍了巴金的童话集《长生塔》，评价是“巴金的童话给儿童读还稍嫌深奥。他的童话似乎一半是为儿童，一半是为成人而写的，所以在语言，尤其是内容上，还不够儿童化。”[②]21 世纪以来，部分儿童文学教材较多涉及儿童文学的理论和实践，缺乏现代作家儿童文学创作的论述。例如方卫平、王昆建主编的《儿童文学教程》分为基本理论、基本问题和教学应用三部分；赵燕主编的《儿童文学》同样重视儿童文学基本原理和主要文体的介绍。这两本高校常用的儿童文学教材几乎没有涉及巴金的论述，均比较注重儿童文学与小学语文教学实践的结合。

对巴金的儿童文学研究主要集中在他的童话集《长生塔》上。何杏枫指出“巴金《长生塔》在与爱罗先珂童话的对话中，呼应了其对无政府主义和无神论的信仰，并加强了其浪漫抒情故事的政治色彩。”[③]乔世华则认为“巴金在 1930 年代写作的童话主要是为了曲折表达其对现实和制度的控诉，因此他更期待成人读者成为自己童话的知音。”[④]这些研究虽从不同角度揭示了《长生塔》的思想内涵与艺术特色，但较少关注民间文学对巴金儿童文学创作的影响。因此，本文将以《长生塔》为核

① 《〈儿童时代〉创刊三十五周年题词》,《巴金全集》第 19 卷，第 385 页。

② 蒋风编:《中国儿童文学史》，华东师范大学出版社，2018 年，第 130 页。

③ 何杏枫:《童话 · 梦话 · 真话：论巴金〈长生塔〉对爱罗先珂的接受》,《济南大学学报（社会科学版）》, 2019 年第 5 期，第 46 页。

④ 乔世华:《巴金童话：“使人变得更好”》,《中国现代文学研究丛刊》2015 年第 5 期，第 144 页。

心文本，深入探讨巴金儿童文学创作与民间故事之间的联系，进一步分析其作品中蕴含的主题思想与艺术价值，以弥补现有研究的不足。

二、民间故事的改写：从《孽龙》到童话《隐身珠》

一般认为，巴金的童话集《长生塔》的创作受到爱罗先珂的影响较大。在《创作回忆录》的第二篇《关于〈长生塔〉》中，巴金提道："我的四篇童话中至少有三篇是在爱罗先珂的影响下面写出来的。在本世纪二十年代，爱罗先珂在中国读者中间有过很大的影响。"[①]具体来说，《长生塔》和《塔的秘密》的创作主要受到了爱罗先珂的童话《为跌下而造的塔》的启发：

> 《神》写成寄出以后，我翻阅《现代日本小说集》消遣，读了森鸥外的《沉默之塔》（鲁迅先生译），忽然想起苏联盲诗人爱罗先珂（1899—1952）的童话《为跌下而造的塔》（胡愈之译），我对自己说："写篇童话试试吧。我的眼前出现了一座摇摇晃晃的高塔，只摇晃了几下，塔就崩塌下来了！长生塔的故事我也想好了。"[②]

《能言树》同样受到了爱罗先珂童话的影响。有学者通过通过文本分析指出"巴金《能言树》的兄妹角色和树的意象，皆取自爱罗先珂的《街之树》和《一个小女孩子的秘密》"[③]。爱罗先珂（1889—1952）是俄国的一位童话作家、诗人和戏剧家，幼年时因病导致双目失明。1922年2月爱罗先珂来到中国，《新青年》《小说月报》《妇女杂志》《东方杂志》等多种刊物陆续介绍并发表了他的众多作品，并附上相关评论。他

---

① 《关于〈长生塔〉》，《巴金全集》第20卷，第584页。

② 《关于〈长生塔〉》，《巴金全集》第20卷，第582页。

③ 何杏枫：《童话·梦话·真话：论巴金〈长生塔〉对爱罗先珂的接受》，《济南大学学报（社会科学版）》2019年第5期，第44页。

的《爱罗先珂童话集》《过去的幽灵及其他》《幸福的船》等童话作品在“五四”作家中引发了翻译热潮，巴金、鲁迅、周作人、田汉、胡愈之等人都曾积极参与其中。

在童话集《长生塔》中，《隐身珠》是一篇在中国四川民间故事的基础上改写而成的童话作品。这篇童话的创作灵感主要来源于巴金家乡的民间故事《孽龙》：

> 第三篇童话《隐身珠》是根据古老的四川民间故事改写的，就是我小时候听惯了的“孽龙”的故事。这一次我给旧的故事加上了新的内容，把原先用来增加财物的宝珠改成了“隐身珠”。至于孩子变成龙，回头望母亲，母亲拉住脚不肯放，大水淹没全城……这都是旧有的民间传说，要是没有它，我就写不出《隐身珠》来。[①]

巴金提及的《孽龙》，又称《望娘滩》，收录于《中国民间故事选》《中国民间故事集成·四川卷》等文献，被列为四川省非物质文化遗产代表性项目。《孽龙》的故事情节在不同版本中呈现出一定的叙事差异，但是核心情节均围绕贫苦母子、宝珠奇遇与化龙望娘展开。该故事讲述了灌县一对穷苦母子，儿子在割草时捡到一颗宝珠，因被人抢夺而误吞宝珠化身为龙顺江而去；母亲岸边呼唤，儿子每回头一次便形成一个石滩，留下了二十四“望娘滩”。不同的是，《中国民间故事选》（1958）收录的版本将夺珠者具体化为地主周洪，强化了阶级斗争的叙事视角，与20世纪50年代中国社会强调阶级对立的历史背景相契合；在《中国民间故事集成·四川卷》中（1998）则以简洁的叙述突出母子情感，同时凸显了地域水患文化的特色；而《中国神话传说词典》（2013）在原有情节的基础上融入了李冰降龙、二郎助阵等神话元素，赋予故事更浓厚的宗教色彩与治水传说特征。这些差异体现了《望娘滩》在不同历史

---

① 《关于〈长生塔〉》，《巴金全集》第20卷，第584页。

时期和文化语境下的多样化演绎，既保留了民间故事的核心主题，又因时代需求而呈现出丰富的文化内涵。

巴金创作的《隐身珠》是对民间故事《孽龙》“接近于改写的整理”[①]，遵循了民间文学“忠实记录，慎重整理”[②]的原则。如他所言：

> 这篇童话写起来更不费力，可以说，我只是把我小时候听惯了的、而且一直使我的心非常激动的故事忠实地记录了下来。我改动不大、增加不多，原来的民间故事就很动人。给我讲故事的人虽然大都是老妈妈，但她们讲得有声有色，而且很有感情。[③]

《隐身珠》通过父子爬山时的对话，讲述了一位乡下教书先生的悲惨遭遇，以及他的儿子吞下隐身珠后变成龙为其父复仇的故事。故事的主人公是一名乡下教书先生，有一年年景不好，衙门里的差役依然强行收税，许多百姓被抓或遭到毒打。教书先生因被指控鼓动闹事而被关押，又遭朋友的背叛被告发家中藏有一颗隐身珠。教书先生坚决否认宝珠的存在，经历酷刑后被丢入河中。县官派遣差役到教书先生家中搜查隐身珠，却不料隐身珠被教书先生的儿子吞下肚中。随后儿子变成龙，其所经之地除了那个乡村之外全部变成了河，城中居民、县官、差役和教书先生的朋友们则都化为了鱼虾。

从内容上看，民间故事《孽龙》和童话《隐身珠》有同样的故事主线。男孩在面临邪恶势力抢夺宝珠时，为避免宝珠落入坏人囊中，情急之下选择吞下宝珠，后来变成了一条龙并制造了水灾。两部作品都涉及了亲情底层人民的反抗精神。《隐身珠》和《孽龙》相比又有一些不同。一是宝珠的功能不同。《孽龙》中的宝珠可以增加财富，珠子放在米里

---

① 刘守华：《论民间故事的“改写”》，《民俗研究》2017 年第 1 期。

② 《民间文学需要百花齐放，百家争鸣》，《民间文学》1956 年 8 月号社论，第 3 页。

③ 《关于〈长生塔〉》，《巴金全集》第 20 卷，第 585—586 页。

米涨，放在钱上钱涨，有了宝珠衣食无忧。《隐身珠》中的宝珠主要功能是隐身，和财富无关，也因此成了穷苦教书先生可以鼓动农民造反的证据。作品中写道：“据说有人向县官告发了教书先生，说他家里藏得有一颗珠子，这是一件宝物，人带着它，就可以做任何事情，不会给人看见。这叫做隐身珠。……他说这颗隐身珠便是教书先生鼓动闹事的一个大证据。”[①] 二是父亲形象的变化。《孽龙》中通过儿子“一步一回头，一望一个滩”，体现了中国传统文化中浓烈的母子亲情与孝道观念，但作品中父亲的角色是缺失的。而《隐身珠》中父亲形象鲜明且有着双重的身份：一是作为叙述者的父亲，耐心地给孩子讲故事；二是故事中的父亲，一位同情弱者的乡下教书先生。

从叙述方式来看，《孽龙》与《隐身珠》都具有民间文学口头讲述的特征，然而后者采用了父子对话的形式，将童话故事与现实交织起来。童话集《长生塔》中故事的讲述者都是“父亲”，聆听者是一个十来岁的儿童，在听故事的过程中不停地提问，与父亲对话。巴金这样改写的原因，一种可能是希望通过童话这种幻想性强的文学样式重构父子关系，以区分其小说中的父子关系。在巴金的小说中，父子关系常呈现出一种较为恶化的状态。父亲的形象通常表现为失职或被弱化，处于被审视的位置。比如，《寒夜》中的汪文宣，体弱多病且懦弱无能，在儿子、父亲、丈夫等角色的扮演上都是比较失职的，工作上唯唯诺诺，回到家庭无力解决婆媳矛盾。在汪文宣的影响下，小宣变得“贫血，老成，冷静，在他身上似乎永远不曾有过青春，他还是一个十三岁的孩子，但是他已经衰老了”[②]。在《家》中，年轻一代只有通过逃离封建家庭的禁锢，才能够获得自由和新生。那些任由父辈摆布的人，最终成为封建制度的牺牲品。觉慧热衷于参与社会革命活动，对封建等级制度和传统礼教持蔑视态度，并最终毅然离开封建家庭，这种激进的民主精神

---

① 《隐身珠》，《巴金全集》第 10 卷，第 469 页。
② 《寒夜》，《巴金全集》第 8 卷，第 589 页。

是巴金在小说中高度赞扬的。相比之下，觉新作为长房长孙，委屈求全和懦弱顺从的性格使他不断在专制和压迫面前妥协退让，最终走向爱情和婚姻的悲剧。

不同于父亲形象缺失的民间故事《孽龙》，在童话《隐身珠》中巴金构建了一种和谐的父子相处模式，为其父亲去世而无法再见的现实提供了一种幻想性的满足。这种通过幻想获得补偿的心理行为在弗洛伊德的精神分析学说中可以找到依据："幻想的动力来源于未获得满足的愿望，每一个幻想就是一个愿望的实现，是对不满意现实的校正。"[①]在《长生塔·序》中，巴金表达了对父亲的思念，即使父亲已故，他通过梦境中的相聚重新体验与父亲在一起的生活："父亲去世以后我还可以在梦里看见他的面容。所以我非常喜欢梦。梦景常常是很美丽的。"[②]巴金在文中描述了自己与已故父亲在梦中共度时光的情景，通过梦境中的重聚，实现了情感需求的满足，巴金写道："最近我还做过同父亲在一起的梦。……而且我还同父亲在一起过了新的生活。"[③]同样，在《隐身珠》中，巴金通过描绘父子之间温馨的相处场景，展现了对父亲的眷恋，在儿子眼中"父亲的故事比任何东西更能抓住我的心"，听完父亲讲述的故事，"我伸过手去把父亲的一只手紧紧捏住"[④]。这种对父亲的深情描写和幻想场景的塑造，呈现了一种以文学创作实现心理补偿的手法，通过幻想性的叙事，弥补了现实中因亲人离世而无法弥合的心理缺憾。

---

① 〔奥地利〕弗洛伊德：《创造性作家与白日梦》，〔美〕埃塞尔·S. 珀森（Ethel Spector Person），〔英〕彼得·冯纳吉（Peter Fonagy），〔巴西〕S. 奥古斯托·菲格拉（Sérvulo Augusto Figueira）：《论弗洛伊德的〈创造性作家与白日梦〉》，吴珩译，化学工业出版社，2018 年，第 20 页。

② 《长生塔·序》，《巴金全集》第 10 卷，第 429 页。

③ 《长生塔·序》，《巴金全集》第 10 卷，第 429 页。

④ 《隐身珠》，《巴金全集》第 10 卷，第 475 页。

三、"人类之爱"与巴金的无政府主义思想

作为爱罗先珂童话的"爱读者"，巴金的儿童文学创作受到了爱罗先珂的深远影响。在思想层面上，爱罗先珂强调的"人类之爱"观念深深烙印在了巴金的作品中。在《关于〈长生塔〉》一文中，巴金坦言："我说我喜欢他（爱罗先珂）的童话，受过他的影响。现在回想起来，我的'人类爱'的思想一半、甚至大半都是从他那里来的。"[①]巴金曾在序言中以温情的笔触描写了爱罗先珂给中国青年留下的印象，以及其为世界留下的宝贵的精神财富。爱罗先珂所倡导的"人类之爱"思想也在其中得到了体现：

> 这个俄罗斯的盲诗人，他以人类的悲哀为自己的悲哀。他爱人类更甚于自身。他像一个琴师，他把他的对于人类的爱和对于现实社会制度的恨谱入了琴弦，加上一个美妙而凄哀的形式，弹奏出来，打动了人们的心坎。[②]

陈思和认为："巴金早年思想主要是来自无政府主义思想，当然还包含其他的一些外来思想的影响，但它们之间也是有联系的，如爱国主义、恐怖主义、人道主义、民粹思想等等。"[③]爱罗先珂的童话创作弘扬了"人类之爱"的思想，与巴金早年的无政府主义思想相通，为巴金的创作观念提供了积极的启示和引导。爱罗先珂的童话充满了对人类命运的深切关怀和无限忧思的人道主义思想，他所追求的理想社会是一个远离残暴、黑暗和压迫的世界，在这个理想中，人类与自然和谐共处，人与人以"赤子之心"平等相待，实现了无所不爱的社会。鲁迅在《爱罗

---

① 《关于〈长生塔〉》,《巴金全集》第 20 卷，第 584 页。

② 《幸福的船 · 序》,《巴金全集》第 17 卷，第 311 页。

③ 陈思和:《巴金的意义》,《上海社会科学院学术季刊》2000 年第 4 期，第 138 页。

先珂童话集》序言中指出："作者所要叫彻人间的是无所不爱，然而不得所爱的悲哀。"[①]这些观念和反对强权、主张个性自由的无政府主义思想深深影响了巴金的儿童文学创作。黑暗的社会现实令巴金"常常闷得我透不过气来。我的手上，脚上都戴着无形的镣铐"[②]。于是，在童话集《长生塔》中，巴金通过一系列对统治者残暴行为的批判，表达了一种怒火难平、渴望战斗而无奈的悲愤心理。他进一步将这种个人的激愤之情延伸至全人类，使其具有更为普遍的共性，"不仅是一个阶级，差不多全人类都要借我底笔来申诉他们底苦痛了"[③]。巴金的文学作品呈现了社会各个底层人物的冤屈和不满。这些作品大多数在调子上或许不尽相同，但贯穿其中的基本思想却是一致的。这一核心思想体现在对敌人的抨击上，具体而言，是攻击"一切旧的传统观念，一切阻碍社会的进化和人性的发展的人为制度，一切摧残爱的势力"[④]。

巴金在他的作品中持续展现的对各种残暴统治形式的反抗，也与他自身的成长环境密切相关。巴金"生在一个封建的大家庭里，有将近二十个的长辈，有三十个以上的兄弟姊妹，有三四十个男女仆人"[⑤]。特殊的家庭背景让巴金深刻地了解了贫苦人民的生活，因为他"从小就爱和所谓的'下人'在一起，我是在'下人'中间长大的"[⑥]。在巴金成长的岁月里，他目睹了封建专制主义的罪恶历史和现实。旧礼教对年轻一代的威胁和迫害，地主阶级对劳动人民的剥削和奴役，这一系列不公正的现象使巴金逐渐在情感上站在人民那边："含着眼泪，心里起了火一般的反抗的思想。我说我不要做一个少爷。我要做一个站在他们一边，

---

① 鲁迅：《爱罗先珂童话集·序》，《鲁迅译文全集》（第 1 卷），福建教育出版社，2008 年，第 445 页。

② 《长生塔·序》，《巴金全集》第 10 卷，第 429 页。

③ 《光明·序》，《巴金全集》第 9 卷，第 161 页。

④ 《写作生活的回顾》，《巴金全集》第 20 卷，第 556 页。

⑤ 《将军·序二》，《巴金全集》第 10 卷，第 7 页。

⑥ 《将军·序二》，《巴金全集》第 10 卷，第 7 页。

帮忙他们的人。”[①] 在对黑暗、腐败的现实进行批判的同时，巴金以高昂的热情肯定了人的尊严和价值，对劳动人民的苦难表达了深切的同情，逐渐形成了丰富的人道主义思想：“从爱一切人出发，到憎恨摧残爱的社会现实，进而批判了屈从于现实的奴性，鼓吹在反抗中维护及完成人性的完美，达到一种新的理想的社会——人类之爱的社会。”[②]

“反对任何形式的强权”和“强调绝对的个性自由”[③] 是无政府主义的两大思想核心。在白色恐怖的年代，持有无政府主义思想的巴金更加坚定地站在被压迫人民的一边，对国民党的专制统治进行了激烈的抨击。1927 年，巴金与朋友一起前往法国，他在一封信函中表达道：“我现在的信条是：忠实地生活，正直地奋斗，爱那要爱的，恨那摧残爱的。上帝只有一个，就是人类。为了他，我准备贡献出我的一切……”[④] 这种无政府主义思想在他的童话创作中得到了具体表现。《隐身珠》在四川民间故事《孽龙》的基础上进行了转化与演绎，展现了人民对统治者残暴行为的谴责和反抗的决心。巴金借此说明：“凡是压迫人民的都要灭亡。”[⑤]在《长生塔》中，巴金的无政府主义思想同样得到了体现，故事描绘了一座长生塔的兴建与毁灭。为了摆脱衰老和死亡的威胁，以达到永生，一位残暴荒淫的皇帝强迫“贱民”们建造了一座高达二十二层的塔。“贱民”们为了实现皇帝的愿望，在短时间内付出了鲜血的代价，迅速完成了高塔的建设。然而，就在皇帝登上塔的顶层，梦想永生的瞬间，塔却轰然倒塌，埋葬了皇帝，突显了“沙上建筑的楼台从来是立不稳的”[⑥] 的主题，以此来批判皇帝对老百姓的残暴统治。

《塔的秘密》作为《长生塔》的姊妹篇，进一步揭示了长生塔建成

---

① 《我的幼年》，《巴金全集》第 13 卷，第 7 页。

② 陈思和：《巴金的魅力》，广东人民出版社，2017 年，第 19—20 页。

③ 陈思和：《巴金的意义》，《上海社会科学院学术季刊》2000 年第 4 期，第 138 页。

④ 《写作生活的回顾》，《巴金全集》第 20 卷，第 544 页。

⑤ 《关于〈长生塔〉》，《巴金全集》第 20 卷，第 586 页。

⑥ 《长生塔》，《巴金全集》第 10 卷，第 442 页。

之后皇帝的残暴与荒淫，他不仅滥用酷刑残害百姓，更时常食用人肉。为了报复暴虐的皇帝，工人们在其中一块基石里藏了一张塔的秘密，由无数人的血写成，记载着长生塔的修造过程。如果有人找到这个秘密，“放在活人的肚皮里暖一些时候，然后取出来，拿在塔里面烧毁了，塔就会马上倒塌，而长生的仙药也就失了效用”[①]。得知此事后，人们纷纷愿意以牺牲自己的生命为代价，以换取宝塔的坍塌，歌颂了被压迫人民反抗反动统治阶级的精神。在《能言树》中，主人公不再是倒行逆施的皇帝，而是一位正直善良、具有人道主义精神的青年，故事通过他的不幸遭遇抨击了封建统治者对人性的摧残和扼杀。在写作过程中，巴金心怀愤怒：“屋子里生着火，我心里燃烧着火，头上冒着汗，一边念，一边写，我在控诉国民党军警镇压学生，摧残青年的罪行。”[②]他通过年轻的树的口吻告诉我们：“凡是把自己的幸福建筑在别人的痛苦上，用镣铐、皮鞭、地牢等等来维持自己的幸福，这样的人是不会活得长久的，他们终于会失掉幸福。”[③]

在童话集《长生塔》中，四篇童话均展现了现实与幻想的统一特质，具有浓厚的政治色彩。通过描绘社会现实中底层人民的苦难和统治者的暴行，这些作品表达了对于“人类之爱”和反抗主题的深刻关注，丰富了民间故事《孽龙》单一的复仇主题。在 1979 年所著《关于〈长生塔〉》的结尾，巴金再次强调了一切不爱人民的罪恶行径终将受到应有的惩罚，进一步印证了他作品中持续贯穿的反抗强权压迫、追求人道与正义的无政府主义思想：

> 《长生塔》就这样地保存下来了。但是我觉得那位朋友的话也有道理。今天的孩子的确不容易看懂我这四个短篇，它们既非童话，也不能说是‘梦话’，它们不过是用‘童话’的形

① 《塔的秘密》,《巴金全集》第 10 卷，第 462 页。
② 《关于〈长生塔〉》,《巴金全集》第 20 卷，第 586 页。
③ 《关于〈长生塔〉》,《巴金全集》第 20 卷，第 586 页。

> 式写出来的短篇小说。我的朋友用看安徒生童话的眼光看它们，当然不顺眼。至于孩子不懂，更不能怪孩子，因为他实在不知道三十年前中国的事情。然而历史是不会迁就人的，而任意编造历史、篡改历史的人一定会受到历史的惩罚。①

四、结语

本文以童话《隐身珠》对四川民间故事《孽龙》的改写为研究对象，揭示了巴金儿童文学创作与民间故事之间的内在联系。研究发现，巴金并非简单地复述或移植民间故事的情节，而是以一位文学艺术家的敏锐眼光，对民间故事进行了创造性的重构。他将民间文学的集体性叙事转化为个人化的艺术表达，既保留了民间故事的文化底蕴，又赋予其鲜明的时代意义。在巴金的笔下，儿童文学超越了单纯的娱乐功能，成为传递人文关怀与社会批判的重要载体，其现实意义甚至超越了文学本身的艺术价值。

巴金作为中国现代文学史上的一位重要作家，其创作贯穿着对青春、自由与人道主义的追求。无论是“激流三部曲”(《家》《春》《秋》)，还是其儿童文学创作，都体现了他对压迫与不公的强烈反抗，以及对弱势群体的深切关怀。在《隐身珠》中，巴金透过儿童的纯真视角，表达了对强权压迫与黑暗社会的控诉，这与《家》中对封建礼教的批判、《春》中对青年命运的关切形成了深刻的内在呼应。可以说，巴金的儿童文学创作是其“青春写作”精神的延伸，两者共同构成了他对自由、平等与人道主义理想的文学表达。

（作者单位：重庆对外经贸学院）

① 《关于〈长生塔〉》,《巴金全集》第20卷，第587页。

战时重庆与《寒夜》的生产

□邓凯月

1940—1946 年间，巴金以国民政府的陪都重庆作为其文学活动和创作的中心。这一时期他的写作较前期更为成熟，作品也转向“小人小事”的书写，如《憩园》《第四病室》《寒夜》等。其中，被视为巴金小说成熟之作的《寒夜》，与重庆城市空间存在着紧密的联系。小说中汪文宣一家居住的大楼，以及汪文宣任职的半公半商的书店，都是巴金熟悉的社会空间。在亲历体验的基础上，巴金进一步对战时重庆的城市空间及社会关系进行了深刻的体认和巧妙的表现。小说和作家亲历体验之间有着紧密关系，这既给我们理解《寒夜》的创作提供了可能性，又为梳理辨析两者之间的关系提供了难度。

因此，本文需要着力解决的问题是：巴金在重庆居住的体验对于他的创作产生了怎样的影响？巴金对于重庆有着怎样的体认与观察，他的亲历体验如何进入文本，成为故事的有机组成部分？除了空间体验，这一时期巴金的社会关系是否也影响了他的创作？此外，《寒夜》中建构、创造的战时重庆空间具有怎样的表征和意义？本文将部分使用列斐伏尔“空间生产”理论，以期对《寒夜》的创作及文本中的“空间”有新的理解和认识。

一

重庆具有多重面貌的城市空间对巴金的创作产生了复杂的影响。《寒夜》作为巴金在重庆创作的最后一部作品，汇集了有关重庆空间的各种体验。因此，我们需要对巴金的城市体验与《寒夜》创作进行辨析，力图寻找巴金对于战时空间，尤其是战时的重庆城市空间有怎样的体验，这样的体验如何进入文本。

在考察巴金的城市体验与作品生成的复杂关系之前，笔者将对巴金1940—1946年间在重庆的住所和创作情况进行一个简要的梳理。1940年10月至12月，1941年2月至7月，巴金居住在吴朗西夫妇办的互生书店楼上，在此期间他创作了《火》第二部。1942年7月至10月，巴金短暂居住在民国路3号3楼。1944年6月开始，巴金回到重庆，居住在民国路21号文化生活出版社编辑部的楼梯下的小房子里。这年初冬，巴金开始写《寒夜》，但仅写了几页就停笔了。1945年上半年巴金在沙坪坝吴朗西租的"皋庐"中借住，他在这里开始创作《第四病室》并完稿。1945年初冬，巴金搬到了文化生活出版社编辑部的二楼，开始续写《寒夜》，写了二三十页，并且时写时辍。此后，1946年5月21日，巴金离开重庆去往上海，住在霞飞路霞飞坊59号3楼（后改名为淮海坊），巴金也在这里完成了《寒夜》剩余的三分之二的内容。同年8月，《寒夜》开始在《文艺复兴》（八月份二卷一期）上连载，直到1947年1月出版的二卷六期连载完毕。《寒夜》最终完稿于1946年12月31日，次年3月交由赵家璧和老舍等人创办的上海晨光出版公司出版[①]。

---

① 本文对巴金在1940—1946年间行踪的整理参考了李辉、陈思和、李存光整理的《巴金生平及文学活动事略（1904—1982）》，李存光编：《巴金研究资料（上）》，知识产权出版社，2010年，第26—32页。《寒夜》的创作情况参考了巴金：《谈〈寒夜〉》《关于〈寒夜〉》，《巴金全集》第20卷，人民文学出版社，1989—1994年。

通过查阅这一时期对于巴金住所的相关记叙，可以看到巴金在重庆的居所条件普遍较差，只能满足基本的居住需求[①]。其中，1944—1946年在民国路文化生活出版社居住的经历，成为巴金书写《寒夜》的一个重要契机。这个住处的环境较差，房间隔音不好，逼仄寒冷[②]。《寒夜》中故事发生的地点和背景直接从巴金的体验转换而来："整个故事就在我当时住处的四周进行，在我住房的楼上，在这座大楼的大门口，在民国路和附近的几条街"，"我住在那间与老鼠、臭虫和平共处的小屋里，不断地观察在我上下四方发生的一切，我选择了其中的一部分写进小说里面。我经常出入汪文宣夫妇每天进出若干次的大门，早晚都在小说里那几条街上散步；我是'炒米糖开水'的老主顾，整夜停电也引起我不少的牢骚，我受不了那种死气沉沉的阴暗环境。《寒夜》第一章里汪文宣躲警报的冷清清的场面正是我在执笔前一两小时中亲眼见到的"[③]。

由此可见，在文生社编辑部房间居住是巴金对重庆进行城市体认和空间感知的重要途径。除此之外，在重庆街头漫步的所见所闻，在西南大后方的流寓经历，共同构成了巴金在战时重庆的多维体验，这些体验

---

① 巴金在《还魂草》中描写了互生书店楼上房间煤烟肆虐的特点，这个房间夹在两个酒菜店中间，碳炉和蒸笼产生的煤臭和烟雾会灌进窗户缝，充斥整个房间："此时人在房中也会看不清楚他四周的东西。他要是努力睁大眼睛想看穿烟雾，他的眼珠又会被热烟刺痛"。（巴金：《还魂草》，《巴金全集》第11卷，第131页）此外，巴金在《〈第四病室〉后记》和《谈〈第四病室〉》中提到了沙坪坝吴朗西"皋庐"的环境："《第四病室》是去年在重庆西郊沙坪坝友人家中蚊子的围攻下写成的。"（巴金：《〈第四病室〉后记》，《巴金全集》第4卷，第412页）"第二年我开始写《第四病室》。……我当时和萧珊住在沙坪坝一个朋友的家里，是土地，楼下一大间，空荡荡的，我白天写，晚上也写，灯光暗，蚊子苍蝇都来打扰。"（巴金：《关于〈第四病室〉》，《巴金全集》第20卷，第591页。）

② "一九四四年冬天桂林沦陷的时候，我住在重庆民国路文化生活出社，楼下一间小得不能再小的屋子里，晚上常常要准备蜡烛来照亮书桌，午夜还得拿热水瓶向叫卖'炒米糖开水'的老人买开水解渴。我睡得迟，可是老鼠整夜不停地在三合土的地下打洞，妨碍着我的睡眠。白天整个屋子都是叫卖声，吵架声，谈话声，戏院里的锣鼓声。好像四面八方都有声音传来，甚至关在小屋子里我也得不到安静。"巴金：《〈寒夜〉后记》，《巴金全集》第8卷，第703页。

③ 《谈〈寒夜〉》，《巴金全集》第20卷，第502页。

指向了两个维度：一方面是感观层面的体验，包括对重庆冬季寒冷和多雾的天气的体验等，另一方面是战争带来的战时体验，包括大轰炸、躲警报、停电、物价飞涨的体验，以及有关疾病的体验等。这些体验以文学性的表达汇集在《寒夜》之中，建构了《寒夜》中战时重庆的多重面貌。

寒冷是巴金及小说中人物对于战时重庆最直接的体验，小说题目“寒夜”即是巴金在感官体验上凝练出的具有隐喻性的意象。巴金对重庆阴冷天气的体验并非始于《寒夜》写作时期，早在《还魂草》中巴金就写到了重庆的雾天及寒凉体验。《寒夜》的尾声部分，是巴金根据1945年9月30日在重庆创作的散文《无题》改写而来，寒冷在文本中以真实的感官体验直接呈现[①]。9月底的重庆已经初有寒意，冬季的重庆更是寒冷，1944年巴金在重庆写《寒夜》，次年续写，两次都在冬季开始写作。这两个时期巴金都居住在文生社编辑部的大楼里，房间逼仄阴冷，在《关于〈寒夜〉》中他说：“回到重庆我又度过多少的寒夜”[②]，《〈寒夜〉后记》中他说：“于是在一个寒冷的冬夜里我开始写了长篇小说《寒夜》。”[③]巴金在创作《寒夜》时的共时性感受直接投射到文本中，成为文本中人物城市体验的底色。小说以汪文宣在寒夜的独行为始，以曾树生在寒夜里的寻觅为结。与巴金的体验方式相同，人物在城市街道上的漫游时感觉到“冷”，常常打寒噤，回到家后也能体验到“冷”。以第一章为例，汪文宣在街上寻找曾树生时感觉到寒意：“夜的寒气却渐渐地透过他那件单薄的夹袍，他的身子忽然微微抖了一下”，“在他的周围仍然是那并不十分浓的黑暗。寒气不住地刺他的背脊。他打了一个冷噤”，随后与母亲一起回家推门而入时也感觉到寒意：“他们开了锁，进

① “早晨下过一阵雨，傍晚天气骤然转寒，我踏着微湿的马路，到某街去访友。天空一片黑，两旁店铺里的灯光照不亮宽的人行道。我走在寥寥的行人中间；单薄的衣衫抵不住冷风的袭击，我接连打了两个寒噤。”（巴金：《无题》，《巴金全集》第13卷，第541页）

② 《关于〈寒夜〉》，《巴金全集》第20卷，第695页。

③ 《〈寒夜〉后记》，《巴金全集》第8卷，第703页。

了房间，屋子里这晚上显得比往日空阔，凌乱。电灯光也比往常更带昏黄色。一股寒气扑上他的脸来，寒气中还夹杂着煤臭和别的窒息人的臭气。”[①]《寒夜》里人物对于寒冷的体验贯穿全文始终，成为对于重庆的共性体验。值得注意的是，巴金在渝居住期间并非没有体验过重庆的其他季节，在《还魂草》中他写到了重庆的春天：“天气一天一天地暖和”，“雾海逐渐干枯”，“金色阳光在窗外荡漾”，“万物都在发育生长”[②]，这是一派生机勃勃又温暖明媚的景象。由此可以看到，《寒夜》中无处不在的寒冷氛围和“夜”这一意象的选用，经过了作家的“提纯”，从感官的寒冷上升到无希望的“寒冷”。文题“寒夜”在冷的感受之上，兼具寒冷和“夜”带来的黑暗、未知、绝望及彷徨，成为统摄整篇小说的关键意象，是作者对于战时重庆最凝练贴切的感受。

在寒冷的天气之外，重庆战时特征是巴金城市体验中相当重要的一部分。躲避轰炸、频繁停电、物价飞涨、治病的困难等体验给巴金留下了深刻的印象。作为具有政治象征意义的首都，重庆成为抗战时期日军频繁轰炸的对象。目睹了多次大轰炸，巴金感到悲怆和愤怒，在《还魂草》中他记录了自己躲避轰炸的经历：“那几年我看见炸死的人太多太惨，血常常刺痛我的眼睛。不写，我无法使自己沸腾的血平静下来；写，我又不愿意用鲜血淋淋的景象折磨读者。”[③]1944 年以前巴金的重庆城市体验没有直接诉诸《寒夜》的文本，但构成了《寒夜》的文本的背景和底色。《寒夜》并没有详细书写人物躲避轰炸，进入防空洞的情节，但描写了防空警报的钟声和挂红球的情节。第一章写了汪文宣出门躲避警报与寻找曾树生的情节，其中涉及在银行上挂两个红球解除警报的内容。第十一章描写了在逐渐急促的警报声中汪家三人的对话与抉择。除了大轰炸带来的惊慌与恐惧，停电也是战时重庆的普遍现象。停电会引

---

① 《寒夜》,《巴金全集》第 8 卷，第 427 页。
② 《还魂草》,《巴金全集》第 11 卷，第 175 页。
③ 《还魂草》,《巴金全集》第 11 卷，第 175 页。

起巴金的牢骚，他习惯于在停电的夜晚去街上散步[①]。他将停电时的愤懑的体验投射到文本中，人物在面对停电时会感到烦闷、扫兴，会抱怨，也会萌生出对于光明的向往。《寒夜》中有多次停电的情节，第十二章曾树生面对停电，她害怕黑暗和寂寞，由停电引发了对于黑暗的体验，黑暗进一步带来了恐惧和寒冷的体验，于是她提议跟汪文宣打桥牌来冲淡这种氛围。“汪文宣同他的妻子寂寞地打桥牌，就是在我同萧珊之间发生过的事情。”[②]可以说《寒夜》中有关停电后打牌的情节，是巴金对于停电后寂寞与沉寂感受的投射，停电带来的黑暗也表现了战争不仅对公共空间造成恐怖和混乱，也在日常空间投下阴影。

与此同时，战时重庆还存在着物价飞涨的问题：“自三十六年开度以来，重庆的物价节节上涨，愈演愈烈，大有不可收拾之势”[③]，“米价由‘二十二元涨至三十元左右’，‘棉布比从前高增二十倍’，‘皮鞋、暖水壶等增至十倍’，‘其他日用消耗品均增至十倍以上’”[④]。巴金谈道：“物价飞涨、生活困难、战场失利、人心惶惶……我不论到哪里，甚至坐在小屋内，也听得见一般‘小人物’的诉苦和呼吁。”[⑤]他曾出城与朋友见面吃饭，朋友靠“特权”买了一些平价米，虽然价格低，但“可是稗子、沙子不少，吃起来难下咽”[⑥]。战时重庆的各种日用品价格都飞涨，巴金将这一社会现象作为汪文宣一家生活的大背景，进一步展现了

---

① “尤其是在停电的夜晚，我自己常常在民国路一带散步。”（《谈〈寒夜〉》，《巴金全集》第20卷，第511页）

② 《关于〈寒夜〉》，《巴金全集》第20卷，第696页。

③ 杨及玄：《半年来重庆物价波动》，《四川经济季刊》，1947年第4卷第2、3、4期。转引自赵静：《另类的都市漫游——对〈寒夜〉的再次重读》，周立民、李秀芳、朱银宇编：《〈寒夜〉研究资料选编（上）》，复旦大学出版社，2018年，第661页。

④ 《重庆物价高涨》，《中国经济评论》，1940年第2卷第4期。转引自赵静：《另类的都市漫游——对〈寒夜〉的再次重读》，《〈寒夜〉研究资料选编（上）》，第661页。

⑤ 《谈〈寒夜〉》，《巴金全集》第20卷，第501页。

⑥ 《知识分子——随想录九〇》，《巴金全集》第16卷，第425页。

人物生活空间所受到的挤压。除了物价飞涨，战时各项资源都紧缺，其中自然包括医疗资源。巴金自己曾在贵阳的第三病室住过几天，对于战时的医院空间已经有了深刻的体验。《寒夜》中钟老死于霍乱，这一安排来源于巴金身边发生的谭嫂小儿子感染霍乱的事件[①]。在《寒夜》的第二十八章，巴金借他人之口介绍这个时疫医院："那个医院是临时改设的。糟透了。一共只有两个医生，四个护士，二十张病床。现在收了三十几个病人。有的就摆在过道上，地板上，连打盐水针也来不及，大小便满地都是，奇臭不堪。病人还是陆续在送来。全城就只有这么一个时疫医院，而且汽车开不到门口，还要用滑竿抬上去。钟老送到医院，医生来看了病，的确是霍乱。又等了一点多钟，才有人来给他打盐水针。医生护士们实在忙不过来，他们也累得很。看情形非派个工友去照料不可……"与贵阳的第三病室一样，重庆当时的时疫医院存在药物匮乏、人手不足的问题，这导致医院几乎无法医治病人，病人在这种空间里毫无尊严地去世。巴金在描摹这个空间时加上了自己在战时医院的体验，结合有关重庆时疫医院的见闻，以批判的态度将这样的空间体验纳入《寒夜》的战时空间的体验中。医院空间与日常空间一起，构成了战时重庆空间的全貌。

综上，巴金对于寒冷的感知和战时体验被凝缩为《寒夜》中冷清阴暗、死气沉沉的城市氛围，在苦闷的、物质贫乏的且时局不稳定的抗战时期，人生无常成为一种突出的感受。巴金有选择性地从自己城市体验中筛选出最能刻画战时重庆的内容，以他的充满感情的笔，塑造出一个

---

① "因为一九四五年夏天在重庆霍乱流行，而重庆市卫生局局长却偏偏大言不惭，公开否认。文化生活出社，烧饭老妈谭嫂的小儿子忽然得了霍乱。那个五十光景的女人是个天主教徒，她急得心慌意乱，却跑去向中国菩萨祷告，求来香灰给儿子治病。儿子当时不过十五六岁，躺在厨房附近一张床上，已经奄奄一息了。我们劝谭嫂把儿子送到小龙坎时疫医院。她找了一副"滑竿"把儿子抬去了。过两天儿子便死在医院里面。我听见文化生活出社，的工友讲起时疫医院里的情形，对那位局长我感到极大的憎恶。我在《寒夜》里介绍了这个'陪都'唯一的时疫医院。"（《谈〈寒夜〉》,《巴金全集》第 20 卷，第 512 页）

民众艰难生存的战时空间。这一空间既来源于真实的体验，又远超真实，与下文即将谈到的使得知识分子走向毁灭的战时空间一起，成为凝结了作者心血和意图的“寒夜”表征性空间。

二

知识分子在战时的体验具有共性，他们流离失所，在战时艰难生存，不断思考自己追求和坚持的东西在当下的意义。巴金作为一名知识分子，在《寒夜》中再现了知识分子的生存困境，并思考知识分子在战时社会应该如何存在。本章将梳理巴金如何立足于个人对战时空间的体验，并结合他在战时重庆及西南大后方的见闻，将相关思考融入写作中，使《寒夜》在揭示知识分子战时生存状态上具有普遍性的意义。

战争对于知识分子的文化事业产生了巨大的影响，《寒夜》的动笔也与赵家璧的良友复兴公司的事业被战争摧毁有关。巴金与赵家璧的交往始于 1930 年代，赵家璧在太平洋战争爆发后逃往桂林，于 1943 年 2 月成立了良友复兴图书公司。但这个公司因 1944 年 6 月湘桂战争爆发而停业，赵家璧在去往重庆的途中遭遇金城江大火，所有的书和材料都毁于一旦。来到重庆后，赵家璧想在重庆建立新的出版据点，于是找巴金约稿：“（我）有时也为着几位从桂林逃难出来的朋友做一点小事情。有一天赵家璧兄突然来到文化生活出版社找我，他是空手来的。他在桂林创办的事业已经被敌人的炮火打光了。他抢救出来的一小部分图书也已在金城江的大火中化为灰烬。那损失使他痛苦，但他并不灰心。他决心要在重庆建立一个新的据点，我答应帮忙。于是我在一个寒冷的冬夜里我开始写了长篇小说《寒夜》。”[①]

而在知识分子面对的生存困境中，对巴金冲击最大的是战时有关肺病的疾病体验。1947 年 8 月出版的散文集《怀念》，巴金意在怀念自己

---

① 《〈寒夜〉后记》，《巴金全集》第 8 卷，第 703 页。

病逝的好友，他在前言中谈道："从一九三八年到一九四五年这八年中间，我一共失去八位好友（这里面有一位还是我的哥哥。病故的七个人中只有世弥一个死于产褥热，其余六人则都死于肺病。抗战时期的中国好像成了肺病的培养所，'胜利'后情形也未见改善），所以这里也有八篇纪念文章。"①在渝期间，好友王鲁彦、缪崇群去世，三哥在上海去世，亲友的病痛和逝世触发了巴金的思考。《写给彦兄》中提道："就是在患病以后，不管躺在床上，或是拄拐缓行，你还是昂着头在撞，你还是因碰壁而恼怒。后来你的声音哑了，结核菌蚕食着你的咽喉，肉体的痛苦跟随死亡的逼近一天天在增加着……到最后，你只能用铃子代替你的语言，你还是没有失去对生命的热望……你想为你自己，也为别的一些人创造一个较好的环境，可是结果你终于痛苦地死在寂寞和贫穷里。"②《纪念一个善良的友人》中谈到缪崇群的离世："你病中不让人为你写信通知朋友，就是在你得不到适当的照料使病势加重时，你也保守缄默（听说有一次你叫了一夜口渴，到天明才得到一杯水喝）。"③缪崇群于 1945 年 1 月 14 日去世，巴金于 4 天后前往北碚吊唁，只看见"一堆新土和两个纸制花圈"④,《寒夜》中对钟老的坟墓的描摹即来源于在缪崇群坟前吊唁的见闻。

亲友因肺病相继离世带给巴金的不仅是情感上的痛苦，更引发了巴金对自身的审视和思考，他感受到自己与朋友命运的相似之处，如："彦兄，我不是在为你哭，我是在哭自己。我那时就想到在你身上也活着我一部分活动、快乐的岁月，它们快要跟着你死去了……每次我都在埋葬，我不是在埋葬你们（自由你们的亲属来使你们的遗体得到安息），我是在埋葬我自己的一部分"⑤,"但是崇群兄，我不是在哀悼你，应该哀

---

① 《怀念·前记》,《巴金全集》第 13 卷，第 470 页。
② 《写给彦兄》,《巴金全集》第 13 卷，第 497 页。
③ 《纪念一个善良的友人》,《巴金全集》第 13 卷，第 515 页。
④ 《纪念一个善良的友人》,《巴金全集》第 13 卷，第 501 页。
⑤ 《纪念一个善良的友人》,《巴金全集》第 13 卷，第 501 页。

悼的倒是我自己。我失去了我的一部分，我的最好的一部分”[①]，这其中自然有对朋友去世的悲伤缅怀，更有由战时知识分子普遍性的生存体验而引发的关于命运的感慨。这种相似性命运的感受，使得巴金对于自己之所以能在战时存活下来进行思考，他清楚地认识到如果不是自己早年成了一个作家，有一些稿费生活，“我很可能得到汪文宣那样的结局”[②]。在战时能存活的知识分子是少数的、是幸运的，知识分子并不能掌握自己的命运。

而当巴金思考战时空间如何作用于知识分子的生活体验时，包含着两个层面的质询和追问，即知识分子在战时的社会身份和知识分子存在的精神意义。首先，空间是任何社会关系得以存在的具体方式，空间将社会关系凝缩在其中[③]，因而，战时空间知识分子缺乏生存空间的体验与知识分子当时的社会关系有直接的关系。在《寒夜》中，汪文宣、曾树生无论是在“古庙似的家”中，还是在可称之为恶托邦的半公半商的公司和银行，体验到的都是痛苦。知识分子在战时无法凭借知识获得生活和生产资料，社会地位降低，这揭示了知识分子在谋生时面临的困境。第七章唐柏青说：“这个世界不是我们这种人的。我们奉公守法，别人升官发财……”第十二章汪母劝汪文宣去看看电影，汪文宣说：“现在读书人是下等人了。看电影看戏，只有那班做黑货白货生意的人才花得起钱。”如果知识在这一时期没有价值的，那么知识分子和其他的民众一样都是无产者，但因为曾经存在过能够凭借文化和知识挣钱的时代，所以当下的转变对于知识分子而言是艰难的，他们也无法像真正的劳动人民一样俯下身去用双手挣钱，这使得知识分子走上两条路：投机或者赤贫。

---

① 《纪念一个善良的友人》,《巴金全集》第 13 卷，第 517 页。

② 《〈寒夜〉挪威文译本序》,《巴金全集》第 8 卷，第 706 页。

③ “生产的社会关系具有一种社会存在，以至于也拥有了一种空间存在；即生产的社会关系把自身投射到某个空间上，当它们在生产这个空间的同时，也把自身铭刻其中。”〔法〕亨利・列斐伏尔:《空间的生产》，刘怀玉等译，商务印书馆，2022 年，189 页。

其次，在战时空间，知识分子难以实现、坚持自己的价值追求："那几年在抗战的大后方，我见到的、感受到的就是这样：知识分子受苦，知识受到轻视。人越善良，越是受欺负，生活也越苦。人有见识、有是非观念，不肯随波逐流，会处处受歧视。爱说真话常常被认为喜欢发牢骚，更容易受排挤，遭冷落"[①]，"五四"的启蒙理想在战时蒙尘，在救亡话语占主流的时代知识分子退居幕后。这也引发了巴金对于另一层面的思考，即知识分子在战时存在的价值和意义："这些贩卖知识、给别人用来装饰门面的官僚不能跟握枪杆子的官相比，更不能跟掌握实权的大官相比，他们也只是勉强活下去，不会受冻挨饿罢了。"[②]知识分子引以为傲的知识、文化和体面的身份毫无意义，当知识分子无力改变时，他们便抛弃过去的理想和知识的象征物，以换取生产资料。如：唐柏青卖掉自己的书，汪文宣校对大人物并不通顺的译著，曾树生从一个有志于教育的人变成银行的"花瓶"。尽管知识分子被迫对物质条件和精神追求进行了双重舍弃，仍然难以维系基本的生存与尊严，这进一步引发了知识分子的身份认同危机。比如，汪母后悔自己让汪文宣成为一个读书人，汪文宣也认为自己甚至不如一个银行工友。价值层面的自我否定必然产生自我毁灭的倾向，酗酒的唐柏青和染上肺病后觉得痛得不够的汪文宣，都是以惩罚身体来代偿痛苦，他们二人的孱弱的身体和不清醒的状态都揭示了知识分子在战时空间挣扎后生命的委顿状态。

综上，除了战时的生活体验之外，巴金从知识分子的角度出发，以亲身经历为思考指向，在《寒夜》中描摹了一个知识分子无法生存的战时空间，这个空间直接作用于知识分子，给他们留下被压抑局限的理想抱负和病弱的身体，让他们产生"这个世界没有我们生活的地方"的感叹。

① 《知识分子——随想录九〇》，《巴金全集》第 16 卷，第 426 页。
② 《知识分子——随想录九〇》，《巴金全集》第 16 卷，第 425 页。

三

结合本文的前两个章节对巴金在重庆时的复杂体验的全面考察，可以看到，《寒夜》无疑是一个有着具体现实背景，并立足于作家亲历经验而产生的作品。本章将梳理巴金的感受与文本创造的动态机制，在此基础上力图还原《寒夜》中的表征性空间如何从作家亲历经验中生成提纯，如何借由这一表征性空间理解文本在对于社会的控诉和个人命运的探索中形成的张力，并分析表征性空间的最终指向。

在分析战时日常生活体验、知识分子个体体验与《寒夜》中表征性空间的创造之前，我们需要梳理巴金的体验与文本创造的动态机制，力图把握《寒夜》表征性空间生成的理路。巴金的创作与现实生活有密切的联系，这并非指巴金对于现实作“真人真事的通讯报道”，或者“用照相机整天摄影”[①]，而是巴金对于现实生活的真切体验能够为他的创作提供丰富的养分，脱胎于现实的体验和感情成为小说中的有机组成部分。无论是《激流三部曲》，还是《爱情三部曲》，包括《憩园》《第四病室》《寒夜》等，这些巴金最好的一批作品，其背景和事件或者人物都来源于真实体验。巴金在处理这些材料时显得得心应手：“我的人物大都是从熟人身上借来的，常常东拼西凑，生活里的东西多些，拼凑的痕迹就少些，人物也比较像活人。”[②] 相比之下，《火》三部曲的评价不高，巴金自己也不满意，原因即是“考虑得不深，只看到生活的表面，而且写我自己并不熟悉的生活”[③]，没有真切地体验过这种生活，对于巴金的写作而言是困难的。《火》的第二部又名《冯文淑》，巴金从田一文处获得有关前线的材料和体验，又从未婚妻萧珊的身上获得塑造这冯文淑这一人物的灵感，但是在写作的过程中，“根据第二手的材料，写我

---

① 《谈〈寒夜〉》，《巴金全集》第20卷，第501页。
② 《关于〈火〉》，《巴金全集》第20卷，第641页。
③ 《关于〈火〉》，《巴金全集》第20卷，第636页。

所不熟悉的生活，即使主人公是我熟悉的朋友，甚至是我的未婚妻，我也写不好，因为环境对我陌生，主人公接触的一些人我也不熟悉，编造出来，当然四不象。我不能保证我写出来的人和事是真实的或者接近真实的，因此作品不能感动人”[①]。由此，我们可以看到，真实的体验和熟悉的生活是巴金写作的有力支撑。

值得注意的是，有研究者指出《寒夜》在巴金小说序列中的特殊性，即巴金以往作品的故事内核往往来源于现实经历，而《寒夜》并没有在现实中找到构思原型[②]。然而，从空间书写的角度上来看，《寒夜》在“体验现实空间——塑造隐喻性空间”的书写理路上接续了以往的作品。巴金是一位对于空间体验非常敏锐的作家，以《激流三部曲》为例，这个故事发生在川西盆地成都的一处老宅里，对于这个空间及其内部的人物关系的体验，使巴金在作品中隐喻性地创造了一个具有暗含权力关系的“家”空间。这种善于利用亲历的生活材料和敏锐的空间感受能力，使得巴金在四十年代创作的作品都极具空间特点。《憩园》《第四病房》直接以故事发生的空间为题，重回成都故居、听闻五叔去世的消息和居住在贵阳的第三病房给巴金以灵感，使得他的创作从个人体验上升到对空间背后制度和权力的体认。

因此，当书写《寒夜》时，巴金对战时的平民尤其是知识分子的苦难感到悲愤，使巴金“要为受难人鸣冤叫屈”[③]。为了达到这一目的，巴金结合深刻的战时体验，在《寒夜》的写作中以凝缩现实的笔创造了一个表征性空间（Representational Spaces）。所谓表征性空间，列斐伏尔认为它是“直接经历的（或活生生的）空间”，它“象征性地使用它的对

---

① 《关于〈火〉》，《巴金全集》第 20 卷，第 639 页。

② “这个构思出现在巴金的创作道路上实在意外：巴金以前的创作几乎都可以在他生活道路上寻到构思原型……”，陈思和：《人格的发展——巴金传》，上海人民出版社，1992 年，第 229 页。

③ 《〈寒夜〉挪威文译本序》，《巴金全集》第 8 卷，第 707 页。

象物”[①]，表现为“形形色色的象征体系”[②]，因此，表征性空间是一个符号的空间，也是一个象征的空间。作家结合自己的空间体验，将亲历的社会空间以“再现、表现、想象、虚构、隐喻、象征等为手段”[③]重新编码，在文本中创造出具有象征意义的表征性空间。《寒夜》中的战时重庆成为一个表征性空间，这一空间包含了关于知识分子战时体验的内容，以小知识分子汪文宣挣扎着走向死亡的情节为主线，创造这一表征性空间的目的是“控诉那个一天天烂下去的使善良人受苦的制度，那个‘斯文扫地’的社会”[④]。作者选取了战时日常生活体验和知识分子的生存体验，以汪文宣、曾树生等新式知识分子在战时重庆的空间体验为线索，展开了对于这一表征性空间的描摹。

这一表征性空间在时间上具有断裂性的特点。知识分子身处其中，艰苦的体验不免让他们回忆起过去和未来，但由于在时间上缺乏与过去和未来的联系，引发了其对于当下身处的空间无法体认的困难：“‘他们从那个遥远的世界上带来，并想着要把它们带回到那个遥远的世界上去的一切内心底东西，一切回忆、信仰、希望，现在都成了无用的’，而陡然失去：‘人们底回忆模糊了起来；回忆里的一切，都好像是不可能的’，于是，失去了记忆的‘人’既没有了‘过去’，同时也没有了‘未来’，‘唯一知道的，是他们必得生存’，‘人’终于成了绝对孤独的，几乎是‘绝缘’（割断了一切‘缘分’）状态下的生命的存在……”[⑤]这样的体验上升到了追问如何存在的层次。《寒夜》中以两座城市象征过去和未来，体现了时间被空间分割的特点：上海象征着汪文宣和曾树生为教育事业这一理想而努力的快乐岁月，而关于“去不去兰州”的讨论象

---

① 《空间的生产》，第59页。

② 《空间的生产》，第51页。

③ 谢纳：《空间生产与文化表征》，辽宁大学博士学位论文，2008年，第10页。

④ 《〈寒夜〉挪威文译本序》，《巴金全集》第8卷，第707页。

⑤ 钱理群：《对话与漫游——四十年代小说研读》，上海文艺出版社，1999年，第33—34页。

征着未来并不确定的可能。这两座城市都与身处战时重庆的汪文宣一家无关。与此形成鲜明对比的是当下的生存体验，时间滞塞凝固，没有希望："这就是我们的生活，永远亮不起来，永远比不下去，就是这样拖""日子仍旧单调地一天一天过去，无所谓快，也无所谓慢。他只有一种类似'捱'和'拖'的感觉。"停滞凝固的时间使得空间的体验放大，知识分子在战时的各种历时性体验都转换、集中、凝缩在汪文宣、曾树生等人对于陪都重庆这一空间的体验上，这便是这一表征性空间的意义所在。这个使得知识分子无法生存或者身体和精神双重病弱的空间，在国统区和沦陷区的其他城市也具有普遍广泛的意义。

然而，巴金并没有对这一表征性空间赋予绝望的象征，他意在对不合理社会制度进行揭露之余，呼唤一种新的秩序，一种适宜于知识分子生活的新空间。他认为《寒夜》是一本呼唤希望的书："我要说它是一本充满希望的书，因为旧的灭亡，新的诞生；黑暗过去，黎明到来。"① 我们必须注意到，空间并非是一个静止的物理容器，它是由生产力和生产关系创造的。人们对于一个社会的体验，实际上来源于由这种社会的生产关系创造出来的社会空间的体验。列斐伏尔指出："想要改变生活，我们必须首先改变空间"②，新的生活呼唤新的生产关系创造新的空间。因此，巴金对于战时空间的体验，实际上来源于被战争支配的战时生产关系和半殖民地半封建社会生产关系创造的空间。当巴金对旧制度大加批判时，他和其他知识分子都在呼唤一个由新的生产力和生产关系创造的社会。在这样的社会里，知识分子能够被尊重，能够发挥自己的价值，能够获得理想的社会空间的体验。

---

① 《〈寒夜〉挪威文译本序》，《巴金全集》第 8 卷，第 707 页。

② 《空间的生产》，第 280 页。

结语

通过梳理抗战时期巴金在重庆的住所及其文学创作，我们可以看到，频繁的空间变动和战争对于民众和知识分子的影响，如何影响了一位对于空间感知敏锐的作家在这一时期的写作。《寒夜》是巴金小说创作的一个高峰，文本中对于民众与知识分子在战时生存状态的描摹细致入微，得益于巴金对于空间的仔细观察与感受。

对《寒夜》的生产及其反映的巴金的空间体验进行分析，有助于我们对巴金的思想与信仰作进一步的考察。战时文学的书写理路有二：一是从集体的角度出发，描写群像式的人物在战时的奋斗；另一种是从个体的角度出发，书写个体的生存与精神探寻，即“由于作家观察、体验生活（战争）的立足点（民族、阶级本位的，或是个人、人类本位的）的不同，决定了四十年代作家对于战争存在着‘英雄主义与浪漫主义的’及‘非（反）英雄主义与浪漫主义的（凡人的）’两种体验方式与审美方式，进而产生了‘戏剧化’的小说与‘非（反）戏剧化’的小说这样两种小说体式”[①]。《寒夜》践行的是书写凡人这一条理路，巴金从个体的空间体验出发，创造出一个有指向性的表征性空间，以此呼吁一种适宜所有人居住和生存的新空间和新秩序。

［作者单位：中山大学中国语言文学系（珠海）］

① 《对话与漫游——四十年代小说研读》，第 510 页。

学人专栏·逢增玉

朱自清的现代小说批评特色与历史价值

□逄增玉

现代中国文学史上的朱自清，以散文写作、诗歌研究和文学批评而著称，相对而言，他针对中国现代小说的专门性批评阐述的文章，只有二十几篇，数量不算多，另外还有一些散论，夹杂在其他文类的批评和文论里。同时，在清华大学里讲授过现代文学的朱自清，还撰写有《中国新文学研究纲要》，其中涉及众多现代小说作家与作品，并配有讲解和评述，但由于只是大学的讲义，除了部分师生知晓外，流传不广。故此，学界已发表或出版的有关朱自清现代小说批评的著述，除了谢昭新的《中国现代小说理论发展史》外，甚少涉及。不过，朱自清不算很丰富的现代小说批评，还是宜应放置于现代小说批评和理论发展史中，以衡照其特色与价值。

一

朱自清是活跃于中国现代历史和文学史上的诗人、作家与学者，作为历史的在场者和亲历者，他的小说阅读和批评的视野，一直关注那些活跃于现代文学场域的著名作家及其创作，如鲁迅、茅盾、老舍、李健吾、张天翼、穆时英、落花生（许地山）、王鲁彦、李劼人、赵树理等。其中朱自清对鲁迅的小说特别关注，其不仅有对鲁迅作品的专篇分析，更在许多批评其他作家作品、或各种文论中，不时地把鲁迅的小说作品拎出来加以比照和评点。茅盾也是朱自清写下评论性文章最多的作家。朱自清对茅盾的主要作品几乎都有评论，虽然没有作家兼批评家的茅盾写的诸多作家作品专论的篇幅和风采，但或许可以看作对茅盾批评传统有所继承的朱自清风格的作家作品论。

在为数不是很多的小说批评中，朱自清对活跃于现代文学历史舞台、成为时代文学潮流代表者的现代作家作品，很少借用来自西方的系统的小说理论进行文本解释和阐述，如叙事视角、叙事者、隐含作者、作者与叙事者和隐含作者、作者和叙事者与小说人物关系等，也不通过对小说作家及其文本批评创建一种小说学理论，而是以一种积极参与历史和文学运动的姿态及由此带来的鲜明的现场感与时代感，重视和强调小说作品表现时代的功能及由此生成的思想与艺术价值，把小说与时代和历史的关系作为衡量和判断的重要尺度。在《文学的标准与尺度》《论严肃》《论通俗化》《什么是文学的生路》《低级趣味》《论百读不厌》等一般性泛论文学的价值与功能的文章中，朱自清实际是以“五四”以来中国文学的发展路径和方向，作为内在的标准和尺度。1920 年代《文学研究会成立宣言》强调文学须于人生有益，是一项严肃工作的现实主义传统，朱自清结合某些具体作家的文本，一再阐述和论说中国新文学是不断表现时代和人民及社会发展的，具有严肃的写实主义或现实主义旗帜下的时代性价值，是新文学重要的遗产，五四时期“打倒礼教”和“反封建”的时代性“个人主义标准”，“顺带着人道主义”和语言上的欧化，就成为尺度和标准，“是这时期知识阶级向着现代化的路”。而“五卅运动接着国民革命”以后，“反帝国主义也成为了文学的一种尺度”，到抗战救亡时期，自然地“抗战立即成为了一切的标准”，抗战胜利以后的反内战、争民主运动的历史和“国情”，势必带来文学的“民主的尺度”[①]。这样的时代性标准，使得新文学一方面反对旧文化和文学

---

① 朱自清:《文学的标准与尺度》,《朱自清全集》(第 3 卷)，江苏教育出版社，1990 年，第 136—137 页。

的“文以载道”传统，另一方面又在实行一种新的“载道”，“新文学运动以斗争的姿态出现，它必然是严肃的……鲁迅先生的第一篇小说《狂人日记》里喊出了‘吃人的礼教’和‘救救孩子’，开始了反封建的工作……文学担负起新的使命，配合了五四运动，它更跳上了领导的地位”，“然而这也未尝不是‘载道’，不过载的是新道……一方面攻击‘文以载道’，一方面自己也在载一种道”[①]。中国新文学批判否定儒家“文以载道”等传统，而自己的启蒙与救亡、反帝与反封建、抗战与民主建国等绵延不绝的历史任务，却不能不使得新文学具有一种新“儒家”式的立场和情怀，实质形成一种新的“载道”传统——载启蒙、救亡和抗战民主等历史与时代之道。而这样的新“载道”传统势必成为认识和评价新文学的时代和历史价值、艺术和美学价值的尺度。

朱自清结合五四时期的鲁迅、创造社和五卅到抗战胜利前后的历史形势和任务，多次在不同的文章里，阐述新文学的这种历史发展形成的新传统和“道统”，而这样的宿命和使命使得现代文学和小说，自然与当年文学研究会倡导的“文学是严肃工作”的诉求一脉相承，在“载道”同时走向通俗化，追求大众化与人民性，同时必然反对和避免低级趣味，追求文学的纯正与严肃，“纯就是不杂……正是正经，认真，也就是严肃。严肃和真的幽默并不冲突，例如《阿Q正传》”[②]。为此，朱自清一再例举鲁迅和茅盾小说，以及四十年代解放区出现的赵树理的小说，指出这种严肃而纯正艺术趣味的小说，不仅对于人生和社会大有裨益，而且具有“百读不厌”的永恒的艺术魅力。“例如鲁迅先生的《阿Q正传》，茅盾先生的《幻灭》《动摇》《追求》三部曲，笔者都读过不止一回……《阿Q正传》里的幽默和三部曲里的几个女性吸引住了我。”虽然很多人都认为这些作品让人百读不厌的原因是其“幽默”的语言和多姿多彩的时代女性形象塑造，但朱自清认为它们的艺术魅力还不止

---

① 《论严肃》，《朱自清全集》（第3卷），第140—141页。
② 《低级趣味》，《朱自清全集》（第3卷），第169—170页。

此，“《阿 Q 正传》主要的作用不在幽默，那三部曲里主要作用也不在铸造几个女性”，这些固然是它们吸引读者百读不厌的原因，但更大的意义却是它们表现历史、时代生活的人物形象的典型性，也就是纯正趣味代表的现实主义的时代与历史书写的文学价值。

在其他批评文章里，朱自清反复地阐述这样的表现时代价值和历史深广度的现实主义作品的意义和价值。如在《近来的几篇小说》这样的类似创作时评的文章里，朱自清除了对茅盾《幻灭》塑造的女性人物形象进行评述以外，他对《小说月报》十八卷十号刊载的小说《桂山先生的夜》和王鲁彦《一个危险的人物》的评价，也着重肯定了这两篇在现代小说史上其实影响不大的作品的意义，在于其能够于大革命失败后严峻的白色恐怖环境下，以隐晦曲折之笔，暗写受迫害的革命者及其家人的苦难，借以揭示和控诉“清党”和背叛大革命的白色恐怖与政治的残暴。其作品的时代性，在朱自清自己创作的著名散文作品《荷塘月色》里也有潜隐曲折、托物言志的表达，而那两篇小说引起朱自清关注和“共情”的深因，正在于此。所以他最后总结说：“从以上三篇小说里，无论它们的工拙如何，可以看出一种新趋势。这就是：以这时代的生活为题材，描写这代的某几方面，前此似乎是没有的。这时代是一个动摇的时代，是力的发展时代……我并不想以功利作文艺批评的标准，但这种自然会发生的副作用我们也不妨预想着的。这三篇都不曾触着这时代的中心，它们写的只是侧面，但在我，已觉得是一种值得注意的新开展了。”[①]就是说，这几部小说并不是全力描写和反映时代风云激荡的“伟大”小说，时代性甚至只是它们的“副线”或朱自清所说的“侧面”与“副效应”，个别小说如《一个危险的人物》“虽然也涉及时代，但其实只是旧时代的人物”，或难以摆脱“旧时代的气氛”的“过渡的时代”，时代性甚至只是一个“偶然”和“空的骨架”[②]。但尽管如此，它们“既

① 《近来的几篇小说》，《朱自清全集》（第 4 卷），第 245—255 页。
② 《近来的几篇小说》，《朱自清全集》（第 4 卷），第 245—255 页。

然涉及了这时代”，朱自清便要“叙述”和评价它们的价值。由此可见，来自文学研究会传统的现实主义的反映人生与时代的“严肃”、通过文学性和人物的典型性反映时代内涵与价值，构成了朱自清小说和文学批评的非常重要的“标准”。

从这样的尺度与标准出发，朱自清对茅盾的长篇小说《子夜》给予了很高的评价，认为在“这几年我们的长篇小说，渐渐地多起来了”的1930年代，“真能表现时代的只有茅盾的《蚀》和《子夜》……前一本是作者经验了人生而写的，这一本是为了写而去经验人生的。”[①]朱自清认同小说描写和反映的“民族资本主义的发展与崩溃的缩影”的时代性主题，描述了小说所写的代表外国资本势力的买办资本家与中国民族资本家的斗争及其结局，也指出了国民党军阀混战与外国资本的压榨造成的时代和现实的破坏性力量，“民族资本主义在这两重压迫之下，自然会走向崩溃的路上去”。而民族资本家为了挣扎和转嫁困境，就“压榨工人，于是劳资关系渐趋尖锐化。这也可以成为促进民族资本主义崩溃的一个原因”[②]。这些确实是小说大规模描写的时代性内容和主旨，朱自清对此的客观描述表达了他对小说内容和作者自述的小说主题的认同。但难能可贵的是，他既指出了作者追求的和诸多批评家公认的小说所写民族资本主义崩溃的原因，即代表封建主义势力的军阀混战给社会城乡带来的动荡不宁，与代表帝国主义的买办阶级的绞杀打压，是造成中国民族主义走向破产失败的主因，但也同时指出了劳资矛盾和工人罢工及政治运动，也是导致民族资本企业崩溃的另一个原因。这样的认识和见解，在左翼阵营的《子夜》批评中，一般是予以回避或语焉不详的，并且在后来很长历史时期内，时代和意识形态规训也导致对此类问题的“不见”。直到在改革开放后的新时代语境中，人们才对于《子夜》自身包含的劳资矛盾、工人罢工运动和民族资本主义的矛盾性与消解性，属

---

① 《子夜》,《朱自清全集》(第1卷)，第273页。
② 《子夜》,《朱自清全集》(第1卷)，第276页。

于党史基本否定的左倾盲动主义发动的工人运动和工人阶级形象的复杂性，以及茅盾本人在写作中的态度和倾向，予以重新解读和评价。而朱自清早在《子夜》出版不久就对这部史诗性小说反映和描写的时代性内容的广博与宏大，作者思想诉求的复杂性和小说主题内容的复杂性，以及对民族资本家吴荪甫的“生不逢时”和“英雄气概”的描写导致的作者的创作动机与接受效果的背离，均做出了实事求是的评价，“引起一部分读者对于他们的同情与偏爱，这怕是作者始料不及罢”[①]，这显示出朱自清小说批评的时代清醒性和客观真理性。此外，在对茅盾的《春蚕》和《林家铺子》等中短篇小说的评价中，朱自清也是针对它们表现的时代内容与社会关系的角度，给予积极的评价，甚至认为茅盾的这些中短篇小说对农村和农民，以及小城镇商人在时代风云中起伏颠踬的命运的描写，堪比那些长篇小说，个别中篇小说如《林家铺子》，可能更能体现茅盾的才华和适合茅盾的创作个性，其内容和篇幅所表现的时代风云变幻对于城乡商人和市民命运的影响，不亚于鸿篇巨制的长篇小说。

二

如上所述，朱自清对现代小说创作的时代性的强调和重视，并非从一个外在的理论框架和套子去要求和规范，更多的时候，这种时代性的强调和提出，是与他本身就置身于作家写作的时代环境紧密联系着的。这样的感同身受，使得他强调的时代性往往与他批评的当下性和现场性互为表里，也使得他的批评可以说是一种时代性和现场性的作家作品论。这种时代性与现场性融合的批评，使朱自清式的作家作品论，一方面体现出一种紧紧扣住文本的症候式阅读和批评特征，即沈从文在教授小说创作时提倡的“贴着人物写”；另一方面又体现出通过作品与作家

---

① 《子夜》,《朱自清全集》第 1 卷，第 278 页。

对话、交流和探讨切磋式的批评，具有中国传统评点式批评传统和现代文艺理论相结合的趋向，成为朱自清式的、时代和现场同时进行的文本症候阅读加评点的批评。

而这样的评点和症候式阅读与批评，是中国现代小说批评、作家式小说批评的比较普遍的样态和范式，如鲁迅、沈从文、李健吾等作家的小说和文学批评，往往都具有如此的批评特色。其中像李健吾以刘西渭笔名发表的，收在《沮华集》和《沮华二集》里的诸多文论，被时人和史家誉为法国式的印象主义批评。朱自清不仅评点过李健吾的小说，而且还在《给〈一个兵和他的老婆〉的作者——李健吾先生》一文中，有意模仿李健吾小说和批评文章的语言风格行文论说。虽然作为南方人的朱自清由于对北方语言风格的"陌生化"，造成这篇模仿李健吾语言和批评风格的文章不算成功，但由此可见朱自清对于李健吾印象主义式和直抒胸臆的批评言说方式的偏爱与认同，并由此带来朱自清的现代评点式和症候式阅读与批评方式，似乎也可以说是印象主义加阅读感受与直觉的混合体。

与李健吾及其所赓续的法国印象主义批评比较接近的一点，是朱自清的小说批评中也有一个比较鲜明的"自我"的主体性在内。人们常说文如其人，这往往指的是文学作品风格与作家的创作个性存在一定的同一性，但好的文学批评里其实也存在着批评家的自我主体性，李健吾的文学批评如此，朱自清的小说批评亦复如此。朱自清的批评文章的文笔和文风，亦如他的诗评和散文一样，内含朱自清自我的本色和话语风格，其自我和主体性在批评文章里，往往体现为与被批评的作家和作品，具有一种平等友善、知人论世的态度，即前述的交谈式、对话式的批评，而不是居高临下对作家颐指气使或说三道四。法国的印象主义批评强调批评家面对作家和作品时的那句著名的话：我批评的就是我自己。这在朱自清批评文字的自我与主体中是没有的，相反，他追求的是"修辞立其诚"，是做人态度与批评态度的一致，为人作文时一贯的平和温婉的态度，也构成了其批评的态度，他与作家是平视和对话的，他的批评是娓娓说理的，文字是温婉润和的，没有激情四溢或浪漫的夸饰，也没有火气四射和臧否失度，自始至终都是人文理性精神与文本症候阅读的结合，是文本、时代、历史与艺术和美学批评的统一，是作家对作家的批评，也是学者和读者反应式的批评。它们构成了朱自清小说批评的“说理”与真理，也成为朱自清诗歌散文写作、诗论与小说评论等整体性文体的有机组成部分。

由于是这种“贴着作品”的症候式、沉浸式、评点式和对话式的批评，与批评的对象保持“视线”的平等和客观中立的态度，也不回避主观的印象和直觉的感受，所以朱自清对现代作家的小说批评，能够是其所是，非其所非，不溢美，不饰恶。譬如，朱自清对于包括鲁迅在内的所要批评的作家作品，一方面是给予高度赞美和评价的，如对于鲁迅的《阿Q正传》和《狂人日记》《药》等作品，朱自清在多篇文章中都予以肯定性评价，谈及很多文艺现象时都以鲁迅作品为例，如阿Q形象的内涵和小说的幽默等。但是另一方面，对于鲁迅的历史神话小说《不周山》，朱自清认为这不是鲁迅的长处，鲁迅的新文学贡献是从《狂人日记》开始，“用写实的手法表现了象征的意义”，是以科学和民主的现代意识打倒封建主义的“吃人的礼教”和“救救孩子”[①]，是用“庄严的工作”和严谨的现实主义深挖“封建主义老中国及其儿女”的病象，并要解决这文化与国民的“疾患”，这是鲁迅以幽默、象征融之于现实主义的最大文学成就。而《不周山》之类小说却不是鲁迅所长，正如朱自清对极为熟稔的友人作家叶圣陶小说的评价一样，认为经历了晚清、“五四”和“五四”后的社会大变动，一直把时代写进作品，自己又从江南乡镇小学教师到上海大都市谋生、熟悉知识分子和教师生活的作者，描写现实题材的小说和“客观冷静”的严谨写实主义，是叶圣陶小说的长处，但他也如鲁迅一样不大适合写某些怪异的历史神话题材小

---

① 《五四时代的文艺》,《朱自清全集》(第4卷)，第470—471页。

说[①]。朱自清对于鲁迅《不周山》一类小说的评价是否正确和公允姑置不论，但是他能够对于自己尊重的作家的是是非非，不回避瑕疵，也可见朱自清批评立场的公允和态度的真诚。

另一位大作家茅盾，朱自清也是极其敬重的，他全部创作中唯一的一篇生日贺词，就是在茅盾创作二十五周年和五十岁诞辰双庆纪念时写下的《始终如一的茅盾先生》[②]。对茅盾创作的诸多作品，如长篇小说《子夜》，中篇小说《蚀》《路》《三人行》《林家铺子》，短篇小说《春蚕》《秋收》《小巫》《喜剧》《创造》《一个女性》《光明到来的时候》《神的灭亡》等，朱自清都有长短和专杂不一的评论。对茅盾小说创作的成就和贡献，朱自清也是充分肯定和高度评价的，认为茅盾是对于中国社会从都市到乡村、从资本家到工人、从市民到商人都有描写的大家能手。但是，在充分肯定茅盾小说创作成就的同时，平视而非仰视的批评者的主体性意识和立场态度，也使朱自清对茅盾小说创作中的不足，不避讳掩饰，而是坦诚指出。《子夜》是茅盾最为成功的长篇小说，也是代表1930年代左翼文学实绩的标志性作品，朱自清在不止一篇文章中谈到该小说之际，毫不掩饰对其辉煌性卓越性的赞扬，如其时代性的重大主题，众多的人物形象，从都市到农村各个层面的对于当时中国社会的“史诗性”的展开和描写等。饶是如此，朱自清对其某些方面的不足也实事求是地予以指出，“就以近作《子夜》而论，主要的部分写得确是淋漓尽致，陪衬的部分就没能顾到，太嫌轻描淡写了”[③]。他还认为《子夜》第一章开篇就写表征“封建道德与资本主义道德的冲突”的“父与子”冲突，“作者将吴荪甫的老太爷，写得那么不经事，一到上海，便让上海给气死了，未免干脆得不近情理”，“借着吴老太爷的大殓好同时介绍全书各方面的人物”，这父子冲突与全书的主旨无甚关涉，且如此的描写和结构也“未免太取巧了些”。此外，作品写的来往于吴家的上

---

① 参见《叶圣陶的小说》,《朱自清全集》(第1卷)，第261页。

② 《始终如一的茅盾先生》,《朱自清全集》(第4卷)，第451页。

③ 《春蚕》,《朱自清全集》(第4卷)，第321页。

海社会的消闲颓废、无所事事、或陷于婚外情的男女客人，如吴少奶奶、诗人范博文、教授李玉亭等，则多流于表面化，或“只钩了个轮廓”，或“形容太甚”，或“写得也过火些”[①]。即使从今天的角度和观点来看，朱自清的这些现场评点式的“症候”批评，也大多是站得住的或符合作品实际的，其对茅盾作品不足之处的批评是以理服人、客观公正和从作品实际出发的“求是”之论，也是言之成理并且得到作者自己承认与后世研究者认同的“公论”。

此外，朱自清对老舍的长篇小说《老张的哲学》与《赵子曰》中的讽刺与幽默的底色、若干人物塑造的个性、整体“紧凑的”结构和和风景描写，均予以了充分肯定，评价不低，是老舍者两部作品发表出版后出现的比较完整和全面的评价。但是朱自清也如实提到了老舍早期创作的、尚在创作发展中、难称完美的小说，指出它们的讽刺幽默存在失分寸之处，“而一章或一节的开端，往往有很长的解释或议论，似乎是旧小说的蓝调，往往很杀风景的”，两本小说中“作者现身解释的地方太多”，造成作品的“辞气浮露”，两书的结尾都有“毛病”，《老张的哲学》的结尾有些“散漫无归”，《赵子曰》则是“不能将全篇收住”[②]。对与自己极为要好、交谊深厚的叶圣陶的小说创作，朱自清以知人论世和“文变染乎世情，兴废系乎时序”的立论视角，对时代变迁中“小布尔乔亚写实主义”的创作方法，对知识分子在时代变迁中的颠簸起伏命运的如实描写，以及精心谋篇布局的严谨结构，语言的精心锤炼，都予以充分肯定，“他的作品结尾，几乎没有一篇不波俏的”。但也能指出作者不擅长写人物对话，“各篇中对话往往嫌平板，有时说教气太重”，有些作品“爱用抽象的比喻”，或者“爱用骈句”，或者“作者出面解释的地方，往往太正经，又太多”，以致“有些陈旧肤浅”，“有时使文字失去自然的风味”[③]。爱而知其恶，对自己认为的作品的优缺点均能娓娓道来，是

① 《子夜》，《朱自清全集》（第1卷），第276—278页。
② 《〈老张的哲学〉与〈赵子曰〉》，《朱自清全集》（第1卷），第254—255页。
③ 《叶圣陶的短篇小说》，《朱自清全集》（第1卷），第261—262页。

朱自清小说批评的客观和公正性及批评的价值性所在，当然，这也有环境和时代的批评风气的共相。

应该指出的是，朱自清“是其所是，非其所非”的诚恳求实的批判态度和方法，都是在对他所批评的对象的创作成就予以整体肯定的基础上，再对他认为的不足之处予以揭示。也有不少的批评文章是夹叙夹议式、臧否并行式的评骘，至于这些对于包括鲁迅和茅盾在内的作家作品的批评，是否都符合文本的实际和样态，以及是否得到历史的检验和公认，文学史和批评史都已经作出评价和结论。朱自清的融自己主观评价于尽量客观公正的标准与尺度，以及尽力公允的批评家人格和批评态度，则显示出与李健吾的印象主义批评有同有异的时代风范和朱自清个人的批评印记。

三

朱自清的印象主义和文本症候式批评，并非天马行空任意驰骋纵横，正如他称赞叶圣陶小说的写实主义的“严谨”和结构的“讲究”一样，朱自清的批评态度及其文字和文章，也是相当严谨的。他“毕竟是书生”和学者，是中国最著名的大学的文学专业的著名教授和学者，这是异于他人的一个明显不同之处。在“贴着作品走”的印象式和评点式的文本症候阅读的批评中，丰富的中外文学史知识与学识和学者的修养，也铸就了他看重的评价文学批评的内在标准与尺度，时不时体现于批评里，构成了他的文本症候式阅读，印象和现场批评中不乏学者和学院式批评的兼容共生型构。他并不在批评中不着边际或炫耀式地大量引用中外文学史知识与文艺学理论的话语资源，而是在论及文本现象时、在必要时才水到渠成、随手拈来式地将它们“召唤”到批评文字中，用之对所批评的文本和对象进行比较、说明与阐释。

例如，评论老舍的长篇小说《老张的哲学》与《赵子曰》，就必然涉及老舍从创作之始就体现出的个人式的幽默与讽刺，而为了说明老舍小说的幽默与讽刺的症候及得失，朱自清自然地就谈及了清末以《儒林外史》为代表的讽刺小说，并极为谙熟地征用了鲁迅在《中国小说史略》中对其的评价："戚而能谐，婉而多讽"，也引用了鲁迅对《儒林外史》之后的清末"谴责小说""虽出于《儒林外史》"，但"辞气浮露，笔无藏锋"的评价，并就此展开阐述，指出后来"官场现形记等"谴责小说，"嘲弄的喜剧味比哀矜的悲剧味多"，缺失了严肃和悲喜剧交加的意蕴，流于油滑和游戏。真正继承了讽刺小说传统而又有所超越和发扬光大的，是写作《中国小说史略》的鲁迅本人，他的《阿 Q 正传》，其"文笔的严冷隐隐地蕴藏着哀矜的情调，那更是从前的讽刺或谴责小说所没有"①。朱自清如数家珍地从清末讽刺与官场小说的历史谈起，并联系到鲁迅最辉煌的小说《阿 Q 正传》，以此观照和探究老舍两部长篇小说在幽默讽刺上的得失，在比较和烛照中，他指出《老张的哲学》中老张的"钱本位"的讽刺的有些极端化，把老张愚蠢贪婪写得过度，"其余的角色如《老张的哲学》中的龙树古，蓝小山，《赵子曰》中的周少濂，吴端，莫大年，欧阳天风，也都有写得过火的地方"②。讽刺夸张过于极端和失度，讽刺幽默若只是追求笑噱和喜剧而缺失"悲悯"的底子和蕴涵，容易流于油滑，导致了讽刺幽默要达到的批判性和喜剧中的悲剧性的缺位。这样举重若轻地"谈古论今"，显示的正是朱自清小说批评的学院派和学者化风采，征引既往和前人的创作和理论予以比较，不是为了臧此否彼，而是增强阐释作品的合理性和"以理服人"。

在评论李劼人的小说《心病》时，他开篇就谈及旧小说的注重故事情节和中国人习以为常的"爱看故事"的接受阅读心理，认为直到现代特别是 1930 年代新感觉派作家施蛰存的《石秀》等古代题材和心理分析小说的出现，才逐渐改变中国人阅读小说的审美心理和习惯，而《心病》看来是受到了英国伍尔夫等意识流小说家的影响，"但施先生只

---

① 《〈老张的哲学〉与〈赵子曰〉》，《朱自清全集》（第 1 卷），第 250—253 页。
② 《〈老张的哲学〉与〈赵子曰〉》，《朱自清全集》（第 1 卷），第 250—253 页。

写了些短篇，长篇要算这本《心病》是第一部。施先生的描写还是依着逻辑的顺序，李先生的却有些处只是意识流的纪录；这是一种新手法……”从西方现代派的意识流小说的手法谈起李劼人小说各色人物描写的意识流心理与时空跳跃，“读完了这本书，真阴森森的有鬼气，似乎‘运命’在这儿伸了一双手”，并指出“这个‘运命’是有点神秘的，不是近代的观念”，而是受了美国作家埃德加・爱伦・坡的影响，此前作者写的另一篇小说《影》与爱伦・坡的影响有关。意识流小说及现代派文学，在1930—1940年代中国文学中产生，且影响了现代派文学思潮与流派，1950年代后在中国文学中一度消声匿迹，被遮蔽和压抑于历史地表，直到1980年代才又重新被介绍和引进，并对当代中国文学产生很大影响。但朱自清在1930年代就联系西方现代派的意识流和伍尔夫、爱伦・坡的创作，去评价留学法国、熟知法国和西方文学且受到其影响的李劼人及其小说《心病》的意识流写作症候，并寻绎其与西方现代派的内在精神接点和轨迹，这不能不说是学者朱自清的中外文学史素养在面对批评对象时的自然流露和“临场发挥”。而且，在李劼人的一生创作中，文学史和研究者与批评者多注重他著名的反映四川辛亥革命保路运动背景的历史大河小说《死水微澜》《暴风雨前》和《大波》三部曲作品，几乎很少顾及这本同样非常重要的、具有文史学和艺术价值的《心病》，这是文学史研究与撰写的疏漏。而朱自清却在他的时代和现场批评中，及早发现了这部作品的价值并予以分析阐释，且扩散至意识流手法之外，“书中不少的幽默，读的时候像珠子似地滚过我们的眼”[①]，给予了该作品以应有的重视和价值评判，这是非常难能可贵的。这类在批评小说时经常征引类似的外国文学作品或创作流派来进行比较，在朱自清的批评中所在多有。如谈到叶圣陶的严谨写实主义之时，朱自清信手拈来：“法国的现实主义到俄国就变了味，这就是加进了理想的色彩。假使这句话不错，圣陶初期的作风可以说是接近于俄国的，

① 《读〈心病〉》，《朱自清全集》（第1卷），第279—282页。

而后期可以说是近于法国的。”朱自清还引用日本藏原惟人《到新写实主义之路》对三种写实主义的划分，把叶圣陶归属于第二种，即“小布尔乔亚写实主义”[①]。这样的参照和比较，就使得对批评对象的评价有了更为广阔的视野和参照物。

学者的素养和学识使朱自清不仅在批评中经常以中外文学作品和文学史知识与理论修养，展卷阅读和予以评论，还使得他自然而然地具有一种亲身经历了“五四”以来的新文学发展历程的“在场者”意识，以及建基于新文学史背景的“史识”和视域，即新文学史家的眼光。朱自清不但在包括诗论、创作谈、序跋、文章作法等各种文论中，经常地对“五四”、五卅及抗战时期中国的历史运动与文学运动，予以耙梳论述，将所评论和谈论的现象与问题置于新文化史、新文学史的背景与语境中，而且在对具体作家作品和文本的评价阐释中，时常精辟概要地联系前后的文学史背景和现象作为话题展开阐论。例如：在《春蚕》一文中，他谈及小说的乡村描写，就特地谈到“新文学里乡村描写，第一个自然是鲁迅君，其次还有王鲁彦……鲁迅君所描写的是封建的农村，里面都是些‘老中国的儿女。’王鲁彦君所描写的，据说是西方物质文明侵入后的农村……茅盾所写的却是快给经济的大轮子碾碎了的农村”[②]；在《内地描写——读舒新城先生〈故乡〉的感想》中，也联系到“新文学里的内地描写，从鲁迅先生创始，小说中以内地为背景的不少，近年来茅盾先生《春蚕》是大家知道的”[③]。对自己老朋友叶圣陶的小说创作的评论，从作者的身世自然引申到时代背景：“这二十年来时代的大变动，自然也给他不少的影响：辛亥革命，他在苏州；五四运动，他在甪直；五卅运动与国民革命，却是他在上海亲见亲闻的。这几行简短的历

① 《叶圣陶的短篇小说》，《朱自清全集》（第 1 卷），第 257—259 页。

② 《春蚕》，《朱自清全集》第 1 卷，第 318—320 页。

③ 朱自清：《内地描写——读舒新城先生〈故乡〉的感想》，《朱自清全集》第 4 卷，江苏教育出版社，1990 年，第 340 页。

史，暗示着他思想变迁的轨迹，他小说里表现的思想变迁的轨迹。”[①]不是大段地讲述相关的文学史或历史背景，而是紧扣所谈论作品的现象联系到“有机”的背景，简单陈略，提纲挈领。甚至在不是批评而是向中学生和青年介绍应该阅读的文学作品以增厚自己的文学素养之际，朱自清也是一再地推荐鲁迅和茅盾等作家的作品集[②]，可见朱自清新文学史视域意识的浓厚与自觉。

除了对现代小说进行现场跟踪和批评外，作为大学教授的朱自清还要在大学课堂上讲授文学，这就带来了他从事现代文学批评的另一种模式：学院教案和讲义式的批评。《中国新文学研究纲要》和《鲁迅〈药〉指导大概》就是朱自清的大学授课的讲义教材。前者是对整个新文学史的研究和讲述，不限于小说，这是出现较早的中国现代文学史，自然包含史家的眼光和批评阐释。后者则是专门对鲁迅一篇小说《药》的讲解和阐释。由于是讲义，在对《药》的讲解阐释中，朱自清按照讲义的要求，首先全文引用录印了小说，并给每个自然段都加上数字标注，第二部分是“指导大概”，即按照标注逐句逐段讲解阐释，开宗明义就说：“本篇是短篇小说。正题旨是亲子之爱，副题旨是跟着的寂寞的悲哀。”然后从内容到人物，从主题、主旨到人物语言和心理，逐一分析评价，在讲义最后还联系鲁迅的《明天》与《祝福》等表现“亲子之爱”的小说，进行比照分析，对于革命者与革命的内容，则将《阿Q正传》作为借镜。学者的细腻和讲义的型构，使朱自清的研究对于小说主题、副主题和人物塑造与心理分析，都很精致贴切。贴着文本内容展开讲解评点，是学院学者的文本症候阅读分析与印象主义批评完美结合的典范。其中对于小说两条题旨，即明线与暗线的提出和分析，是朱自清在这篇讲义中最具独创性的见解之一，对于后世分析这篇小说，产生了较大影响。在对鲁迅小说进行同时代和现场批评的作家学者中，茅盾对鲁迅小

① 《叶圣陶的短篇小说》,《朱自清全集》第1卷，第257页。

② 参见朱自清:《中学生与文艺》《青年与文学》,《朱自清全集》第4卷，江苏教育出版社，1990年，第472，510页。

说的评论多有首创之见，而朱自清是除茅盾之外另一位阐释鲁迅小说的优异者，这样的讲义式和学院式批评的文本，在中国现代文学批评史上可谓独具特色，在此后的现代小说批评著述中还很少见到类似的文本。

当然，不论是印象主义或学院批评，不论是文本症候阅读还是现场时代置评，朱自清的小说批评都非常注重对于作家作品必然涉及的小说艺术的评骘和阐发。在他几乎所有的小说评论中，相比于宏观的时代背景等大问题，他涉猎和论述最多的其实是小说写作的内在艺术问题，是小说情节与结构的安排、人物塑造的得失、心理描写的深浅、写实主义与现代主义的区隔，是小说结构是否严谨、细节是否得当、风景描写的功能与优劣、语言的雅与俗、大众化与通俗化的艺术魅力、讽刺幽默的分寸等，不仅注重小说写什么，更重视“写得怎样”的问题。在这些方面，朱自清几乎都能要言不烦地涉猎或极有见地论及，单独拎出来或夹叙夹议，古今中外地予以比较或温和委婉地说理。像《论白话——读〈南北极〉与〈小彼得〉》，就是根据新感觉派作家穆时英的小说与左翼作家张天翼的小说，从周作人的“直译”和散文所创造的白话，到创造社、陈西滢和赵元任的创作与翻译形成的白话及其对于小说的意义，论述了现代文学的白话语言发展问题[①]。而之所以将穆时英和张天翼这两个政治和艺术倾向并不相同的作家的小说作品放到一起阐论，是因为它们的语言都涉及“大众语”和“大众文艺”问题，而大众化与其带来的通俗化，也必然涉及艺术魅力和接受度是否永恒等问题。由此出发，与时俱进的朱自清在抗战和抗战胜利以后，还及时地关注和谈及与国统区完全异质的解放区作家赵树理的创作，认为赵树理的创作代表了正确的大众化方向，即使在国统区也能被青年和人民所接受。这样，关注和重视小说创作的艺术问题的朱自清，已经“进步”地把艺术与题旨和内容，与时代政治有机地结合起来，在一种历史整体性的视域中，使其小说批

---

① 参见《论白话——读〈南北极〉与〈小彼得〉》，《朱自清全集》（第 1 卷），第 318—320 页。

评走向新的高度和阶段。

最后应该提及的，是朱自清的文学和小说批评的语言也是独具特色的，印象、直觉、感悟、判断、诗化等融为一体，读起来毫不板滞而是如行云流水。如老舍《赵子曰》结尾的风景描写，朱自清认为写得最成功，也是老舍小说一贯的出色之处，“写景是老舍先生的拿手戏，差不多都好”。在引用一大段小说风景描写的原作原文后，朱自清最后只用一句话作为评论的结束语：“这是不多不少的一首诗”[①]。而这样的小说评论，有朱自清称赞老舍语言的“隽妙”之味，也是朱自清小说评论的“隽妙”之韵。

（作者单位：中国传媒大学）

① 《〈老张的哲学〉与〈赵子曰〉》,《朱自清全集》第1卷，第256页。

视野广博，植根深厚

——逄增玉的学术研究与贡献

□刘铮

逄增玉教授是随新时期进程成长起来的知名学者。1977 年，他作为恢复高考后的第一批大学生考入东北师范大学中文系，1981 年，又考入湖南师范大学，成为中国现代文学专业的硕士研究生。1984 年硕士毕业后，逄先生回到当时仍属文化“边地”的东北家乡，在母校东北师大任教，并自此正式走上学术研究与教学之路。回顾逄增玉教授的学术生涯，在这四十年如一日的学术道路跋涉中，从对东北文学与文化的开掘，到文学现象、文学经典的重审与对文学史的重建，再到对现代性问题的探赜，凡此研究，无一不体现着逄增玉教授精准独到的学术眼光与深具开拓性的学术成就，而逄教授严谨、周密的治学品格，亦可谓后辈学人之楷模。

一、首发先声，潜心耕耘：从东北作家群到“满映”

论及逄增玉教授的研究成就与学术贡献，首先应予提及的是他作为新时期以来最早一批进入东北文学与文化研究领域的学者，为这一学术领域所作出的开拓与推动之功。

逄增玉教授是以东北作家群研究开启自己的学术生涯的。20 世纪

80年代是一个“新的文学研究时代”[①]，也是一个诸多学术领域尚待发现、研究空白亟待填补的时代，东北文学和东北作家群亦属其时的学术“盲区”之一：“那时研究东北作家群和东北文学的人很少”[②]，“当时的东北作家群研究尚属空白和‘草创’，综合性的研究成果还不多见，进入这一领域易‘跑马占荒’，摘得‘桃子’”[③]。在此学术背景下，鉴于东北出身所带来的地域优势，逄增玉先生最终以东北作家群作为自己的硕士论文选题。1986年发表于《文学评论》的《流亡者的歌哭——论三十年代的东北作家群》一文就是他硕士毕业论文之一部分。这篇论文虽然是逄增玉年轻时期的作品，却已经展现出其不俗的学术眼光。文章选取东北作家群以“九一八”事变为背景所创作的小说为研究对象，结合时代背景剖析东北作家群——一个非自觉组成而是随时代变动客观形成的创作群体——的形成原因及共有特征，进而凸显他们在现代文学史上的独特价值。比如：在创作主题上，家园沦丧、异族侵略的切肤体验使东北作家群将“五四”以来新文学中一直都略显抽象、个人化的“反帝”主题首次具象化与普遍化；在表现对象上，东北作家群将投身于民族解放斗争的人民群众放置在文本最显眼的地方，在这些不屈的人民身上寄托他们的忧患意识与使命感，而这也是“人民群众第一次以如此鲜明崇高的形象，大规模地、历史具体地出现在人们面前”[④]；在审美风范上，逄增玉注意到东北作家群创作存在着一种大致相同的美学风格，即“阳刚的，粗犷的美，也就是‘力之美’”[⑤]。对于东北作家群的史学价值做如此

---

① 吴福辉：《带着枷锁的笑》，浙江文艺出版社，1991年，第339页。

② 孙晓平：《我的现当代文学研究之路——逄增玉访谈录》，《创作与评论》2015年第4期。

③ 逄增玉：《黑土地文化与东北作家群》，湖南教育出版社，1995年，第313页。

④ 逄增玉：《流亡者的歌哭——论三十年代的东北作家群》，《文学评论》1986年第3期。

⑤ 逄增玉：《流亡者的歌哭——论三十年代的东北作家群》，《文学评论》1986年第3期。

细致的厘定，在当时尚不多见，因此，该文发表之后便于同年经《中国现代文学研究丛刊》全文转载并“产生了不错的反响”[1]。

回到东北任教后，逄增玉仍然保持着对东北作家群的关注，并接续写就一系列文章，成为当时青年学者中对东北作家群与东北文化开拓较深者，由是，当由严家炎先生任主编的《20世纪中国文学与区域文化》丛书项目立项后，“东北文化与东北作家群”的撰写工作便自然而然地交给了逄增玉。在数年的辛苦著述下，1995年，题为《黑土地文化与东北作家群》的著作正式出版。在该书中，逄增玉从区域文化视野出发，在“东北地域文化，相对而言，却仍是一块未被开垦的处女地”[2]的20世纪90年代，首次多学科、多视角、多维度地辨析了东北独特自然地理环境影响下所形成的与中原文化同中有异的黑土地文化——如日神精神文化、鸟图腾崇拜、土地情结、萨满教和俄苏文化影响等，并探究作为东北作家共同文化“基因”的东北黑土地文化在东北作家群个体创作、群体形成过程中不可忽视的聚合作用。这是学界第一部将东北文化与东北作家群间关系做系统分析的著作，正是该著的问世，“才使得东北作家群的创作真正获得了地域文化层面的意义；也才真正使人们感到，东北地域文化与齐鲁文化、湘楚文化、巴蜀文化、西域文化等具有了比肩而立的资格”[3]。也就是说，该著的出版，其意义不仅在于对东北作家群研究的进一步深入，更在于对东北地域文化价值的确证。

逄增玉教授对东北文学的研究启于东北作家群，着眼点则是东北现当代文学之整体。在长期的学术训练与整体观照下，2012年出版的《东北现当代文学与文化论稿》（后简称《论稿》）一书可谓是他对东北文学与文化的一次集中思考。该书以东北现当代重要历史时期为界，学术视

---

① 孙晓平：《我的现当代文学研究之路——逄增玉访谈录》，《创作与评论》2015年第4期。

② 《黑土地文化与东北作家群》，第315页。

③ 未子：《深邃的审视 硕重的果实——〈黑土地文化与东北作家群〉漫评》，《中国图书评论》1996年第5期。

野遍及不同时期出现的各种经典现象，力图通过文学现象以点带面地展现出20世纪东北文学与文化的整体风貌。值得注意的是，《论稿》较为典型地展现出逄增玉教授的治学品格：史论结合，重视文本，辩证分析。首先，逄增玉一直注重东北文学、文化史料的收集工作，“我自己也在新世纪到来之后……在日本和中国收集、积累了一些东北沦陷时期和其他时期的东北文化与文学的资料……广纳博收，范围颇广，且成为癖好”[①]。《论稿》的诸多章节也正是建立在翔实史料的基础上的。其次，逄增玉教授深知中国现当代文学是一门建立在文本基础上的学科，因此，十分注重对文本的把握，例如，在分析工业文学作家草明时，他处处从其文本本身出发，探寻作家意识、文本呈现与社会意识形态之间“三位一体”的关系，对草明及其创作不溢美、不隐恶，展现出他扎实的文本分析能力与理性批判的学术眼光。应该说，虽然“多点出击”的写作方式使《论稿》有失之于散的倾向，但是在整体视野下，该书还是为东北文学与文化研究提供了诸多学术增长点。

持续的关注、思考与积淀，使逄增玉教授在面对“东北”这个对象时总有说不完的话题。2007年调入中国传媒大学工作之后，逄增玉教授又将研究目光落在东北沦陷区电影，尤其是“株式会社满洲映画协会”（即“满映”）这一“伪满洲国”最大的电影机构之上。这不得不说是他的又一大突破，即突破学科、艺术种类限制，以大文学视野进行文化研究。面对“满映”这样一个成立初衷便是为日本帝国主义殖民政策服务的文化侵略机构，逄增玉在正视其以种种叙事手段（如爱情叙事、温柔叙事等）宣传殖民、宣传“大东亚主义”，造成东北沦陷区民众实际思想之害的前提下，更注意到无奈委身于“满映”却心系祖国的一批爱国剧作家及他们以曲笔进行的爱国救亡创作，注意到法西斯压迫下被迫同流合污的日本中立及左翼知识分子对东北电影事业所作出的贡献，这种

---

① 逄增玉：《东北现当代文学与文化论稿》，中国社会科学出版社，2012年，第279—280页。

理性、客观、辩证的研究理路是十分难能可贵的，正因如此，他的“满映”研究也呈现出与前人所不同的风采，“为‘满映’的研究打开了新的创作，让读者了解到过去非常陌生的‘满映’历史中令人惊奇的一面，揭示出历史的辩证法在面对复杂历史研究的生命力和迷人之处”[①]。

近年来，逄增玉教授开始关注东北话剧问题，并致力于对话剧传入中国百年以来东北话剧的兴衰历史进行系统的梳理。我们可以期待，这一具有极强的现实意义与史学价值的话题将会是逄增玉教授东北文学研究生涯中的又一亮点。

二、力避陈见，独辟蹊径：文学现象、文学经典研究与文学史思考

在深入探寻东北文学与文化丰厚内蕴的同时，对文学现象、文学经典、文学史及它们之间关系的研究是逄增玉教授为中国现代文学学科发展所作出的又一重要贡献。

逄增玉教授治学的深刻性不唯在于其对具体领域的开掘之“精”，还在于其学术研究的视野之“广”。在学术研究中，他坚持宏观与微观相结合的研究方法，既对中国现当代文学作整体的扫描与把握，又深入具体文本与文学现场之中，自细微处发掘学科研究新视点。其中尤为学界所称许的是其对于一批存在于文学史中却又一直未被充分发掘的现象（概言之即为文学史中的“边缘现象”），例如，东北作家群及流亡文学、中国现代流浪汉小说、牢狱小说、“新边塞文学”、90 年代“抗战文学”等的挖掘。

如前所述，80 年代的中国现当代文学研究进入新时期，随之而来的是大片亟待被发现的学术荒地。在此背景下，本身便是凭借对当时尚属

① 于文夫：《中国现代电影史与殖民文化研究的创获——评〈殖民主义电影政治与美学的魅影〉》，《现代中国文化与文学》2017 年第 3 期。

“初创”的“东北作家群”的研究而步入学界，并为众多学者所看好的逄先生，对文学研究中的边缘现象便格外重视。自1980年代以来，逄增玉教授写就了《试论中国现代“流浪汉”小说及其形象》《三十年代左翼“牢狱文学”》《论“新边塞文学”的革命性与现代性叙事》等一系列文章，勾稽出诸如东北作家群、中国现代流浪汉小说、牢狱小说、“新边塞文学”、90年代“抗战文学”等在之前被长期遮蔽的文学现象，从而曾引领一时风气，正如逄增玉先生所自述：“有些文学现象的提出、命名与解读……学界的反应是良好的，至于它们后来被别人引申、引用由此生发扩大，说明它们得到了广泛的认可。”[①]这些边缘现象的发现与挖掘，一方面体现出逄增玉教授深厚的学术积累、扎实的学术功底与敏锐的学术感知力，凸显了逄先生作为一代学术大家的治学风范。另一方面，更是见前人之所未见、发前人之所未发，为中国现当代文学领域内开发出诸多学术增长点，并激活了学科研究的新动力，有着创制之功。

值得一提的是，逄增玉教授在对边缘现象进行钩沉时，主要还是以现有资料为支撑来进行的，对此，他曾指出：“文学现象的梳理不是炒冷饭，不是无穷尽地发掘新史料新作家——老实说，短短三十年的现代文学史哪里有那么多的新史料新作品呢？”[②]正因如此，尽管也注重对史料的搜集，但相比于对新史料、独家史料的“迷信”，逄增玉教授更重视对既有材料与作品的再发现、再解读、再阐释，他对边缘现象的开掘其实是一项向“深度”求“广度”的工作。

基于这样的史料观与研究观，逄增玉教授亦对一批经典作家作品进行了重读与重释。1989年开始，逄增玉教授陆续撰写过数十篇重读经典作品的文章，对鲁迅《阿Q正传》《故乡》，茅盾《子夜》，老舍《骆驼祥子》，丁玲《水》等现代文学中的经典作品进行了新的阐释。在这

---

① 孙晓平：《我的现当代文学研究之路——逄增玉访谈录》，《创作与评论》2015年第4期。

② 孙晓平：《我的现当代文学研究之路——逄增玉访谈录》，《创作与评论》2015年第4期。

一系列文章中，逄增玉教授展现出其学术精神的自由与独立，即不被传统、权威与定见所束缚，不在前人研究之后亦步亦趋，而是结合新时代、新思想、新方法，寻找解读经典文本的新路径。例如，在《对虎妞形象及其与祥子关系的再思考》一文中，逄增玉颠覆性地提出虎妞并不是导致祥子走向堕落的诱因，从而否定了当时几乎已成定论的“虎妞是祸害或祸水”的观点。文章中，逄增玉分析出社会环境的黑暗、暴虐、不义和都市文明对乡村美好事物的吞噬才是导致祥子的堕落的根本原因，而非虎妞对祥子的欺骗与强迫，甚至“有人认为虎妞与祥子的关系加速了祥子的堕落和毁灭的过程，这种观点也是不能成立的”[①]。而造成对虎妞误解与偏见的根源，则是或隐或显的男性中心主义思想，正是因为虎妞与传统男性审视下的贤妻良母形象之间存在着巨大差距，才使得祥子、叙事者、读者在面对她——一个自幼丧母、相貌丑陋、被父亲当作工具的黑暗社会下的弃儿与不幸者时，不仅报以蔑视，更将其妖魔化、祸水化。而在对田汉《咖啡店之一夜》的重读中，逄增玉则发现文本将“痴心女子负心汉”式传统婚恋悲剧与象征都市与摩登的咖啡馆进行了结合，从而向我们展示了 1920 年代中国的社会与都市那种半殖民、半西化、半现代、半传统、半封建的，殖民性、现代性与封建性兼有并存的悖论式状态。应该说，在通读逄增玉教授重新解读经典作品的系列文章后，我们会发现，他的重读是一种理性、客观，努力摆脱固有标准限制的重读，正是在这种研究观的统筹下，他剖解出经典作品的不同面相，揭示出经典作品内涵的丰富性、复杂性，从而为我们理解文学经典作品提供了更多的可能性。

无论是对现象的钩沉，还是对经典的重读，逄增玉教授的目的都并非针对些许文学个案进行研究，而是旨在借此思考更为宏大的文学史建构问题：“我之所以注重对现当代文学现象的研究，其实是与对文学史

---

① 逄增玉:《对虎妞形象及其与祥子关系的再思考》,《北华大学学报（社会科学版）》2001 年第 4 期，第 67 页。

的长期关注和思考分不开的。”“重读的目的，是与对文学史问题的思考分不开的。”[①]80年代末以来，学界掀起一股“重写文学史”的热潮，一批颇有见地的文学史著作在此背景下应运而生。在这股浪潮之下，逄增玉教授也以他自己的方式参与对中国现当代文学史的重写之中，即通过对文学边缘现象与经典作品的研究通达文学史的书写：“先搁置文学史写作中的那些具体的又是艰难的理论与实践问题，尽量回到历史现场和过程中去关注和剖析现象，通过对显在的或被遮蔽的文学史现象的发掘与分析，揭示现象中蕴含的类似于规律的东西……因此，这也可以说是对文学史重写的参与，是现象的文学史。”[②]“结合时代的变迁、理论的更新、审美视角和意识的变化和具体的历史语境，对既成的文学现象和文学史经典的重新阅读与阐释，是写作文学史的基础，换言之，是建构文学史大厦的基石。”[③]基于这种观点，2011年出版的《文学现象与文学史风景》一书便是一部以现象述史的著作。在该著中，逄增玉教授对自己关于现象与经典的思考做了一次集中的总结，并试图通过对这些在文学史上有独特意味的“风景”的采撷来通达文学史的本质特征，进而达到重新建构文学史之目的。这种努力“突破了既有文学史的思维局限，打破了以年代贯穿的史家格局，消解了意识形态的影响，祛除了僵化史观的禁锢”[④]，有其独特的闪光与亮点。

文学现象、文学经典与文学史及其关系的研究是逄增玉教授着力颇深并始终念兹在兹的领域，他在这一领域内经年不断的深耕更是得到学界较为普遍的认可，其相关研究著述更是多次被《人大复印报刊资料》《新华文摘》等权威媒体转载。逄先生在这一方面所作出的贡献，并不仅在于对学界视野的开拓、学术增长点的开掘上，更在于他不拘旧习、

① 逄增玉：《文学现象与文学史风景》，商务印书馆，2011年，第2、12页。

② 《文学现象与文学史风景》，第4页。

③ 孙晓平：《我的现当代文学研究之路——逄增玉访谈录》，《创作与评论》2015年第4期。

④ 张艳梅：《厚重而深远——逄增玉的文学研究回顾》，《创作与评论》2015年第4期。

力避陈见、独辟蹊径的学术精神对学界研究风气的更新之上。

三、条分缕析，寻流溯源：对中国现代文学现代性的探赜

在逄增玉教授的学术研究历程中，中国现代文学的现代性问题是他所关注的又一重要领域。同时，他还是较早开始关注这一领域的学者。众所周知，“现代性”长期以来都是中国现代文学研究界的热门话题，时至今日，仍有众多研究者从不同视角言说着中国现代文学的现代性问题。但是，“对‘追求现代性’这一命题以及李欧梵对两种现代性的分辨，被人们所关注和接受，并且明确地采用‘启蒙现代性’和‘审美现代性’的理念，是90年代中期以后的事”[①]。而早在20世纪八九十年代之交，逄增玉教授就已经在对中国现代文学的现代性问题进行考察了。1989年秋季，在一次与樊骏先生的谈话中，他便感觉到中国现代文学的现代性问题是值得探讨的，其后在90年代初的一次吉林省文学年会上，他又专门就现代化、现代性与中国现代文学的关系进行了专题发言，并引发包括张福贵先生在内的学者们的一致兴趣，自此开始，逄增玉教授对该问题进行了系统的研究——在这一过程中，现代性问题才逐渐被学界所重视。对此，我们不得不再次感叹于逄增玉教授敏锐、前瞻的问题意识。

在逄增玉教授的现代性研究中，最能体现他的理论探索与学术贡献的，无疑是2002年出版的专著《现代性与中国现代文学》。这部专著以近代以降的现代性思想在中国的传播情况为切入点，首次系统地考察了中国现代文学对现代性话语的回应、吸收与反抗，从而为现代文学研究构建起一种迥异于传统社会政治学阐释下的研究新范式。

---

① 张志忠：《华丽转身——现代性理论与中国现当代文学研究转型》，首都师范大学出版社，2009年，第13页。

学界对于"现代性"概念的认识，向来是人言言殊的，因此，在探析中国现代文学与现代性关系之前，《现代性与中国现代文学》对相关概念进行了界定。书中认为，所谓"现代性"即"社会在现代化过程中，在社会各个领域所出现的与现代化相适应的属性，或者说，是在现代化促动下，在社会各个领域（物质、制度、精神文化）发生全面变革的过程中所形成的应和现代化的属性"①。作者又对现代性的类型（资产阶级现代性与美学的"反现代性"）、近现代中国对现代化发展道路的不同抉择（欧美模式、俄国模式、德国模式）、文学现代性的含义（文本之内的现代性即文学自身在主题、意向、倾向、价值观、叙事、结构、语言等方面发生的，与整个社会文化现代化进程和语境内在相关的变化）②，以及现代性与传统性的复杂关系等核心问题进行了回答。

确定这些基本范畴之后，该著即针对中国现代文学中的现代性问题进行了逻辑严密的论述。作者从作品模式、现代学说、文艺思潮等方面对历史文化语境与现代文学进行了整体扫视。在作品层面，现代性思想为现代文学带来了"改造国民性"与"立人"的主题模式、"外来者介入"下"看/被看"的叙事模式、传统与现代的二元对立模式，以及反现代性的创作倾向；在学说层面，严复所引进的近代以来曾产生过巨大轰动的进化论——或说社会达尔文主义成为聚焦点，它对中国现代作家的精神、人格与创作都产生了深远的影响；在思潮方面，无论是 20 世纪 20 年代文学研究会对文学的看法，还是 30 年代的京海论争、40 年代的文艺大众化讨论，现代性都成为其中无法忽视的"魅影"。最后，逄增玉教授以对茅盾《子夜》的个案分析作结，揭橥传统社会政治学阐释下被遮蔽的吴荪甫失败的真实原因——现代性语境的缺失。

在阅读《现代性与中国现代文学》时，使人印象最为深刻的是逄增玉教授对脉络的梳理、考辨之功。例如，在"进化论与中国现代文学"

---

① 逄增玉：《现代性与中国现代文学》，东北师范大学出版社，2001 年，第 3 页。

② 《现代性与中国现代文学》，第 9 页。

一章，逄增玉教授认为，受进化论影响，近代以来，循环轮回、周而复始的中国传统时间观已经被变更为“时间的前方必定存在光明与神圣的进化时间观和历史观”，这种时间观作为一种时代精神，也必然会对文学文本的结构产生影响。为此，他从梁启超《新中国未来记》入手，梳理出从清末小说始现端倪，在五四文学、革命文学中都有所体现，至40年代解放区文学已经内化为作家自觉追求的“成长”模式与“光明尾巴”式结局的主流创作模式，同时兼顾张爱玲、钱锺书等反进化、反成长的非主流模式，从而串联起受进化论观念深刻影响的现代文学的主体创作脉络。在此之前，关于“进化论思想是如何动态影响中国文学的发生发展”这一问题上，尚少有人做如此细致的梳理。而这种对文学现象的流脉的寻溯，在书中并不在少数。再如，在探讨传统与现代二元对立主题时、在探讨“外来者介入”的叙事模式时，逄增玉教授对这些文学传统在中国新文学史中的发展流变皆进行了细致的梳理。可以说，整部《现代性与中国现代文学》，逄增玉教授都是在“现代性”视野的统摄下，不断穿梭于社会历史现实与文学现场之间，重新发掘出曾经被长期忽视或遮蔽的文学脉络。正因如此，这部专著呈现出厚重、深远的学术价值，也在一定程度上开启现代性研究的新路径，从而得到了学界的广泛认可①，同时，也激励了逄增玉教授在此之后对该问题更深入的探讨②。

在与改革开放新时期基本同频同步的研究历程中，逄增玉教授凭借他的敏锐、缜密、踏实、厚重，总是能够精准把握到学术热点与空白点。同时，在对研究对象的开掘中，他又总能结合古今、中外之差异与历史现实之语境，对其进行透辟、精准、使人信服的论述。因此，尽管

---

① 该著曾获得“2006年教育部第四届人文社会科学优秀成果奖著作三等奖”等多项奖项。

② 在该著出版后，逄增玉陆续发表过《论“新边塞文学”的革命性与现代性叙事》《现代文学对五四启蒙现代性的自反性叙事》等文章，表现出他对这一问题的持续关注。

自谦为人类“文明文化火炬接力手”而非精神文化王国的建造者[①]，但是逄增玉教授凭借他对于现代文学与文化诸方面的不懈耕耘，为这一学科作出了杰出的贡献，并获得学界的广泛认可。另外，对于文学研究这样一个“没有什么明显的经济和社会效益的人文学科的学术研究”，逄增玉教授仍旧以“鲁迅所说的在沙漠里和寂寞里奔驰的勇士的意志”坚持下去，并从中得之以快乐[②]，这无疑也是对后辈学人的莫大激励。

（作者单位：四川师范大学文学院）

① 逄增玉：《二十世纪中国文学的历史文化透视》，东北师范大学出版社，1996 年，第 272 页。

② 《文学现象与文学史风景》，第 483 页。

史料、历史语境与文学文化现象探赜

——逄增玉教授访谈

□逄增玉　刘铮

逄增玉，男，1957年11月出生于吉林省通化县，祖籍山东胶南。1978年考入东北师范大学中文系，1982年进入湖南师范大学攻读硕士学位，1998年在职获得博士学位。硕士毕业后于1985年到东北师范大学任教，曾任文学院院长兼汉语学院院长、校教师教育研究院常务副院长、校教授委员会和学术委员会委员等职。2007年调入中国传媒大学，任中国传媒大学文学院教授、博士生导师，其间曾任汉语国际教育学院院长兼孔子学院处处长、文法学部副部长、校图书馆馆长等职。兼任中国现代文学研究会常务理事及理事、东亚汉学学会常务理事、老舍研究会理事、闻一多研究会理事、教育部中文教学指导委员会2001—2018届委员等。迄今发表论文200余篇，其中在《文学评论》《文艺研究》《社会科学战线》《文艺争鸣》等CSSCI来源期刊发表论文百余篇，出版个人专著《黑土地文化与东北作家群》（1995）、《现代性与中国现代文学》（2001）、《文学现象与文学史风景》（2011）等8部，合著与编著数十部，在中日报刊发表随笔六十余篇。主持完成国家与教育部及省级社科基金项目、中外合作项目等二十多项，获教育部社会科学优秀成果奖著作二等、三等奖3次，以及其他省部级奖励40余种。此外尚有省市级劳模、省管专家、省市拔尖人才、国务院特殊津贴、宝钢全国高校优秀教师等多种社会性荣誉。曾入列南京大学社会科学影响研究发表的《2000—2005中国高校文学学科最具影响力学者报告》文学学科30人名单，以及中国人民大学人文社会科学学术成果评价研究中心并书报资料中心研制颁布的2012—2016年艺术学科转载指数排名、重要转载来源作者18名学者名单。

刘铮（四川师范大学）：逄教授您好，非常荣幸有这样一个对您进行访谈的机会。我注意到，您多年来陆续主持了5项国家社科和教育部社科基金有关东北现当代文学与艺术方面的项目，此外您还曾参与《东北抗日文学大系》的编纂工作，并主编长篇小说卷五卷，更早还与日本文部省和多所大学合作完成了国际合作项目“殖民地时期中国东北宗教综合研究（2001—2004）”。而且您的《黑土地文化与东北作家群》与《满映：殖民主义电影政治与美学装置的批判研究》分别于1998年和2022年获得教育部第二届、第八届人文社会科学研究优秀成果奖著作二等奖。您对东北区域文化、文学与文艺的研究，两次获得教育部的社会科学优秀成果二等奖，这是很不容易的，标志着您的这些研究得到了学术界的好评和认可。也可以看出您在几十年的学术研究中，东北文学与文化一直是您念兹在兹的领域，不断开掘与拓展。请问您是怎样进入东北区域文化与文学和文艺研究这一领域的？

逄增玉（中国传媒大学）：我是在1982至1984年在湖南师范大学中文系读中国现代文学硕士研究生时，进入东北现当代文学研究领域的。那时因为要做毕业论文，提出了几个选题，经过与指导教师们的研讨，最后确定研究东北作家群。那时只有东北地区的大学和社科院的学者们开始研究东北现代文学包括东北沦陷时期的文学，还有北京高校读研的若干研究生也着手研究现代东北作家，还未形成研究的热点。那时北京大学中文系首届研究生毕业的凌宇老师恰好从北京回到湖南师范大学中文系任教，他积极鼓励我以东北作家群创作研究作为毕业论文选题，并以他作为湘西人研究湘西籍作家沈从文的得天独厚的优势为例，说明来自同一历史文化或者区域文化的人，解读该区域作家文本时就会有异域之人难以心领神会之处。他还建议我假期回东北路过北京时可以去采访萧军等东北作家。阎雄老师为我开列了东北作家在京的单位和家庭地址等。老师们的意见使我心折，于是就决定以三十年代的东北作家群创作作为毕业论文选题。为此不仅在路过北京时去采访过萧军等作家，还专门在访学之际于北京、上海等地，查阅当时的报纸杂志和阅读民国时期出版的东北作家的作品，以及新时期到来之后重新出版的东北作家作品与研究资料。这样，我的毕业论文得以顺利完成，那时论文送到中国社会科学院文学所的樊骏先生审阅，他还专门到湖南参加我的毕业论文答辩。答辩结束后，我把毕业论文的一部分修改发表于《文学评论》1986 年第 3 期。论文的几次修改得到了时任《文学评论》编辑部主任王信先生的帮助，与我多次书信往还，中肯提出修改意见。那时的学者们的认真忠厚与社会的学术风气，令人无比缅怀。

研究生毕业后回到东北师范大学中文系任教，1986 年东北师大中文系申报中国现代文学专业的二级学科博士点（系里有国家首批的古典文学二级学科博士点），蒋锡金是教研室最年长者，已经年过七旬，中间有五十几岁年近六旬的孙中田等一批中年教师，我是最年轻者。我自己在繁忙的上课之余，继续不断到大学和省市图书馆查阅东北现代文学、包括“伪满”时期的中文与日文报纸杂志和各种史料文献，感觉东北近现代以来的历史文化和文学文艺，成就说不上有多么卓越，但是其历史和文化文学运动的丰富与芜杂，学术界发掘、整理和研究还不够——国内和东北的史学界倒是早已开始对于近现代东北的历史（包括城市、建筑、铁路和殖民文化）进行研究。

不过在东北师大任教后的一段时间，教学任务十分繁重，对于东北作家群和东北现代文学文艺的研究，有段时间暂时搁置了，只是指导研究生对蒋锡金等民国时期过来的学者进行最早的口述实录采访（后来博士吴景明将口述实录整理为《蒋锡金与中国现代文艺运动》出版），也建议一些人进行这方面的研究。可惜那时东北师大和很多东北高校的师生很少有人愿意研究东北现当代文学。只有并非我研究生、只是听过我本科课程的刘晓丽，毕业后到华东师范大学中文系工作，立志研究伪满洲国文学，每个假期都不辞劳苦回到东北查阅收集史料文献，也专门到东北师大与我面谈关于伪满文学的有关事情，我是十分支持和高兴的。

好在耽搁不太久，就又重新恢复了研究东北现当代文学与文化。其中最值得感激的是中国社科院文学所的樊骏先生。那时候重庆出版社策划和组织了一套中国现代作家研究丛书，陈涌先生主编，其中的东北作家群评传希望我承担撰写，故此樊骏先生带我到陈涌先生家里拜见和洽谈。回到东北后，我在准备从事此书撰写之际，得知一些友人或者同行已经撰写了东北作家群中的萧军、端木蕻良、萧红等人的传记，我也感到专门写一个作家的传记比较好，若把整个作家群作为评传来写，史料文献的爬梳整理和写作，难度太大，在规定的时间里难以完成，所以尝试着先从个别作家写起，也没有最终完成（后来由培养的博士完成了《骆宾基评传》)。

此后不久的 1992 年秋季，在湖南湘西召开的一次现代文学会议上，时任中国现代文学研究会会长的北京大学严家炎先生主持了“区域文化与二十世纪中国文学丛书”的计划，其中的东北文化与现代文学希望我来承担。这样，我就把东北作家群评传的工作一并转到新的研究撰写计划中，从 1992 年到 1994 年，大致用三年的时间撰写完成了《黑土地文化与东北作家群》。然而对不起的是樊骏、陈涌先生和重庆出版社，好在友人的《萧军评传》等纳入了重庆社的丛书中，也算是替我补过吧。

在此之后，我也不断地、陆续地撰写有关东北文化与文学的研究论文和著述，如合作撰写和出版了《东北沦陷区文学史纲》，发表了十几篇论文，出版了《东北现代文学与文化论稿》一书，获得了 2007 年的国家社科基金项目“东北现代文学史论”。在东北师范大学工作期间，因为系里一些熟悉的教师早先来自长春电影制片厂（以下简称长影），我大学本科同学中也有来自长影的电影人士，有的毕业后回长影还担任导演，有的同学家人是长影导演，因此得以经常去长影看电影和观摩电影。长影著名的“满映”和电影史研究专家胡昶、剧作家和副厂长韩志君等都毕业于东北师范大学，故此得天时地利人和之便，我在东北时就对研究“满映”和长影历史与电影产生兴趣，2001—2003年我被东北师大公派到日本两所大学任教，两年期间看到和收集了日本方面对于“满映”研究的著述与史料文献，所以回国后就利用这些积累以及长影的条件（“满映”的电影胶片在抗战胜利“伪满”解体后被毁坏了一部分，大部分被苏军带回苏联，苏联解体后日本的电视台花重金从俄罗斯购买回来，免费送给中国三套，一套就在长影），在东北师大指导博士生撰写了研究“满映”的博士论文。

2007年从东北师大调到北京中国传媒大学（以下简称中传）后，自己的研究发生了环境所带来的变化。中传是一所以新闻传播和艺术学为主力学科的高校，恰好那时设立了“三八二工程”研究的招标项目，其中有一个国内外知名学者项目，我就申报了关于“满映”与殖民主义电影研究的课题并获批，后来又申报了国家社科基金项目也中选。为此，那些年除了在北京查阅收集史料文献，我基本是寒暑假回到东北，继续收集整理，也动员了在东北师大等高校工作的我过去的学生，以及在长春工作的大学本科同学，帮助我收集史料文献，历经几年时间得以完成并由人民出版社出版。研究“满映”时发表了不少作为前期和中期成果的论文，被中国人民大学书报资料中心的《影视艺术》全文转载了7篇，我还被中国人民大学人文社会科学学术成果评价研究中心与中国人民大学书报资料中心，联合研制发布的《2016年度复印报刊资料转载指数排名研究报告》《复印报刊资料重要转载来源作者（2016年版）》，评为全国艺术学科被转载论文数量最多的18名学者之一。

我在此期间还申报和完成了2012年教育部的社科项目“解放战争时期东北解放区文学刊物的勃兴与文学发展”，因为出版刊物也属于大传媒，中传除了学报《现代传播》外，还有两个CSSCI刊物《现代出版》和《艺术传播》。我在东北时指导了博士研究生撰写延安《解放日报》副刊的毕业论文，也拟定了东北解放区出版与文学关系的题目让博士做。所以这个课题和最终成果《东北现当代文学与文化论稿》，其实既是自己以往思考和研究的继续，也是学术环境影响的结果。其中的一篇成果论文《东北解放区文学制度生成及其对当代文学制度的预制》，在《文学评论》2017 年第 4 期发表后，还被《新华文摘》2017 年第 20 期全文转载并将题目刊于封面。

关于东北沦陷区话剧与剧团、东北解放区戏剧与秧歌剧、长影农村题材与工农兵题材电影、东北解放区传媒与文学制度的博士论文，也都是我到中传后受环境影响，而把历史积累和现实因素相结合，帮助博士们设立选题和进行指导的博士论文。《东北沦陷区话剧研究》这个选题其实早在东北指导博士生研究“满映”时，就已经思考酝酿，因为有一定的史料基础和较为熟悉，到传媒大学指导博士完成后，觉得有些东西还可以继续做下去，于是自己就在 2021 年设立和申报了国家社科基金项目《百年东北话剧史研究》。本来这个较为宏大的选题应该申报重点项目，考虑到承担项目部分内容的课题组成员的职称申报等情况，就申报了一般项目并获批。因为前期积累比较充沛，所以项目进行很顺利，已经发表了一些前期成果，有的被中国人民大学书报资料中心的《戏剧与舞台》全文转载，现在已经完成了四分之三，全部成果预计可以提前完成。

此外也在东北师大和中传指导了研究生撰写了骆宾基研究、殖民主义电影机构“满映”及其电影、东北沦陷时期家族与女性小说、东北沦陷区话剧和放送剧、“伪满”时期的话剧剧团、东北解放区戏剧、东北解放区秧歌剧、东北解放区传媒与文学制度、长春电影制片厂农村题材电影与中国现代性等方面的博士论文，以及个别的硕士论文。因为自己对于近百年东北文化与文学、文艺的史料文献一贯勤于收集整理，有很多觉得有价值的发现，但自己一个人不能都独自撰写和完成，又因为在东北师大和中传都先后担任了院长和校图书馆馆长等行政职务，这些烦琐的事务性工作耗费了大量的时间，所以就把自己想做而不能做的思考与选题都给予了博士们去完成。这些博士论文外审和答辩时，大都受到专家的肯定与好评，若干已经结集出版，招收培养博士的二十几年中，这些论文也形成了一个稳定且成系列的研究方向，即都是关于东北现当代文化、文学、文艺和传媒的研究。

刘：结合您以往对东北作家群、“满映”、东北沦陷区文学和解放区文学，以及当前对百年东北话剧史的研究，能否谈谈东北文化、文学与文艺研究在整个中国百年文学史上具有什么样的学术价值？

逄：这个问题其实我在四川大学出版的刊物《现代中国文学与文化》2022 年第 41 辑《区域文化和地方路径与文学研究的视域与方法——以现代东北区域文化和文学为例》，以及更早发表于湖南省文联《创作与批评》（2015 年第 4 期）的研究自述《我的现当代文学研究之路》，都曾经阐述过。总体而言，东北历史发展和环境的特殊性，使得东北在古代基本属于“蛮夷之地”和文化边缘区，一向人文不盛。“五四”以后的现代文学与文化的整体水平自然也弱于中原和南方。这种现象，直到 20 世纪 30 年代才有所改变。随着“九一八”以后东北沦陷，流亡关内的东北作家群在鲁迅、茅盾等人支持下崛起于上海和北京，为中国现代文学带来了最早的抗战抗日文学和反帝爱国文学，或最早的反法西斯战争文学，极大震惊了中国文坛，掀开了中国现代文学新的一页和篇章。同时，在沦陷的伪满洲国，也一直出现和存在着既有依附于殖民、也有反殖民和解殖民的形态倾向的复杂的东北沦陷区文学。这种文学不仅有汉族作家的汉语文学，同时也有俄语文学、韩语即朝鲜语文学、满语文学和蒙古语文学。日本和“伪满”当局出于殖民统治与压迫的目的，一方面出台各种限制、打压、禁锢具有进步革命倾向的文化与文学的政策或所谓“国策”，另一方面出于殖民主义的奴化洗脑宣传和为殖民主义国策涂脂抹粉的目的，也进行殖民性的文化建设，兴办大量报纸刊物和书籍，建立覆盖全东北的无线电广播，兴建剧院和院线，建立了最大的殖民文化宣传机构“株式会社满洲映画协会（满映）”，使之不到八年时间成为超越日本本土的亚洲最大的电影工业基地和“托拉斯”。在抗战胜利后，“满映”经过改造，成为新中国电影的摇篮，不仅拍摄了新中国第一部故事片和美术片，其电影专业人士成为新中国各大电影制片厂的主力，也直接支持了中央新闻纪录电影制片厂、上海美术电影制片厂和南京的电影机械制造厂等的建立。伪满洲国的文学文化其内容是极其庞大和芜杂的，一直坚持不懈研究伪满洲国文学且成为华东师范大学著名学者的刘晓丽，其主编的《伪满时期文学资料整理与研究》丛书就有34卷，原长春市图书馆馆长刘慧娟主编的《东北沦陷时期文学作品与史料编年集成》有45卷，张中良主编的《1931—1945东北抗日文学大系》有20卷，这还不是全部。

东北解放战争时期的文化与文学也是东北近现代文学的一次文化文学建设高潮和异军突起。为了中国革命的胜利，中共中央高瞻远瞩地确立了建立巩固的东北根据地的战略与战术部署，为此把超过三分之一的七届中央委员、党政军和新闻出版、文化文艺的两万多名干部派到东北，还把延安鲁迅艺术学院整体迁移到东北，组织了多批次的东北文艺工作团，到东北后又组建了四大东北文工团和文化文艺机构，将延安文艺时期的大批著名文艺家和文学家派到东北，使得从报刊出版到文艺创作与演出、从纸质文艺到电影胶片的门类齐全的大文化与文艺，出现了一次爆发式繁荣发展的局面，并建立了有机完整的文化与文艺制度，直接预制和型构了新中国的文学，像《人民日报》《人民音乐》《部队文艺》和新华书店的名称甚至店徽，都来自东北解放区。由于东北是当时中国工业最发达之地，截至1945年工业产值甚至超过日本成为亚洲第一，重工业和铁路密度占中国的85%，所以东北解放区接收的日伪遗留下来的造纸厂和印刷设备，是其他所有根据地和解放区所没有的，保证了出版物的质量和大发展。在不到五年时间里，东北出版的书刊数量超过了许多老根据地和解放区，书刊的纸张和质量更是后者无法比拟的，还在1948年以后将大量出版物输送到不断解放的关内各地，在中国历史上第一次出现了东北出版物及其代表的文化“反哺”祖国内地的有意味的现象。连政治领导人的著作如《毛泽东选集》，抗战至解放战争时期就由晋察冀日报社、大连大众书店、东北书店分别编辑出版了三套，就纸张和印刷质量而言，东北解放区出版的纸张和印刷质量是最好的，大众书店出版的《毛泽东选集》因为印刷质量好，还收到毛泽东本人的感谢回信[①]。东北解放区文学还出现了现代文学少见的工业题材文学、军事题材文学、工人写作和农民写作的文学，以及属于文艺范畴的电影和广播剧等，它们几乎填补了现代文学与文艺的某些空白，丰富和拓展了文学文艺在题材和文类上的新领域。

上面简述只是概括了近现代东北文化与文学发展的大致情形，其实东北还有不少具有学术史和文学史研究价值的东西。为了节省篇幅，这里只举几个现象和例子。

东北近代历史的复杂形态是极其复杂的，在中国具有特殊性。清朝发源地、军阀张作霖的发家地和老巢、俄日的统治、伪满洲国、东北解放区和国共内战的主战场、最强大的中国人民解放军钢铁洪流及其空军海军等，都出现于这里。历史上的哈尔滨，曾经是中国除上海外，外国使领馆最多的、号称东方莫斯科的城市。历史形态的复杂必然导致其中的文化形态也是十分复杂的。如大连和旅顺在清末先沦为俄国殖民地，1905 年日俄战争后又沦为日本的殖民地，被日本列为都道府县州建制的“关东州”，是他们后来发动“九一八”事变侵占东北的桥头堡。日本第一个现代主义诗歌刊物，据清华大学王中忱教授的研究，不是诞生于日本本土而是诞生于大连[②]。中国现代话剧是 1907 年留学日本的李叔同等人发起演出的，1907 年也被现代话剧史称为中国现代话剧的起点。但是 1905 年以后，在大连的一些文化人和移民为了丰富文化活动，成立了包括文学、戏剧、美术、音乐在内的各种文化团体，日本国内许多著名的艺术团体和艺术家，包括日本新剧和话剧等团体，都多次到大连演出[③]。同时还有很多来自欧美的艺术戏剧团体到大连演出。1907 年，进驻大

---

① 徐澄波:《大连大众书店始末》,《书店工作史料》第 3 辑，新华书店总店，1987 年，第 242 页。

② 王中忱:《殖民空间的现代主义诗歌》,《越界与想象》，中国社会科学出版社，2001 年，第 31 页。

③ 李振远:《大连文化解读》，大连出版社，2008 年，第 171 页。

连的一些日本话剧演员松尾、菊地、清海和山岗等人就开始演出日本新派剧《不如归》等。当然，作为日本海外殖民地，大连的文学与话剧和戏剧演出活动，日本方面是把它们列入日本的“拓殖文学”即殖民地文学，是日本文学的一部分，但大连毕竟是中国的被暂时强占的土地，中国从未承认其殖民地的合法性，故此这块地域的文艺文化，也可以归属于中国的被暂时割裂为殖民地的文艺。总之，是形态十分复杂的文艺。

说到话剧起源，东北吉林省的延边地区一直是话剧文化发达兴盛之地。早在清末的 1910 年，受到被日本霸占为殖民地的朝鲜国内的新派戏剧、特别是汉城（今改称为首尔）出现的新剧的影响，延边地区的朝鲜族进步文艺青年，开始了编著小型话剧的活动，这也是延边地区朝鲜族话剧运动的开始。如前所述，中国现代话剧诞生于日本而非中国本土，而延边尽管是朝鲜族居多的区域（1949 年后设为延边朝鲜族自治州），他们最早演出的话剧不是汉语而是朝鲜语，但延边却是地地道道的中国领土，这一点是饶有意味的。

还有，哈尔滨是现代中国最早设立广播电台的城市，但广播剧却是东北沦陷时期，由日伪政权将殖民主义政治、意识形态国策宣传、精神心脑和思想战，与现代化工业手段与商业目的相结合而从无到有创办的，日伪政权在东北四十年沦陷时期建立了数十个放送局（广播局），制作和播放了大量的汉语、日语、朝鲜语为主的放送剧即广播剧，当然放送剧里也不都是“国策剧”和宣传剧，也有暗含反殖与去殖之心的中国剧人的创作和演播，以及大众通俗性质的爱恨情仇之类的剧目。这种声音政治与戏剧结合的机制、装置，是研究东亚殖民主义和法西斯主义美学的极好的材料，这方面的工作已经有所进展，但还有很大提升空间。此外，这样的殖民主义的负资产，后来被人民政权接收后发展为十七年时期传播到亿万城乡家庭的广播剧，就像“满映”的“文化映画”即时事新闻电影，后来成为中央新闻纪录电影制片厂的主体一样，这些历史复杂的问题及其负资产的转化，都是值得开拓的空间。而东北解放区开拓的现代工业题材文学、工人写作与工人话剧、红色军事文学、“满映”与新中国电影等问题，都有深入研究的价值。

由于具有重要的学术价值，所以这些年的国家社科重大项目，就有不少是关于东北现代文化与文学的，如“东北现代文学大系”“东北抗联文艺文献整理研究”“‘九一八’国难文学史料整理与研究”“东北解放区文学与新中国文学的发生”等，还有《东北抗战文学大系》《伪满时期文学资料整理与研究》《东北解放区文学大系》等，都获得国家出版基金项目的资助。这些丛书每套往往都是几十卷，可谓卷帙浩繁，也说明它们的史料文献和研究价值。比它们规模更大、卷帙更为浩繁，并得到国家社科与有关部门重大项目或出版项目资助的，是近现代东北属于历史、政治、教育和广义文化的种类，那些属于东北历史文化和南满铁道株式会社（简称“满铁”）史料文献整理研究丛书的出版，动辄几十卷或几百卷，不一一胪列了。

总而言之，近现代东北历史与文化和文学艺术存在和发展的复杂性，使得其成为一座有待深入开掘的学术矿藏，多年来不仅国家社科基金立项和批准了较多的重大项目，而且历史文献史料的整理、文史学界的学术研究都取得了积极的成果，在近现代中国历史与文学艺术的学术研究史上，显现出较大的学术价值，有些成果具有填补空白和开拓研究领域的创新价值和意义。据我所知，美国著名华人学者、被誉为超级教授的黄宗智，其获得哈佛大学费正清奖和列文森奖的著作《华北的小农经济与社会变迁》，就利用了不少的“满铁”调查资料，美国著名印度裔学者杜赞奇的《文化、权力与国家：1900—1942 年的华北农村》也是研究华北农村政治经济变迁的著名作品，这本书的研究资料主要来自“满铁”所做的《中国惯行调查报告》，精通汉语与日语的他的另一著作《从民族国家拯救历史》，也利用了大量“满铁”的史料。现任哈佛大学东亚系主任的华裔著名学者王德威，在其《文学东北与中国现代性——“东北学”研究刍议》一文中，对于近现代东北文化与文学及其与中国现代性和历史价值的关系，做了极富启发性的阐释，有心者可以一阅。

刘：您是最早一批开始关注中国现代文学的现代性问题的学者，《现代性与中国现代文学》一书出版后也广受好评，该问题在九十年代逐渐成为学科热点，足见您的学术前瞻性。因此想请您谈谈您的中国现代文学的现代性研究的基本思路，以及您对当前中国文学的现代性研究的看法。

逄：现代性其实是与现代化和工业化紧密相连的。我在读硕士研究生期间，校长是著名近代史学者林增平教授，与华中师范大学著名近代史学者章开沅是好朋友，他们近代史研究生时常到两校交流学习，章开沅教授也经常来湖南讲学，我比较喜欢近代史，所以选择与一位同样来自东北的近代史研究生作为师友（他后来也是著名近代史教授），就跟着师友去听课，听了他们的辛亥革命史、思想史与中国早期现代化史。这些近代史课程的学习使我眼界大开，开始关注中国现代化问题。

研究生毕业后回到东北师大任教，经常到学校图书馆的港台部翻阅浏览，系里那时也有个港台文学研究室，与茅盾研究室都属于现代文学教研室系列，上完课去翻看很容易，从那里最早接触到现代化和现代性研究的学界动态。夏志清的《中国现代小说史》（台湾传记文学出版社1984年版）也是最早看了台湾繁体字版，看到了与大陆不尽一致的对于“现代”的阐释。八九十年代，李泽厚教授的《中国古代思想史论》《中国近代思想史论》《中国现代思想史论》及其《美的历程》，风靡于大陆知识分子，因缘际会又受近代史系室友之影响，也对于李泽厚的美学和思想史著作趋之若鹜，对于近现代中国的现代化与思想史文化史的关系，有了新的认识。九十年代以后《剑桥中国史》从1990年到1994年陆续在大陆翻译出版，其中1991年出版的《剑桥中华民国史》第九章，就是哈佛大学东亚系华裔著名学者李欧梵写的《追求现代性》，读后深受启发，对于现代性与文学现代性有了更深入的理解。以后陆续把北京大学世界现代化研究中心著名学者罗荣渠教授九十年代撰写的《现代化新论》《中国现代化历程的探索》，章开沅主编的《比较中的审视——中国早期现代化研究》，许纪霖的《中国现代化史》，艾恺的《世界范围内的反现代化思潮——论文化守成主义》，马克斯·韦伯的《新教伦理与资本主义精神》，吉尔伯特·罗兹蔓的《中国的现代化》、周策纵等的《五四运动：现代中国的思想革命》，以及美国印第安纳大学比较文学教授卡里·奈斯库的《现代性的五幅面孔》等很多国内翻译出版的有关现代性、后现代的著述一一阅读，这些八九十年代在读书界影响很大的中外著述，使我对现代性与中国现代文学的关系产生了浓厚兴趣。还有一个直接的起因是 1989 年秋季我到北京盘桓多日，拜见樊骏先生，他谈及老一代现代文学研究著名学者王瑶和唐弢都提出和重视研究中国现代文学的两大问题：文学的现代化和民族化。樊骏先生谈话的影响和此前此后自己阅读的为数不少的关于中国现代化与现代性的著述，使我开始思考中国文学的现代性问题，最早是在吉林省的文学年会上做了一个专题发言，后来开始系列的研究，共发表十几篇有关中国现代文学现代性的论文，大都被转载和引用，其中包括《北京大学学报》《读书》《中国人民大学书报资料·中国现当代文学研究》等刊物。后来我把它们进行系统整理，写成了《现代性与中国现代文学》一书。此书出版后产生一定反响，先后有《文艺争鸣》《光明日报·书评》等多家刊物发表了书评，还有海内外关于中国现代文学、文艺学和美学现代性研究综述的文章，大都把我的研究列入其中。

与现代性问题相关，我还有目的地开展了一些中国现代文学思潮问题的研究，这也是现代性问题的一部分，最早是 1991 年写的《割裂的缪斯——中国现当代文学中现代主义的内在矛盾》，发表于《作家》1992 年第 2 期。《新华文摘》1992 年第 8 期全文转摘还上了封面，获得了中共中央宣传部 1993 年颁发的 1992 年度精神产品“五个一工程”的理论文章奖，中央电视台新闻联播和各大报刊还做了专题报道，还获得吉林省委宣传部奖和长白山文艺奖的一等奖。其实当时主要还是想从现代性与现代文艺思潮关系和角度研究现当代文学，写作发表时并没有太多的想法。1998 年我申报获批一个国家社科基金项目《进化论与中国现代文学》，研究的也是作为近现代中国影响重大的进化论，如何进入中国、中国语境对之进行了如何的接受与接受偏移，比如优胜劣汰、适者生存等社会达尔文主义思潮，是被称为达尔文斗士的赫胥黎坚决反对的，而严复在翻译中却根据中国社会急于救亡图存的环境和语境，把这些都作为正面的积极的东西加以引进和强调，每章翻译的后面加的按语就专门突出和强化这些东西。进化论与社会进化论就在这样有意的“误译”和接受中进入中国并产生巨大影响，也由此进入文化和文学与文艺思潮，对发起五四新文化运动的鲁迅和胡适等一大批人、对中国现代文学思潮和文学主题与叙事结构，都产生了深刻的影响。我为此写作了一系列论文，其中的《中国现代文学观念与进化论》，发表于《文学评论丛刊》2000 第 3 卷第 1 期，李怡教授在《中国现代文学研究丛刊》2001 年第 4 期发表的《2000：走向新世纪的中国现代文学研究》中对此文如此评价：“在这一年，值得注意的有旷新年的论文《现代文学观的发生与形成》、逄增玉的论文《中国现代文学观念与进化论》及陈建华的《革命的现代性——中国革命话语考论》，与我们不时可见的那种纯粹从西方‘现代性’知识概念考察中国现代文学不同，旷新年、逄增玉、陈建华的研究都比较注意从中国现代文学的发展的事实出发梳理其现代性的观念和追求，从而更多地呈现了中国文学的复杂形态。仅以逄增玉的‘进化论’考察为例，当某些‘现代性’的文学研究仅仅将中国现代文学斥为‘进化论’的谬思就万事大吉，逄增玉显然更加深入也更加全面地展开了这一西方思想在现代中国文坛的复杂演变：其理论与现实的分歧，优长与谬误的不同，以及不同作家各自理解的巨大差异。这样的思路无疑将启示我们对中国现代文学与现代文化观念的实际关系做出更充分的、更实事求是的考察。”

这个项目完成后，我又进行了对民族主义与中国现代文学的研究，申报和获批了教育部 2001—2004 年度的社会科学基金项目“民族主义思潮与中国现代文学”，这个课题其实也是属于与进化论相关的、对近现代中国社会与文化和文学影响巨大的社会政治与文化文学思潮，影响了中国现代文学的主体与结构及其文学现象。不仅是三十年代的民族主义文艺和四十年代的战国策派的文化文学主张及其文学写作，中国现代文学从诞生到发展流变，民族主义或文化民族主义也一直是政治社会与文化文学的主流之一，中国现代文学的两大方向——民族化与现代化，是相辅相成互为依托的。这两个重大问题都涉及现代文学的几乎所有方面，我在研究中写的论著中，发表于《文艺研究》2009 年第 8 期的《启蒙主义与民族主义的诉求及其悖论——以鲁迅的〈故乡〉为中心》一文，指出《故乡》其实写了现实中故乡农村和回忆想象中的过去的故乡乡村，现实的故乡是破败荒凉、没有一丝活气的“荒村”，也是要搬家离开、彻底告别抛弃和否定的乡村，而过去的宗法制时代的、前现代的甚至是封建主义统治的“老中国”时期的乡村，却是自然优美、民风淳朴、道德优良、存在公俗良序的“德性”之地，两个乡村“风景”截然相反，反对和批判一切“老中国”即封建时代和传统文化的、认为在进化进步的时间链条中过去毫无价值的叙事者（隐含作者），却互相矛盾地呈现了两个不一样的乡村，并实质否定了现实而讴歌了过去，这与叙事者和隐含作者鲁迅的思想构成显著矛盾，而这种矛盾的深因，是鲁迅思想的矛盾即民族主义和文化民族主义在鲁迅思想的型构。著名学者刘增人和崔云伟 2010 年发表的《2009 年鲁迅作品研究述评》论道：“逄增玉《启蒙主义与民族主义的诉求及其悖论——以鲁迅的〈故乡〉为中心》，认为鲁迅《故乡》的主导叙事和主题，是对以‘故乡’为代表的乡村世界以及以‘故乡’为象征的传统‘老中国’，进行‘衰败与落后’的定位和批判性描绘，借以表达‘五四’新文化和新文学的启蒙主义诉求。但是小说的现实批判性描绘中同时存在的对《故乡》往昔的回忆性描绘，乡村世界却呈现出自然、风俗与人事的美好和温馨，与现实中的‘荒村’景象构成对立和悖反。在两个乡村世界的存在及其互相矛盾中，其实也存在深层的精神与文化联系，即现代性的启蒙主义和守成性的文化民族主义，在鲁迅的精神世界里‘对立统一’地同时存在，并由此外化和投射于《故乡》的乡村叙事里，成为两个异质的乡村世界存在的深因。《故乡》是一篇美文，从中不难发现鲁迅深藏其间的那种感时忧国的启蒙主义的价值诉求。逄文的独特和高妙之处在于，它于鲁迅所描写的这个‘荒凉’的乡村世界之外，还发现了另一个充满着温馨和人情的乡村世界；于鲁迅现代性的启蒙主义的诉求之外，又发现了另一个守成性的文化民族主义思想的存在。这对于如何理解《故乡》和如何进入鲁迅精神世界的深层，都有着不同寻常的意义。”

广义地说，进化论和民族主义等重大的社会与文化文学思潮，都是现代性问题，它们具有内在的相关性。我在现代性和社会文化与文学思潮研究中，还较早地涉及了马克思主义现代性、欧美的社会与美学现代性进入中国后产生的两个密切联系的问题：中国的现代化与中国现代性问题。我提出和坚持马克思主义就是一种西方现代化大工业社会中产生的、对西方资本主义现代性予以反思和批判但不是全部否定，而是在接受其合理性之后重建与工业化现代化密切联系的社会主义现代性，所以当然是一种现代性，它产生的社会基础就是资本主义以大机器生产和世界市场为基础的工业化社会。中国在近现代把欧西诸种现代性都接受吸纳后，在政治与社会革命上接受了马克思主义现代性并与中国社会基础和现实国情相结合，成为中国革命的独特道路和范式并对第三世界国家产生“模式效应”。同时欧美的一般社会现代性和美学现代性也在中国的社会与文化文艺中产生影响和具有范式作用，但随着历史发展和中国革命的成功而退出历史舞台。中国革命成功后进行的社会主义革命和建设的经验教训，以及在此基础上出现的近三十年的改革开放所综合形成的中国式现代化的成功和“当惊世界殊”，也可称为中国现代性范式，表现于制度、物质与思想精神的所有方面。我思考和提出的马克思主义现代性和中国现代性，当然不是很成熟和系统，但现代性与现代化、中国现代化与现代性及其与近现代或百年中国文化和文学的关系问题，是个还可以继续深入思考和深度拓展的领域。

刘：在研究中，您总能发现被表象与“定论”所遮蔽的文学现象的不同面相，以及文学现象构成之间的内在联系，希望可以通过对现象的剖析来发现文学史的规律，您的《文学现象与文学史风景》中对此有分析阐述，如今这本书已经出版 12 年了，在这期间您也一直坚持对文学现象的研究与讲授，请问您为何关注文学现象，以及如何进行发现与研究？您是怎样建立起这种敏锐的学术目光与学术感受力的？最近在文学现象与文学史关系问题上有哪些新的思考吗？

逄：文学史其实就是大量文学现象构成的，没有文学现象不会有文学史。但文学史不能把所有文学现象都吸纳进来，总要有所取舍扬弃，不过任何历史都是当代史，是当代的不断出现的文学史家根据自己的主观性认知即政治、意识形态、艺术观念、审美价值、社会需要、读者期待视野等，对文学现象进行取舍筛选后建构生成的。我在发表于《文学评论》2000 年第 4 期的《研究心态、价值认定与文学史结构模式的调整》《山东师范大学学报》2013 年第 6 期的《中国现代文学史书写范式的若干问题》等文中，对此有过系统阐述。文学现象是源头，是原生态的历史，而江山代有才人出、各领风骚若干年的处于不断重写状态的文学史，则是次生态的历史建构。基于这样的认识，也是在读研究生时代导师们极为重视让我们翻阅现代文史的期纸杂志等作品文本，有史料课程和老师开设的文献阅读书目，有外出到京海等地查阅史料文献的访学，也有与现当代作家的访谈，如老师带领我们访谈丁玲、康濯、彭燕郊等从民国文学史走过来的人。我们自己写论文也经常去采访，还开展对当代作家作品的欣赏讲析课程，如得地利之便进行过对孙建忠、韩少功等湖南作家的作品研讨课，我的几个研究生同学都是韩少功的大学同学，可惜那时在长沙边做个体裁缝边进行写作的残雪我没有能够见到。在这样的学术训练中，养成了我们那一代学人的治学习惯，就是北大陈平原教授提倡的“走进历史与触摸历史”，即走进历史中自然就会触摸到大量鲜活的文学史现象，这种治学习惯让我们发现了许多可以进行研究的课题。比如，我在北京访问萧军时发现他在后海鸭儿胡同的宅子的客厅上，除了挂有他人赠送的和自己书写的字画外，还摆放有许多练武用的刀枪剑戟之类，他说孔夫子教书的六艺里就有“射”，治文事者必治武备，即文武双全，使我感到萧军颇像一位大侠和流浪汉。后来读到他的小说《同行者》，就是写流浪汉的，由此触发了我对于中国现代流浪汉小说的兴趣，阅读了不少这样的文本，并写成了发表于《中国现代文学研究丛刊》1989年第4期的论文《论中国现代流浪汉小说及形象》，那期丛刊主编王富仁先生在《编后记》里对该文进行了评价和推介，认为“逄增玉对现代流浪汉小说的论述，与其说以他的不乏独到的具体见解令我们注目，不如说更以他的敏锐的思想感受和文学感受令我们激动，在当前，一些新的、有文化的流浪者还在我国大地上跋涉和奔波，在本期编者所了解的人物中，就有属于这个阶层的人物，我们的文学研究界还少有人注意到他们对我国现代文化和文学的发展带来的影响，逄增玉的选题是否便包含着对现实生活的这种敏锐感受呢？”后来有人展开了更为详细的梳理与开掘，写成了论述中国现代文学的漂泊者形象的论文，深化了这一研究。

类似的还有在阅读三十年代文学和作品时，鲁迅说那是禁锢得比罐头还严的“白色恐怖”时期，许多左翼和革命作家或者被捕牺牲或者坐牢，鲁迅还为此写过如《黑暗中国的文艺界现象》，为日本左翼革命作家小林多喜二的被捕入狱和牺牲愤怒声讨，还专门写文章揭露中国自古及今的监狱的黑暗与残暴。受此启发我收集了不少文学史不提的牢狱文学作品，写作了《论三十年代的牢狱小说》，被《文艺争鸣》杂志的编辑送给了急需稿件的南方一家非核心刊物，结果不仅被中国人民大学书报资料的《中国现代当代文学》全文转载，还被北京市委党报《北京日报》部分转载和中国司法狱政管理部门的刊物转载，我自己也感觉莫名其妙，当然北京大学中文系的孔庆东教授和人民大学的程光炜教授也都在自己博客或者文章中提及。

此外如2003年“非典”流行期间，我在日本的大学任教，写了《鲁迅小说中的“医学”内容和叙事》，发表后不久就有学者重写和深化了鲁迅文学医学叙事的内容，确实比我写得全面深刻，但“始作俑者”大概是我。还有写作和发表的关于中国现代小说的“志怪”与“传奇”叙事的论文，被我的博士生作为博士论文选题，并延及当代文学的“志怪”与传奇，他发表的论文被《新华文摘》全文转载，申报了两项国家社科课题，成为这个领域的知名学者并获得教育部奖励。此外我写作发表的《东亚病夫、醒狮与涅槃凤凰——晚清到五四时期中国形象的书写与传播》《20 世纪中国文学中的“医生”形象》《论“新边塞文学”的革命性与现代性叙事》等，都被《中国社会科学文摘》转载，《五四文学中的中国形象与表征》《当代文学史中的“九一八”国难叙事及其症候》《艾芜的〈百炼成钢〉与当代工业文学的书写问题》《近现代日本的“满洲风土”暨自然与社会文化调查书写评析》《〈阿 Q 正传〉》与辛亥革命问题的再思索》《〈子夜〉的历史倾向及其认识和评价》等，都被《新华文摘》的“论点摘编”摘要转载。发表的论文被中国人民大学书报资料中心的《中国现当代文学》《文化研究》《影视艺术》《舞台艺术》（戏曲、戏剧）等转载的更多一些。这些不是表白自己的研究多么好，而是说发现的文学现象及其进一步的开掘研究，可能是有些学术价值的。

至于还有哪些文学现象可以继续开掘，我自己有一些思考，也指导过研究生作为毕业论文选题，但还不太成熟或者可以继续思考与挖掘，此不一一赘述。要之，我觉得历史和文学史的原生态矿藏是丰富的，只要不断走进、触摸和开掘，就会有所收获。对此，恩格斯的一句话可以作为总结和概括：人们对真理的认识，“永远不能通过对所谓绝对真理的发现而达到这一点，在这一点上它再也不能前进一步，除了袖手一旁惊愕地望着这个已经获得的绝对真理出神，就再也无事可做了”①。

刘：您曾经提及您是十分重视对史料的搜集与发掘的，尤其是在面对东北文学相关史料时，一方面，您“广纳博收，范围颇广，且成为癖好”。另一方面，您又认为文学研究还是要立足于既成文学现象与作品，而不是无穷尽地发掘新史料新作家。那么您在研究中如何平衡史料发掘与文本分析之间的关系？您又如何看待当前学界史料学转向的倾向？

逄：史料文献是学术研究的基础，就像万丈高楼须有扎实基础一

---

① 〔德〕恩格斯：《路德维希·费尔巴哈和德国古典哲学的终结》，中共中央马克思、恩格斯、列宁、斯大林著作编译局编译：《马克思恩格斯选集》（第四卷），人民出版社，1972 年，第 212 页。

样，否则就是空中楼阁或者凌空蹈虚。民国时代学者提倡有一分材料说一分话，这是学术研究的永恒真理。我是读研究生时候通过老师开设的史料文献书目和课程接触到现代文学史料文献的，写毕业论文时在上海徐家汇图书馆和北京等地查阅民国时期文献，走访东北作家，真的有一种走进历史和触摸历史的感觉，看着那些旧杂志和报纸上的作家作品的封面和纸张，以及其中穿插的图片和各种文坛消息、出版消息乃至商业广告等，就会感同身受地产生置身于当时语境的历史感，这是阅读新时期出版的那些收录民国作家作品的选集、文集和全集，所得不到的身临其境的感觉。从那以后，我就养成了收集相关研究史料文献的习惯，或者说是积习。回到东北师范大学任教以后，我也不间断地在文学院资料室、学校图书馆翻阅史料。我没想到那时候文学院资料室和学校图书馆有那么多的民国书刊和“伪满”时期书刊，因为解放战争时期从陕甘宁、晋察冀、苏鲁豫等根据地派往东北的两万多名干部中，就有大批文化和文艺干部专才。东北师大 1946 年于佳木斯建校时叫东北大学，来自延安和其他根据地的作家萧军、张毕来、吴伯箫、蒋锡金等都先后任教于此，新中国成立后的校长成仿吾也来自延安，又是五四时期创造社成员，还有创造社和中国诗歌会的穆木天和夫人彭慧等也回到故乡大学任教，各种因素造成东北师大文学院资料室的史料文献比较丰富（后来流失不少，原因不说了）。比如我就在资料室翻阅了全套的延安《解放日报》，后来命题指导了一位博士以《解放日报》文艺副刊作为博士论文选题。还有像武汉大学著名中国新诗研究者陆耀东教授在撰写主编现代中国诗歌史时，有一本诗集在上海北京都没有找到，却在东北师大中文系资料室找到了。再如韩国外国语大学的朴宰雨教授在写作《中国现代文学中的韩国人形象》时，也是委托我在东北师大图书馆帮助找到和复印了若干民国时期的作品。此外，像吉林省和长春市图书馆，我都是常客甚至还是省图的荣誉馆员，也到辽宁和黑龙江省图书馆翻阅史料。有一度我还担任吉林省政协文史委员会委员，像有些我研究“满映”的史料文献，就最早刊载于省市的政协文史资料辑刊里。所以，养成和具备收集整理史料文献的习惯和功力，是学术研究的基本功，古代文学和文献研究对此都有专门学术训练和要求，现代文学这方面相对薄弱，但解放后和新时期也越来越重视史料文献的整理、编撰和集成，已经蔚成规模和气候。樊骏先生曾著有八万字长文专门论述新时期史料文献建设的文章，可以找来一看。此外还有越来越多的著述，都可参看。

对于当前学界史料学转向的倾向，我是认同学术研究必须建基于扎实史料的研究思路和方法的，现在重视史料、无信不立、反对放言空论理论自我循环与膨胀，我觉得是文学史研究的常识和常态，转轨也好转向也好，其实都不重要，重要的是文学史研究既要重视文本的文学化阐释，也要注重文学史作为历史之一种，必须依托史料进行史学研究，真正做到文史结合，史论结合，美学与历史的统一。类似问题我在发表于《文学评论》的一篇论文《〈阿 Q 正传〉与辛亥革命问题的再思考》，也同样把历史学界对于辛亥革命的评价与文学研究界的评价加以对比，提出了辛亥革命参与者和近代史研究者都辛亥革命取得了成功，结束了封建帝制在中国的长期统治和轮回，而文学研究界认为鲁迅的小说反映、反思了辛亥革命的失败及其教训，我认为是与鲁迅小说、鲁迅思想认知和辛亥革命的实际不相符的，是误解误读了鲁迅小说的辛亥革命描写的真正意义。这类问题其实所在多有，应该从文史哲结合的高度和视域加以审视和研究。

刘铮：除了现代文学研究这一“本行”工作外，您还陆续发表《当代中国文化国际传播的现状与路径述论》《跨文化交流与中华文艺参与人类命运共同体建设的思考》《中国文化跨语际传播中的价值定向与方法论问题》等文章，主编多部有关中国文化国际传播的著作，表现出在文化传播方面的高度关注。

逄增玉：我 2007 年调到中国传媒大学，学校鉴于国际化办学的需要，让我担任刚创办的汉语国际教育学院院长兼孔子学院处处长，为学校创办孔子学院和汉教专业硕士，并在取得发展后申报汉语国际教育博士学位的二级学科博士点。受人之托、也是国家需要，我通过那时候的国家汉办工作的东北师大时代培养的一些学生的帮助，为传媒大学与塞尔维亚贝尔格莱德大学、荷兰格罗宁根大学、巴西南大河州大学合作创办了孔子学院，申报成功汉语国际教育专硕，招收从本科到硕士的海外留学生和国内生。这是属于汉语与中国文化教育和国际传播的事业，也是讲好中国故事、让中国文化走出去的国家战略。在这一工作当中，出于工作需要，我自然也需要带领学院教师在从事教育教学的同时，思考中国文化如何有效进行国际传播等价值论和方法论的问题，带领学院申报了当时国家汉办比较重大的五十万资金赞助的研究项目。恰好中国传媒大学的优势就是新闻、播音、动漫、录音、美术、传播、艺术等，在这样的学校工作与在师范大学感受完全不一样，校园文化、学科建设和学生类别也都不一样，所以得益于地利人和的优势，我自然就会在传播和艺术等方面有所涉猎和思考，写了一些论文，主编和出版了《一带一路孔子学院中国文化国际传播》《汉语国际教育与中国文化传播》《社会主义核心价值观文化读本——微言大义》《传媒汉语》等专著，其中有些主编的书我自己撰写的部分占了一多半。可惜的是，后来由于一些非个人和能力的原因，汉教博士专业未及申报完成我就离开了汉语学院到图书馆任职且回到文学院，留下许多遗憾。

刘：作为恢复高考后的第一届大学生，您曾经提到您是在一众前辈学人的影响下成长的，例如蒋锡金、樊骏、凌宇等。能详细谈谈您所看到的这些前辈学者的学术风采以及您对他们的学术精神有哪些继承与发展吗？

逄：我们那一代恢复高考后的研究生，可以说非常幸运，那时民国过来的很多老教授都健在，给我们教授本科课程，像东北师大的古代文学国家首批博导杨公骥教授、现代文学的蒋锡金教授、闻一多先生的清华研究生和西南联大时期助教何善周教授、古汉语和古文字学的孙常叙（晓野）和王凤阳教授等。读研究生时代也遇到了好多好老师。这一点可参看我写的两篇悼念文章《蒋锡金先生印象记》，记得是发表于《吉林日报》副刊《东北风》，另一篇是《此生何幸遇恩师》，收录在中国社会科学院文学所编辑出版的《告别一个学术时代——樊骏先生纪念文集》。总之作为恢复高考后的第一批大学生和八十年代初期的研究生，是十分幸运的，有幸聆听一批民国和五十年代大学毕业的学者的课程，承蒙教诲，那种知识的获得和人格风范的亲炙与影响，大概是后来者无法比拟的。而八十年代中国社会的朝气蓬勃、团结一致奔四化的氛围、尊重知识与知识分子、“科学的春天”时代学术探索的活跃，老年和中年两代学者的诲人不倦与诚恳待人和敬业认真，都对我们产生了终生难忘的影响和熏陶。还有那时从本科课程的设置到研究生的培养机制，比如一批名教授为本科生开设的选修课（蒋锡金教授开设的是“鲁迅旧诗讲读”），研究生的访学、跨专业跨院系选课和讨论式教学，也是我们那一代的偏得和特殊的知识教育的红利，这都是难以忘怀的。

刘：谢谢逄老师，感谢您接受采访。

狮山文艺群落·骆平

文学超写实主义的出场

——论骆平的《过午不食》

□白浩

实力派女作家骆平推出的《过午不食》中短篇小说集带来进入中年写作的独特成熟味道，可又不尽如此，它的复杂性需要新的命名。

一、超写实主义写作的出场

感觉细腻，叙述绵密，细得女人心海底针，细得起腻；密得唠叨，密得无风也起浪，密得密不透风，密得窒息。这是阅读骆平作品的第一直感，她鲜明地沉迷于过程、细节，不再对形而上的抽象主题提升拔高。甚至可以说阅读骆平作品是有危险的，因为那可能会使人停止思维，太真实了，太细节了，纤毫毕现，比真实更真实，反情节的纯细节，仿佛超写实主义画风一样。超写实主义又称超级写实主义、新现实主义或照相写实主义，源自并兴盛于20世纪末的美国，其后波及世界各地，中国超写实主义绘画的代表冷军，就被评为“细腻而不腻，逼真而非真”。事实上，早在20纪80年代，《父亲》的作者罗中立也曾是超写实主义技法的借用者，而文学的超写实主义，《过午不食》堪称代表。

面对骆平系列中短篇作品《过午不食》[①]《胜日寻芳》[②]，人类会惊叹并恐惧于自己的生活可以被其作品完全替换而活着，就仿佛人工智能对脑的取代，机器人对人的取代，更好像照片壁画取代本尊而活着一样。它们比非虚构更真实，阅读完只剩下一身寒战，单就《譬如朝露》而言，简直具有对于大学生早婚早育的客观恐吓功能。

任何事情做到极致那都是可怕的。在真实感的眩晕数刻之后，我们才会找回自己的价值立场，那么不这样写应该怎样写呢？放弃理想、信念，放弃价值判断，甚至放弃情节，而只追求细节的纤毫毕现和绝对原生态化的真实，这种真实乃是客观的真实，而非主观的真实。作家对于世界的建构都是一种投影，现实世界和它的主观对应物之间，有表现说、模仿说的区别，也就有了现实主义、浪漫主义两脉的传统区分，但现实主义又有“无边”之谓，因此，就又出现了超现实主义和超写实主义新变种，实际根源上都还是对于现实的主观真实和客观真实分野的极限化推进而已。超现实主义不仅放弃对客观世界的描摹，甚至放弃维系客观世界存在真实性的逻辑之维，而且走向潜意识世界的扭曲变形，走向极度抽象。而超写实主义不仅放弃主观真实的具体价值观，甚至放弃任何的主观真实抽象，即放弃抽象的思维路径，而走向机械复制性的极度客观写实。20 世纪 80 年代年代以来的纯文学以绝对虚构而走向新的概念主义，而 20 世纪 90 年代的新写实、先锋转向，再到新世纪的非虚构、底层文学，都在对此进行反拨，而超写实主义则进一步以极端化之姿，反技术主义的“怎么写”而回到“写什么”，回到生活真实。此种写实，与原来所说的“现实”，仿佛佛家青原惟信禅师所说的“参禅三境界”：“老僧三十年前未参禅时，见山是山，见水是水。及至后来，亲见知识，有个入处。见山不是山，见水不是水。而今得个休歇处，依然见山只是山，见水只是水。”(《五灯会元》

① 骆平:《过午不食》,《人民文学》2018 年第 3 期。同名中短篇小说集由浙江文艺出版社 2019 年 1 月出版，收录《譬如朝露》《漫长的告别》《狻猊》《过午不食》四部中篇小说。

② 骆平:《胜日寻芳》,《小说月报·原创版》2018 年第 11 期。

卷十七）“见山不是山，见水不是水”，豁然有得焉，还原主观真实，而“见山只是山，见水只是水”，更是对朴素自然的回归，这样的富裕固然是一种还原和回归，可又是一种反抗和发展，是在强烈反差下别有况味在其中的，是有成熟的世界观和艺术观蕴含其中的。正是这种强烈反差、这种极端化策略，会加强读者的阅读兴趣和思考探究兴趣。比如，作为一位成熟的小说家，骆平的叙述本是精致的，故事也是吸引人的，甚至可谓技巧精湛的，然而阅读感受却常是絮叨，情节也常是几欲摔卷难以卒读的，读者的主观真实与作品的客观真实之间就明显出现了偏离，这是怎么回事？这种显而易见的悖论，这种故意的“卖个破绽”，恰恰也就是进入骆平小说世界的关键，也正是其“三昧”的入口。

正是因为源于生活又高于生活，高于生活而又回归于生活，所以骆平小说有着鲜明的生活热气。这种对于生活的沉迷可能是来自多种立场的妥协混合产物，可能是热爱生活的热气，可能是平庸苟活的俗气，也可能是厌倦却又无法超越的死去又活来的彻悟之气。不管怎样，活在当下是唯一的选择，也是唯一可抓住的东西，与那些太冷的主观真实相比，还是一猛子扎入眼前的热气更有意义。现场感的热气自然是超写实主义的第一魅力。

然而，生活总是在别处的，这种生活的热气也总是不得已的，总是充满怨恨的，总是渗透着冷的。尤其是在中年叙事看来，这冷就是成熟的“怨毒”。每个中年人都是浑身“携毒”的，他们已经饱尝抛弃、放弃、鄙视、无视、欺骗、算计、背叛、利用、敲诈、穿小鞋、出气包、受气包的滋味。所谓成熟，就是没有什么套路是他们没尝过、看不穿、看不透的。中年人既有斑驳而坚硬的防御壳，同时也有用于还击的锋利牙齿甚至毒刺。固然人到中年万事忙，可同时也是人到中年万事休，忙是酣战正忙，休是体无完肤心已凉，“见山只是山，见水只是水”，所以别蒙我。穿透表象的冷峻，乃至怨毒，是超写实主义的第二魅力。

散发着生活热气的“怨毒”，甚至已经上升到性本恶的彻悟了。可一旦彻悟，那就是境界，那就是况味，那种返归就带上了丰富的痛苦。

对于骆平来说，这种境界的况味不只是题材的，更是内蕴的。就题材来说，对于所描写的高校知识分子生活，骆平的对位叙述是雅气的，是机智聪慧的，诸如小恋人的麻烦“他们搞出了人命”，有结婚证后，“打胎的原因嘛，就是因为想打胎，没别的！”(《譬如朝露》)，大学辅导员的“手机不离须臾”，“我要确保学生和领导随时能够找到我，随叫随到，就像应召女郎”(《漫长的告别》)，夫妻俩的手机“在插线板旁并排放置，缄默、沉寂，同床而异梦”(《狻猊》)，都可窥见钱锺书式的机智。而“凡事将就，方得始终”，“花心淫棍的神逻辑，不主动，不拒绝，不负责”(《胜日寻芳》)，“忍无可忍，继续再忍”(《过午不食》)之类的金句迭出，就更加一分张爱玲式的余绪。在这雅气题材的背后，是旺盛的生命力和富有年轻气息的生命揣测，人物在认认真真地活，作者在不停地发现，不停地归纳总结，这真实细致的生机，如同故宫至宝肉形石的活色生香一样迷人，使得作品又充分富有活气。雅气，活气，本身就有机智，有过程之乐，然而小说整体之意却在排毒、在怨怼，这雅、这活并非浅薄的卖弄，而是对“心机繁复深似海、人性怨怼毒如蝎”的领悟与表现，这就既需眼毒，又要心毒，对人性、对心机的洞察是眼毒，而洞察的结果就是心毒，鲁迅的眼毒心毒就是“不惮以最坏的恶意来揣测中国人”。雅气，活气，加上这毒气氤氲，三气合一，小说就丰富有味得多，一气化三清里藏着成熟深邃的机趣。“这几日颇不宁静”而“我且受用这无边的荷香月色好了”，具有彻悟的雅气，是超写实主义的第三魅力。而三气一体，才是骆平小说的复调化况味，“譬如朝露”，朝露正青春，可后半就是藏着的“去日苦多”；“狻猊”是苦心经营的典雅意象；“过午不食”既是生活俗语又是佛家偈语，热气、毒气并未压制骆平小说的雅气，相反，构成了象牙塔里观世的独特一品。

二、本欲笋烧肉，奈何虫蚀骨

超写实主义写法的威力可谓穷形尽相，纤毫毕现，固然有三气一体的搅拌，但生活本身的毒仍然令人无法承受，如此说来，《包法利夫人》的“口中毒药”感正是最好的赞辞了。

《胜日寻芳》里，副教授周青所谓的“胜日寻芳”，细分事业、爱情两条线，情节细密而又跌宕。事业上，其自以为“双高”奇货可居，以此为筹码欲纵横捭阖，寻得利益最大化，然而最终竹篮打水一场空。爱情上，自以为通过婚外情而获得价值尊严的满足感，在柏拉图之恋与肉欲间跌宕，“在安全无风险的前提下，把税芳给弄到床上去。惟其如此，方能有‘到此一游’般的占领感”，周青将税芳视为价值和欲望的双重投射物，最终，事业、爱情突然双双坠楼式落空，真是机关算尽太聪明，奈何忽喇喇似大厦倾，好一个“聪明累”。

人物立体饱满。周青，知识分子自视清高，实则在名利、欲望间心机重重，自以为“长铗归来乎！食无鱼。出无车。无以为家”，其实“满心‘婆理’满口‘公理’”，贪婪又虚伪，脆弱可笑，如毛泽东评论儒家“满口仁义道德，一肚子男盗女娼”，鲁迅所谓“口上仁义礼智，心里男盗女娼”是也。

周青所鄙夷的“矮胖的、油腻的、浅薄的陶树”，却成了“这个女人，爱上了陶树的能干，陶树的低俗，陶树的幽默，陶树的八面玲珑，陶树的高财商”。陶树其实是混迹儒林中的另一类人，精通厚黑之学，虚伪无耻，投机钻营，放肆到毫无操守，践踏知识分子尊严，吸食知识群体膏脂。陶树堪称周青的厚黑学导师，投机钻营的腌臜泼才。陶树这般无耻之尤者固然是小人得志便猖狂，可周青这“希望之光”却也一样蝇营狗苟，他们不过是五十步与百步之别，真是“贾府上下，只有门前那对石狮子是干净的”了，可问题又在于全文根本就没打算让道德、干净等的价值建构念头存在过。

而配角几位院长，税芳，老婆也都活灵活现。更重要的是，税芳是周青的美学理想，是他抵抗俗世的价值认同，是才子佳人梦的现实自恋版。“他深深沉迷于她对自己的倾慕，沉迷于由此而来的一切能够引发荣耀的、抽象的思想。一个优秀的情人。这本身就让周昆心驰神往”，从“高智商人种里的、纯粹的、柏拉图式的相爱”，到“到此一游”的占领，再到不添乱、不堵心的爱情，甚至更隐蔽的无耻的偷情备胎，其间变化可谓机关算尽，意淫不止。苏轼有诗云：“可使食无肉，不可居无竹。无肉令人瘦，无竹令人俗。人瘦尚可肥，士俗不可医。”而后人则进一步阐释为“若要不瘦又不俗，还是天天肉烧竹”，漫画家丁聪曾绘有一幅名为《笋烧肉》的漫画，画中的苏东坡与郑板桥，正举箸盯着一钵笋烧肉，题解“宁可居无竹，不可食无肉”，引证“苏东坡先生有诗云：无肉令人瘦，无竹令人俗。若要不瘦又不俗，天天笋烧肉”。笋烧肉正是对“熊鱼自笑贪心甚，既要工诗又怕穷”（赵翼《论诗五首》）的揭穿。婊子牌坊、道貌岸然、男盗女娼的合体是伪君子的美学象征，指望天天笋烧肉，大俗大雅，小俗小雅，进退裕如。奈何最终税芳黑化，以神女之姿暗恋的并非虚伪的“才子”，而是更龌龊的“财子”，这就不只是黛玉葬花，而是妙玉入海，焚琴煮鹤了。“胜日寻芳泗水滨，无边光景一时新，等闲识得东风面，万紫千红总是春”，本以为是“春风得意马蹄疾，一日看尽长安花”，却不过黄粱一梦，本欲笋烧肉，奈何铁磨骨，虫蚀骨，笋烧肉变成蚂蚁上树，变成黑暗料理，如一篇新《儒林外史》来揭穿底牌，撕下底裤，《胜日寻芳》成为学院杀梦者。

《胜日寻芳》“杀”学院，而《过午不食》则“杀”家。倘若说《胜日寻芳》还有情节的经营、主题的揭批意义，那《过午不食》就堪称超写实主义的最典范之作，绝对的客观真实，沉沦于细节，雅气活气都让位于毒气。中年知识女性梁葵在事业上是个配角，因此回归女人的另一主战场——家庭、儿女、婆婆妈妈。生活并无惊涛骇浪，相反连小浪细浪都算不上，不过是茶杯里的风波，是微澜细纹、日常细节而已。人物，亦无大奸大恶，相反都是些日常人事。可就在这日常化的鸡毛蒜皮与无风起浪中，本应该是父义母慈，兄友弟恭，子孝，琴瑟和鸣的光鲜温馨，却变成了量身定制的“紧身衣”，成了“他人即地狱”，所有的怨毒其实可以在任意一个环节中止，然而却滚雪球般越滚越大。本有无数的善意，却都转化成了怨毒的帮凶。中年女性，可以是包容博爱的大地之母，却也容易成为庸俗刻薄的唠叨长舌之妇，肆意挥洒爱意还是怨毒刻意，这是一个重要的选择。《过午不食》充分展示出骆平作品的毒气极限，艺术上的超写实主义正是既对现实充分执迷，又对现实绝望，在没有跳脱而出可能性，没有拯救之光出现的前提下，人们就只能一个细节又一个细节地品味这毒霾，用智慧的段子，用怨天尤人的怒气，用穷形尽相的描绘，来活在当下。

关键在于明知有毒，可毒在哪里？欲说还休。谁是恶人？婆婆、丈夫、儿媳、月嫂、亲家母、亲家公，儿子，似乎无一幸免，那就是典型的性恶论了。问题的关键又在于这个“最无辜”的梁葵，以恶意发现了恶意，而或许她忘记了自省自身的恶。“原来，在媳妇眼里，她就是心如蛇蝎的老巫婆。原来，婆婆这身份就是原罪，说什么都是错，沉默也是错，大包大揽是错，谨言慎行更是错。”“在梁葵和婆婆之间，从来就没有过温暖亲密的光阴，梁葵甚至痛恨过婆婆。她深信，在她和婆婆之间，渐次积累下来的，不只是悠长的时光，还有无穷无尽的怨恨。”她需要竭力“克制住各种疯狂的念头，譬如怎么能神不知鬼不觉地杀掉老公”。“她爱过老公，爱了，也过了，这个男人，已经不能激起她荡气回肠的感情。现在，她恨他，这恨，并非因爱生恨，而是一种简单的，不被尊重的后果。”

温文克制的中年知识女性梁葵，换个角度看，其实就是挑剔，冷漠，无原则，在溺爱与懦弱中纵容恶，而溺爱本身并非施与，而是自身情感枯竭的一种投射，一种对于爱的人身依附，是以爱为名的纵欲，故而，溺爱本身往往是一种对他人的伤害，是一种以受害者面目出现的施虐和受虐。当某个按钮启动，亲情的温馨就变换成了家的坟场。理与情搅成一团糨糊，公理与婆理，已无是非可言，《过午不食》本是家庭伦理剧，最终却变成“撕逼”剧，叙述不胜絮叨，情节不胜琐碎，冷暴力的噩梦层层包裹，真是如蛆附骨。代的轮替中，从为媳的反抗到为母的妥协，“活过了中年，已然进入过午不食的状态，生命宛如午后的餐桌，已经没有什么是值得期待的，也没有什么是不可以失去的，难以割舍的，不过是一份情怀罢了。而情怀，往往是最容易消散的”。这解释了性恶论按钮的自我选择逻辑，却偏偏要以受害者的面目来哀哀不已，自己没有情怀了，却推诿于这个世界的所有人没有情怀。

所谓胜日寻芳，其实不过是鲍肆逐臭。过午不食本是佛家养生之方，可是超写实主义生活下的所谓彻悟不过是求不得，所谓过午不食不过是生命力衰颓的无奈，他人即地狱也不过是爱的一坛甜酒变酸而生成的怨憎会。生、老、病、死、怨憎会、爱别离、求不得、五阴炽盛是佛教八苦，由雅气而生活气，这活气是旺盛的生命力、炽热的欲望与尘世功利心，而毒气则是求不得的怨毒。“狻猊”意象则是将这怨毒提升到抽象的偶像地位。

《譬如朝露》《胜日寻芳》多青春活气，《过午不食》多毒气暮气，《狻猊》则是雅、活、毒三气皆炽。数年以前的“迷乱人生”“爱情有毒”尚还形迹外露，算是毒在腠理，《胜日寻芳》则毒在肌肤，《过午不食》毒在肠胃的话，《狻猊》可就算毒在骨髓了。狻猊，这一来自典籍与神化话的事物绝非常见，明显刻意寻找而来，也可见意象的刻意营造，寄托着作者的深深用意。文中同样借来的“乌鸦”“鲨鱼”“饕餮”已算贴切，而高冷生僻端坐于香炉神龛之上的狻猊，却雅毒融合最甚。杜安静夫妻间的争吵“一旦开口交谈，路径是一致的，从任何的甜言蜜语开始，终究都会坠落在你妈或者是我妈的身上”，“一较高下。一争输赢。无休止的争吵成了意义本身”。小说的叙述令人不断感慨太聪明了，最终，杜安静以对身边丈夫死亡难以置信的冷漠无视而达成“狻猊”意象的高潮。

骆平感染的钱锺书、张爱玲之毒尚算轻度，算生活之毒的话，那么，感染卡夫卡之毒就是存在本体之毒了。骆平自陈其写作路程“故事安排得圆满而周密，但是，往往在最重要的时刻，在最关键的地方裂开一条缝，那条缝，阻隔了抵达真实和真相的路径，让所有的疼痛、胁迫、挤压都变得无足轻重”，面对主题意蕴的裂缝，填补和拯救她的竟是卡夫卡的毒气，以及罗曼·罗兰式的英雄主义——活下去本身就是英雄主义了，这得多毒。“我写得很慢很少，我从未发觉，竟是这种徐缓的方式，让我在不得不飞速奔走的现世里，感受到了与身体和内心相契合的安宁。”[①] 而作者，在对慢的沉浸、对过程的迷恋时，除了收获超写实主义的客观真实之外，是否也还蕴蓄着“主观真实”的灌注，则仍在可变之中。

三、超写实主义写作的素质

超写实主义具有新写实主义的血缘，但却并非重复。新写实主义乃是零度情感、零度主体，武汉、北京这样的中原、中心城市贡献出 20 世纪 90 年代以来“新写实”的时代感知，而四川成都，这个边缘和温润的地方，则孕育出超写实主义这样的生命热情与生活厌倦同在的悖论复合体。事实上，美术领域的超写实主义从罗中立到冷军，也都是具有四川文化背景的，这是偶然还是具有文化亲和基因，值得探究。骆平的超写实主义具有对于生活细节客观化描写的相似表象，但她并非零度情感，恰恰是具有强烈的欲望与情感，强烈的生命力。尽管都是不免一地鸡毛的生活琐碎的描写，但新写实小说具有对于小市民身份的认同，是对于知识分子身份的溃败式放弃，是向俗而行的，而骆平的超写实主义恰恰始终具有知识分子气质的沉迷和优越感的自矜，始终具有雅气，即便最终不能免俗，可貌雅媚雅的过程也是有意义和值得沉迷的。精致中产的趣味和精神气质是不同的，是有自我迷醉感的，而新写实的沉迷于细节是被价值斩首之后不得已的被动选择，超写实主义却是受到 21 世纪的非虚构文学洗礼之后，对于细节的真实还原和过程性追求已经具有了价值合理性，对于知识分子或伪或俗的生活选择已经具有了充分的理性咀嚼。

超写实主义是对任何主观真实的反抗，代之以对于客观真实的追

---

① 骆平：《幻象与镜像》，《人民文学》2018 年第 3 期。

求。“所守或匪亲，化为狼与豺，一夫当关万夫莫开……”“天府”自古就是“只手遮天”“割据自雄”的乐土，是破除任何王朝外来的“主观真实”的地方，这和《白鹿原》的见惯“翻鏊子”是一样的，也就自然是反权威的自乐自为之地。那些过于聪明的人早把一切套路都看穿，所有的“主观真实”都是圈套和欺骗，所有的权威皆是被解构和嬉戏的对象，那些过于聪明的人都是生活的高手，早已将一切“客观真实”的生活细节都精熟于心，底气十足，谁都别想骗我，我自己就是“老司机”。回到生活，是因为除了生活的当下真实之外一切高空皆是空；回到细节，是因为除了细节的真实之外一切故事皆是虚构与想象。超级写实就是去除附加值，回到真正意义的写实，因为这是唯一可以真实拥有的安全和存在的证明。这可能是自信和老练，是反权威的狂欢，是理解了生活的透彻与深刻，当然也可能是夜郎自大式的目空一切，或者可能是当年豪情尽成灰，甚至也可能是夏虫语冰的短浅和盲人摸象的狭隘。对于这种生命力热情的矛盾，我们不要忘记熟悉的记忆，在20世纪80年代的第三代诗歌运动，就是以四川为中心而掀起的。超写实主义就像成都麻将，充满了对生命的热情和对生活的厌倦的矛盾，也充满了对于“主观真实”的概念话语权抵抗和“客观真实”的细节迷恋。每个人都在苦心经营自己的生活，充满自信和抱怨，也充满对彼此的挑衅、调侃、算计，以及不可测的运气，无数次都以骂娘掀天的抱怨和赌咒发誓的“再不来了”而结束，但这并不影响每次都以充沛的热情扎入其中。麻将牌局不能以一家之言的“主观真实”而一统天下，和牌的人并不能以一人的行动宣告牌局的结束，即以话语霸权终止别人的经营，每个玩家都珍惜自己的生活，都只认“客观真实”的细节，都要坚持到自己的“血战到底”。多么认真的生活！多么讨厌的执着！从现象上看，超写实主义是对于过程的沉迷，是对于细节的超级还原，它是反主观真实概念化霸权的另一极端。而从本质上来说，超写实主义的三个元素是：生命热情与生活厌倦的悖论、细节还原与客观真实的极度追求、拆解乃至放逐“主观真实”的任何既定概念。作家和普通人的世界建构区别在于零碎化和系统化之别，以及表达的隐藏和袒露之别，故而作家所表达的零碎实际是建构后选择的零碎，是有整体观支撑的蛛丝马迹。超写实主义看似简单，但其实对写作者有很高的要求。首先是具有扎实的生活基础，具有对于生活细节的洞察智慧；其次是具有进得热厨房的生命热情和对生活穷形尽相的描摹技术；最后，也要求具有高明的写作技巧，能让日常琐碎的生活内容读起来并不乏味，能以阅读之乐抵御生活本身之毒。看清这一点就会明白看似生无可恋的怨毒，其实都是片面的深刻，另一面是恋恋不舍的不能自拔，这不过是与生活的撒娇、调情，毫不影响继续扎入“食色性也”的冰火世界。归纳起来，作者既有入世的热情又有出世的智慧，既有通透的洞察又有返回生活的耐心，作品效果是繁而不腻，细密而不单调，人物到读者都对生活厌烦而不离场。超写实主义就像一顿火锅，百样菜品都要打回原形，放到锅里煮，变成麻辣味，区别在于细节掌控的火候，吃火锅的人都要是细节的老手、高手，否则不是生得嚼不动，就是老得嚼不动。而细节不管如何区别，那麻、辣、烫的过程都是回味无穷的。

这种极限化的生活准备和技术准备如果被赋予新的灵魂，则会像罗中立的《父亲》一样，成为一个新时代的引导者。超写实主义是来自西方的现代流派，但其实细想起来，“咱祖上也有过”——工笔画。中国绘画本就有工笔细描的写实和水墨飞白的尚意写意之别。微雕、核舟，都需要超写实主义的技法和热情，因其空间狭小，更需热情，也更需出匠气而入神。没有对于生活的热情就无法承担细描的琐碎和耐心；没有成熟的技法就无法穷形尽相入乎其里；没有穿透性的彻悟境界就无法真正入神出乎其外。所以，《过午不食》，并非舶来，而是自家土壤上化合融汇的生长品。而工笔加写意，不要忘记齐白石，就是此中融合高手，让匠气有了神，就可开出新气象，这也是骆平作品未来可期者。

（作者单位：四川师范大学文学院）

情感越轨、身份认同与“半糖”之道

——评骆平小说《半糖时刻》

□高晓瑞

骆平是一位身处高校的研究者，亦是一位长期从事创作的作家。她很好地把属于知识分子的智性思考与属于作家的丰沛文思结合在了一起，并在时代的潮流中保持着自己的特质。自《亲爱的，请别为我哭泣》《全职主妇的危机》《真的爱你》，到近年来的《迷乱之年》《爱情有毒》《过午不食》，骆平在创作中常把女性的情感体验放置在一个重要的位置。在最新长篇小说《半糖时刻》中，她更把关注的重心投向了高校女性知识分子的情感世界，以中年体验为限，书写女性情感越轨与身份认同之间的纠葛，让故事具有引人注目的话题感。

骆平巧妙地为读者设置了个体与家庭、肉体与精神、妻性与母性、情爱与伦理、中年与青年、背叛与和解、生母与继母、健康与绝症、隔绝与自由、新生与死别等多组二元的选择或冲突，由此构成了一组组张力关系。但同时，骆平又让这些看似跌宕的矛盾都笼罩在“半糖”哲学的处世之道中，以解密的方式层层推进故事发展，以夹叙夹议的内在声音显示出主人公的心理变化，最终用举重若轻的平衡之法让生活继续、让情感深藏，显示出不动声色又波澜壮阔的生活智慧。从这个意义上讲，《半糖时刻》既是骆平创作相较于其前期的转折，亦是对传统女性情爱书写或知识分子书写的超越，更是一种对当下“半糖”人生观的诠释，因此这部作品在故事性之外，又有了更深邃的智性和悲悯。

一、“倾城之恋”：疫情大时代与私人小空间

从小说的主要情节上看，《半糖时刻》无疑是以女主人公朱砂的情感经历和人生体验为核心的，而从小说发生的时间来看，主人公所处的时代又让读者拥有了“同在”的体验感。在小说中，骆平写出了无法兑现和不能言说的忘年爱恋，却又让女主人公以“半糖”之道为限，让一切井然有序又合情合理地发生，可最终这濒临越轨的情感却因疫情和疾病而戛然而止。疫情的肆虐与城市的封锁是男女主人公独处一室的契机，空间的封锁反而隔绝了外在的枷锁，让情感和压抑恣意而生，从而书写了一场当代的“倾城之恋”。

以朱砂为中心，作者巧妙地在她周围为她安排了两位男性，一位是现任丈夫罗勒，“他是学界的大牛，又不仅仅是学者，在一大把学术头衔之外，还有电影家协会、评论家协会的各种职务。最要紧的是，他是师大电影学院的院长，掌管着一百多名教师的发展规划和一千多名学生的职业前景”[①]。朱砂与罗勒既为夫妻，在这段婚姻中又因为彼此都有离异再婚的经历，所以亲密之外天然带有一种疏离。更何况对罗勒而言，婚姻也不是生活的一切，他是立体的、多元的、社会的、家族的，因此在这段婚姻里，他需要对很多人负责，而朱砂只是其中的一个。有趣的是，小说的主人公朱砂，也表现出不同于一般言情小说女主人公的“大度”，不仅是因为人到中年让其展现出应有的“宽容”，更像是有一种历经生活而洗练出的智慧。譬如，对待罗勒与前妻的女儿言姐，朱砂就很适宜地把握了作为后母应有的相处模式，不过度参与其中也不过度疏离。当言姐突然宣布结婚，她是最后一个知道的，朱砂开解自己“这些事，没有知情权是好的，耳根清净”，可当需要她在婚礼现场公开为言

---

① 骆平：《半糖时刻》，浙江文艺出版社，2023 年，第 6 页。

姐祝福时，她仍认真地为自己的继母身份设计了“温暖、智性、善意，不能太落伍，也不宜太时尚，要像日剧里那些宜家宜室、人畜无害的欧巴桑”[①]的形象。除此之外，在对待罗勒的母亲、罗勒的前妻甚至丈夫罗勒时，朱砂都展现出超然的自得与不争不抢的通透。而这种打着“懂事”与“通透”的“半糖”状态，实际上是骆平对读者惯常认知中的言情、婚恋、家庭题材作品的一种有意反拨。涉及女性题材的作品或是影视，往往“聚焦于女性与家庭、性态、压抑以及个人与闯入的群体之间的冲突”，而叙述故事的基点则在于“公开地、戏剧化地表现私人感情”[②]，虽然骆平所传达的“半糖”有着淡定的超然，但从小说发展所需要的冲突上讲，罗勒与朱砂夫妻之间的“理解”与“支持”显然无法支撑起情感小说所必需的跌宕的效果。

小说的男主人公斯羽便应运而生。斯羽是罗勒的研究生，罗勒女儿言姐的前男友，无论从身份或是年龄来讲，都需尊称朱砂一声“师母”。而小说的主线，便围绕他与朱砂的相处展开，抽丝剥茧地展现出他对朱砂的感情，以及朱砂潜隐的心动。两人从相识、相熟，到情绪外溢，再到生死别离的过程，有着如言情小说一般的框架。二人初遇于学院办公室，彼时朱砂在等罗勒，斯羽之于她只是一个相貌清秀、瘦瘦高高的陌生男孩，固执地与教学秘书纠缠奖学金评定过程中的成果认定，事后朱砂才得知教学秘书对斯羽的耐心源于他是院长罗勒的弟子。冥冥之中二人的关联越来越多，言姐的婚礼中，斯羽担任拍摄和视频剪辑，却“顺便”把作为师母的朱砂拍得神圣与温柔。言姐离婚，朱砂一人难以招架几房亲戚，索性以公务之名飞到福建，却不料在酒店偶遇来此地拍美食直播的斯羽，在斯羽的带领下，朱砂不仅打破晚餐少食的习惯，更到月光岩散步消食，并借拾贝壳对斯羽讲起了她与幼年密友青豆的往事。因为离婚，言姐回到了朱砂和罗勒的家，并在家里与斯羽一起直播带货，

① 《半糖时刻》，第 6 页。

② 〔美〕劳拉·斯·蒙福德：《午后的爱情与意识形态：肥皂剧、女性及电视剧种》，林鹤译，中央编译出版社，2000 年，第 33 页。

后因为言姐前夫的纠缠，牵出了斯羽的肾衰竭及他与言姐年少时的分合。言姐出国后，斯羽以利用人气余热的名义向朱砂请求继续在言姐房间直播一个月，这反而促进了斯羽和朱砂的相处。斯羽在厨房中的创意让这种相处充满了日常烟火气，这种烟火气是朱砂从未在其他男人身上体会到的，莫名的纷乱悄然发酵，朱砂开始“贪图他在家里时的那一点点稀薄的人气”①。朱砂的手术让斯羽有了照顾她饮食的机会，这恰巧弥补了罗勒的缺失，而2020年春天突如其来的疫情封闭，让两人被隔离在了朱砂的家中，“这情境就像是一个偷懒的编剧，抄袭了最老套的剧情设置，包括几个荒谬的基本元素：荒岛、密室、一男一女”②，而让斯羽情感得以表达的另一契机，则是罗勒亦因前妻母亲的过世而被隔离在外地。

与外界的隔离给了朱砂和斯羽朝夕相处的机会，而两人重病的体验则更让他们对彼此或生命有了更深刻的理解和共情。疾病的体验让他们珍惜活着与当下，亦能在无其他事可做的特殊时期进行更坦诚的倾诉与更深刻的自我剖陈，疫情大时代与个人小空间在这一刻为男女主人公建成了独有的精神交流的空间。从这个意义上讲，《半糖时刻》很好地借用了现实的隔离作为叙述的契机。隔离切断了时间和空间，让一切不需要的人被隔绝在外，让身份、地位、年龄的差异都被暂时悬置，在独处的时间和世界里，凡俗的零碎片段都被抛诸脑后，留在空间里的唯有两个男女和他们呼之欲出的感情，以及坦诚心意的直白。有意思的是，这独处的二人并无暇把时间诉诸这呼之欲出的越轨之情，事实上，二者首先面对的是病痛与死亡的折磨，一个重病的男孩子，一个患癌症手术后恢复不佳的中年妇女，被层层封锁的医院，疗效不佳且必须不断重复的治疗。可正如苏珊·桑塔格所言：“浪漫派以一种新的方式通过结核病导致的死亡来赋予死亡以道德色彩，认为这样的死消解了粗俗的肉身，

---

① 《半糖时刻》，第112页。
② 《半糖时刻》，第143页。

使人格变得空灵，使人大彻大悟。”[①] 在文学家眼中，疾病的症状恰是爱的力量的变相呈现，正如朱砂所患的癌症——人们相信这种疾病原是源自激情的匮乏和个性的压抑。斯羽的出现填补了朱砂情感的缺失，让她有了被照顾、被理解的体验，这类似于一种重拾青春，体验了被爱的忐忑与心动，但小说的情感发展和语言叙述却异常克制冷静。正如小说中无处不在的“半糖”，在混杂着怜悯与欲望的拥抱之后，朱砂也笃定“不能让他们的关系失去控制，即使是疫情时期的爱情，也是不允许发生的”[②]，让情节充满了情感越轨与精神自持之间的博弈。

二、身份认同：个人追求与世俗身份的拉扯

如果说小说整体追求的“半糖”之道是朱砂在情感旁逸斜出后依然未能逾矩的必然，那么朱砂作为知识女性对个人独立的追求与她身为母亲所需承载的责任之间的矛盾，则是情爱故事发展之外的一条复线。朱砂从追求个体独立到转变对斯羽的态度，其中觉醒和释然的是知识分子女性对“母亲”这个身份的认同。

小说在言情的叙事之外，还有对朱砂心灵深处隐秘创伤的描写，其一是与少时好友青豆的生分，其二是她离婚后对亲生儿子的亏欠，而这两者又宿命般地纠葛在一起，让朱砂无法释然。这种无法释然，实际上对于当代知识分子女性而言，是一个实现个人追求还是满足世俗认可之间的普遍性的难题，而对于朱砂而言，是逃离家庭约束和追逐个体自由之间的矛盾。在与斯羽的“交换秘密”中，朱砂讲述了自己的初恋如何变为了自己的丈夫，而这段婚姻的促成则源于朱砂强势的母亲的安排，“对他赞不绝口的，是她的母亲，她的母亲决定让这个男人做自己的女

---

① 〔美〕苏珊·桑塔格：《疾病的隐喻》，程巍译，上海译文出版社，2018 年，第 20 页。

② 《半糖时刻》，第 178 页。

婿”[①]。但婚姻家庭生活并未让朱砂安稳，在成为母亲后，她不仅患了产后抑郁症，更对身为母亲和妻子所需要负载的责任产生了不安的情绪。这种情绪不仅出现在小说中，也真实地困扰着现实生活中每个身为母亲的女性。如有研究者言：“我对这世界充满无止境的欲望，凡事我都感兴趣，我渴望做回当母亲前的那个自己，那个回不去的自己；我渴望获得自由，生孩子前我也许有过却没有珍惜的自由。于我而言，母性是一座与外部世界隔离开来的围城，我总在谋划从里面逃出来。”[②] 对于女性而言，成为母亲不仅意味着温馨与幸福，更多的是辛劳与责任，例如：从此失去的安稳的睡眠，“没有睡眠的献祭，黑暗被自己神秘的恐惧重新武装起来。我无法装作自己感受不到这种恐惧……我们家不得安宁，我也不知如何、不知去哪儿找回这种安宁”[③]；除此之外，身为母亲更多失去的还有个人的成长与未来，在小说中骆平不止一次地描写过朱砂对新生儿子的“恐惧”以及“吸溜着鼻涕、围兜布满饭粒与泥土的儿子……构成了巨大的地心引力，阻止了她飞起来的欲望”[④]。

这种心理的变化不能简单用是否具有责任感或道德感来进行评价，更真实的缘故实际在于，1990 年代以后女性主义思想的兴盛从某种程度上改变了知识女性对自己人生的规划与期待。对于觉醒与成长中的女性而言，她们逐渐把个体成长的需求与身为母亲的责任视作难以两全的对立。譬如艾德丽安・里奇就认为，“母性”也存在被社会规训的部分，社会认知中女人理所应当具备的母性乃至母爱，其实并不完全来源于本性，甚至还部分源于男权制度的改造：“我试图对母性的两种含义作出说明，其中一种是附加在另一种之上的：一是每个女人与她生育能力和孩子的那种潜在关系上；二是社会习俗，这种习俗的目的就在于为那种

① 《半糖时刻》，第 184 页。

② 〔英〕蕾切尔・卡斯克：《成为母亲：一位知识女性的自白》，黄建树译，上海人民出版社，2018 年，第 2 页。

③ 《成为母亲：一位知识女性的自白》，第 166 页。

④ 《半糖时刻》，第 184 页。

让所有女人都被男人控制的势力提供保证。该习俗长期以来一直都是大多数社会和政治制度赖以存在的基石。”[①]在这种被普遍认知的关于女性责任的观念之下，女性想要摆脱一切、追求个人实现的行为就会被视作“违反了母亲的宪法”，因为女性“全面地控制了自己的生活”[②]。所以知识女性的痛苦就源于此，她们可以顺从天性之爱，却要长久地被限制于家中独自哺养年幼的孩子。在对孩子尽够母爱天职的努力中，女性也在加重自己人格的负担，因为受过的教育让她们既“梦想过‘超越这些藩篱’”[③]，同时在保持自我清醒的同时，又不得不反抗那些自始至终认为她是母亲就应理所当然牺牲自己的那些教条。

但《半糖时刻》中朱砂的离婚并未让她完全获得想要的解脱，反而陷入了新的迷惘，这个迷惘源自朱砂对斯羽所述故事中那个病弱美丽的童年好友青豆。朱砂在打算考研并在考上研究生去往成都之时，青豆就作为好友出现在了朱砂扔下的一地鸡毛中，照顾着她的家庭和幼小的儿子。彼时的朱砂简单地认为，前夫是乏味庸俗之人，青豆是重病缠身之人，而儿子是她所生，“终有一日，她圆满完成了自我修炼与成长，会见到一个等待母亲归来的儿子”[④]。可事实却是，在前夫如朱砂所愿同意离婚后，儿子在青豆怀里，青豆在前夫怀中，青豆的眼中带有对朱砂的怜惜，她已经提前窥到追逐个人与自我的朱砂今日的处境——那就是朱砂与儿子之间永远无法弥合的鸿沟，朱砂在朝前行进，儿子也是如此，儿子是她的又不是她的，更像是一个经由她的身体来到世间的陌生人，而这种陌生，是由朱砂一手导致的。

从这个意义上讲，《半糖时刻》呈现出的就不再仅仅是一部有关情感越轨的作品，它更是一部知识女性自我和解，即重新认识个体与身

① 〔美〕艾德丽安·里奇，《女人所生：作为体验与成规的母性》，毛路，毛喻原译，重庆出版社，2008年，第4页。

② 《女人所生：作为体验与成规的母性》，第224页。

③ 《女人所生：作为体验与成规的母性》，第353页。

④ 《半糖时刻》，第186页。

份、追求与责任的作品。朱砂对自由和个体的追求，让她对烦琐的家庭生活及幼小的儿子产生了矛盾心理，“矛盾心理是指我们对生命中重要的人产生的一种既爱又恨的复杂心理。母性中的矛盾心理是一种正常且普遍存在的现象”[①]。这意味着母亲在养育孩子时所获得的满足感并非来自奉献和牺牲，而是源于母子双方都感到愉快的心理状态，当母亲和孩子都感觉开心的时候，母亲的需求也得到了满足。这也就是为何朱砂离婚却依然无法获得内在平静的缘由，因为她对儿子产生了亏欠。女人的勇气，体现在她们对梦想的追求和对父权制规训的反抗，“她们新眼界的发展，使她们在肉体上和精神上经历着越来越大的风险……每一个把命运掌控在自己手中的女人都会这样，她们知道她必须要经历内外巨大的痛苦”[②]。而骆平的深刻就在于，她既从女性作为个体的生命本能出发进行书写，同时她又对这种自由进行了隐秘的反讽，显示出体验与情感的深刻。

三、平衡人生：作为方法的“半糖”

而这种没有庇护孩子的失职感，反映到小说的主线情感叙事中，则转变为了朱砂无数次隐秘的心理活动，即她反复确认，她对斯羽的格外关注只是由于斯羽让她想起了自己的儿子。因此，我们就从小说的情感发展中看到了另一种可能，骆平并不是要去写中年女性情感越轨的动因与结果，也并非要去展现情感与理性纠缠角力的动荡，而是要去通过主人公朱砂的选择，呈现一种平衡的人生，以及作为方法的“半糖”哲学，而这种“半糖”法则，是适用于现实生活中对任何事的态度的。

首先，这种“半糖”哲学体现在对情感的处理方式上。在与斯羽相识之初，朱砂就不由自主地认为他与别的男孩子不同，并总会由他联想

---

① 〔美〕芭芭拉・阿蒙德：《母爱向左，焦虑向右：母性矛盾心理解析》，何莹译，中国人民大学出版社，2019 年，第 2 页。

② 《女人所生：作为体验与成规的母性》，第 252 页。

到自己的儿子，不仅年龄相近，同时性情中又都“带着一种淡淡的执拗，执拗之外，又有几分豁达”[①]。差别则是“儿子遗传了前夫的络腮胡，稍不打理就会毛发浓密，棕色的皮肤，身坯壮实，一看就是雄性荷尔蒙爆棚。斯羽与成年后的儿子毫无相似之处，他跟幼年时的儿子很像，白皙、温暖，有一种说不出的柔软甚至柔弱的感觉”[②]。而随着两人交集的增加，斯羽的绝症和他对朱砂超乎寻常的关注与了解也逐渐浮现在故事之中，当因疫情隔离二人共处一室时，斯羽对朱砂跨越年龄的爱意也逐渐直白地呈现，朱砂因斯羽的细腻和理解而被打动的内心也逐渐敞开。因此，《半糖时刻》中可见如此的叙述：“朱砂的头贴在他的胸前，她听见他的心跳，快而且乱，要比他的胳膊有力得多。这与他俩上一次的身体接触有了本质的区别，那一回，是母亲与孩童，而此刻，是纯粹的女人与男人，他拥抱着她，也安抚着她。”[③]这是朱砂在病痛与情动中对自己情感的直面，但毫无疑问，师母身份与年龄的差异让她即使有了情感的越轨体验，却依然选择克制，不能让他们的关系失去控制，因为“在这个年纪，就像她每况愈下的消化器官，接受不了太过重口味的、刺激性的事物，她也已经不喜欢那种一眼望不到头的、不确定的人或事”[④]。既然情不知所起，但理智又需克制情的恣意，那么如果对待情感便成了叙述的难题。从叙事上讲，《半糖时刻》同样也是一部优秀的心理小说，它的智慧与剖白都通过主人公的内心叙述表达出来。

骆平在此巧妙地让情爱转移为了母爱，既保持了爱的真挚，又让爱的表达有了适可而止的限度。斯羽的病便是一个极好的转折，它不仅为主人公的形象服务，更在讲故事层面让朱砂的选择有了合理化的解释。爱之意味本广泛，爱所包含之情亦丰富，朱砂因为斯羽的病，对他的情感除男女之爱外，更像一种母亲对孩子的爱。如有学者所言：“从

① 《半糖时刻》，第 15 页。
② 《半糖时刻》，第 34 页。
③ 《半糖时刻》，第 175 页。
④ 《半糖时刻》，第 178 页。

现象上说，心疼之爱由三个要素构成——刺激激活（看到弱小无助而激发怜爱之情）、痛感（感他人之痛——担心他人无力自保，因而感到紧张和焦虑）和抚养者式的反应（保护、照料）。”[①]也就是说，朱砂了解到与自己儿子年龄相似的斯羽因肾衰竭而面临的痛苦，而产生了对斯羽不可遏制的关怀和照顾，《半糖时刻》中数次写到隔离期间朱砂为斯羽准备的早餐便可见一斑。而斯羽在被亲生父母舍弃后，面对深爱之人朱砂的照顾，亦会产生强烈的依恋之情，因为“依恋理论认为，抚养行为系统（caregiving behavioral system）对任何示弱信号都非常敏感，并且会被这些信号激活……正是这些示弱和无力自保的信号激活了温柔之情。这种温柔之情也能激发情欲”[②]。所以从这个意义上讲，朱砂因斯羽的绝症产生了切心之痛，这种心痛依靠感官线索启动，而非在观念上对受苦做出评价，并由此产生了心疼之爱的行为冲动，让她把心动转化为对斯羽的保护和照顾。骆平无意去评价与审视朱砂或斯羽情感的越轨，她反而更注重书写此二人之间的理解与相互救赎，如果朱砂与丈夫罗勒的相处是主动选择“半糖”的智慧，那么朱砂与斯羽就是重新体验未经世俗打磨过的情感本身，如同“理性是自足的，而情感的发生恰在于某种‘不自足’，在于某种‘被需要’”[③]。这也就是小说中当病重的斯羽最终对朱砂讲出潜藏的爱意时，朱砂慌不择言地回复“我好做你的——妈妈了”[④]。而到故事的最终，弥留之际的斯羽亦告诉朱砂来世希望与她血肉相连。纵使爱情多么的蓬勃且真挚，但现实依然回到了不逾矩的“半糖”本身。

其次，“半糖”哲学在小说中同样也是一种对待人际关系的法则。《半糖时刻》中的生活，由夫妻、母子、婆媳、继母与继女等诸多关系

---

① 〔美〕吕坤维：《中国人的情感——文化心理学阐释》，谢中垚译，北京师范大学出版社，2019 年，第 129 页。

② 《中国人的情感——文化心理学阐释》，第 127 页。

③ 孙向晨：《论家：个体与亲亲》，华东师范大学出版社，2019 年，第 237 页。

④ 《半糖时刻》，第 214 页。

构成，而朱砂与罗勒的夫妻关系，则是其中最值得玩味的一种。朱砂对罗勒有爱亦有崇拜，两人的关系是婚姻制度之下夫唱妇随的典范，罗勒的忙公务与朱砂的远庖厨，天然构成了一种成年人的自由与和谐，虽然缺少激情的波澜壮阔，却彼此都是婚姻最好的盟友。罗勒在外人面前深情款款地为朱砂搜集贝壳，但婚姻的真相如何却是不足为外人道的，“没人知道他们除了学术和附庸在学术上的人与事，已经无话可谈。没人知道，罗勒的身体已经诚实地表达了对朱砂的无感”[①]。但在面临涉及家庭脸面的大事，朱砂依然是罗勒最忠诚的战友。对于婚姻而言，爱情只是达成婚姻的附属品，“无论是五四新传统，还是此前更久远的传统，性秩序都是以婚姻为中心的。这种性秩序的内化在主体的身心之中形成一个无形的围城，促使主体主动地把‘性’安放在婚姻之内”[②]。虽然有研究者认为真正的爱情和婚姻就很难共存，因为“真正的爱情”应该是非理性的或排斥理性计算的，而婚姻是理性的、现实的，或者认为“婚姻像迷雾一样遮盖了爱情的光辉，污染了爱情的纯洁，它是与家庭组织紧密联系在一起的功利主义的父权制社会的象征，是成年人的阴谋诡计”[③]。可不能忽略的是，婚姻让朱砂与罗勒的关系有了法律和道德层面的保护，在婚姻里人们几乎从来没有忽视过这种社会关系的作用，即“爱情从来没有被视为具有独立的价值，只有相爱者命中注定要成为夫妻时，即结成社会所接受的爱情关系时，爱情才具有合法的地位”[④]。因此，婚姻秩序在影响人们的观念之外，还会自动地在认知层面生成一定的道德评价，并通过情感机制自动产生有助于维护婚姻秩序的反应，例如，人们认为做了有悖忠诚的事情，或想象自己做了如此之事，便会产

---

① 《半糖时刻》，第 214 页。

② 王文卿：《性 · 爱 · 情：过程中的主题建构》，社会科学文献出版社，2019 年，第 87 页。

③ 〔意〕史华罗：《中国之爱情——对中华帝国数百年来文学作品中爱情问题的研究》，王军，王苏娜译，中国社会科学出版社，2012 年，第 112 页。

④ 《中国之爱情——对中华帝国数百年来文学作品中爱情问题的研究》，第 135 页。

生诸如内疚、恐惧或羞耻等负面的情感。因此，在《半糖时刻》之中，朱砂对婚姻生活的“半糖”，对越轨之情的“克制”，某种意义上显示出婚姻制度及由此产生的“社会性情感”的约束力量。

再次，《半糖时刻》中还展现出一种“半糖”的生活态度。“半糖”之道在这部作品中不仅仅适用于情感或人际关系，它更是一种掌控事物的方法与态度。“半糖”之道有类似于中国传统“中庸”哲学的意味，用不偏不倚的中和之道对待所有事物就是中庸，以中和之道修养自己亦是中庸，它中正、平和、率性、自然，不狂飙突进也不暴风骤雨。在《半糖时刻》中，朱砂的人生亦充满着“半糖”，譬如她淡然随性的饮食态度、对背叛自己的挚友与前夫的漠然与远离、对竞选副主编之位的不甚上心，对婚姻生活的智慧处理。她不愤世嫉俗也不矫揉造作，维持外界的平衡又保持内心的独立和丰盈。这种女性的姿态，既有中年与知识带来的沉淀和洗涤，同时也隐含着骆平创作相较于其前期的转变，即从女性主义向新女性主义的转换。“在女性主义之后，在新的世纪，一种新女性主义悄然登场。新女性主义的最主要特征就是非常务实，不擅理论，几乎是非意识形态的。它只是就问题说问题，并不去涉及总体规划和前景。它只讲策略，不讲战略；只讲具体，不讲抽象；只讲个人快乐，不讲群体利益；只讲妥协合作，不讲斗争；只讲实际，不讲理论。”[①] 这种新女性主义舍弃掉女性主义的男女对立，它接受家庭和异性恋，尊重权力，认为女性能做好工作与家庭之间的平衡，而不是像过去的女性主义那样有意无意地把女性的事业追求与家庭生活对立起来。因此，这种生活的“半糖”，它关注的实际是人的生活体验本身，不再是女性在婚姻家庭与个人追求的矛盾，亦非是精神纯恋与婚姻责任之间的拉扯，而是活生生存在于日常生活中的人的本身——不论是女性还是男性。“半糖”之道让人们保有了人之所以为人的坚韧与脆弱、笨拙与柔软，却也因此让他们更像是现实中随处可见的人，同时也让骆平的创作

---

① 李银河：《女性主义》，上海文化出版社，2018 年，第 301—302 页。

具有了更丰沛、鲜活的生命能量。

林语堂说："在中国人看来，生活就是一种快乐，享受闲愁之乐，家庭之乐，大自然之乐，旅行之乐，文化艺术之乐……凡生命与生活所给予和创造的，无不是人生享受之乐。"[①]而《半糖时刻》中的朱砂，践行着这种生活方式，她接受突如其来的爱意，亦不拒绝生命给予她应负的责任。在小说的最末，当斯羽弥留之际，朱砂忽然接到青豆的电话，希望她去照顾儿子待产且病危的妻子小娜，轻重缓急、事急从权，朱砂选择了听从罗勒的安排前去照顾小娜。当小娜母子平安后，朱砂突然才想起离开斯羽已经整整三天。小说的结尾有着乐景与哀情的对照，一方面是新生儿的百日宴，另一方面是朱砂与儿子、青豆的捐弃前嫌；一方面是朱砂升职，另一方面是所有人都幸运地躲过了疫情、天灾、人祸。所有人都在生活的打磨中挣扎，却也都忙着生生不息地爱着生活本身。唯有斯羽，走在婴儿新生的那个凌晨，甚至没有一声再见。小说的结尾有哀情，却是独属于朱砂的禁忌，它书写着不可言说的伤，却不能有公之于众的悲，因此从这个意义上说，悲伤的表达亦是"半糖"的一部分，在有情与无情间显示着克制之美。

（作者单位：四川师范大学文学院）

① 林语堂：《吾国吾民》，《林语堂文集》（第八卷），作家出版社，1995年，第97页。

新视野

后《青春之歌》时代的“林道静”[①]

——杨沫日记的一种读法

□史婷婷　肖玲玲

在《青春之歌》中，“革命”加“恋爱”的既定模式得到充分发挥：林道静毅然逃离包办婚姻、出走封建家庭，在“英雄救美”的罗曼蒂克场景中与北大学生余永泽相遇、相知、相爱。随后，由于政见不合，在与落后的胡适门徒余永泽分道扬镳后，林道静受到革命导师卢嘉川、林红等人引领，最终与成熟的共产党员江华结合，成长为具备一定领导能力的革命者。这一由小资产阶级知识分子到革命者的转型，成为小说主线情节，从中亦可见杨沫本人经历——譬如，反抗母亲安排的婚姻、与张中行的短暂相处与分离、与马建民的结合等。如作家所言，自己的生活、思想感情、在北京的经历，被写入诸多章节，故小说“不是自传，却又有着‘自传’的影子”[②]。然《青春之歌》毕竟仅为自传性小说，而非真正意义上的自传写作，内中出身、爱情等内容均是文学处理和加工的产物——如林道静兼具“黑骨头”与“白骨头”的双重身份，而杨沫的亲生父母则无疑皆属“剥削阶级”——这一艺术加工手法可视作创作主体对出身的合理化想象。此外，小说在情节上亦止于“打倒日本帝国

① 本文系国家社科基金 2021 年青年项目“中国当代作家自述史料整理与研究（1978—2020）”（21CZW052）阶段性成果。

② 杨沫：《追求》，《杨沫文集（第 5 卷）· 散文选》，北京十月文艺出版社，1993 年，第 247 页。

主义”，对杨沫之后的经历，特别是共和国时期的思想变化、人生遭际等并无涉及。正是在此意义上，杨沫日记可视为对《青春之歌》的一种别样续写，内中记述的知识分子思想改造、以文学参与“斗争”、有限的“革命”反思等话题，是虚构小说的延展和补充，亦具个人史与精神史的双重价值。

一、作为“中心作家”的思想改造

洪子诚曾在《中国当代文学史》中将柳青、赵树理、梁斌、杨沫等一批作家归纳为“中心作家”，其大部分具有以文学参与革命的特质与共性[①]。《青春之歌》回答了小资产阶级知识分子应往何处去的问题，林道静的出走、革命觉醒、向中国共产党靠拢等关键情节，亦可视为知识分子思想改造之缩影。杨沫认为，之所以创作林道静，乃是为确证“一个小资产阶级的知识分子变成无产阶级的先锋战士，不是一朝一夕就可以做到的，而必须经过长期的改造和艰苦的磨练”[②]。对于党内作家杨沫而言，“大地主的女儿”作为出生时就带有的标签，是自己始终无力改变的，而早期成长经历亦对其性格、兴趣的养成起到无法磨灭的重要影响，例如，杨沫曾自述年少时期喜读《红楼梦》《唐诗》“《小五义》《七侠五义》《江湖奇侠传》等侠义小说”[③]，对喜爱艺术、美好的事物，个人英雄情结的形成具有潜移默化作用，“自己很是喜欢音乐，特别是民族器乐。在初中阶段，曾学习月琴、笛子、箫等乐器”[④]。与家庭出身、性情、阅读史、教育经历等有涉，何以“消除”早期影响，如何进行自我思想改造、向工农兵学习，构成杨沫在林道静时代与后林道静时代的关键任务。《我爱北京》一文写道：“北京像慈母一样，不仅生养我，抚育

① 洪子诚：《中国当代文学史》，北京大学出版社，1999 年，第 29—31 页。
② 《谈谈林道静的形象》，《杨沫文集（第 5 卷）· 散文选》，第 406 页。
③ 《我和我的书籍》，《杨沫文集（第 5 卷）· 散文选》，第 170 页。
④ 《听来的故事》，《杨沫文集（第 5 卷）· 散文选》，第 190 页。

我，而且又及时帮我医治思想上的毛病，使我不断获得新的生命。”[①]与其说是首都北京，不妨更确切地说是中国共产党和新中国生养、改造了杨沫，使其逐步具备“中心作家”和革命者的特性。

然而，对如杨沫这般的知识分子而言，找到党组织、入党并不意味着彻底地脱胎换骨、完成思想改造。在延续几十年的日记中，随处可见其思想改造与自我蜕变的痕迹：如表达对“个人英雄主义、风头主义”的警惕[②]，对“曾经瞧不起农民，这思想经过八年抗战也还没有完全肃清”的严肃自我批评（1945年11月25日）[③]；1947年11月25日则明确表示要“克服自己思想感情上的软弱（舍不得孩子，怕受苦，喜欢家庭的温暖，等等）”[④]，在“土改”和“整党”运动中，清除掉身上的污垢[⑤]。富有意味的是，“污垢”这一说法本身即与毛泽东早年有关未曾改造好的知识分子的论断相契合。自我批评“懒惰、不好劳动，怕劳动”，“不爱惜物品，有点钱就乱花”，“存在不少小资产阶级的情感”，“英雄主义和虚荣心”（11月26日）[⑥]；认为农民具有生动的语言，是像自己这样的知识分子说不出来的，坦承以前仅在口头上说是群众的学生，但实际上“以群众的先生自居”，同时愈发察觉自身的渺小（1947年12月6日）[⑦]；自我分析神经上的“毛病”，“以功臣自居（虽不是有意识的），对工作分配不满，因而情绪低落”，又是个“好强的、不估计自己实际力量的个人英雄主义者”（1950年9月20日）[⑧]；见社论《克服骄傲自满的功臣思想》，感到是“很好的清凉剂”与“清清的流水”，可以清洗身上的泥

① 《我爱北京》，《杨沫文集（第5卷）·散文选》，第48页。
② 《自白——我的日记（上）》，《杨沫文集（第6卷）》，第9页。
③ 《自白——我的日记（上）》，《杨沫文集（第6卷）》，第10页。
④ 《自白——我的日记（上）》，《杨沫文集（第6卷）》，第47页。
⑤ 《自白——我的日记（上）》，《杨沫文集（第6卷）》，第48页。
⑥ 《自白——我的日记（上）》，《杨沫文集（第6卷）》，第48页。
⑦ 《自白——我的日记（上）》，《杨沫文集（第6卷）》，第55页。
⑧ 《自白——我的日记（上）》，《杨沫文集（第6卷）》，第103页。

污（1950年10月12日）[①]；“许多问题，许多右派言论，开始我全看不出有问题”，故“反右”运动在给自己敲响警钟的同时，亦是深刻的教育（1957 年 8 月 3 日）[②]；表示自己常常出现郁郁不欢的心情，因“一些深埋心底的不健康的东西，仍然没有根除”，不由发出“小资产阶级知识分子改造世界观之难！然而，确又必须改造”之喟叹（1957 年 10 月 30 日）[③]；翻阅早前日记，吃惊于“颓丧的情感”，故自我批评道“这是一个共产党员应写的日记吗？什么悲痛、哀愁……多么无聊！想到自己长期养病、脱离群众，情绪时好时坏，很讨厌自己”（1963 年 2 月 12 日）[④]。以上种种，不一而足。

老鬼曾在《我的母亲杨沫》一书中认为，母亲儿女情很淡，是“事业型女性，缺少亲情意识”，反而对外人好。究其原因，一是与杨沫本人成长经历有关。杨氏自述年幼时曾被母亲送至舅父家寄养，其时舅父母孩子多，自己从小无人爱抚，“常受表哥、表弟的欺侮”，直至 8 岁后才被接回家。自认幼年生活比不上阔人家里的小狗，和佣人同睡，“浑身长满了虱子；鞋袜破得露着脚后跟。每到冬天，脚上的冻疮流着脓血烂成了一个个大窟窿”[⑤]。父母长期不和，加之忽视子女成长，令杨沫自小便缺少亲情的滋养，“输入”的匮乏直接限制了“输出”。二是，在杨沫当时的认知中，亲情也是革命事业的“妨碍”之一。杨氏曾写道，“任何困难险阻，决不应阻挡我前进。即使儿女之情，夫妻之爱，人间再猛烈的火焰山，在我的事业面前，都应是微不足道的尘埃……”[⑥]。1947 年 12 月 8 日日记提及“孩子累赘，自己不能专心工作，脾气变得坏得很，说话就和建民争吵”[⑦]；1947 年 12 月 13 日开始投入“土改”，“两年

---

① 《自白——我的日记（上）》，《杨沫文集（第 6 卷）》，第 108 页。
② 《自白——我的日记（上）》，《杨沫文集（第 6 卷）》，第 295 页。
③ 《自白——我的日记（上）》，《杨沫文集（第 6 卷）》，第 310 页。
④ 《自白——我的日记（上）》，《杨沫文集（第 6 卷）》，第 498 页。
⑤ 《生命之流》，《杨沫文集（第 5 卷）· 散文选》，第 69 页。
⑥ 《自白——我的日记（上）》，《杨沫文集（第 6 卷）》，第 36 页。
⑦ 《自白——我的日记（上）》，《杨沫文集（第 6 卷）》，第 56 页。

多来，一直被孩子缠得动不了手脚，挣扎、苦斗到昨天，我终于能够丢开孩子到阜平县诚信沟做土改工作来了。这可以说是自我斗争的一大胜利”①；“孩子真是些绊脚石”（1947年12月22日）②；等等。当然，这并非指向杨沫不爱孩子——事实上，当年为革命事业不得不暂别未满周岁的小女儿，爱女小胖被杀身亡，杨沫内心是有强烈的痛苦情绪的——只是说，当自己的革命事业与家庭、亲情无法达到和谐统一状态时，杨沫更倾向于选择前者、压抑后者，母亲角色隐匿、革命者身份凸显。毕竟，过度沉溺于个人悲伤情绪、溺爱孩子，在当时的普遍认知中无疑是小资产阶级情感的具体体现。

杨沫日记虽有事后修改与补记环节——这或许也可视作一种“人之常情”——但从以上例子仍不难看出，杨氏对个人英雄主义、知识分子优越感、个人情感的自我批判。在20世纪，中国知识分子群体经历了从启蒙者、教育者到被改造者的转变，这一过程无疑是曲折且痛苦的，对于像杨沫这样较早加入党组织、亲身参与抗日战争的“老革命”作家而言，亦是如此。以上仅为雪泥鸿爪，但杨沫多次立志扬言要“克服”“根除”“不正确”的思想与情感，足见思想改造的坚定决心。或许如林道静一般，杨沫选择革命道路也存在着一定的“意气”成分。不甘心做全职家属或革命附属品、实现个人价值，成为杨沫投身革命的考量之一。另外，林道静或杨沫对于马克思主义、毛泽东革命论的理解，也存在一定的机械化与片面化问题。至少在前期日记中，杨沫似乎把个人主义（亲情、爱情等）完全置于革命的对立面，因而将“太过于关心自己的孩子”“郁郁不欢的心情”“颓丧的情感”“悲痛、哀愁”等人类正常的情感起伏与波澜——更不必提杨沫常年罹患的心脏病、神经官能症等疾病对情绪的影响——视为“不正确”的存在，必须坚决将之剔除。此种小资产阶级思想改造情结是已有“历史”的延续，在“中心作家”

① 《自白——我的日记（上）》，《杨沫文集（第6卷）》，第58页。
② 《自白——我的日记（上）》，《杨沫文集（第6卷）》，第61页。

群体中亦具备一定典型性。

二、以文学参与“斗争”

包括文学在内的文艺固然具有意识形态属性，但在延安时期乃至新时期之前，文艺通常以政治附属品的方式被加以组织、管理，这亦与《在延安文艺座谈会上的讲话》主旨思想相符。于杨沫而言，写作是“斗争”的一种方式，决心“要终身拿它做武器，和敌人战斗，直至生命的终了（1946年12月22日）”[①]。除此之外，以文学参与“斗争”也是和平时期实现个人价值的重要方式。当年与张中行分离、与马建民结合，乃是实现个人价值、完成“立人”的首要一步。

附笔一提，关乎“娜拉”的第二次出走，杨沫与张中行的相关回忆存在一定出入。《我一生中的三个爱人》一文提及，当年是杨沫去信向张提出分手：偷偷逃回北平后，“给他去了要求断绝关系的信。这次，他没有再追来，也不回信。不久，放了暑假，他到北平来了。一天，到我哥哥家来找我，终于同意和我分手。从此结束了我们五年幸与不幸的生活”[②]；而张中行则表示，因杨一度与“马君来往过于亲密”，[③]之后二人均发觉关系产生隔阂：

> 我反复衡量当时的情况，头脑中忽然理智占了上风，确认为了使无尽的苦有尽，应该分手，另谋生路。记得是一天下午，在她哥哥住处的西屋，我向她说了此意。她面容木然，没说什么。我辞出，到北大新四斋去住，我们就这样分离了。[④]

不管是何方先提出分手，在正式告别之前，杨沫已与马建民过从甚

---

① 《自白——我的日记（上）》，《杨沫文集（第6卷）》，第35页。
② 《自白——我的日记（下）》，《杨沫文集（第6卷）》，第361页。
③ 张中行：《流年碎影》，中国社会科学出版社，1997年，第225页。
④ 《流年碎影》，第225页。

密应是无误的。马建民是杨沫的入党介绍人，亦与江华一样起到了革命引领作用。然二人结合更多源自意识形态方面的契合，或许这也是后期夫妻关系不甚和睦的主要原因。这在《青春之歌》姊妹篇《英华之歌》中也可见端倪：林道静与江华在情感与路线方面均存在显见矛盾，夫妻不和贯穿始终；而林与“死而复生”的故人卢嘉川却是心意相通、互有情愫。小说写道：“江华，这个她尊敬的人，已经跟她结成了夫妻。她爱他么？她说不清楚。她只觉得他是个她敬佩的男人——男同志。她需要他，他也需要她。”[①]小说末尾特别设置的江华牺牲情节，虽有承担“左倾”后果、接受惩罚之意，也在事实层面留白，为林、卢之恋提供了合理的想象空间。在现实生活中，杨沫后期无法从丈夫马建民身上获得同志之谊外的情感需求，二人在生活方式、消费理念、艺术观念方面亦存在不小分歧，因此，虚构出的卢嘉川便成了作家杨沫的精神寄托之一。可以说，渴望与信仰革命、“斗争”直接促成了杨沫与马建民的结合与相伴，同时也为之后的婚姻生活埋下隐忧。

当年在马建民的帮助和操办下，杨沫终于如愿以偿加入了中国共产党。然入党、在党是参与斗争的阶段和过程之一，杨沫并不甘于仅仅充当干部家属。日记中，不满于个人工作安排、忧心小说写作瓶颈是显要内容：如看到其他同志都被安排赴北平工作，自己“不能冷静地等待着去北平，于是脾气变得粗暴了”（1949年2月27日）[②]；“工作不如意，不适当，对自己不正确的使用——也是有无皆可，使自己总打不起精神来”（1949年10月10日）[③]；“不能忍受一些人对我的侮辱与轻蔑。好像我是革命队伍中的多余者、废物、寄生虫”（1951年1月11日）[④]；“最近几天因为看病等等生活琐事，已经四天不写了。心里急得很”（1951

① 《英华之歌》，《杨沫文集（第3卷）》，第37页。
② 《自白——我的日记（上）》，《杨沫文集（第6卷）》，第81页。
③ 《自白——我的日记（上）》，《杨沫文集（第6卷）》，第93页。
④ 《自白——我的日记（上）》，《杨沫文集（第6卷）》，第124页。

年12月25日）[①]；“一点事业心——想写出点有用作品的心，支持我活下来；有时还给我一点快乐。当然，我为这个也付出了代价，心情常为之焦灼不安”（1957年3月1日）[②]；“不论什么时候，我也要有斗争的决心和勇气……我要为在世界上消灭帝国主义和一切侵略战争，为祖国的繁荣富强，永不停息地战斗！”（1961年5月18日）[③]；“《东方欲晓》救了我，把我从儿女、家务的纠缠中挣脱出来——‘事业高于一切！’我总是这样挣扎着喊”（1975年9月25日）[④]；“写作常常使我苦恼，使我感到一种难言的苦……不能按时完成进度，不能达到自己想象中的美和栩栩如生”（1979年2月16日）[⑤]。一方面，《青春之歌》所产生的轰动效应，为以文学参与革命斗争提供了成功案例，杨沫本人也因此名声大振，电影《青春之歌》被选为建国十周年献礼影片也是对作家的大力肯定——此前不久虽有批判《青春之歌》事件，但茅盾等人的文章已以“定调”的方式肯定了杨沫及其作品；另一方面，《青春之歌》的受捧也在很大程度上满足了杨沫本人的事业心，使其在扬眉吐气之外，更加坚定了以文学进行斗争的信心与决心。在这一点上，曾令老鬼一度感到不满与不解的刘亚光事件就颇为典型。

1978年前后，因缘际会之下，杨沫结识了科研工作者刘亚光，对其以中医理念与方法治疗心脏病的研究产生兴趣。尽管接到好友电话，被告知刘亚光在本单位不受待见、被视为“科研混子”，杨沫还是经过观察后——刘刻苦阅读、生活简朴等——认为刘亚光受到了不公对待，决心以自己的社会影响力替刘寻求公正待遇。报告文学《是这样一个人》便是以刘亚光为主人公，试图以文学的方式介入学界争端。《不是日记的日记》（湖南人民出版社1980年版）一书便对此事作了较为详尽的记

---

① 《自白——我的日记（上）》，《杨沫文集（第6卷）》，第171页。
② 《自白——我的日记（上）》，《杨沫文集（第6卷）》，第282页。
③ 《自白——我的日记（上）》，《杨沫文集（第6卷）》，第388页。
④ 《自白——我的日记（下）》，《杨沫文集（第6卷）》，第72页。
⑤ 《自白——我的日记（下）》，《杨沫文集（第6卷）》，第123页。

述。本文所感兴趣的并非是各执一词的双方孰是孰非，而是杨沫晚年对刘亚光事件的关注度似乎达到了某种匪夷所思的程度。老鬼就对母亲尽心替刘亚光说话，而不为女儿小胖之死伸张正义感到颇为不满。事实上，身体力行地支持刘亚光并不全然是出于同情，更是杨沫以实际行动支持“四化”的具体表现。有学者分析，“杨沫这么做，还是紧跟时代——紧跟时代是她成就自己文学的秘诀”①，此言不虚。杨氏曾自述，“党中央一再号召，作家当前的头等大事，是写四化。这是历史赋予我们最光荣最紧迫的任务。于是，我下了先写这篇东西的决心”②。作为佐证，杨沫在1981年1月30日日记中将自己一生的成就概括为三件大事，分别为：入党、参与抗日战争；创作《青春之歌》；参与、介入刘亚光事件，“为祖国的‘四化’事业尽了自己应尽的一点责任”③。由是观之，于杨沫而言，参与、介入刘亚光事件的分量，可与入党、参与抗日战争、写出畅销书《青春之歌》相比肩，或许这就解释了杨沫晚年这次看似异乎寻常之举。

作为“对读”材料，《英华之歌》中的林道静（即“路芳同志”）担任县委副书记兼宣传部长，与“死而复生”了的卢嘉川、曹鸿远、俞淑秀等同志一道参与抗战，在打击地主刘继功等人同时，与日敌斗智斗勇，是后《青春之歌》时代的文学续写。在现实生活中，杨沫虽也经历过枪林弹雨的艰苦生活，几次在进步老乡的帮助下逃脱，但在几十年的生涯中，主要还是以文学的方式参与“斗争”，《青春之歌》《英华之歌》如此，《是这样一个人》亦是如此。“斗争”或“斗争哲学”可谓理解作家其人其文的重要关键词：早年家中破产，母亲逼迫女儿嫁给小军阀，于是杨沫决心出走家庭，到河北香河县一小学做教员，是对封建家庭的斗争；17岁母亲去世后，杨沫分得一些土地，“变成一部分土地上的地

---

① 刘卫东：《论杨沫的“晚年写作”》，《中国现代文学研究丛刊》2014年第5期，第19页。

② 杨沫：《不是日记的日记》，湖南人民出版社，1980年，第2页。

③ 《自白——我的日记（下）》，《杨沫文集（第6卷）》，第168页。

主”，不顾众人反对，将土地“很贱地一下卖光了”，还曾让部分极贫的佃农“全部免交地租”[①]，是对封建家庭与社会制度的斗争；后续挥别张中行、靠近马建民，则是共产主义理想层面的斗争；共和国时期《青春之歌》等作品的创作，亦是以笔为剑的意识形态斗争；在遗嘱中明言将著作版权捐献给中国现代文学馆，同样也是富于革命性的一种特殊斗争方式。钱理群在分析丁玲创作心态时特别提及，“那一代人确是怀着对自己所属的群体（党、人民和革命队伍）及自我的崇高感，自愿地使自我工具化的，忽视了这两个方面的任何一面，都只会产生曲解和误解”[②]。杨沫亦然，其一系列革命性表现更是这一心理的外显。或许“斗争哲学”体现了杨沫作为“老革命”作家的特质，同时也是走近、理解其内心世界的一把钥匙。

三、有限的“革命”反思

纵观杨沫文学创作，基本上“社会主义现实主义”是几十年一以贯之的写作手法。“青春三部曲”等作皆对中国共产党领导下的革命作了正面书写。由于对政策、“主义”的理解存在一定片面化问题，杨沫在“文化大革命”时期写作《东方欲晓》时曾规定四个内容：“要写出抗日战争的某些重大事件”；“要写出抗战中两条路线的斗争”；“要写出国民党假抗日真投降，我们和那些投降派的斗争”；“要写出知识分子在抗日战争中如何成长”[③]。这一主题先行式写法，自然注定了《东方欲晓》最终在艺术上的失败结局。后期，杨沫自我否定了写于 1973 — 1976 年间的《东方欲晓》，并对之进行重写、修改，1986 年还在日记中直言

① 《罪恶的见证》,《杨沫文集（第 5 卷）· 散文选》，第 20 页。

② 钱理群：《1948：天地玄黄》，生活 · 读书 · 新知三联书店，2015 年，第 154 页。

③ 《〈青春之歌〉与〈东方欲晓〉的创作得失》,《杨沫文集（第 5 卷）散文选》，第 491 页。

《东方欲晓》是“畸形产物”。新时期主流话语对“文化大革命”及“文化大革命”文艺创作手法的否定，以一种由外而内的方式推动了杨沫的自我反思。

1987 年，老鬼自传性长篇《血色黄昏》问世并获得评论界好评，让杨沫产生了不小的触动。依老鬼之说，当时“《芳菲之歌》已出版一年多了，与《血色黄昏》相比，几乎毫无影响”[①]。散文《儿子老鬼》则提到，自己创作观念陈旧、缺乏创新性，“写作才走了弯路”[②]。1980年代末至 1990 年代初，正是直面过往、开拓创新的时代，且不论“先锋”“新写实”等潮流，历史反思性作家自传、回忆录亦批量问世。在这一背景下，因袭原有创作手法与理念的作品自然会受到冷遇。对此杨沫也有所觉察：

> 对文学，我觉得自己越来越落后于时代了。蹒跚的双腿总是想快赶，却越离越远了。这一点我有自知之明。新时期文学作品我读得太少；文学理论更少涉及。只凭吃那点老本，我已经坐吃山空了（1992 年 3 月 6 日）。[③]

前文述及的《儿子老鬼》一文曾投稿至《收获》，但很快被李小林退稿，《忆哥哥许晴》《我为明清辩清白》亦遭《随笔》退稿[④]。对此，杨沫于日记内总结道：“我的文，不知不觉总是联系到政治。现在这类作品已经‘过时’了，我却还抱着老皇历不放，当然只能遭‘退稿’之殃（1993 年 1 月 6 日）。”[⑤]基于文坛所处位置，杨沫常年受到约稿邀请，但被特定期刊退稿亦是不争的事实。

不过，杨沫的革命反思是较为有限的。在 1993 年同一则日记中，

---

① 老鬼：《我的母亲杨沫》，同心出版社，2011 年，第 405 页。
② 《儿子老鬼》，《杨沫文集（第 5 卷）· 散文选》，第 343 页。
③ 《自白——我的日记（下）》，《杨沫文集（第 6 卷）》，第 329 页。
④ 《自白——我的日记（下）》，《杨沫文集（第 6 卷）》，第 346 页。
⑤ 《自白——我的日记（下）》，《杨沫文集（第 6 卷）》，第 347 页。

作家将退稿原因归结为“气候”。这一判断自然不乏道理，毕竟1990年代初期旧有的“社会主义现实主义”传统并不被许多文学批评家所看好。但就本质而言，“社会主义现实主义”创作手法本身并不应承担特定作品不走俏的全部责任，所谓的概念化、模式化、公式化写作才是问题的关键所在。这一点在《青春之歌》修改史中得到充分体现：当年以郭开之名发表的《略谈对林道静的描写中的缺点》(《中国青年》1959年第2期）批判了书中流露的小资产阶级情调、未较好描写工农群众、林道静未与工农结合、歪曲共产党员形象等问题。在吸取读者意见后，杨沫着手修订《青春之歌》。作者在后记中特别言及，为使林道静的成长更为合情合理，“使她从一个小资产阶级知识分子变成无产阶级战士的发展过程更加令人信服，更有坚实的基础”，“增加了林道静在农村的七章和北大学生运动的三章”[①]。然在艺术维度，改写本身很难说是成功之举。无论是初版本，还是修订版，最具真实性和文学感染力的恰恰是被批判的林道静与余永泽之恋。回忆性散文《生命之流》述及：“我们住在沙滩的小公寓里……开始，我是幸福的，生活虽然不富余，但有着一种‘红袖添香夜读书’的美妙境界。我们常常偎依着一起读书到深夜。”[②]此种“红袖添香夜读书”显然与当时及其后的革命洪流并不相符，也恰恰是被有心人抓住批判的小资产阶级情调的具体表现。或许这体现了革命历史题材创作的一则悖论：作者着力颂扬的布尔什维克情感——林道静与卢嘉川、江华的两段同志情谊，却并不如小资产阶级情感“动人”。无独有偶，同为“红色经典”的《创业史》亦是如此：当年邵荃麟、严家炎皆指出梁三老汉比主人公梁生宝塑造得更为成功。此外，为使余永泽的“真实”面目得以揭露，杨沫特别安排了重要配角魏老三（尚有以“后台”方式“出现”的胡适），将余永泽完全置于人民的对立面。如此这般，林道静与余永泽的分手便具有了阶级层面的合法性与合

---

① 杨沫:《青春之歌》，北京十月文艺出版社，1992年，第615页。

② 《生命之流》,《杨沫文集（第5卷）· 散文选》，第72—73页。

理性，否则，便无法在传统伦理层面解释这一与常理有悖的三角关系。即便如此，许子东仍认为，“在余永泽、林道静、卢嘉川这个三人关系中，小说明确倾向第三者”[①]，足见写作原旨与艺术呈现之间存在的裂隙。

不过，生活真实与艺术呈现并无直接的因果关联。林道静与余永泽的一段恋情是“真实”发生过的、具有生活基础，而后两段感情则带有革命的浪漫想象。前者较后者更具审美价值，但林、余之恋并非是生活经验的全然挪用。杨沫自陈“林道静参加革命前的生活经历基本上是我的经历”[②]，然则参照张中行回忆录《流年碎影》，现实中林道静与余永泽的初次相逢并非是英雄救美的场景，而是初识于同班同学于忠拜托“余永泽”推荐“林道静”赴香河县立小学教书，二人几次见面后约定常写信来往[③]。换而言之，林、余之恋的文学书写仍不乏艺术修辞和想象，甚至带有些许通俗小说元素。

在 1985 年 5 月 19 日日记中，杨沫认为自己“现在对党的热忱确比‘文化大革命’前下降了。我现在虽仍然坚持共产主义理想，但感觉那是遥远的。我现在的水平下降到只是一个爱国主义者，或者人道主义者。也许当年我就不够一个共产主义者？……”[④]此种自我怀疑，或曰回归人道主义，一方面与所处时代大环境有关，另一方面也是反思革命的表现。然与其他作家——如巴金、王西彦、韦君宜相比，杨沫的反思是较为有限的。或许另一原因在于，作家并未在政治运动中受到较大冲击。1967 年，儿子马波（即老鬼）曾带同学抄家；杨氏也一度被牵涉进“假党员”事件与“特务”事件。由于浩然等人的保护，作为“资产阶级知识分子”“三名三高”的杨沫并未被揪出。就此，1968 年 5 月 30 日日记写道：“社会上尽管大批《青春之歌》……可是，我在文联内，却

① 许子东：《重读杨沫的小说〈青春之歌〉》，《文艺争鸣》2021 年第 3 期，第 181 页。

② 《什么力量鼓舞我写〈青春之歌〉》，《杨沫文集（第 5 卷）· 散文选》，第 370 页。

③ 《流年碎影》，第 224 页。

④ 《自白——我的日记（下）》，《杨沫文集（第 6 卷）》，第 238 页。

没有被揪出来专政。而以‘靠边站’身份，比较逍遥地参加‘革命’。”① 另外，作家尚有机会在“文化大革命”期间创作长篇《东方欲晓》，这本身就是所处境遇的直接映射。身处震荡外围、未窥全貌，也令顺势而为的思索流于表面。

由于社会外部环境变迁，原有的《青春之歌》式写法在新时期受到冷遇，加之老鬼《血色黄昏》出版，令杨沫对以文学参与革命、“社会主义现实主义”传统，乃至革命热情本身有所思考。整体而言，由于“中心作家”的特殊位置，加之“老革命”经历、持续多年的知识分子思想改造、并未处于政治运动漩涡等因素，与其他同时代作家相比，杨沫的革命反思相对较为有限。这使得作家的晚年写作处于一种颇为尴尬的局面：一方面由“个人主义”、事业心所驱动，持续多年坚定地实践其“斗争哲学”，试图在实现个人价值之同时，为社会主义事业添砖加瓦，甚至不惜牺牲部分亲情与爱情；另一方面，因袭固守“社会主义现实主义”——或曰无法突破多年来形成的写作定势与惯性，也令杨沫耗费巨大心力的《芳菲之歌》《英华之歌》成为边缘性存在，在影响力层面亦无法与前作《青春之歌》相提并论。而这，恰恰是林道静故事在后《青春之歌》时代的延续，同时也是红色作家杨沫之局限性所在。

（作者单位：浙江财经大学人文与传播学院）

① 《自白——我的日记（下）》，《杨沫文集（第6卷）》，第17页。

《诗探索》与新时期诗歌的批评路径[①]

□宋敏

“四人帮”被粉碎以后，文艺界结束了百花凋零、万马齐喑的局面，尤其是党的十一届三中全会以来，乘着思想解放的东风，文学发展迎来了低谷后的高峰，文坛涌现了大量优秀的文艺作品，其中诗歌的成就令人瞩目，朦胧诗就以全新的面目震动了文坛。然而，伴随着诗歌繁荣的却是理论批评的贫瘠，关于新时期诗歌的讨论文章虽时有发表，但仍呈零星、散发的趋势，并不系统，更侈谈深入，理论批评相较于文学创作处于滞后的境地，一定程度上阻碍了新时期诗歌的发展。“有感于诗歌评论园地的狭小，有感于诗歌批评队伍的贫弱”[②]，全国首个专门性诗歌理论刊物《诗探索》于1980年应运而生。《诗探索》积极选发系列文章对新时期诗歌现象进行定位与评价，致力于修正诗歌批评中的偏见，以昂扬的姿态支持诗歌新的“崛起”，在推动相关诗学讨论纵深进行的同时，以其自身鲜明的立场和倾向开辟出不同于以往的诗歌批评路径，不仅极大地促进了新时期诗歌的发展，还推动了新时期诗学思想的变革和转型。对相关历史文献的整理与研究，既可以重返1980年代的诗歌现场，又有利于把握《诗探索》在参与新时期诗歌建设过程中对批评方向的引领和对批评理性的追寻。

---

① 本文系湖南省学位与研究生教学改革研究项目“‘双一流’学科建设背景下《中国新诗研究》课程教学改革的实践探索与模式建构”（2023JGYB101）阶段性成果。

② 本刊编辑部:《我们需要探索》,《诗探索》1980年第1期。

一、批评观念的本体性

文学的本体性自新文学诞生以来就是一个绕不开的重要话题，经历“十年动乱”对文学的损伤，新时期文学的复兴必然伴随着文学本体性的复归。而对于新时期文学批评尤其是作为“排头兵”的诗歌批评而言，文学的本体性研究是新时期文艺复兴的重要一环,《诗探索》所呈现出的批评观念就表现出鲜明的本体性。“诗人在用诗探索人生和人的心灵。我们，则探索诗，探索诗人从事这一精神生产所达到的和未曾达到的思想与艺术的境界。”[①]一言以蔽之,《诗探索》要做的就是从诗歌中挖掘诗人所营构的丰富意蕴和独特的艺术特色，专注诗歌本身探讨诗歌相关问题。

首先，批评观念的本体性表现为基于文本层面的诗歌本体阐释。长期被忽略的文学形式重新回到研究者的视野之中，关于新时期诗歌的艺术风格、艺术手法、语言风格、诗歌结构等诗歌本体问题在美学意义上得到较为充分的讨论。吴思敬在《时代的进步与现代诗》(1981 年第 2 期）一文中指出，诗人运用意象暗示、抽象变形、隐喻通感来表达主观情绪，用主观感受、曲折暗示来映射客观现实，这属于现代艺术的常用手法，并不古怪、神秘。吴思敬认为，诗人可以按照自己表达情感、创造意境的需要恰当地选取各类艺术手法，表现客观现实既可以按照其本来面目进行摹写，也可以由诗人对其进行打破重组来创造一种新的境界，其阐述客观公正、不偏不倚，肯定了朦胧诗独特的表现方式的合理性。徐敬亚的《诗，升起了新的美——评近年来诗歌艺术中出现的一些新手法》(1982 年第 2 期）列举蔡其矫、北岛、舒婷等人的诗歌分析了象征、视角变幻、变形、通感、虚实结合等诗歌中出现的新的艺术手法，并且以《从这里开始》等诗作分析了新诗中的跳跃性结构。同时，

---

① 本刊编辑部:《我们需要探索》,《诗探索》1980 年第 1 期。

该文还总结了新时期诗歌口语化、单纯化、生活化的语言风格和“自由化结构”及其在韵律、节奏和标点等方面的新变。此外，骆寒超《新诗的意象艺术》(1981年第4期)、鹿国治《想象之于今日新诗》(1982年第4期)、南帆《诗歌语言的“意思”与“情感”》(总第11期)等文章也从多个维度对新时期诗歌尤其是朦胧诗的艺术特色进行诠释，批评者正是通过这种方式来探寻诗歌把握世界的独特方式和审美特征，分析新时期诗歌中蕴含的审美韵致。

其次，批评观念的本体性还表现为基于“本意”层面的诗歌精神概括。文学本体性研究并不仅仅囿于文学本体内部，同时还放眼文学本体外部，将文本置于社会历史背景之中进行考察，发掘新时期诗歌引领文学前沿的独特质素，即其对于新时期时代精神的承载。“文革”十年之间，人的尊严和基本权利遭到剥夺，对历史的反思、对人性的呼唤和人的价值的强调是新时期文学的主题。而诗歌则以其短小的形式和传播的快速成为呼唤理性和人性复归的主力军，这一阶段涌现了《宣告》(北岛)《致橡树》(舒婷)等优秀的诗歌作品。一些研究者注意到新时期诗歌强烈的哲理色彩，并意识到这种哲理色彩来自“四人帮”粉碎，以及新时期思想解放的历史机缘。“狂迷、愚昧的激情过后，必然是冷峻，甚至带着痛苦的思索。”[①] 研究者将新时期诗歌中呈现出的深沉反思的凝重色调放入当时的社会历史背景之中进行考察，赋予了这些诗歌促进思想解放的历史意义和勇于反思的文学精神。此外，新时期诗歌还表现出对“人”的问题的重视，“探索人，表现人，讴歌人，就是它们的主调”[②]。《诗探索》及时选发了系列评论文章，进一步彰显新时期诗歌的精神底色。肖春在《人生的思考》(总第10期)一文中对刘再复的散文诗进行评析，他发现了刘再复诗歌中对“人”的强调，“他是通过人的生活和人生意义的思考来关心社会生活的。社会生活是以人为中心的生

① 李黎:《新时期诗歌的主要审美特征》,《诗探索》总第10期。
② 鹿国治:《目前新诗的美学突破》,《诗探索》1981年第3期。

活，文学是人学，作者十分注意这一点”[①]。在这里，诗歌批评着重挖掘新时期诗歌思索历史和关心“人”的精神特点，以深刻的解读赋予了新时期诗歌更丰富的思想内蕴，促进了新时期诗歌的发展繁荣。

最后，批评观念的本体性还指向基于“本质”层面的诗歌功能探究。新时期以后，“文艺从属于政治”的政治功利主义论调被否定，诗歌与政治的关系成为理论界的研究话题之一。“诗不可能代替政治，也不是政治的图解，没有必要要求诗人像政治家那样对国家大事进行通盘的思考，但诗人也应当从一定角度回答时代所提出的问题。”[②]在刘湛秋看来，诗歌虽然脱离了政治附属物的窠臼，却需要承担起反映时代的责任。然而，部分朦胧诗专注于表现“自我”，抒发个人主观情绪，疏离于社会时代生活，引起部分论者的不满，由此，关于朦胧诗应该“表现自我”还是“表现时代精神”，成为关于诗歌功能讨论的一个热点话题。李元洛《是什么“新的美学原则”？——与孙绍振同志商榷》（1981 年第 3 期）一文认为，社会主义诗歌表现时代精神是马克思主义美学的基本观点，要“抒人民之情”，使“我”与“人民”相结合。该文否定了疏离时代精神和人民情感的“自我表现”，认为其属于西方现代派的陈旧思想。而治芳的《诗，正在“复归”》（1981 年第 4 期）一文对其观点进行了反驳，提出“表现自我”实际上是抒情诗反映社会生活的手段，而“小我”“大我”只是抒情诗典型化的原则之一，无关内容实质和政治思想。这篇文章道出了“表现自我”之于抒情诗创作的必要性，为新时期诗歌尤其是朦胧诗“表现自我”的合理性张目。还有论者并不纠结于诗歌应该“表现自我”还是“表现时代精神”，而是直接点明“就诗歌的社会职能而言，问题不在于是否自我表现，而在于‘我’是否典型化，是否代表得了革命的阶级集体，是否和时代的发展必然进程相一致，所抒之情是否健康、积极向上”[③]。在众多研究者看来，诗歌创作需

① 肖春：《人生的思考——谈刘再复的散文诗》，《诗探索》总第 10 期。
② 刘湛秋：《诗的漫想三题》，《诗探索》1980 年第 1 期。
③ 骆寒超：《论生活、想象和真实世界的关系》，《诗探索》1982 年第 3 期。

要遵循正确方向，同时“纯诗”写作亦具有正当性，这些诗论的发表为新时期文艺观念的转变和文学本体性的回归提供了理论的支撑。

二、批评立场的主体性

《诗探索》上所刊发的诗歌批评文章突出地呈现出批评者主体意识的觉醒，诗歌研究者与朦胧诗人一道将怀疑、批判、独立、自由的主体精神的旗帜高高扬起。诗歌批评并不是完全客观的呈现，它“既是对应于异常丰富的鱼龙混杂的诗歌文本的一种阐释性的文体，亦是一种关于感受、感性、经验世界与语言表达的论述”[①]，字里行间中渗透着研究者的主体性判断。诗歌批评文本蕴含着批评者的个人喜好倾向，它作为公开发表的文章同时也蕴含着文章选发者的价值倾向。整体观照《诗探索》所发表的评论文章可以发现，研究者的批评立场已经由旧时的被动依附转化为主动而独立的个体言说。

批评立场的主体性首先表现为批评者以鲜明的主体意识主动参与新诗批评话语体系的建设。在新时期诗歌尤其是朦胧诗出现之前和最初的一段时间内，文学批评往往处于一种“被动”的境地，这种被动一方面体现为批评者在政治正确高压下的不自觉“站队”，另一方面体现为持不同立场的批评者之间言论的驳斥，虽然表现出了与“文革”时期截然不同的言论自由的风貌，但仍逃不脱二元对立的窠臼。而随着谢冕、孙绍振等人批评文章的发表，诗歌批评话语开始由被动批评向主动建设转变。当朦胧诗因为朦胧晦涩的诗风而引发诗坛关于“读得懂”与“读不懂”之争时，《诗探索》于1981年第1期刊发了田奇的《新诗的春洪》一文，针对“不懂”一词作出阐述，分别分析了含蓄、隐晦和晦涩，指出朦胧诗含蓄的诗风给人以新清之感，而其隐晦的表达则是由于不能明

① 耿占春:《当代诗歌批评：一种别样的写作》,《文艺研究》2013年第4期，第5页。

说或者不愿明说造成的，与象征诗派的“晦涩”有着本质的区别。此时，主动而理智的个体批评话语代替了意气之争，朦胧诗论争也逐渐朝着诗学问题探讨的方向发展。朦胧诗往往采用象征、暗示等西方现代派艺术手法而呈现出与传统诗歌迥然不同的面貌，引发了批评主体褒贬不一的态度。《诗探索》注意到这种二元化争执的弊端，于 1981 年第 4 期刊发了商伟的《新诗的批评应允许有多种美学标准》一文，文中指出：“文学创作的丰富的现象，要求我们的理论不断发展，不断丰富，具有弹性和伸缩性，这样才能对文学现象作出合理的解释、说明和评价。”① 此文强调了丰富和发展文学理论才能更好地对文学创作予以评价，《诗探索》通过主动引导的方式努力改变理论滞后于创作的现象。

批评立场的主体性还表现为批评主体自我意识觉醒的个性化批评。新时期乍暖还寒之际，一些批评家往往选择言说一些言不由衷的“大道理”保护自己，批评主体的自我意识较弱，而随着思想解放的深入，批评者开始逐渐摆脱外界束缚，开启体现自我意识和个人独立思考的个性化批评之路。个性化批评是“在拥有了对于文学本体性和独立性的自觉认识，以及对于文学审美本性的建构冲动和主体能力之后的创造性写作”②，批评之中贯穿着批评主体的生命体验和个体思考。当新时期诗歌发展道路成为批评界热议的话题，“遵循传统”还是“反传统”成为一个批评主体需要回答的问题。值得注意的是，黄子平在《道路：扇形地展开——略论近年来青年诗作的美学特点》（1982 年第 4 期）一文中提出，“道路”是在对“传统”的继承和反叛中展开的，而“传统”并非一个固定的概念，要避免对“传统”作诸如民族的和外来的这样简单的划分。黄子平独辟蹊径地将“传统”“看作是人类艺术地‘掌握世界’的历史过程，看作是人类在艺术领域中不断地解放自己的感觉和本性的

---

① 商伟：《新诗的批评应允许有多种美学标准》，《诗探索》1981 年第 4 期。

② 吴义勤：《纸上的火光》，山东友谊出版社，2008 年，第 30 页。

过程”[①]。他认为诗人出于抒发感情的需要，寻找将思想情感和形象进行融合的方法，自然地运用意象、象征等手法表达自身情感，“集大成”是新诗发展的必由之路。批评主体通过对关键概念的创造性诠释，使新时期诗歌，尤其是朦胧诗所呈现出的“反传统”的异质性风格，具有了符合新诗发展规律的合理性，这种颇具批评主体自我意识的个性化批评“不仅有力地推动了‘朦胧诗’从边缘走向中心，而且推动了先锋诗歌批评从此迈向了更加独立、自由的广阔天地”[②]。

此外，批评立场的主体性还表现为批评者独立言说的言论姿态。新中国成立后的很长一段时间内，“人民性”“国家利益”“阶级立场”等宏大的意识形态语汇经常出现在各类文学批评之中，批评主体往往附庸地运用既有的理论框架对文本进行符合国家文艺方向的附和式阐发，文学批评者扮演着“时代传声筒”的代言角色。新时期思想解冻，批评主体逐渐开始树立起独立言说的批评姿态，“批评家对独立的批评立场的自觉选择，使得高扬的批评主体意识和主体精神自然地渗透到批评当中，将批评家心灵深处独特的艺术感觉转化为具有鲜明美学色彩的理论形态表述”[③]。当然，批评主体的这种姿态的转变并不是一蹴而就的，它是一个缓慢蜕变的过程，这种逐渐的变化也体现在《诗探索》刊发的批评文章之中。《诗探索》于 1981 年第 3 期刊发了江枫的《沿着为社会主义、为人民的道路前进——为孙绍振一辩兼与程代熙商榷》一文，此文认为朦胧诗并非步西方现代派的后尘，并且指出不能将“表现自我”理解为个人主义的扩张。江枫肯定了朦胧诗“表现自我”的倾向和对西方现代派艺术手法的借鉴，对于孙绍振热情支持朦胧诗人的艺术探索也持支持态度，同时又认为“这种探索的目的正是为了使诗歌能够更好地为

① 黄子平：《道路：扇形地展开——略论近年来青年诗作的美学特点》，《诗探索》1982 年第 4 期。

② 崔修建：《1978—2008：中国先锋诗歌批评研究》，中国社会科学出版社，2013 年，第 72 页。

③ 崔修建：《1978—2008：中国先锋诗歌批评研究》，中国社会科学出版社，2013 年，第 72 页。

社会主义服务，为人民服务”[①]。对“二为”的强调不论是批评主体主观倾向的表达，还是批评主体为争取自身合法性的权宜之计，其表述在一定程度上还是对意识形态的依附。同样是对新诗发展问题的探讨，何锐的《探索与创新》（1982 年第 4 期）一文单就诗歌创作总结了象征和意象艺术的特点及其被广泛运用的原因。文章从头到尾仅仅是论者将自己对新诗中的意象技巧和象征手法的看法以具有美学色彩的理论语言进行阐述，并没有任何其他方面的顾忌和对理论的依附，这代表着批评主体开始摆脱依靠“他者”的批评方式，以高度的责任感和使命感转向深刻的诗学思考，在对诗歌进行全面评析和审视过程中，使诗歌批评走向了自觉和成熟。

三、批评逻辑的学理性

新时期思想解放的潮流促使文学批评逐渐从政治的枷锁中解脱出来，对于新时期文学批评而言，重建被破坏的理性秩序是一个极为重要的任务，对“扣帽子”“打棍子”式批评的反拨和对文学文本的关注，以及平等性对话的建立，是新时期文学批评追求学理性的必由之路。经历了历史变迁的知识分子们秉持着高度的责任感和使命感，努力通过客观冷静、严谨求真的批评实践，使文学批评回归理性。创刊于 1980 年的《诗探索》恰逢其时，必然要为恢复正常批评秩序、实现批评的学理性提供发声平台。在此意义上，《诗探索》作为专门性诗歌理论刊物，以系统化、专业性的批评“为各种真诚、严肃的探索争取到了现实的合法性，启发了抗衡的诗学向审美诗学的转化”[②]。

其一，批评逻辑的学理性最显而易见地表现为批评者对鲜活的诗歌

---

① 江枫：《沿着为社会主义、为人民的道路前进——为孙绍振一辩兼与程代熙商榷》，《诗探索》1981 年第 3 期。

② 王光明：《现代中国诗学的再出发——1980 年代的中国诗歌理论批评》，《福建师范大学学报》2017 年第 6 期。

文本的解读，从而使诗歌批评具有面对当下的即时性。《诗探索》从创刊开始就开设了“新探索”这一重点常设栏目，对于诗坛中涌现的别具一格、独辟蹊径的新作，既刊登原文，又附加诗作评点，《诗探索》开设此栏目的目的便是“愿与诗人们一起在不断的实践与探索中，走向诗歌艺术的自由王国”[①]。这一栏目刊发了《铸》（杨炼）、《祖国啊，我要燃烧》（叶文福）、《暴风过去之后》（舒婷）、《回答》（北岛）等共计28篇[②]诗作的评点。值得注意的是，这些诗作均为当时《上海文学》《诗刊》《星星》《人民文学》《青春》等文学刊物最新发表的作品，然而这些刊物基本只刊登作品而缺乏对作品的解读和评价，《诗探索》注意到这一缺口，积极组织和刊发相关诗作评点，在诗歌文本的解读中提出观点、总结经验，在对最新诗歌的关注和阐发中使诗歌批评具有了与文本互动的即时性。20世纪70年代末80年代初，一部分朦胧诗人由于其诗作思想艺术的异质性，处于被压制的“无名”境地，北岛便是其中较为典型的代表之一。在不可避免地要提到北岛时，一些批评者选择以“一位青年诗人”代替。然而，《诗探索》对诗艺的探索持热情的支持态度，不仅不回避朦胧诗人这一当时较为敏感的群体，还及时登载了许多相关的诗歌评论，这种关注当下的精神对比之下更为可贵。如1981年第1期“新探索”栏目刊发的楼肇明对北岛的《回答》一诗的评点，论者结合1970年代末的社会背景分析了《回答》一诗所体现出的坚定信念和勇敢精神，并且敏锐地指出抒情主人公所体现出来的孤寂感来自“一代被‘史无前例’的现代迷信所愚弄、欺骗、践踏、损害的心灵”[③]，这是一代青年在那段特殊的社会历史环境之中的心灵的写照。论者肯定了《回答》一诗思想内容的可贵性，但也指出其直抒胸臆的表达方式在一

① 《新探索》编者按，《诗探索》1980年第1期。

② 1981年第2期刊登了杨牧的《我是青年》和艾青的《蛇》两篇诗作及评点，但栏目名称可能误写为“诗探索”，因栏目设置和编排方式的相似性，笔者将其一并纳入“新探索”栏目中。

③ 北岛创作，楼肇明评点：《回答》，《诗探索》1981年第1期。

定程度上损害了诗作的独创性。《诗探索》所刊发的颇具学理性的客观评述使得新诗批评话语逐渐走出迷雾，走上公正和理性之路。

其二，批评逻辑的学理性还通过批评主体对诗学问题的深入研讨表现出来，而深入研讨离不开批评者之间平等对话式的诗学讨论。《诗探索》为发言的各方提供平等对话的平台，在对平等对话的支持和倡导中表明自身建设诗歌批评学理性的理想。《诗探索》创刊号发表了谢冕的《在新的崛起面前》一文，该文认为我国的新诗受“左”的思想制约而走向越来越狭窄的道路，忽视了向优秀外国诗歌学习，只顾片面地强调民族化和群众化。而诗歌的发展演变需要不断吸收其他民族的营养，并将之融入我国的诗歌传统之中。在此意义上，青年诗人向西方学习的艺术探索是可贵的，不应急于否定。同期还刊发了单占生《新诗的道路越走越窄了吗？》一文，表达了与谢冕不同的看法。该文认为我国新诗所走的民族化、大众化道路才是正确、宽广的道路，要学习我国古典诗歌和民歌，创作出人民大众喜闻乐见的新诗。此二人的文章形成一种“对话”关系，不同观点的交锋使问题讨论向纵深处发展。同样，《诗刊》于 1981 年第 3 期刊发了孙绍振的《新的美学原则在崛起》一文，此文一经刊出便引发争论，《诗探索》为争论双方提供了讨论和平等对话的平台，力避论争走向非诗学的意气之争。《诗探索》于 1981 年第 3 期接连刊发了李元洛的《是什么“新的美学原则”？——与孙绍振同志商榷》、江枫的《沿着为社会主义、为人民的道路前进——为孙绍振一辩兼与程代熙商榷》，以及傅子玖、黄后楼的《莫将腐朽当神奇——评〈新的美学原则在崛起〉》等文章，其中既有支持者亦有反对者，但大抵沿着美学方向开展。《诗探索》此举意在使双方在观点的碰撞之中，在平等的讨论交流之中逐渐形成对朦胧诗的正确认知。“必要的争论本是维护良好评论生态的有益环节，是防止出现唯我独尊的价值霸权的有效手段”①，批评者们在平等对话中不断深入总结诗歌创作的特点和经验，

① 李文钢：《论新诗批评中的价值判断》，《江汉学术》2019年第2期，第39页。

形成了更具学理性的批评话语。

其三，批评逻辑的学理性还表现为批评者对新诗发展规律的梳理和总结，以历史性眼光论证新时期诗歌符合新诗发展进程的规律性，并以此为新时期诗歌摇旗呐喊。孙玉石在《新诗流派发展的历史启示》（1981年第3期）一文中列举了小诗流派、新月派、现代派、"新诗歌"派等诗歌流派对外国诗歌的学习和吸收，阐明了其外国诗歌的优秀传统是新诗流派发展的艺术源泉的观点。回顾历史的最终目的是观照当下现实，该文虽然以中国新诗史上各诗歌流派为主要论述对象，但其所讲的吸纳外国诗歌艺术手法的问题却是朦胧诗论争中的焦点，对各诗歌流派吸收外国诗歌有益因素促进自身发展这一史实的梳理，侧面佐证了朦胧诗吸收西方现代派手法的合理性。谢冕的《在新的崛起面前》一文更是直接以五四新诗运动为例，论证了"古怪"诗存在的合理性："对于具有数千年历史的旧诗，新诗就是'古怪'的；对于黄遵宪，胡适就是'古怪'的；对于郭沫若，李季就是'古怪'的。当年郭沫若的《天狗》、《晨安》、《凤凰涅槃》的出现，对于神韵妙悟的主张者们，不啻是青面獠牙的妖物，但对如今的读者，它却是可以理解的平和之物了。"[①] 谢冕列举了中国现代诗歌史上曾被视为怪异甚至怪诞却引领后续诗歌发展方向的一些诗人诗作，直言不讳地提出"有风，有浪，有骚动，才是运动的正常规律"[②]，提倡对当下"古怪"的朦胧诗采取宽容、理解的态度，不能将其视为"异端"赶尽杀绝而扼杀诗坛出现充满自由和创造性的繁荣局面的可能性。《诗探索》刊发的这些文章通过大量历史事实的梳理和列举回溯了历史过程中新诗的发展演变，并由之观照现实，进而指明诗歌发展规律，反思当下诗歌批评存在的问题，为新时期诗歌的生存发展寻找历史性依据。这种批评思路不仅因翔实的材料列举而颇具说服力，而且其中所展现出的历史性眼光亦极具理性思考的气质。

---

① 谢冕：《在新的崛起面前》，《诗探索》1980年第1期。

② 谢冕：《在新的崛起面前》，《诗探索》1980年第1期。

总之,《诗探索》始终以积极介入的态度参与新时期诗歌批评话语的建设，从诗歌理论方面给予新时期诗歌尤其是处于弱势地位的朦胧诗以正向的支持和引导，以美学的讨论取代偏见和否定，为规范新时期文学批评话语提供了正确的范式，为新时期诗歌批评开辟了可供参考的路径选择。同时，批评者高扬独立、自由的主体精神，对新时期诗歌相关的诗学命题展开广泛且深入的研究，在对诗歌文本和诗歌现象的梳理和评价之中注入理性精神，形成了大量有意义有价值的诗学研究成果，由此形成了新时期以来文学发展进程中值得关注的“另一种写作”。

（作者单位：山东大学文学院）

广告符号学视域下抖音直播中 Rap 口播类文本研究

□赵亚宏　黄晖深

广告作为一种信息传播活动，贯穿在人们生活的方方面面。国内学界对广告的定义源自西方。该定义从传播学的角度出发，认为广告主要是一种借助大众传媒进行的“非人对人”的意动性传播活动。饶广祥在《广告符号学教程》一书中，对这种界定方式提出了质疑。他认为广告与其他传播方式的根本区别在于文本，而研究文本最有力的工具是符号学。于是，广告符号学成了构建广告理论体系最根本的途径。

近年来，随着电商平台的发展，直播开始成为一种新型的带货方式。抖音作为一款音乐创意短视频社交软件，凭借其强大的包容力，一举成为直播界的首选平台。为了有好的反响，品牌方往往需要高质量的直播文本，搭配主播出众的口才，才能完成直播变现。在这样的背景下，直播文本就成了一种新的广告文本，出现在人们的生活中。而强烈的竞争又推动着直播文本的不断发展，Rap 口播就是直播时代发展的产物。本文就将以 Rap 口播类广告文本为例，以广告符号学为视域，对其广告文本的特点、伴随文本、文本意动性如何实现，以及文本潜在问题进行分析。

一、Rap 口播类广告文本的特点

2016 年，网络直播开始出现在大众的视野之中。随着互联网的发展，网络直播又出现了很多的类型，带货类直播就是其中之一。在直播带货领域，最火的主播无疑是李佳琦，他利用“OMG”“所有女生”“三二一上链接”等关键词，创造了一种独特的直播文本，赢得了品牌方的青睐，也吸引了大批粉丝的注意力。可以说 2022 年以前，几乎所有的带货直播文本都是以李佳琦的文本为标杆进行创作的。然而 2022 年 9 月，抖音直播界突然出现了一股新兴力量，那就是 Rap 口播。在主播大嘴妹极富特点的表演下，抖音直播界掀起了一股 Rap 热潮，许多品牌争相模仿，其文本类型的传播度一时间胜过了李佳琦。而观察这一新兴文本，会发现它的爆火，主要依靠其新颖性、互动性和隐蔽性的特点。

（一）新颖性

2022 年以前，抖音直播界的文本，基本是以李佳琦的直播文本为蓝本。他们的文本内容主要是介绍产品性能，分享使用感受，考虑用户需求，语言平易近人，主打同理心式说服。在这样的大环境下，Rap 口播的出现无疑像个异类，打破了原有的直播秩序。而原有的直播经历了这么长时间的发展，多少会引起观众的审美疲劳，这就使得 Rap 口播类直播在这样的背景下具有强大的新颖性，吸引了很多人的注意力。

（二）互动韵律性

传统直播文本最大的特点就是通过聊天的方式，拉近与读者的距离，而 Rap 口播类直播则打破了这个常规。这种文本主要是以 Rap 的节奏为框架，向里面填充产品内容。独特的韵律性搭配主播高超的说唱能力使得文本具有很好的“洗脑”效果。

例如，Rap 口播中最成功的《咖啡你冲不冲》，它的部分直播文本这样写道：“咖啡你冲不冲，冲冲冲冲冲，那福利你冲不冲，冲冲冲冲冲，那废话，不多说，那福利来一波，那废话，不多说，那才艺，上一波，那废话，有点多，有点多啊有点多……”这一小段设计过的文本，搭配上 Rap 的旋律，让每个听第一遍不明所以的人，都在第二遍不自觉地哼了起来，无形中达成了一种很好的广告宣传效果。

从受众的角度出发，这一文本没有抛弃原有的互动性，而是以一种更新颖的方式达到互动的效果。细观《咖啡你冲不冲》，会发现它的文本内容并不复杂，主要是运用了设问的模式进行架构。这种设问的形式很成功地与观众搭建起了联系，产生了互动的效果，并实现与其他文本不同的互动韵律性。

（三）隐蔽性

作为一种新型的广告类型，与传统广告不同的是，直播文本广告的尾题发生了改变。作为一种新型的广告，直播文本所承载的商品信息，不再以尾题的方式在相对固定的位置出现，而是以无尾题的文本形式“随机”穿插在直播文本的内容当中，成为一种仅包含商品信息的文本。这一转变，在 Rap 口播这种广告文本中尤为明显。不同于传统直播的长篇大论，Rap 口播只是巧妙地将商品穿插在文本当中，而不做过多地解释。同样以《咖啡你冲不冲》为例，纵观整首说唱，它都只提到了咖啡这个关键词，人们通过这首洗脑神曲能够反应过来对方卖的是咖啡，对哪一个品牌，却并不知晓，想要了解，还需要进一步根据直播间的其他元素才能够推断出来，而如果一个人只通过抖音短视频刷到这个广告，他就很难会发现这其实是新咖啡品牌 T97 的广告。由此可见，这种 Rap 口播的广告文本相较于之前的直播文本更加具有隐秘性的特征。

由此可见，Rap 口播类广告文本在传播的过程中呈现出新颖性、韵律性和隐蔽性的特点。这些特点使得 Rap 口播类广告文本在直播界脱颖而出，吸引了大批观众的目光，为文本实现标出性翻转打下坚实的基础。

二、Rap 口播类广告文本的“伴随文本”

伴随文本是附着在文本边缘与文本之外的内容，不仅携带着大量的社会约定与联系，也积极参与着符号文本的意义解释和建构过程。赵毅衡在《符号学：原理与推演》中提到，任何一个符号文本都是文本与伴随文本的结合体，一定程度上说，伴随文本决定了文本的解释方式。伴随文本可以分为显性伴随文本、生成性伴随文本和解释性伴随文本。由于 Rap 口播这一广告文本具有隐蔽性的特点，广告的尾题不再能作为用户识别广告的锚点，这就使得用户在解读这一广告的完整意义时，可能存在一定的困难，对此，用户就必须在文本之外寻找更多的帮助。因此，在 Rap 口播的发展过程中，伴随文本同样起着自己至关重要的作用，为观看直播的观众，抑或是抖音其他用户提供了全面理解广告文本的工具。

（一）副文本——Rap 口播类广告文本的理解框架

副文本属于显性伴随文本，是呈现文本的框架因素。对于 Rap 口播而言，单听他们的直播文本，其实很难完全提取广告的全部内容。就如《咖啡你冲不冲》，仅仅依靠广告文本本身用户完全无法提取这到底是哪一种咖啡的直播。因此，直播间的各种背景元素就变得十分重要。通过观察这个为咖啡打广告的 Rap 口播直播间，观众可以清楚地看到 T97 即品牌的字眼，购买咖啡的链接，还有一些购买提示语，这些能够帮助观看直播的观众更好地接收正确的产品信息。

（二）前文本、型文本——Rap 口播类广告文本的创意源泉

Rap 口播类广告文本的爆火并非偶然，这一形式的产生离不开对前文本和型文本的考量。前文本帮助文本撰写者把握此类文本的受众与热度，型文本则限定了 Rap 口播类广告文本的文本体量和内容。

1. 前文本

前文本属于生成性伴随文本，“是一个文化中先前的文本对此文本

生成产生的影响”[①]。广告的前文本可以理解为广告的语境。前文本往往成为广告创意的创新点，了解前文本有利于受众了解广告意图，抑或是推动受众更好地接受这一文本。

Rap 口播的兴起实际上是跨行吸收了说唱界的元素，在这一类型文本火起来以前，中国很多的说唱节目早就掀起了很大一股说唱热潮，收获了大批的粉丝。在这样的背景下，Rap 口播选择说唱作为新的载体，无疑是抓住了时代的红利。将直播与 Rap 相结合，很容易俘获喜欢 Rap 的观众的心。

除此之外，Rap 口播的兴起，是从 T97 的直播开始的。而 T97 之所以能够将这个“前无古人”的文本炒火，一定程度上也得益于主播的个人魅力。他们通过女主播的大嘴巴和不顾一切的自黑式推销，成功打响了知名度。在热度暴涨以后，该品牌又立刻调整说唱文本，着重强调主播的大嘴属性，加深观众印象，完成说唱文本的强势出圈。

2. 型文本

型文本属于显性伴随文本，是文本框架的一部分，“它指明了文本在文化背景规定的范畴内所属的集群，即文化背景规定的文本归类方式”[②]。广告的型文本主要包括广告体裁、同一广告主的广告、同一个广告公司创作的广告等类型的文本，其中，广告体裁在所有型文本中规模最大，对文本意义解读的影响也会更加深刻。就 Rap 口播而言，它的广告体裁就是直播，为了达到留住观众的目的，主播就必须注意自身文本的内容是否吸睛，毕竟直播都是有时长限制的，加上抖音通常是将直播穿插进用户浏览的视频之中，因此如何在用户刷到的那一个瞬间抓住他们的注意力，成了 Rap 口播文本撰写者十分需要注意的问题，而这些都对主文本的形成，产生了相应的影响。

---

① 饶广祥：《广告符号学》，重庆大学出版社，2015 年，第 147 页。
② 《广告符号学》，第 144 页。

（三）评论文本与链文本——Rap 口播类广告文本的意义强化

前文本和型文本是 Rap 口播类广告文本产生前需要注意的因素，而评论文本和链文本则是这一文本类型产生后，推动文本进一步发展的关键。

1. 评论文本

评论文本属于解释性伴随文本，是“关于文本的文本”“是指文本生成后被接收前所出现的评价”①。广告的评论文本是指广告在播出时，对广告及其相关因素的讨论。Rap 口播凭借一首洗脑神曲《咖啡你冲不冲》爆红出圈以后，在网络上引发了很多的热议。不管这类评论是否正面，它们都推动了 Rap 口播的传播，让一些试图将广告融入说唱中的品牌方，对发展前景有了把握。除此之外，本身就在使用 Rap 口播类广告文本的直播间也可以根据网上的评论对现有文本进行调整，以达到文本效果的最佳化。

2. 链文本

链文本同样属于解释性文本，是“受众在解释文本时，主动或被动地与某些文本‘链接’起来一同接受的其他文本”②。广告的链文本主要有三种链接方式：“广告刊播时与其他广告的链文本关系、广告文本和其他非广告文本之间的链文本关系、广告和广告环境中事件的关系。”③而对于 Rap 口播这种直播广告文本来说，最明显也最常见的是一种和第二种。

第一种，广告与其他广告的链接，这种主要是出现在一些网红探店的抖音视频里。比如抖音博主“健身老妹儿”在 2022 年 10 月发布了一条去 T97 线下店探店的视频，下面的相关搜索为：“咖啡你冲不冲原视频”，这种隐形的互动生成，就会引起用户的好奇心，点进去搜索，就能够看见该品牌的官方号，一次成功的宣传就到位了。第二种，广告文

---

① 《广告符号学》，第 149 页。
② 《广告符号学》，第 151 页。
③ 《广告符号学》，第 144 页。

本与非广告文本之间的链接关系，主要表现在抖音平台对翻拍、仿拍同类视频的风靡。《咖啡你冲不冲》火后，抖音出现了一大批与该女主播合拍的视频，不管是参与拍摄，还是刷到该类视频，对于该广告而言，都完成了一次良性的宣传。

总而言之，Rap 口播作为一种新型的广告文本载体与伴随文本形成了一种互动关系，尾题的消失决定了想要全面地了解这类广告文本，就必须借助伴随文本。对于主文本而言，伴随文本的存在也加深了广告文本的意义，优化了用户体验，提升了该类文本的广告效果。

三、Rap 口播类广告文本的标出性翻转与意动性的实现

经过一系列的努力，Rap 口播类广告文本实现了自己的标出性翻转，在直播界打响了自己的招牌。而作为广告的形式，Rap 口播类广告文本尽管形式进行了革新，该有的意动性也并未被文本撰写者忽略。

（一）标出性翻转

直播带货在 2022 年以前，几乎只有李佳琦一种爆火的直播模式，一直到 Rap 口播的出现，直播带货领域才出现了一种全新的带货文本，也就是广告的新载体。而这样的情况就导致直播带货领域，开始因为这两种形式的不同而形成一种标出与被标出的局面。无疑，原来作为标出项的李佳琦直播，如今被 Rap 口播取代了。Rap 口播在抖音热潮的推动下，实现了自己的标出性翻转，完成了直播形式的转型。

（二）意动性的实现

无论广告的呈现方式如何，其最终目的始终是向受众销售产品，这决定了广告文本必须具有强烈的意动性。

1. 何为“意动”

所谓“意动”就是去做某事。意动是一种叙述体裁，它叙述的目的指向的是促使某事发生，是尚未发生但期望发生的情景。常用的意动语态以祈使句、命令、要求、承诺、劝告等方式呈现，具有未来叙述的特

征，其目的是促使接受者按照发送者的意向做出所期待的相关反应。广告常常会说“如果你想像明星一样变美丽，那就买它”之类的话术，让动摇的顾客因为这类积极性话语，产生购买行为。在 Rap 口播文本中，撰写者同样没有忘记意动性的任务。观察《咖啡你冲不冲》就可以看到，它的文本里有很明显的意动性，“咖啡你冲不冲，冲冲冲冲冲，那福利你冲不冲，冲冲冲冲冲”，表面上好像是在喊麦，实际上无形中就在让观众对这个品牌产生好奇，从而达到让观众消费的目的。且不论有多少人会一直回购这款咖啡，单从网友发帖来看，大多数人都是因为这个视频爆火之后去尝试的。这也从侧面证实了，Rap 口播的文本在广告意动性的实现上做得很成功。

2. 意动的叙述特征

广告的意动叙述具有未来叙述的特殊形式特征，包括促使行动以改变某种现实的非虚构性、叙述者与受众之间对未来事件的理解契约等，其目的是与受众进行对话，说服其参与到购买商品的行动中来。在 Rap 口播的文本中，时常会出现一些对话式文本，同样以 T97 的文本为例，诸如，“万水千山总是情，喝了这杯行不行”“专注升官好几年，咱们来杯咖啡无需多言”，这些话语就很巧妙地将观众拉入对话的叙述模式中，无意识或潜意识地认可其中包含的商品信息。

由此观之，Rap 口播在弱化尾题和保证广告的意动性的二元对立中，完成了一种很好的平衡。在符号文本中使用祈使句，使得观众更好地进入角色，完成广告的投递和购买欲望的刺激。

四、Rap 口播类广告文本的潜在问题与解决措施

广告作为人们日常生活的一部分，搭建起人们与社会经济活动之间的桥梁。Rap 口播在获得大众认可，完成标出性翻转的同时，也存在着一些问题。及时发现问题，并提出解决措施，无疑对 Rap 口播的长足发展有着十分重要的意义。

（一）存在的问题

从 Rap 口播类广告文本的直播效果来看，它的确收获了很大的成功，但成功的背后，还存在很多不可忽略的问题。形式的爆火并不能带来一劳永逸的效果，所以文本的质量需要引起使用者十足的注意。

1. 符号文本的质量得不到保障

Rap 口播能够实现标出性翻转，一个很重要的原因在于他们对于文本的更新形成了一种动态化的趋势，拿 T97 的直播举例子，几乎每次直播，他们的文本都在更新，确保直播内容的新鲜。不可否认，这种做法可以维持这类文本对观众的吸引力，但是如果仔细去研究他们每次直播的文本，就会发现文本存在很大的质量问题，时常为了押韵，而填充许多毫无价值的内容。比如，"万丈高楼平地起，出门就得靠自己"，紧接着主播的下一句是"出门就得靠小黑，诶，出门就得靠保安"，显然，这样的文本一方面与想要打的广告没有任何关系，另一方面也会让观众不免产生一种被敷衍的感觉。如此一来，本来出于观众观看角度考虑做出的努力，反而有了事倍功半的效果。

2. 尾题消失导致客源不稳

这类广告文本一个很大的特点，就是取消了广告的尾题，这就导致广告的指向性很不明确，而结合上一点可以看到，文本在创作过程中，经常出现文不对题的情况，这就会使得观众如果没有观看完整直播，仅仅看到某个直播片段的话，得不到任何的有效信息。除此之外，这种不合格的文本，也会使得它在流传的过程中，逐渐失去它原本想要为商品打广告的功能，而演变成观众或者抖音用户谈论的笑柄。这样的论断并不是口说无凭，打开抖音搜索相关的 Rap 口播视频，就会看到很多不好的评论，大多数人提到运用 Rap 口播的 T97，评价都是"专注营销二十年"，可见，前阵子爆火后的局面已经开始出现被再度翻转的可能了。

3.Rap 口播带来的群体受限

Rap 口播一个重要的特点就是它的形式新颖，在用户刷到该直播的瞬间，便会被吸引住眼球，但这种吸引是群体受限的。毕竟不是所有的人都会喜欢这种形式，甚至还有的人讨厌这种形式，因此，就可能会出现有的用户本来想买某种产品，点进去发现主播在唱 Rap，听了半天只听见了押韵，却没有收集到任何有用信息，购买欲随之降低。

（二）解决措施

Rap 口播类广告文本的爆火不是偶然，但存在的问题如果不及时解决，它们为实现标出性翻转所做出的努力很可能就会付诸东流。回归文本本身，无疑是 Rap 口播类广告文本维持标出性最好的办法。

1. 重视文本与伴随文本的互动关系

正如前文所说，这种说唱文本为了保持新鲜感，几乎每次直播都要对文本进行翻新，结果导致文本存在很大的质量问题。因此，想要借助 Rap 这种形式完成广告宣传的品牌方，可以在符号文本的创作过程中做到“不求多，但求精”，不一定非要每天都玩出新花样，只要每次的文本都能够很好地宣传产品，就可以达到出圈的效果。并且也会因为这种认真负责的态度，获得观众好感，从而完成广告的营销变现。除此之外，在使用这种形式创作时也要注意尾题的弱化需要补救措施，因此，伴随文本也要纳入关注范围，不要任由其独立发展，可以有意识地参与进去。比如，合理地运用元文本，自己创造话题去引发讨论，根据大家的想法，对文本进行进一步的优化。这样，才能够稳住标出性翻转成功的局面。如果一直依靠最初的红利，摆烂式创作，这种形式的落幕，恐怕是迟早的事情了。

2. 明确广告定位

广告，顾名思义就是通过一定的手段，达到广而告之的结果。因此，Rap 口播作为广告的一种载体，就应该清楚自己的定位只是一个宣传工具，而宣传代替不了产品本身。不能过度放大自己的宣传，在运营的过程中迷失了自我。既然是一种广告载体，Rap 口播也应该寻求长期生存的办法，不断地与各个品牌相结合，努力在直播带货界站稳脚跟，然后做大做强。或许有朝一日，直播带货就不再是李佳琦的天下，而能够有 Rap 口播的半壁江山。

综上所述，Rap 口播类文本内容还存在着很多的问题。不可否认，形式的标新立异的确可以收获奇效，但内容不行，观众便不可能长久为之买单。对于任何一场直播来说，形式都只是为内容锦上添花的工具。Rap 口播类文本作为一种新型广告，既要对品牌方负责，也要对观众负责，否则被再度翻转就只是时间问题。

结语

现代广告在媒介技术飞速发展的新媒体时代，发生了翻天覆地的变化，广告原有的特点也开始出现消解现象。作为广告载体的 Rap 口播在直播带货领域可谓是横空出世，虽取得了不小的成绩，但仍旧存在很多问题。任何新事物的发展都呈现出一种螺旋式上升的状态，Rap 口播如果想要继续发展，还有很长的路要走。反观 Rap 口播直播文本本身，我们也能发现许多符号文本的魅力。任何符号文本都不是孤立存在的，因而在运用的过程中，就要把握相关规律，完成属于自己的标出性翻转与维系。

（作者单位：四川师范大学文学院）

《大西南文学论坛》征稿启事

《大西南文学论坛》是四川师范大学大西南文学研究中心于 2016 年创办的学术出版物，宗旨是：学术性、现实感与综合性。学术性是学术出版物的生命与灵魂，对存在物及其规律的学科化论证是学术研究最核心的理念，《大西南文学论坛》秉持这一理念，并希望尽自己所能创造一个自由、原创、争鸣的学术空间。我们倡导现实感，就是要让学术研究具有现实基础，学术研究紧贴大地与人间，不临空蹈虚，亦不自我空转。我们秉承学术研究的多元性与包容性，不仅关注大西南文学与文化诸多学术命题，也关注与此相关的衍生话题，史实与理论，中土与西方，地方性与国际视野，追求有价值与意义的学术研究。

《大西南文学论坛》常设大西南文学与区域文化、大西南多民族文学与文化、大西南学人、空间理论、符号与传媒、文学前沿、作家作品研究等栏目。欢迎惠赐稿件。

稿件要求：

一、文章形式与结构

1. 稿件形式为学术专论。

2. 文章必须未曾在其他正式出版物上发表，每篇字数为 8000—15000 字左右，重要选题可不受字数限制。

3. 标题。

文章标题层级：一，（一），1，（1），①。尽量控制在 4 级以内。标题整饬、简洁、有学术味，控制在 25 字以内。

4. 提供论文中文摘要和关键词等。摘要一般在 200—300 字之间。关键词一般 3—5 个，中间用“；”隔开。

5. 作者简介：姓名、性别、出生年月、籍贯、所在单位（具体到院系或研究所）、职务或职称、研究方向、单位所在省市、邮编、联系电话、电子邮箱等。

6. 来稿若为科研立项成果，请提供具体信息。首页注明基金项目。

例：基金项目：本文系国家社科基金重大委托 / 重点 / 一般 / 青年项目“项目名称”（12345678）阶段性成果。

7. 正文字体为宋体五号，每段首行空 2 个字符。正文中出现的独立引文用楷体五号。独立引文第 1 行首空 2 个字符。独立引文前后各空一行，首尾不加引号。

二、注释体例与技术规范

1. 采用页下注。不另列参考文献，相关参考与引用文献皆在注释中说明。

页下注每页重新编号，使用带圆圈的阿拉伯数字序号，如①、②。注释用宋体小五号。

2. 中文注释。中文参考文献，请按照《信息与文献参考文献著录规则》（GB/T 7714–2015）执行。

（1）期刊：作者，文题，刊名及年卷（期）。

例：杨联芬：《李劼人长篇小说艺术批评》，《文学评论》1990 年第 3 期。

（2）报纸：作者，文章名，报纸名称及出版日期。

例：万光治：《彼〈诗〉三百 我“歌”三千》，《成都日报》2021 年 7 月 19 日。

（3）专著：作者，书名及卷册，出版社，出版年，页码。同一部专著第二次出现则只需注明书名、丛书名及页码。

例：朱光潜：《诗论》，生活 · 读书 · 新知三联书店，1984 年，第 80 页。

陈世骧：《论中国抒情传统》，陈国球、王德威编：《抒情之现代性："抒情传统"论述与中国文学研究》，生活 · 读书 · 新知三联书店，2014 年，第 48 页。

〔捷〕雅罗斯拉夫 · 普实克：《普实克中国现代文学论文集》，李燕乔等译，湖南文艺出版社，1987 年，第 20 页。

（4）电子资源：作者 / 主要责任者：题名，（发布日期）[引用日期]，获取和访问途径。

例：中国互联网络信息中心：《第 29 次中国互联网络发展现状及发展趋势统计报告》（2012–01–16）[2012–02–24]，http：//www.cnnic.cn/gywm/2012nrd/201207/W02012010651.pdf。

3. 外文注释。标注方法与中文文献相同，书名、刊名用斜体，除介词、冠词外首字母大写，论文名加引号。格式为：作者，书名或篇名，出版社，出版年，页码。

例：Christopher Dyer. *An Age of Transition? Economy and Society in England in the Later Middle Ages*，Oxford：Oxford University Press，2005，pp.3–5.

T.H.Breen. "An Empire of Goods：The Anglicization of Colonial America，1690–1776"，*Journal of British Studies*，vol.25.no.4，1986，pp.467–499.

4. 其他说明

（1）非引用原文者，注释前加"参见"，"参见"后不加"："；英文文献用"see to"表示参见。

（2）引用资料非引自原始出处者，注释中注明"转引自"。

（3）公历世纪、年代、年月日、时刻、图表序号均用阿拉伯数字。年份不能简写。

三、目前只接受邮箱投稿，投稿邮箱：dxnwxlt@126.com。请在邮件主题中注明“《大西南文学论坛》投稿+作者单位+姓名+文章名”。为保证投稿文章内容无误，投稿时请提供 Word 和 PDF 两种格式的电子文档。来稿请在文末注明作者简介、作者单位、电子邮箱、联系电话、通信地址等信息。

四、作者须确保投稿文章内容无任何违法、违纪内容，无知识产权争议。遵守学术规范，引文、注释应核对无误。所收文章均已被中国知网（CNKI）全文收录，严禁剽窃、抄袭，切勿一稿多投。

五、不收取任何形式的版面费。

六、已许可中国知网以数字化方式复制、汇编、发行、信息网络传播全文。所有署名作者向本刊提交文章发表之行为视为同意中国知网拥有对该论文的著作使用权。如有异议，请在投稿时说明，我们将按作者说明处理。

七、实行匿名审稿制，审稿期限为三个月。稿件一经采用，寄送样书两册。未用稿件，恕不退稿，三个月内未收到用稿通知，可自行处理。

《大西南文学论坛》编辑部

图书在版编目（CIP）数据

大西南文学论坛 . 第八辑 / 刘敏，谭光辉主编 .
成都：巴蜀书社，2024. 12. -- ISBN 978-7-5531-2349-3

Ⅰ . I209.97-53

中国国家版本馆 CIP 数据核字第 2024SG6819 号

DA XI' NAN WENXUE LUNTAN（DI-BA JI）

大西南文学论坛（第八辑）　　刘　敏　谭光辉　主编

责任编辑　易欣韡
封面题字　流沙河
封面设计　成都编悦文化传播有限公司
责任印制　田东洋　谷雨婷
出　　版　巴蜀书社
　　　　　四川省成都市锦江区三色路 238 号新华之星 A 座 36 楼
　　　　　邮编：610023　　总编室电话：（028）86361843
网　　址　www.bsbook.com
发　　行　巴蜀书社
　　　　　发行科电话：（028）86361856
经　　销　新华书店
照　　排　成都编悦文化传播有限公司
印　　刷　四川宏丰印务有限公司（028）61002807　13689082673
版　　次　2024 年 12 月第 1 版
印　　次　2024 年 12 月第 1 次印刷
成品尺寸　170mm × 240mm
印　　张　23.25
字　　数　320 千字
书　　号　ISBN 978-7-5531-2349-3
定　　价　98.00 元